SARAH SAXX

My Christmas Wish

SARAH SAXX

My Christmas Wish

LAGO

Bibliografische Information der Deutschen Nationalbibliothek
Die Deutsche Nationalbibliothek verzeichnet diese Publikation in der Deutschen
Nationalbibliografie. Detaillierte bibliografische Daten sind im Internet über
http://d-nb.de abrufbar.

Für Fragen und Anregungen
info@lago-verlag.de

Originalausgabe
1. Auflage 2021
© 2021 by LAGO Verlag, ein Imprint der Münchner Verlagsgruppe GmbH
Türkenstraße 89
80799 München
Tel.: 089 651285-0
Fax: 089 652096

Redaktion: Jil-Aimée Bayer
Umschlaggestaltung: Manuela Amode
Umschlagabbildung: Shutterstock.com/Anastasia Panfilova, Mnsty studioX, jottaonni
Layout und Satz: inpunkt[w]o, Haiger | www.inpunktwo.de
Druck: CPI books GmbH, Leck
Printed in Germany

ISBN Print 978-3-95761-208-3
ISBN E-Book (PDF) 978-3-95762-298-3
ISBN E-Book (EPUB, Mobi) 978-3-95762-299-0

Weitere Informationen zum Verlag finden Sie unter

www.lago-verlag.de

Beachten Sie auch unsere weiteren Verlage unter www.m-vg.de

Playlist

Holy – Justin Bieber feat. Chance The Rapper

Loneliest Time Of Year – Mabel

I'll Be Home For Christmas – From The Kacey Musgraves Christmas Show – Kacey Musgraves, Lana Del Rey

Jingle Bells – Bethany Joy

Angels We Have Heard On High – Lindsey Stirling

Driving Home For Christmas – Chris Rea

Oh Holy Night – Recorded at Metropolis Studios, London – Nina Nesbitt

Grown-Up Christmas List – Jordan Smith

Snow – Bethany Joy

Amazing Grace (My Chains Are Gone) – Pentatonix

I'll Be Home – Meghan Trainor

O Come, All Ye Faithful – Mat and Savanna Shaw

My Only Wish (This Year) – Britney Spears

My Christmas With You – Bethany Joy, Anthony Evans

I Need You Christmas – Jonas Brothers

Merry Christmas, Darling – Timi Dakolo, Emeli Sandé

Let It Snow! Let It Snow! Let It Snow! – Rod Stewart, Dave Koz

Listen – Bethany Joy, Maria Rose

Hallelujah – Mat and Savanna Shaw, Stephen Nelson

Auch zu finden auf Spotify unter *My Christmas Wish – by Sarah Saxx*

Für meine Omi –
ich vermisse dich so sehr, jeden Tag.
Du wirst immer einen ganz besonderen Platz
in meinem Herzen haben.

Kapitel 1 – Lydia

»Setzt euch! Wir können gleich mit dem Essen anfangen.« Mom eilte mit der letzten Schüssel aus der Küche, an den Bildern vorbei, die sie extra für Thanksgiving aufgehängt hatte. Tim und ich hatten sie im Laufe der Jahre in der Schule gebastelt, und Mom dekorierte mit ihnen seitdem einmal im Jahr unser Zuhause. Noch heute musste ich schmunzeln, wenn ich die Handabdrücke sah, die wir zu Truthähnen umgestaltet hatten, und die gepressten bunten Blätter, die in Folien verschweißt als Mobiles von der Decke baumelten und mich an lustige Schulstunden erinnerten.

»Schon wieder gerösteten Rosenkohl?« Mein kleiner Bruder rümpfte die Nase, als sie das Gemüse vor uns abstellte.

»Heute ist Thanksgiving, Timothy. Deine Mutter ist für dieses Essen stundenlang in der Küche gestanden. Zudem verbiete ich mir Beschwerden über die Speisen, für die wir am heutigen Tag dankbar sind.« Dad schaute ihn streng an.

»Ich bin ja auch dankbar – für den Truthahn mit Preiselbeersoße und für den Kürbiskuchen. Aber Rosenkohl müsste eigentlich vom Speiseplan verbannt werden. Sorry, Mom.«

Sie hob eine Augenbraue. »Du wirst ihn trotzdem essen.« Damit war die Diskussion beendet, das wusste er so gut wie ich.

Ich goss Rotwein in drei Gläser, während Tim leise vor sich hin brummte und uns Wasser einschenkte.

Dad griff nach dem Tranchiermesser und begann damit, den Truthahn aufzuschneiden, als wir schon mal unsere Teller mit den Beilagen beluden. Keine Ahnung, wer das alles essen sollte. Ich sah mich bereits mit mehreren Reste-Portionen das Haus verlassen, was keineswegs von Nachteil war, da ich in den nächsten beiden Tagen kaum Zeit haben würde, mir was zu kochen, geschweige denn einzukaufen. Morgen und übermorgen würde ich im Spielzeugladen arbeiten müssen – und das war am Black-Friday-Wochenende jedes Jahr die Hölle.

»Lydia, möchtest du heute als Erste sagen, wofür du dankbar bist?« Mom schaute mich abwartend an, nachdem wir unsere Teller gefüllt hatten – Timothy hatte den vollsten, wenn auch nur mit einer Kugel Rosenkohl. Er wusste schon, wie er alle austricksen konnte. Ich hatte ihn bereits öfter dabei ertappt, wie er das Gemüse wieder unbemerkt in die Schüssel zurückwandern ließ, und ich war gespannt, wann es heute so weit sein würde.

Mein Blick huschte zu Dad, der normalerweise immer die ersten Dankesworte sprach. Doch er schmunzelte nur und nickte mir ermutigend zu.

»Okay, gut. Also … ich bin dankbar, dass ich heute hier sein kann, obwohl ich morgen arbeiten muss.«

Timothy schnaubte auf, als würde er sich ein Lachen verkneifen.

Idiot. Der sollte erst mal die Highschool beenden und dann schauen, wie er neben einem Studium Geld verdiente und alles unter einen Hut brachte.

»Und ich bin dankbar, dass wir alle gesund sind und es Tante Carol wieder besser geht«, fuhr ich fort. Sie wurde vor wenigen Tagen an der Bandscheibe operiert und befand sich zum Glück auf dem Weg der Besserung.

Mom nickte mir lächelnd zu und wandte sich an Timothy. »Ich bin dankbar, dass ich es dieses Jahr ins Basketballteam geschafft habe. Und dass ich beim letzten Englischtest nicht der Schlechteste in der Klasse war.«

»Das ist nichts, wofür man dankbar sein muss. Das hast du wie immer selbst in der Hand«, brachte sich Dad mit mahnendem Blick ein, doch mein Bruder ließ sich davon nicht beeindrucken. »Oh, und ich bin froh, dass das neue *Assassin's Creed* schon am Erscheinungstag angekommen ist. Alfie musste ganze zwei Wochen länger warten.«

Mom runzelte die Stirn, ging aber nicht näher darauf ein. »Ich bin dankbar, dass ihr alle hier seid. Dass wir letztes Jahr Weihnachten noch gemeinsam mit Grandma feiern konnten und dass wir alle gesund sind.«

»Das hat Lydia schon gesagt«, warf Tim ein.

Dad schüttelte den Kopf. »Deshalb darf deine Mutter doch auch dafür dankbar sein.«

»Ich dachte, man muss sich immer was Neues ausdenken …«, brummte mein Bruder frustriert. Als ob er irgendwas von dem, was ich gesagt hätte, ebenfalls hätte ansprechen wollen.

»Man soll sich nichts ausdenken, sondern sich darauf besinnen, was einem wichtig ist und war. Aber das scheinst du mit deinen sechzehn Jahren immer noch nicht verstanden zu haben«, stichelte ich.

»Kinder, nicht streiten. Nicht heute«, bat Mom streng. »John, du bist dran.«

Dad schaute uns der Reihe nach an. »Ich bin dankbar, dass ich mit euch heute dieses Fest feiern kann.«

»Wieso? Hatten Mom und du Streit? Hat sie dich rausgeschmissen und wir wissen noch nichts davon?«

»Halt die Klappe, du Idiot«, zischte ich in Tims Richtung und trat unter dem Tisch mit dem Fuß gegen sein Schienbein.

»Nein, aber wie du dich vielleicht erinnern kannst, hat meine Firma in diesem Jahr mehrere Arbeitsplätze abgebaut. Meine Stelle war ebenfalls im Gespräch und es hat einige im Einkauf getroffen. Aber ich hatte Glück und darf weiterhin für Meyer's & Co. arbeiten.«

Tim senkte betreten den Blick. »Ah ja, da war was ...«

Viele von Dads ehemaligen Kollegen aus dem Chemiekonzern hatten Schwierigkeiten, einen neuen Job zu finden, und einige waren heute noch auf Arbeitssuche oder mussten einen gewaltigen finanziellen Rückschritt machen.

»Ich bin dankbar, dass du mich nach fast dreißig Jahren immer noch liebst«, fuhr Dad fort und schenkte Mom ein zärtliches Lächeln, das sie erwiderte. »Und ich bin dankbar, dass Misses Coles dieses Jahr auf ihre penetrante Weihnachtsbeleuchtung vor Thanksgiving verzichtet.«

Als hätte unsere Nachbarin diese Worte gehört, gingen genau in diesem Moment im Nachbarsgarten unzählige Lichter an und hüllten das Haus in einen hellen Schein. Ein riesiger Weihnachtsmann mit seinem Schlitten stand auf dem Dach, Frosty winkte fröhlich im Garten und jeder Strauch, jeder Baum, ja gefühlt sogar jede einzelne Zaunlatte hatte ihre eigene Lichterkette bekommen und machte die Nacht zum Tag.

Dad stieß einen überraschten Laut aus und stand auf, während Timothy lautstark zu lachen anfing. Auch Mom und ich konnten uns nicht länger zurückhalten und prusteten los, als mein Vater zum Fenster ging, weil er nicht fassen konnte, dass das wirklich passiert war.

»Wie habt ihr das gemacht? Timothy, hast du Misses Coles das Kommando dafür gegeben? Wo ist dein Handy?«

»Ehrlich, Dad, ich bin ausnahmsweise unschuldig«, brachte er atemlos hervor, während er sich Lachtränen von den Wangen wischte.

»Das muss wirklich ein unglaublicher Zufall sein, Schatz. Ignoriere es einfach. Soll ich die Vorhänge zumachen?« Mom stand bereits auf und wollte den Stoff vorziehen, doch mein Vater hielt sie grummelnd davon ab. »Lass es. Ich werde es schon überleben.«

»Setzt euch, ich hab Hunger und das Essen wird kalt!« Timothys Wangen glühten, als er sich, ohne auf unsere Eltern zu warten, ein großes Stück Süßkartoffel in den Mund schob.

Mom küsste Dad auf die Wange, dann setzten sie sich wieder zu uns und wir machten uns endlich über das wirklich leckere Essen her. Moms Mühen hatten sich wirklich gelohnt.

Zweieinhalb Stunden später lümmelten wir alle gemütlich im Wohnzimmer. Mom und ich hatten es uns auf der Couch bequem gemacht, während Dad und Tim auf den Sesseln uns gegenüber saßen. Auf dem Tisch vor uns stand ausgebreitet ein nicht zu Ende gespieltes Monopoly, das Tim abgebrochen hatte, weil er davon überzeugt gewesen war, ich würde schummeln. Er war ein schlechter Verlierer, immer schon gewesen.

»Bevor ich es vergesse: Ich will wie immer am Sonntag alles weihnachtlich dekorieren. Timothy, du bleibst bitte zu Hause und hilfst deinem Dad draußen mit der Beleuchtung.«

Er grummelte, doch Mom ließ sich dadurch nicht beirren. »Und du kommst hoffentlich auch, Lydia?«

»Natürlich! Darauf freue ich mich seit Wochen!«

»Solange du nicht schon vor *Wochen* damit angefangen hast, ist das völlig legitim«, meinte Dad und schenkte sich von der zweiten Weinflasche etwas nach.

Timothy kicherte grunzend. »Nicht alle sind wie Misses Coles.«

»Ich verstehe nicht, wieso manche Leute es gar nicht erwarten können, alles zu dekorieren. Ich meine, es dauert schließlich noch mehrere Wochen bis Weihnachten. Es bleibt genug Zeit, um sich darauf zu freuen und alles festlich zu gestalten.«

»Ärgere dich nicht, Schatz.« Mom hielt ihm ihr Glas hin, in das er ebenfalls nachgoss. »Du auch, Lydia?«

Ich warf einen kurzen Blick auf das Display meines Smartphones.

»Nein, danke. Ich muss jetzt dann los, sonst verpasse ich meinen Bus.«

»Ach, warte, ich packe dir noch Essen ein.« Mom sprang auf und ich folgte ihr in die Küche. Wie erwartet war viel zu viel übrig geblieben. Es war völlig egal, ob Tante Carol mit ihrem Mann Henry zu Besuch war oder ob meine Eltern an Thanksgiving ihre Freunde eingeladen hatten, sie kochte immer zu viel.

Ich half ihr, drei Boxen zu befüllen, die ich mit einem Deckel verschloss und anschließend in die Tragetasche packte, die sie mir dafür reichte.

»Thanksgiving ist seltsam ohne Grandma. Sie fehlt«, stellte ich leise fest. Auch ihr hatte Mom immer die Reste eingepackt, bevor sie ihre Mutter am Tag danach zurück nach Hause gefahren hatte.

Grandpa war schon vor Jahren gestorben und an die Eltern meines Dads konnte ich mich kaum erinnern. Nun jedoch gar keine Großeltern mehr zu haben schmerzte.

»Sehr. Aber … in gewisser Weise war sie heute trotzdem dabei. Mit dem Wein, auf den sie jedes Mal bestanden hatte. Mit dem Rezept der Preiselbeersoße und mit der Honigmarinade, die sonst immer sie auf den Truthahn gepinselt hat.«

Mir wurde schwer ums Herz bei den Erinnerungen an meine Großmutter. Sie war letztes Jahr im Februar nach einer Lungenentzündung gestorben und fehlte immer noch so schrecklich.

»Das hast du schön gesagt.« Meine Stimme klang erstickt.

Selbst Mom war mit einem Mal sehr melancholisch, was ich so von ihr nur selten kannte, und ich sah die Tränen in ihren Augen schimmern. Sie lächelte mich tapfer an und ich musste sie unbedingt fest drücken.

»Komm gut nach Hause, hörst du? Melde dich, wenn du angekommen bist.«

»Aber natürlich. Mach dir keine Sorgen um mich.« Ich küsste sie auf die Wange. »Wenn überhaupt, dann werde ich nur überfallen, weil es aus der Tasche so lecker nach deinem Essen duftet«, scherzte ich.

Sie bedachte mich mit einem warnenden Blick und begleitete mich schließlich zur Haustür.

»Musst du wirklich schon los?« Dad kam auf mich zu und Tim folgte ihm, die Augen auf das Smartphone in seinen Händen gerichtet.

»Ja, aber wir sehen uns ja bald wieder.«

Er nickte und zog mich in eine feste Umarmung. »Ich kann dich immer noch fahren, wenn du willst.«

»Dad! Ich fahre öfter mit dem Bus, du musst dir wirklich keine Sorgen machen.«

Seufzend ließ er mich los. »Du bist mir einfach zu schnell erwachsen geworden.«

»Dafür habt ihr ja Tim noch ein paar Jahre an der Backe.«

Für diesen Kommentar verstrubbelte mir mein Bruder wild meine Frisur.

»Danke, du Pfeife.« Ich versuchte, meine braunen Haare vor dem Spiegel wieder halbwegs zu bändigen, und setzte mir schließlich meine wollene Mütze auf. In den letzten Tagen war es empfindlich kalt geworden. »Also … bis Sonntag!«

»Bis später!«, ermahnte mich Mom und erinnerte mich damit daran, dass ich mich noch bei ihr melden sollte, sobald ich im Wohnheim angekommen war. Dann öffnete ich die Tür – und staunte nicht schlecht: Die ersten vereinzelten Schneeflocken für dieses Jahr fielen vom Himmel.

»Es schneit!«, rief ich begeistert meiner Familie zu.

»Wie schön! So ein herrlicher Abschluss für diesen Thanksgiving-Abend«, meinte Mom und beugte sich so weit vor die Tür, dass sie mit ausgestreckter Hand ein paar der tanzenden Flocken erwischen konnte.

Tim grunzte. »Yeah, hoffentlich wird es über Nacht noch mehr und er bleibt liegen, dann gibts morgen schon die erste Schneeballschlacht.«

»Freu dich nicht zu früh, beim ersten Schnee ist's nicht immer gesagt, dass er auch bleibt«, dämpfte Dad gleich mal seine Euphorie.

Schmunzelnd winkte ich ein letztes Mal und machte mich endlich auf den Weg. Das Haus der Coles war nicht das Einzige, das schon dekoriert war. Bis ich in die Straße einbiegen konnte, in der sich auch die Bushaltestelle befand, musste ich mehrere weihnachtliche Vorgärten passieren. Gut, niemand hatte so dermaßen übertrieben wie unsere Nachbarn, aber ich mochte es, dass jetzt, wo es so winterlich war, bereits hie und da geschmückt wurde. Auch wenn ich Dads Einstellung verstand, dass er erst Thanksgiving mit all seiner Tradition und Bedeutung genießen wollte, ohne schon alles mit Elfen und Rentieren vermischt zu haben.

Ich war ebenfalls der Meinung, dass jedem der Feste gebührend Aufmerksamkeit geschenkt werden sollte, aber ich störte mich nicht daran, wenn es jemand anders sah als wir.

Als ich die Bushaltestelle endlich erreichte, hatte der Schneefall tatsächlich ein wenig zugenommen. Nur leicht, aber ich freute mich über den ersten Schnee in diesem Jahr. Ich hob den Kopf, schloss die Augen und ließ die kalten Flocken auf meinem Gesicht landen. Kurz war ich versucht, die Zunge herauszustecken, hielt mich dann jedoch zurück, da in diesem Moment ein Auto an mir vorbeifuhr.

Ich holte mein Smartphone aus der Tasche, um nachzusehen, wie viele Minuten ich noch in der Kälte ausharren musste – es waren sieben, sofern der Bus pünktlich kam –, und entdeckte eine Nachricht von meiner Freundin und Mitbewohnerin im Studentenheim.

ELLEN: ICH HOFFE, DU HAST FÜR SAMSTAGABEND NICHTS VOR. HAB EBEN ERFAHREN, DASS SHAWN FRANCIS AUCH AUF DER PARTY IM WOHNHEIM SE N WIRD. :)

Augenblicklich machte mein Herz einen Satz.

Ich war ihm vor ein paar Wochen im Café neben der Mensa über den Weg gelaufen und völlig fasziniert gewesen von seinen strahlend blauen Augen und seinem sympathischen Lächeln. Ellen war das natürlich nicht entgangen und daher hatte sie es sich zur Aufgabe gemacht, schnellstens herauszufinden, wer er war, was er studierte und was ihm sonst noch alles wichtig war.

Inzwischen wusste ich, dass er zwanzig und im Schwimmteam war und Kommunikationswissenschaften studierte. Angeblich war er Single, kam aus Warwick/Rhode Island und hatte im Nachbarswohnheim ein Zimmer, auch wenn ich ihn bisher noch nie gesehen hatte. Doch das hieß nichts – schließlich hatte ich immer einen ziemlich vollen Tagesplan mit meinem Psychologie-Studium, dem Arbeiten nebenbei und meinem ehrenamtlichen Engagement. Außerdem waren die Wohnheime auf dem Campus in Danbury allesamt ziemlich groß. Zum Glück lag meines sehr zentral und ich war schnell bei meinen Vorlesungen und Kursen.

Die Aussicht, ihm auf einer Feier wieder über den Weg zu laufen, hob meine Laune weiter an. Ich würde ihn auf jeden Fall ansprechen, diese Gelegenheit konnte ich mir nicht entgehen lassen.

LYDIA: ICH BIN DABEI! OMG, DU MUSST MIR HELFEN, WAS PASSENDES ZUM ANZIEHEN ZU FINDEN!

Eine Antwort würde vermutlich dauern. Ellen war ebenfalls bei ihren Eltern, und da sie morgen nicht arbeiten musste, wollte sie dort übernachten. Genau wie ihre drei Schwestern. Bestimmt ging es gerade lustig zu bei ihnen. Also verstaute ich das Telefon wieder in meiner Handtasche und schaute die Straße hinab in die Richtung, aus der der Bus kommen musste.

Zunächst war ich so auf die Straße fokussiert, dass ich nichts um mich herum wahrnahm. Bis ich aus dem Augenwinkel eine Bewegung an meiner Seite bemerkte. Einem Impuls folgend drehte ich mich um und sah zu der Frau, die sich neben mich gestellt hatte. Mein Herz setzte für einen Schlag aus … Kräftig blinzelte ich gegen den kalten Wind, die Dunkelheit und die immer dichter fallenden Schneeflocken an, bis ich erkannte, dass nicht Grandma in diesem dicken Wintermantel unter der flauschigen Pelzmütze steckte, sondern eine mir völlig fremde alte Dame. Ihr Gesicht war jedoch genauso faltig wie das meiner Granny, sie ging an einem Stock und wirkte ebenso gebrechlich.

Sie schien allein unterwegs zu sein, was mich traurig stimmte. Hatte diese Frau niemanden, der sie begleitete? Und das bei dem Wetter? Mir schauderte. Was, wenn sie stürzte oder ihr sonst was zustieß? Die Straßen waren dunkel und zum Teil schon eisig.

Aber was mich noch mehr traf als die Tatsache, dass sie allein unterwegs war, waren die Tränen, die ich auf ihrem Gesicht erkannte, als ich genauer hinsah.

Niemand sollte an einem Feiertag weinen müssen …

Für einen Moment rang ich mit mir, ob ich mich in das Leben einer Fremden einmischen sollte, dann jedoch entschied ich, sie einfach zu fragen, was passiert war. »Alles in Ordnung?«

Sie zitterte, ich war mir jedoch nicht sicher, ob vor Kälte oder weil sie so alt war. »Sie wollen mir mein Haus wegnehmen.«

Geschockt schaute ich sie an. »Wer?«

Sie redete weiter, als hätte sie mich nicht gehört, während immer mehr Tränen über ihre Wangen strömten. »Sie lassen mich an Thanksgiving allein und an Weihnachten auch. Und wenn sie mir auch noch mein Haus nehmen, hab ich gar nichts mehr.«

In meiner Brust breitete sich unglaubliche Traurigkeit aus. »Wie meinen Sie das? Wo werden Sie denn wohnen, wenn nicht in Ihrem Haus?«

»Meine Tochter und mein Schwiegersohn wollen es haben. Für meinen Enkelsohn. Das Haus, das Charles und ich gemeinsam gekauft haben, als wir jung waren. Sie wollen es haben, aber ohne mich. Deshalb stecken die mich in ein Altenheim, damit ich ihnen nicht länger im Weg bin.« Sie sagte es mit so trauriger, ja hilfloser Stimme, dass ich das Bedürfnis verspürte, sie in die Arme zu nehmen und zu trösten. Aber ich hielt mich zurück, da ich die Frau nicht kannte und nicht wusste, ob es für sie okay wäre.

»Und dann kommen sie mich gar nicht mehr besuchen. Ich sehe sie ja jetzt schon so selten. Vielleicht zweimal im Jahr ... Die restliche Zeit bin ich allein.«

Ungläubig schüttelte ich den Kopf. Wie konnte man nur eine so liebe alte Frau alleinlassen? Wir hätten Grandma nie so egoistisch und gefühllos von uns gestoßen. Wir hatten sie regelmäßig besucht oder sie zu uns geholt, um viele Familienfeste mit ihr zu feiern oder einfach gemeinsam die Wochenenden zu verbringen, selbst dann noch, als sie im Altersheim gewesen war.

Dass diese Frau heute allein sein musste, war schlimm, und dass sie selbst an Weihnachten niemanden hatte, der mit ihr feierte, verstärkte den Knoten in meinem Hals. »Feiern Sie mit mir und meiner Familie. Bitte. Ich möchte nicht, dass Sie allein sein müssen, und würde Sie gern am Weihnachtsabend zu uns einladen«, sagte ich, ohne groß darüber nachzudenken. Zwar hätte ich erst meine Eltern fragen sollen, aber ich hoffte einfach, dass Sie nichts dagegen hätten, wenn ich ihnen von der unfassbaren Geschichte ihrer Familie erzählte.

Der Gedanke daran, dass Grandma sich so gefühlt hätte wie diese Frau, war für mich richtig schlimm. Unvorstellbar, was das für eine Tochter war, die ihrer Mutter das Haus wegnehmen wollte, nur damit der eigene Sohn dort wohnen konnte. Und was war der Enkel für ein Mensch, dass ihm seine Großmutter so egal war?

»Bei Ihnen?«, fragte die alte Frau irritiert, und zum ersten Mal sah sie mich direkt an. In ihrem Blick konnte ich ganz deutlich den Kummer sehen.

»Ja. Bitte, feiern Sie mit uns. Bei uns sind Sie herzlich willkommen. Meine Familie ist bekannt für ihr leckeres Weihnachtsessen. Geben Sie mir Ihren Namen und Ihre Telefonnummer, dann melde ich mich bei Ihnen und wir holen Sie an Heiligabend zu uns.«

Die alte Frau wirkte überrumpelt. Aber nicht im negativen Sinn. Ihre Mundwinkel zuckten zu einem dankbaren Lächeln nach oben. »Das ist ein so liebes Angebot, das kann ich nicht annehmen.«

»Doch, bitte. Wir kochen einen Braten und singen Weihnachtslieder. Wir spielen Monopoly und lesen uns Weihnachtsgeschichten vor. Es ist gemütlich bei meinen Eltern und meinem Bruder. Es wird Spaß machen, Sie werden sehen.«

»Wie heißen Sie, Miss?«

»Lydia Carrington. Ich studiere an der WCSU in Danbury/Conneticut, meine Eltern wohnen jedoch hier in Richmond, nur wenige Straßen weiter.« Ich zeigte in die Richtung, aus der ich gekommen war.

»Lydia. Ein schöner Name.« Die Frau zog ein zerknülltes Taschentuch aus ihrer Manteltasche und trocknete sich damit die Wangen. »Ich heiße Grace Schneider.« Sie nannte mir ihre Telefonnummer, die ich in mein Handy speicherte. Dann kam auch schon mein Bus und ich wollte der Frau beim Einsteigen behilflich sein.

»Nein, das ist nicht meiner, ich warte auf die nächste Linie. Aber Ihnen vielen Dank. Sie sind ein guter Mensch. Happy Thanksgiving, Lydia.«

»Happy Thanksgiving«, murmelte ich, bevor ich in den Bus stieg. Die Türen schlossen sich hinter mir und ich hielt den Blick so lange auf die alte Frau gerichtet, bis sie aus meinem Blickfeld verschwunden war. Nur diese schwere Traurigkeit blieb, genau wie das Gefühl, etwas Gutes getan zu haben, indem ich sie eingeladen hatte, Weihnachten mit uns zu feiern.

Kapitel 2 – Lydia

Kaum dass ich durch die große Eingangstür ins Studentenwohnheim ging, rief ich meine Mom an. Nicht nur, um ihr zu sagen, dass ich gut zu Hause angekommen war, sondern auch, um ihr von der alten Frau und meinem spontanen Entschluss zu erzählen, sie zu Weihnachten einzuladen.

Meine Mütze war voller Schnee, als ich sie abnahm. Die weiße Pracht ist während der Busfahrt noch mehr geworden und inzwischen tanzten richtig dicke Flocken vom Himmel, die auf den Straßen, Gehwegen und Wiesen liegen blieben. Tim vollführte bestimmt schon einen Freudentanz.

»Ich hoffe, es ist okay für euch, dass ich sie eingeladen habe. Sicher, ich hätte euch *vorher* fragen sollen, aber es war eine spontane Idee. Wenn es ungünstig ist, dann …«

»Lydia, natürlich ist das in Ordnung, Schätzchen. Du bist eine so gutherzige Frau, so empathisch. Ich bin stolz auf dich und finde es wirklich eine schöne Idee und Geste, dass du sie eingeladen hast. Was sind das bloß für Leute, die ihre Grandma einfach so alleine lassen und abschieben? Die sie loswerden wollen, nur weil sie jetzt alt und gebrechlich und auf Hilfe angewiesen ist?« Mom klang richtiggehend bestürzt – und damit genau so, wie ich mich gefühlt hatte, als Grace mir von ihrem Schicksal erzählte.

Während ich meinen Mantel aufknöpfte, ging ich die Treppen hinauf. »Sagst du es auch noch Dad? Nicht, dass er ebenfalls wen einlädt, und dann sind wir zu viele ...«

»Komm schon, hör auf, Lydia. Das ist völlig in Ordnung. Einen Platz mehr haben wir auf jeden Fall frei. Sonst müssen wir halt den Gartentisch aus der Garage holen. Mach dir darüber keinen Kopf.«

»Mom?«, sagte ich leise und konnte dabei nicht verhindern, dass meine Stimme zitterte.

»Ja, Liebes?«

»Die Frau heute Abend ... Im ersten Moment dachte ich, es sei Grandma, die da neben mir steht.«

Einen Augenblick herrschte Schweigen am anderen Ende der Leitung, dann hörte ich ein tiefes Seufzen. »Ach, Lydia ...« Mom klang genauso traurig, wie ich mich fühlte. »Ist das der Grund, weshalb du sie eingeladen hast? Um noch einmal dieses schöne Gefühl der Zufriedenheit zu empfinden, für das Grandma immer verantwortlich war?«

Auf meiner Etage angekommen schüttelte ich erst den Kopf, ehe mir bewusst wurde, dass sie das nicht sehen konnte. »Nein, ich hätte es so oder so getan. Die Frau war so ... Sie tat mir so leid. Aber ... hast du auch schon mal gedacht, dass du Grandma siehst? Also ... seit sie nicht mehr bei uns ist, meine ich.«

Wieder dauerte es, bis sie mir eine Antwort gab. »Ja, im Sommer. Ich war einkaufen und völlig vertieft ins Suchen der Lebensmittel, die ich aufgeschrieben hatte.«

»Dachtest du, sie sei auch im Supermarkt?«, fragte ich mit belegter Stimme, als ich die Tür zu meinem Zimmer aufschloss. Im Wohnheim war es total ruhig, vom üblichen Tumult war nichts zu sehen, weil die meisten bestimmt noch bei ihren Familien waren.

»Ja«, sagte sie leise und schluchzte erstickt. »Ich habe mich umgedreht und da war plötzlich diese Frau … Im ersten Moment wollte ich zu ihr gehen und fragen: ›Mom, was machst du denn hier?‹«

»O Gott …« Ich hängte den Mantel mit einer Hand an den Haken hinter der Tür und streifte die Stiefel ab. Mütze und Schal legte ich auf den Heizkörper, damit sie trocknen konnten.

»Als mir klar wurde, dass sie es nicht sein *kann,* hab ich den Einkaufswagen einfach stehen lassen und bin völlig aufgelöst aus dem Laden gestürzt«, gestand sie leise. »Bisher hab ich das niemandem erzählt, weil ich dachte, ihr würdet mich für verrückt halten. Ich meine, erst hab ich monatelang um meine Mutter getrauert und dann *vergesse* ich, dass sie tot ist.«

So, wie sie gerade klang, machte sie sich noch immer Vorwürfe deswegen.

»Ach, Mom, das ist doch völlig verständlich! Sie war fünfundvierzig Jahre lang Teil deines Lebens. Und du vermisst sie. Niemand verlangt von dir, einfach so von einem Tag auf den anderen damit abzuschließen, dass sie nicht mehr hier ist. Dass du sie nie wieder zufällig beim Einkaufen treffen wirst.«

»Aber nach einem guten halben Jahr hätte ich mich schon damit abfinden müssen, denkst du nicht?«

»Da fragst du definitiv die Falsche.« Erschöpft setzte ich mich auf mein Bett, das knarzend unter mir ächzte. Das Bettgestell hatte seine besten Tage bereits vor Jahrzehnten hinter sich gehabt, aber das sah man ihm auf den ersten Blick nicht an, da ich meine goldfarbene Tagesdecke darauf ausgebreitet und es mit dunkelgrünen Kissen verziert hatte, um ihm zumindest optisch mehr Gemütlichkeit zu verleihen.

Mom lachte schnaubend auf. »Dann ist es doppelt so schön, dass du diese Frau zu uns eingeladen hast. So muss sie an Weihnachten nicht allein sein … und wir beide haben einen Abend, der uns deine Grandma ein letztes Mal näherbringen wird.«

Als ich am nächsten Tag müde und mit leichten Kopfschmerzen von der Arbeit im Spielzeugladen nach Hause kam, war Ellen bereits zurück von ihrer Familie. Sie lag auf dem Bett unter den Girlanden aus Fotos und getrockneten Blumen, zwischen denen sie goldene Engel, Sterne und Schneemänner aufgehängt hatte, und hatte ihre Kopfhörer auf, aus denen, wie ich sie kannte, lautstark Musik dröhnte. Auf der Nase trug sie ihre Brille, die sie nur zum Lesen brauchte und die sie wie eine Wissenschaftlerin aussehen ließ. Den Kopf hatte sie in eines ihrer Management-Bücher gesteckt, und sie war so darin vertieft, dass sie mich erst bemerkte, als ich mich auf ihre Matratze setzte und sie an der Fußsohle kitzelte.

»Mein Gott, Lydia, hast du mich erschreckt. Irgendwann sorgst du noch dafür, dass ich einen Herzinfarkt bekomme!« Dabei standen ihr Belustigung und Schock gleichermaßen ins Gesicht geschrieben.

»Sorry!« Ich schmunzelte entschuldigend. »Wie war es bei deiner Family?« Nachdem sie sich aufgesetzt hatte, machte ich es mir im Schneidersitz bequem.

»Stell dir vor, ich werde Tante! Briana ist schwanger!« Ihre Augen leuchteten vor Begeisterung. »Sie ist in der vierzehnten Woche und man sieht schon ein ganz kleines Bäuchlein.«

»Awww, wie aufregend, ich freu mich für sie und Simon. Und natürlich auch für dich, Tante Ellen.«

»Du kannst dich also schon mal drauf einstellen, dass ich dich morgen im Laden besuche. Ich brauche unbedingt ein Willkommensgeschenk für meine Nichte oder meinen Neffen.«

»Du weißt aber, dass es noch ungefähr sechsundzwanzig Wochen dauert, bis du es dem oder der Kleinen überreichen kannst?«

»Das macht doch nichts. Bis es so weit ist, werde ich bestimmt noch ein paarmal eskalieren. Ich meine, was wäre ich für eine Tante, wenn ich das Herzchen nicht verwöhne.«

»Mhm, nur dass das Baby drei Tanten hat, die vermutlich alle ähnlich reagieren werden.«

Sie grinste und zuckte mit den Schultern. »Hey, Briana ist die Erste von uns, die schwanger ist. Mit der Eskalation müssen sie und Simon leben. Bei den nächsten Kindern werden wir uns bestimmt etwas beruhigt haben. Und außerdem kann man zu Beginn gar nicht genug an Babyausstattung geschenkt bekommen. Das Zeug ist ja so unglaublich teuer!« Sie stand auf und holte sich ihre Wasserflasche vom Schreibtisch, dann setzte sie sich wieder zu mir. »Wie war es bei dir?«

»Die Nachbarn meiner Eltern haben ihre Weihnachtsbeleuchtung pünktlich in dem Moment eingeschaltet, als Dad sich darüber gefreut hat, dass sie dieses Mal *nicht* an Thanksgiving die Nacht zum Tag machen.«

Sie kicherte.

»Und auch sonst war es schön.« Den Kopf leicht zur Seite geneigt fragte ich: »Bin ich alt, wenn ich sage, dass es irre ist, wie sehr mein Bruder gerade wächst? Ich glaube, inzwischen überragt er sogar Dad.«

»Nein, du bist nicht alt. Melinda hat mich mit ihren fünfzehn Jahren ebenfalls überholt. Jetzt bin ich offiziell die Kleinste in unserer Familie.« Sie schob ihre Unterlippe vor, was mich zum Lachen brachte.

»Gut, das ist bei deinen eins siebenundfünfzig auch nicht schwer.«

»Hey! Ich bin einen Meter achtundfünfzig groß. Mach mich nicht kürzer, als ich bin!« Sie warf ein Kissen nach mir, das ich abfing, bevor es mir ins Gesicht fiel.

»Tut mir leid, wird nicht mehr vorkommen.«

»Das will ich auch hoffen!«, meinte sie mit weit aufgerissenen Augen. »Ach, übrigens! Hast du schon eine Idee, was du morgen anziehen willst? Ich bin ja für das rote Wollkleid, das steht dir wirklich gut. Wenn Shawn dich darin sieht, ist er bestimmt völlig von dir bezaubert.«

Schmunzelnd schüttelte ich den Kopf. »Puh, also … keine Ahnung. Aber wenn du das sagst.«

»Auf jeden Fall! Und lass die Haare wild. Du weißt, ich liebe deine Naturwellen. Sollte ich doch mal weg von meinen kürzeren Haaren wollen, wünsche ich mir auch so schöne große Wellen, wie du sie hast.« Seit ich Ellen kannte, hatte sie einen frechen blonden Bob. Sie behauptete, ihre Haare hätten noch nie ihre Schultern berührt. Für mich unvorstellbar, da meine immer schon zumindest bis zur Mitte der Oberarme reichten.

»Dieses Jahr an Weihnachten werden wir eine alte Frau zu Gast bei uns haben. Also zu Hause, bei meinen Eltern«, schwenkte ich schließlich auf das Thema, das mich auch heute beschäftigt hatte. Dann erzählte ich Ellen von der Unterhaltung an der Bushaltestelle.

»Gott, die arme Frau. Was sind das für eine Tochter und für ein Enkelsohn, die sie so kaltherzig behandeln?«

»Ja, oder? Ich bin nach wie vor geschockt. Vor allem … hast du dir schon mal Gedanken darüber gemacht, wie viele Leute an Weihnachten allein sind? Die niemanden mehr haben und ohne Familie einsam zu Hause sitzen?« Diese Vorstellung sorgte bereits den ganzen Tag dafür, dass sich in meiner Brust ein unangenehmes Ziehen ausbreitete.

»Hm, bestimmt sind es viele. Zu viele. Denk nur mal an die alten Leute, die sich mit ihrer Familie zerstritten haben. An die Außenseiter der Gesellschaft, an frisch Geschiedene, an jene, die niemanden mehr haben …«

»Ja«, sagte ich traurig. »Schwer vorstellbar, wie schlimm das sein muss. Bei uns ist Weihnachten schon immer ein harmonisches Familienfest. Überhaupt bin ich ja regelmäßig bei meinen Eltern zu Besuch. Da bin ich echt froh, dass ich nicht allzu weit von ihnen entfernt einen Studienplatz gefunden habe. Aber selbst wenn ich am anderen Ende des Landes oder … keine Ahnung, in Europa studieren würde, würde ich entweder an Thanksgiving oder über die Weihnachtsfeiertage nach Hause kommen. Das versteht sich doch von selbst.«

Ellen nickte. »Auch wenn mich meine Schwestern manchmal nerven, wäre es schlimm, ohne sie feiern zu müssen. Keine Ahnung, vermutlich ist dieses Jahr Weihnachten das letzte Mal so, wie ich es bei uns kenne. Sobald Briana und Simon ihr Baby haben, liegen die Prioritäten bei den beiden sicher woanders.«

»Irgendwie will ich helfen. Nicht nur dieser Frau, sondern ... allen«, sagte ich und lenkte wieder auf das Kernthema zurück.

Ellens Gesichtszüge wurden weich. »Ach, Lydia. Du hast so ein gutes Herz, aber ... du kannst nicht *allen* helfen. Du tust doch schon so viel mit deiner ehrenamtlichen Arbeit im Krankenhaus.«

Zu diesem Job war ich eher zufällig gekommen, als Tim sich vor drei Jahren eine Gehirnerschütterung beim Skateboarden zugezogen hatte. Bei meinem Besuch hatte ich ein Buch dabei, das für Elias, einem unserer Nachbarskinder, zum Geburtstag vorgesehen war. Ich hatte es auf dem Weg zum Krankenhaus gekauft und wollte Elias danach noch gratulieren. Weil mein Bruder jedoch geschlafen hatte, als ich reinkam, hab ich mich einfach ans Nachbarbett gesetzt und der kleinen Louisa vorgelesen. Eine der Schwestern hatte das mitbekommen und mich gefragt, ob ich nicht im Aufenthaltsraum fortfahren wollte. Dort wären einige weitere Kinder, denen die Geschichte bestimmt gefallen würde. Und so hatte es sich ergeben, dass ich seitdem alle ein bis drei Wochen – je nachdem, wie ich Zeit hatte – ins Krankenhaus fuhr, mit den Kindern spielte und aus einem neuen Buch aus der Bücherei vorlas.

»Ich weiß. Trotzdem lässt es mir keine Ruhe. Mir tun die Menschen einfach leid und ich fühle mich so ... hilflos.«

Ellen lächelte mich wohlwollend an. »Du sammelst doch bereits so viele Karmapunkte, indem du diese Frau zu euch eingeladen hast und mit den Kindern spielst. Langsam bekomme ich ein schlechtes Gewissen, weil meine soziale Ader bei Weitem nicht so ausgeprägt ist wie bei dir.«

»Ach, komm, hör auf. Wer bringt mir denn immer Brötchen von der morgendlichen Joggingrunde mit? Und wer leiht mir Socken, wenn ich keine mehr finde? Oder gibt mir sein letztes *Twinkies* ab, wenn ich plötzlich mitten in der Nacht Heißhunger auf Süßes bekomme?«

»Na gut, du hast recht. Und ich hab außerdem für dich rausgefunden, dass Shawn Francis morgen auf der Party ist.« Grinsend reckte sie ihr Kinn in die Höhe.

»Genau! O Gott, hoffentlich traue ich mich, ihn anzusprechen.« Aufgeregt legte ich mir beide Hände an die Wangen.

»Ganz sicher. Sonst helfe ich nach.«

»Bitte nicht. Wie ich dich kenne, schubst du mich in seine Richtung, bis ich stolpernd an seiner Brust lande und ihm dabei mein Getränk über das Shirt kippe.«

Sie lachte auf. »Könnte tatsächlich passieren.«

»Siehst du! Und das wäre fatal! Womöglich ist er danach total genervt von mir und ich bin auf ewig die mit den Gleichgewichtsproblemen oder plumpen Anmachversuchen. Oder die, die sich auf Partys die Kante gibt und sich nicht mehr unter Kontrolle hat. Nein, ich werde all meinen Mut zusammennehmen und ihn selbst ansprechen. Damit du nicht in Versuchung gerätst.«

Sichtlich zufrieden nickte sie. »Hat ja gut funktioniert, meine kleine Drohung.«

Augenrollend schleuderte ich das Kissen zu ihr zurück und kicherte, als etwas Wasser aus der Flasche schwappte, kaum dass es sie traf.

Mit Ellen war es immer leicht und locker. Sie verstand mich durch und durch. Und doch blieb diese Aufregung in mir, wenn ich an morgen und an Shawn dachte …

Als ich am nächsten Tag in den Spielzeugladen kam, hatte ich keine Zeit, an die Party am Abend zu denken. War hier gestern schon viel los gewesen, so war es heute, als würden wir was verschenken – und dabei war es der Tag *nach* Black Friday! Wir mussten alle fünf Kassen öffnen, und trotzdem standen die Leute bis in die Gänge Schlange. Mit dem Auffüllen der Ware kamen wir kaum hinterher.

Es war verrückt und ich hoffte einfach nur, dass der Tag bald vorüber war. Doch in den nächsten Wochen würde es nicht viel anders sein. Das Weihnachtsgeschäft stand uns bevor und erfahrungsgemäß war das mit Abstand die anstrengendste Zeit.

Irgendwann am Nachmittag war Ellen aufgetaucht. Sie kam zu mir, als ich gerade die Puppen aus dem Lager holte, die dieses Jahr besonders gefragt waren und die die Leute kauften, als hätten sie noch nie so ein Spielzeug gesehen.

»Hey! Echt irre, was hier los ist«, begrüßte sie mich und drückte mich kurz an sich. »Kann ich irgendwas für dich tun? Brauchst du was zu essen oder zu trinken, das ich für dich besorgen kann?«

Ich parkte den Hubwagen neben dem Regal mit den Puppen, und begann bereits, die Rückstände aufzufüllen. Allein auf dem Weg hierher sind zwei Leute zu mir gekommen, die genau dieses Modell kaufen wollten und denen ich die Kartons direkt vom Wagen gereicht hatte.

»Danke, lieb von dir, aber fürs Essen werde ich wohl keine Zeit haben. Zumindest nicht in den nächsten zwei Stunden. Ich hoffe einfach, dass es gegen Abend ruhiger wird, bevor wir hier dekorieren müssen.«

Ellen sah mich bestürzt an. »Oje, stimmt, daran hab ich gar nicht mehr gedacht. Schaffst du es dann überhaupt zur Party? Oder wie lange wird das dauern, bis der ganze Laden weihnachtlich geschmückt ist?«

»Das klappt schon. Wir sind ein eingespieltes Team und heute sind so viele hier, dass wir bestimmt in einer Stunde mit allem fertig sind.«

»Okay, dann bin ich beruhigt.«

»Gerade eben ist es wirklich ungünstig, privat zu plaudern, wenn der Laden kurz vorm Platzen ist«, raunte mir meine Chefin zu, die in dem Moment an uns vorbeihuschte, beide Hände voller Spielsachen. Ich hatte nicht einmal die Zeit, darauf zu reagieren, schon war sie weitergeeilt.

»Nun gut, ich muss …«, sagte ich an Ellen gewandt. »Kuscheltiere, Spielebögen und Knisterbüchlein aus Stoff für die ganz Kleinen sind drei Gänge weiter. Einfach rechts halten, die Babyabteilung ist kaum zu übersehen.«

»Danke, keine Sorge, ich finde mich schon zurecht.« Sie schenkte mir einen mitfühlenden Blick.

»Sorry, dass ich nicht mehr helfen kann gerade.«

»Alles gut.« Sie warf mir noch eine Kusshand zu, als ich mich von ihr verabschiedete und mit dem leeren Hubwagen zurück ins Lager fuhr.

Stunden später brannten meine Füße, mein Kopf fühlte sich schwer und müde an und der Rücken schmerzte. Zudem hatte ich das Gefühl, völlig durchgeschwitzt zu sein. Doch so gern ich auch nach Hause wollte, es mussten erst die Plakate vom Black-Friday-Weekend abgeräumt und die Weihnachtsdeko hervorgeholt werden.

Schon am Morgen, bevor der Laden aufgesperrt wurde, hatte unsere Chefin uns in Dekorationsgruppen eingeteilt, damit jetzt alles schnell und reibungslos verlief. Um auch gleich in die richtige Stimmung zu kommen, hatte sie Weihnachtsmusik eingeschaltet. Sofort war meine Müdigkeit wie weggewischt und ich summte vergnügt bei der Arbeit mit. Gemeinsam mit drei anderen war ich dafür verantwortlich, überall Tannengirlanden mit Lichterketten an den oberen Regalenden anzubringen. Als wir fertig waren, steckten wir Weihnachtskugeln darin fest. Die anderen Teams brachten mithilfe von hohen Stehleitern Weihnachtssterne an der Decke an und ummantelten die mit den Namen der einzelnen Abteilungen bedruckten Schilder mit kleinen Glitzergirlanden. Als wir damit fertig waren, taten mir die Arme weh, aber ich liebte es, wie hier alles weihnachtlich wurde.

Zum Schluss wartete noch das Highlight auf uns: Im vorderen Eingangsbereich stellten wir alle gemeinsam den großen Weihnachtsbaum auf und behängten ihn mit Kugeln in allen möglichen Farben und Formen. Darunter platzierten wir leere Kartons, die in Geschenkpapier gewickelt und mit schönen Schleifen verziert wie echte Weihnachtsgeschenke aussahen. Diese hatten wir im Laufe der letzten Woche in unseren Pausen gepackt. Jedes Jahr wurden mehr als die Hälfte davon während der Vorweihnachtszeit von Kunden geklaut. Wirklich verrückt, wenn man bedachte, dass die Schachteln völlig leer waren und man das auch anhand des Gewichts erahnen konnte.

Als wir endlich fertig waren, sackte ich müde zu Boden. Der Gedanke an eine Party war mir gerade so fremd wie Sommer, Sonne, Strand und Meer.

»Großartig, ich danke euch für eure Hilfe«, begann unsere Chefin, die sich auf den Verkaufstresen gesetzt hatte und ihre Beine baumeln ließ. »Ab morgen herrscht hier Weihnachten – für diejenigen, die es noch nicht mitbekommen haben.«

Wir alle mussten lachen, was nach dem harten Tag echt guttat.

»Eure Kostüme habt ihr in eurem Spind, richtig?«

Einheitlich zustimmendes Gemurmel machte sich breit.

»Gut. Dann sehen wir uns ab Montag in alter Frische und als Weihnachtselfen verkleidet wieder. Gibt es noch Fragen?«

Ich schielte zu Harmony, meiner Kollegin, die von diesem ganzen Weinachtstrubel nicht so begeistert wart. Doch sie presste die Lippen aufeinander und schwieg – vermutlich, weil ihr klar war, dass ihretwegen keine Ausnahme gemacht wurde. Sie wusste genau wie alle anderen, dass unserer Chefin die weihnachtliche Stimmung im Laden, die Deko und infolgedessen auch die Kostüme unglaublich wichtig waren. Sie war der Meinung, dass das alles dazu beitrug, noch mehr Umsatz zu machen. Sich dagegen aufzulehnen kam mit Sicherheit einer Kündigung gleich ...

Keine Ahnung, was Harmony an dem ganzen Christmas-Spirit störte. Ich liebte diese Zeit. Ja, es war unfassbar stressig hier im Laden, aber ich war froh, diesen Job ergattert zu haben, und konnte es kaum erwarten, bei meinem nächsten Dienst die strahlenden Kinderaugen zu sehen. Denn das war für mich der Bonus in der Weihnachtszeit.

Kapitel 3 – Shawn

»Okay, Jungs, das wars!«

Ich war gerade aufgetaucht, als ich unseren Coach diese erlösenden Worte sagen hörte. Erleichtert ließ ich mich auf den Rücken gleiten und streckte beide Arme von mir. Das Brennen der Muskeln in den Armen, Beinen und Schultern hallte noch in mir nach, während ich die Augen schloss und … gleich darauf einen Schwall Wasser schluckte.

Prustend tauchte ich auf und sah mich nach dem Übeltäter um. »Gottverdammt, Julien, du bist ein verdammter Arsch!« Lachend versuchte ich, meinen Teamkollegen zu erreichen, doch der Mistkerl war schneller als ich und schon aus dem Wasser, bevor ich den Beckenrand erreicht hatte.

»Hey, hey! Beruhigt euch!« Unser Coach schenkte uns einen strengen Blick, der uns sagte, dass wir unser Temperament zügeln sollten. Diejenigen, die in der Schwimmhalle Rangeleien angefangen hatten, waren danach fast immer verletzungsbedingt ausgefallen. Die Fliesen hier waren fies rutschig und hart und ein Sturz war nicht nur verdammt schmerzhaft, sondern auch gefährlich.

Wobei zwischen Julien und mir keine Gefahr bestand, dass wir uns solche Aktionen übel nahmen. Wir verstanden uns gut und wussten beide, dass es nur eine auflockernde Rangelei nach dem harten Training war.

Ich hievte mich aus dem Wasser und ging zu meiner Tasche, aus der ich ein Handtuch zog, das ich mir um die Schultern hängte.

»Euch allen ein schönes Wochenende«, sagte der Coach, als wir uns zum abschließenden Gespräch wie jedes Mal um ihn versammelt hatten. »Und nicht vergessen: Auch wenn wir uns Weihnachten immer mehr nähern, bedeutet das nicht, dass ihr das Training oder eure Ernährung schleifen lassen könnt. Ich weiß, die Versuchung ist gerade jetzt groß, sich Cheat-Days zu gönnen und den Körper für ein paar Tage zu vernachlässigen. Aber glaubt mir, das macht sich schnell bezahlt.«

Durchgängiges Brummen machte sich breit. Er war wirklich streng und wir wussten, er würde uns unbarmherzig mit zusätzlichen Trainingsstunden quälen, wenn er den Eindruck hatte, wir würden das Schwimmen auf die leichte Schulter nehmen.

»Außerdem weiß ich ja, wie ehrgeizig ihr seid. Bei den nächsten Wettbewerben wollt ihr immerhin wieder ganz vorne mitmischen, hab ich recht?«

Diesmal konnten wir ihm nur enthusiastisch zustimmen. Denn ja, es gab kein besseres Gefühl, als zu gewinnen.

Endlich wurden wir entlassen. Als ich kurz darauf fertig geduscht in der Umkleide stand und Julien in seine Jeans schlüpfte, nutzte ich die Gelegenheit, um ihm das von vorhin heimzuzahlen, und rempelte ihn an. Natürlich nicht ohne ihn gleich am Unterarm zu packen und einen Sturz zu verhindern.

»Idiot«, schimpfte er belustigt.

»Hey, jetzt sind wir wieder quitt.«

Statt einer Antwort zeigte er mir den Mittelfinger und zog sich dann seinen Pullover über den Kopf.

»Hör mal, ich bin später auf einer Party im Studentenwohnheim nebenan. Hast du Bock?«

Scharf zog er die Luft zwischen den Zähnen ein. »Uh … Heiße Studenten, Bier und Partystimmung. Das klingt alles sehr verlockend. Aber leider kann ich nicht. Ich hab meinem kleinen Bruder versprochen, später mit ihm ins Kino zu gehen. Wenn du jedoch Bock hast, können wir noch Pizza essen gehen«, raunte er mir zu und vergewisserte sich, dass der Coach nicht in der Nähe stand und Wind davon bekam. Wir aßen immer wieder mal Fastfood, ließen ihn aber besser im Glauben, wir würden uns ausschließlich von Haferflocken, Magerquark und Hähnchenfilet ernähren.

»Solltest du das nicht besser mit deinem Bruder machen?«

Julien schüttelte den Kopf. »Der ist zum Abendessen bei seiner Freundin. Und eine gute Unterlage schadet nie, wenn man auf eine Party geht. Win-win für beide, würde ich sagen.«

Dagegen hatte ich natürlich nichts einzuwenden.

Wir hatten vereinbart, uns eine halbe Stunde später in der Pizzeria zu treffen. Aber erst wollte ich meine Schwimmsachen aufs Zimmer bringen, weil ich im Anschluss ans Essen gleich weiter zur Party wollte.

Chase und Will, meine beiden Zimmerkollegen, lieferten sich gerade ein Battle an der Playstation und reagierten nur beiläufig auf mein »Hi«, als ich eintrat. Die zwei verband nicht nur ihre Liebe zum Zocken, sondern sie studierten auch beide Cybersecurity und waren irgendwie schräg drauf – was aber dazu beitrug, dass es bei uns auf dem Zimmer nie langweilig wurde.

Meine Tasche warf ich mit der Winterjacke aufs Bett und holte das nasse Handtuch und die Badeshorts raus, die ich beide über den Handtuchheizkörper im Bad hängte. Die Badekappe hängte ich gemeinsam mit der Schwimmbrille über die Lehne meines Schreibtischstuhls und putzte mir die Zähne – auch wenn ich gleich Pizza essen würde.

»Kommt ihr später auch auf die Party nebenan?«

Chase stöhnte auf, als Will den Fight gewann, und legte den Controller beiseite. »Ich denke eher nicht. Hier riecht es nach Revanche.«

Will lachte lauthals auf und holte sich eine Cola aus dem Kühlschrank. »Er hofft immer noch.« Mit dem Daumen deutete er über die Schulter zu Chase, der ihm als Antwort den Mittelfinger zeigte. »Aber gut, ich hab Zeit. Und eine Party klingt zwar verlockend, aber Chase verlieren zu sehen, macht definitiv mehr Spaß.«

Chase brummte etwas, das nicht sehr nett klang. »Heute bin ich gut in Form. Das war nur das Aufwärmen«, meinte er zu Will, dann raunte er mir zu: »Er weiß nicht, dass ich bei den Chemie-Jungs über uns trainiert habe. Aber hey, wir haben überlegt, später Burger essen zu gehen. Wir könnten das auch vorverlegen, wenn du vor der Party was essen und mit uns mitgehen willst.«

Dass sie meinetwegen ihre Pläne ändern würden, zeigte mir wieder einmal, dass sie trotz ihrer Verbundenheit und ihres Knalls schwer in Ordnung waren.

»Danke, aber ich bin gleich zum Pizzaessen verabredet. Das nächste Mal jedoch gerne.«

»Verabredet?« Will wackelte mit den Augenbrauen.

»Ja, mit Julien. Also, viel Spaß, ihr Säcke. Wir sehen uns …«

»Ja, bis später. Lass es krachen!«, rief Will noch, bevor ich die Tür hinter mir schloss.

Als Julien und ich kurz darauf in der Pizzeria saßen und unsere Pizzen vor uns stehen hatten, sprachen wir über den neuen Film mit Vin Diesel, den er sich mit seinem Bruder anschauen wollte, bis wir wieder bei unserem Trainer landeten, der uns immer so viel abverlangte, als würden wir für die Olympischen Spiele trainieren.

»Er könnte echt mal etwas weniger streng sein«, maulte Julien, als er sich ein Stück Pizza nahm. »Ist ja alles recht und schön, aber wir sind keine Hochleistungssportler.«

»Vielleicht hätte er das gerne«, wandte ich schmunzelnd ein.

»Vielleicht wollen *wir* das aber nicht?«

Ich legte meinen Kopf schräg. »Na ja, bei einigen im Team könnte ich mir schon vorstellen, dass sie nichts dagegen hätten. Ich will jetzt keine Namen nennen, aber …«

Julien nickte schnaubend. »Schon klar. Aber Michael ist auch ein Extrembeispiel. Den kann man nicht mit uns Normalsterblichen vergleichen.«

»Er legt die Messlatte zumindest ziemlich hoch«, erklärte ich schulterzuckend.

Seufzend nahm sich Julien ein Stück Pizza von meinem Teller – ein Deal zwischen uns, wir teilten immer zumindest zwei Pizzaecken miteinander. »Lass uns über was anderes reden. Triffst du dich heute mit wem auf der Party oder gehst du allein hin?«

»Ich bin mit ein paar Kumpels verabredet. Also kein Date oder so.«

»Wer weiß, vielleicht ergibt sich ja was auf der Party. Ich hab gehört, dass in dem Wohnheim neben deinem die heißesten Studentinnen wohnen.«

»Wer weiß. Hauptsächlich gehe ich hin, um Spaß zu haben und abzuschalten. Die Woche war anstrengend.«

Er nickte, während ich sofort wieder an die Frau dachte, die mich vor Kurzem im Café beobachtet hatte. Denn sie war einer der Hauptgründe, warum ich auf die Party ging. Dabei wusste ich nicht einmal, ob sie ebenfalls hier studierte. Ich war keiner der klassischen Partytiger, ich mochte es lieber, mich mit meinen Kumpels gemütlich zusammenzusetzen, statt auf die überfüllten Studentenpartys zu gehen. Kein Wunder also, dass ich sie noch nie gesehen hatte – auch wenn sie hier auf dem

Campus studierte oder womöglich sogar wohnte. Vielleicht war sie auch nur zu Besuch hier. Falls ich ihr jedoch über den Weg laufen würde, hatte ich mir vorgenommen, das herauszufinden. Ihr offenes Lächeln und das Strahlen in ihren graugrünen Augen konnte ich nicht vergessen. Und ich hatte sowieso eine Schwäche für Frauen mit brünettem langen Haar. Juliens Hand, die vor meinem Gesicht auf- und abwedelte, riss mich aus meinen Gedanken. Er grinste blöd und sah mich fragend an.

»Wie bitte?«

»Da ist wohl doch eine Frau im Spiel, was?«

Amüsiert schüttelte ich den Kopf. »Wie kommst du darauf?«

»Keine Ahnung, nur so ein Gefühl.«

Nun langte ich nach einem Stück auf seinem Teller. »Nur weil ich gerade etwas abgelenkt war ...«

»Du hattest diesen Blick.«

»Wie bitte?« Er war schon ein echter Kindskopf.

»Diesen hier.« Schmachtend sah er an einen fernen Punkt.

»Ich kann dir garantieren, dass ich *nicht* so ausgesehen habe.« Mal davon abgesehen, dass er voll ins Schwarze getroffen hatte und ich womöglich wirklich so ein blödes Grinsen aufgesetzt gehabt hatte ... Aber das brauchte er nicht wissen. Immerhin wusste ich nach wie vor nicht, ob ich sie je wiedersehen würde.

»Na, wie du meinst ...« Er zog eine Grimasse. »Aber egal, was du heute noch vorhast, du solltest den Abend auf jeden Fall genießen und nichts anbrennen lassen.«

Julien war ein ziemlicher Aufreißer. Ich wusste, dass er Kerle einfach abschleppte, wenn ihm der Sinn nach Sex stand. Dafür war ich nicht der Typ, aber ich gönnte ihm natürlich seinen Lebensstil. Soweit ich wusste, sorgte er immer für klare Verhältnisse und schützte sich. Und wenn er jemanden kennenlernte, der mit ihm auf einer Wellenlänge war – warum nicht?

»Danke für deine weisen Ratschläge, o großer Julien«, zog ich ihn trotzdem auf. »Ich werde sie auf jeden Fall beherzigen.« Wenn auch vermutlich nicht so, wie er dachte.

Kapitel 4 - Lydia

Als ich abgekämpft und müde im Studentenwohnheim ankam, standen überall Leute in den Gängen und die Musik der bereits gestarteten Party dröhnte laut aus dem Aufenthaltsraum. Ich wünschte mir nichts sehnlicher als ein entspannendes Schaumbad und eine Mütze voll Schlaf. Was ich jedoch bekam, waren eine Dusche mit lauwarmem Wasser – weil wir hier gar keine Badewanne hatten – und eine aufgedrehte Zimmerkollegin, die es nicht erwarten konnte, mich zur Party zu schleifen. Fertig geduscht und angezogen, aber ohne Make-up und Schuhe hatte ich es mir auf meiner Matratze gemütlich gemacht und hoffte, zumindest noch eine kurze Verschnaufpause zu bekommen. Doch Ellen sah nicht so aus, als würde sie Bett und Netflix einer Menge Leute und Spaß vorziehen. Sie saß auf ihrem Schreibtischstuhl, den kleinen Spiegel vor sich, und schminkte sich. Währenddessen plapperte sie unentwegt über ihren freien Tag und freute sich so sehr auf den Abend, dass ich ihr unmöglich absagen konnte.

»Tut mir leid, dass ich heute im Laden kaum Zeit für dich hatte. Hoffentlich hast du trotzdem gefunden, was du gesucht hast?«

»Ja, ich hab einen total süßen Stoffhasen gekauft. Die Ohren knistern, wenn man sie drückt, und wenn man ihn schüttelt, rasselt er.

Und er ist so flauschig!« Während sie von ihrem Beutezug schwärmte, stand sie auf und zog eine Papiertüte mit dem Logo des Ladens darauf aus ihrem Schrank, um ihn mir zu zeigen.

»Ah, den hast du gekauft. Ja, der ist süß! Von dieser Serie gibt es auch noch Kuscheltücher und ein Mobile, das man über das Babybett hängen kann. Das spielt sogar ein Schlaflied, wenn ich mich nicht irre. Wenn du das nächste Mal im Laden vorbeischaust, kann ich es dir zeigen.«

»O Gott, sag mir das nicht! Ich musste mich so zusammennehmen, nicht gleich mehrere Sachen zu kaufen. Immerhin war ich vorher schon in dem Laden mit den Babyklamotten.« Sie zeigte mir zwei süße Bodys mit dem Aufdruck *My favorite Aunty bought me this (She's just so cool!)* und *My Aunty loves me to the moon and back.* Außerdem hatte sie total niedliche Anti-Rutsch-Socken gekauft, auf denen Tiertatzen auf die Unterseite gedruckt waren.

»Gott, wie putzig!«, stieß ich aus, als sie mir eine kleine dünne Mütze mit Bärchenohren zeigte, die das Köpfchen des Babys im Sommer gegen Wind und Sonne schützen würde.

»Ja, oder?« Lachend verstaute sie das Spielzeug und die Klamotten wieder zwischen ihren Pullovern. »Wenn man als Tante schon so ausrastet, wie geht es dann erst den Eltern? Sollte ich mal Kinder kriegen, muss ich vorher einen richtig guten Job ergattern, um mich mit dem Kaufrausch nicht in den finanziellen Ruin zu treiben.«

»Mir würde es vermutlich nicht anders gehen als dir. Ich bin ja nur froh, dass mein Bruder drei Jahre jünger ist als ich. Da dauert es bestimmt noch eine Weile, bis er mich zur Tante macht, hoffentlich. Bis dahin hab ich das Studium abgeschlossen und bestenfalls einen Job als Psychologin, mit dem ich mir eine Tanten-Eskalation in den Baby-Abteilungen leisten kann.«

»Und du wirst eine wundervolle Tante sein.« Sie zog den Reißverschluss ihrer kleinen Make-up-Tasche zu, setzte sich neben mich und stieß mir in die Seite. »Na komm, mach dich fertig, damit wir endlich losziehen können.«

Seufzend erhob ich mich und schlurfte in das minikleine Badezimmer, das wir nur für uns hatten. Es war ein Segen, es sich nicht mit anderen Studenten teilen zu müssen, auch wenn es wirklich nicht groß war. Nur eine Dusche, ein Waschbecken und eine Toilette hatten darin Platz, doch das war okay. Es reichte für uns – und abgesehen davon war unser Zimmer verhältnismäßig geräumig. Neben der winzigen Küchenzeile, die aus zwei Herdplatten, einem Spülbecken und einem Kühlschrank bestand, hatten auch ein kleiner Esstisch mit vier Stühlen und ein Sofa Platz gefunden. Außerdem besaßen wir beide je einen Schreibtisch. Und zwischen den Betten und Schränken blieb noch genug Freiraum, um uns dazwischen zu bewegen, ohne uns ständig wo zu stoßen.

Gute fünfundzwanzig Minuten später waren wir endlich auf dem Weg nach unten ins Erdgeschoss. Dass es auf der Party schon jetzt stimmungsvoll zuging, war nicht zu überhören. Und auch wenn ich wirklich müde war, freute ich mich darauf. Allein der Gedanke, womöglich gleich Shawn zu sehen und ihn anzusprechen, peitschte mein Adrenalin nach oben und sorgte dafür, dass mein Herz wie irre raste.

Als Ellen die große doppelflüglige Tür des Aufenthaltsraumes aufhielt und wir uns in das Getümmel stürzten, wurde ich sofort von der guten Laune der Leute angesteckt. Das Deckenlicht war ausgeschaltet, dafür sorgten mehrere Lichterketten für eine gemütlich-schummrige Stimmung.

Wir gingen an Brittany und Calvin vorbei, die überraschenderweise wild miteinander knutschten und so aussahen, als würden sie gleich nach oben in eines ihrer Zimmer verschwinden. Susanna, die mit Ellen einige Kurse belegte, winkte uns zu, und Christopher, Kaleb und Jeff diskutierten offensichtlich gerade darüber, wer diese Runde beim Beer Pong gewonnen hatte.

Wir arbeiteten uns an einer kleinen tanzenden Gruppe vorbei zu dem Tisch, auf dem die Getränke standen. Lennox, der nicht nur für den Einkauf derer zuständig war, sondern auch von jedem einen vorher festgelegten Betrag kassierte, wachte darüber. Im Gegenzug bekam man eines dieser Party-Armbänder aus Papier, die bescheinigten, dass man bereits bezahlt hatte. Außerdem erhielt jeder, der mit einem Ausweis belegen konnte, dass er über einundzwanzig war, eine extra Schleife um das Handgelenk, was einen berechtigte, sich auch am Alkohol zu bedienen.

Den Gewinn streifte er jedoch nicht selbst ein, sondern ließ am Tag danach einen Putztrupp kommen. Dieser wurde nach Stunden vergütet, und man konnte sich auch selbst daran beteiligen – je nach finanzieller Notlage eine gute Sache. Und ab und zu, wenn im Anschluss immer noch Geld übrig blieb, lud er zu einem Pizzaabend oder er kaufte Donuts für alle im Haus ein.

Da dieses System so reibungslos funktionierte und es in den letzten Jahren keinerlei Vorfälle gegeben hatte, hatte die Wohnheimleitung bisher noch jedes Mal ihr Okay dazu gegeben. Wir alle wussten aber auch, dass diese Feiern sofort für immer ihr Ende fanden, wenn wir gegen die strengen Auflagen verstießen. Deshalb gab es niemanden, der es wagte, sich den Vorgaben zu widersetzen.

Ellen und ich bezahlten unseren Anteil, schenkten uns von der alkoholfreien Bowle ein und langten bei den Sandwiches zu, die jemand im Tausch für ein Armband mitgebracht hatte.

Ich liebte diese Partys. Sie waren jedes Mal ein großes Familienfest für alle, die im Wohnheim lebten. Trotzdem lernte man immer wieder neue Leute kennen, weil jeder, der dabei sein wollte, herzlich eingeladen war – sofern der Beitrag an Lennox bezahlt und sich an die Regeln gehalten wurde.

Wir suchten uns einen Platz am Rand der Tanzfläche, von dem aus man einen guten Überblick über das Geschehen hatte, und prosteten uns zu.

»Hast du ihn schon gesehen?«, rief mir Ellen über den Lärm hinweg zu.

Kopfschüttelnd sah ich mich um. »Es sind so viele Leute hier, aber ich hab auch noch nicht richtig geschaut«, schwindelte ich.

Natürlich hatte ich sehnsüchtig jeden ins Visier genommen, der annähernd Shawns Größe und seine schlanke Statur hatte, doch bisher schien er nicht hier zu sein.

Ellen winkte ab. »Er kommt bestimmt. Ich hab im Café am Nebentisch gesessen und gehört, wie er sich mit ein paar anderen unterhalten hat. Zwei von ihnen sind aus unserem Wohnheim und er hat den beiden versichert, auf jeden Fall vorbeischauen zu wollen.«

Was genauso gut heißen konnte, dass er erst irgendwann kurz vor Mitternacht kommen würde. Aber ich wollte mich nicht entmutigen lassen. Stattdessen trank ich gleich zwei große Schluck und wippte mit einem Fuß zur Musik. »Komm, trinken wir aus und gehen tanzen«, sagte ich zu Ellen und stieß ihr auffordernd in die Seite.

Grinsend leerte sie ihren Becher in einem Zug und trieb mich an, es ihr gleichzutun. Wenig später fand ich mich zwischen tanzenden Studenten wieder, von denen ich zumindest einen Großteil vom Sehen her kannte. Wir hatten Spaß, ließen uns von der Musik treiben und ich genoss es, nach der stressigen Woche einfach mal abschalten zu können.

»Er ist da!«, drang zwei Songs später Ellens Stimme zu mir durch. Ich folgte ihrem Blick zu Lennox, vor dem ich tatsächlich Shawn und ein paar andere Typen ausmachen konnte. Augenblicklich schoss die Nervosität siedend heiß durch mich hindurch, als ich meiner Freundin zunickte.

»Mach dich an ihn ran!«, forderte sie mich auf.

Augenblicklich schlug mein Herz ein paar Takte schneller in meiner Brust.

»Ja, aber ich warte noch kurz ab. Lass ihn mal ankommen, immerhin ist er gerade erst aufgeschlagen.«

Sie zeigte mir einen Daumen nach oben und wir tanzten weiter – natürlich, ohne ihn aus dem Blick zu verlieren. Doch mir wurde immer heißer – nicht ausschließlich wegen des Tanzens. Also rief ich ihr zu, dass ich eine Pause bräuchte, sie aber ruhig hierbleiben konnte. Statt mir zu antworten, grinste sie breit und wackelte vielversprechend mit den Augenbrauen.

Ich ging zu Lennox, um mir einen weiteren Becher dieser Bowle zu holen, und schlenderte dann am Rand des großen Raumes entlang, wo es deutlich kühler war, weil hier nicht so viele Leute beisammenstanden.

»Hey, Lydia …« Ein ziemlich wankender Kaleb blockierte mir den Weg. Ein Blick zum Beer-Pong-Tisch zeigte mir, dass die drei ihr Spiel inzwischen tatsächlich beendet hatten – und er vermutlich nicht der Gewinner war. »Das ist wieder eine richtig geile Party, oder?«

»Hi, Kaleb, ja, da hast du recht. Aber du bist schon ziemlich betrunken, wie es scheint. Es wäre sicher besser, wenn du ins Bett gehst und deinen Rausch ausschläfst.«

Er nuschelte was und grinste dämlich. »Du solltest mitkommen«, war das Einzige, das ich verstand. Er griff nach meiner Hand und zog ziemlich kraftlos und halbherzig daran.

»Besser nicht. So wie du aussiehst, wirst du dich sicher noch übergeben.« Nicht, dass ich überhaupt die Intention hatte, mit einem betrunkenen Kerl aufs Zimmer zu gehen. Oder mit jemandem, den ich nur flüchtig kannte …

»Du bist eine Spielverderberin.« Nach wie vor grinste er und hatte zu kämpfen, seine Augen offen zu halten.

Ich sah mich um und entdeckte seinen Zimmerkollegen Daniel nicht weit von uns. Kurz entschlossen ging ich zu ihm. »Kannst du Kaleb nach oben bringen? Der hat wohl schon zu tief ins Glas geschaut und genug für heute.« Mit dem Kopf deutete ich zu dem Häufchen Elend, das an der Wand lehnte. »Aber pass auf, dass euch niemand sieht, sonst war's das mit den Partys.«

»Fuck, schon das zweite Wochenende hintereinander. Danke.« Mit diesen Worten ging er auf Kaleb zu, der immer mehr eine Linksneigung bekam und fast gestürzt wäre, hätte ihn Daniel nicht im letzten Moment am Arm geschnappt.

Überrascht drehte ich mich um, als ich neben mir ein Lachen vernahm, auf das eine sanfte Stimme nahe an meinem Ohr »Da hat es wohl einer übertrieben« sagte.

Als ich den Kopf hob, blickte ich in die unglaublichsten blauen Augen, die auf diesem Planeten existierten. Gut, ich sah sie in dem schummrigen Licht nicht in all ihrer Schönheit, doch ich *wusste*, wie sie bei Tag aussahen. Vor allem aber wurde mir klar, mit wem sich Daniel gerade eben unterhalten hatte.

»Hi, Shawn!«, stieß ich hervor, ehe mir einfiel, dass wir uns noch gar nicht offiziell kannten und es bestimmt seltsam bei ihm ankam, dass ich seinen Namen wusste.

»Hey ... und du bist?«

Gott, dieses Lächeln! Meine Knie wurden so weich, dass ich mich für einen Moment wie Kaleb zur Seite sacken sah.

»Lydia. Ich bin ... Lydia und ich wohne auch hier. Also ... nicht auch. Ich meine, du wohnst nebenan. Hab ich zufällig erfahren. Nicht, dass ich dich stalken würde oder so, aber ...« Stöhnend schlug ich meine Hände vors Gesicht. Das lief ja großartig. Gerade gefiel mir Ellens Version mit dem Schubsen und dem verschütteten Getränk auf seinem dunklen Pullover mit den hochgeschobenen Ärmeln eindeutig besser. O Gott, seine Unterarme! Ich ertappte mich dabei, wie ich viel zu lange den Blick nicht von ihnen abwenden konnte. Sie sahen kräftig und sehnig aus und die Adern, die hervortraten, wirkten unglaublich sexy.

Shawn lachte. »Okay, alles klar. Sonst bin ich immer derjenige, der wirres Zeug stammelt, wenn er eine Frau anspricht.«

Irritiert linste ich zwischen den Fingern hervor. »Ja sicher. Du und nervös …«

Er grinste verlegen und wischte sich über den Nacken. »Na ja, soll bei den Besten vorkommen. Also, Lydia … du wohnst hier im Wohnheim und dein betrunkener Freund hat dich im Stich gelassen?«

Kurz blinzelte ich, dann schüttelte ich den Kopf. »Nein, Kaleb und ich sind nicht zusammen. Ich kenne ihn nicht einmal richtig gut, er wohnt nur hier und wir sind uns halt ein paarmal begegnet. Also … außerhalb von alkoholgeschwängerten Partys.«

»Dann … bist du allein hier?«

Ich biss auf meine Unterlippe. »Nein, mit meiner Zimmerkollegin Ellen. Sie ist vermutlich noch auf der Tanzfläche.«

»Ah, alles klar. Und du studierst an der *WCSU*?« Er deutete mit dem Kopf zu einem Sofa am Rand, das eben frei geworden war.

Aufgeregt setzte ich mich und konnte es gar nicht fassen, dass wir so schnell in ein Gespräch gefunden hatten. Ja, dass Shawn sich offensichtlich auch für mich interessierte – immerhin war *er* derjenige, der die Fragen stellte.

»Genau, Psychologie im dritten Semester. Und du?« Natürlich wusste ich das bereits, aber dass mich meine Neugier ein weiteres Mal verriet, würde ich auf jeden Fall zu verhindern wissen.

»Kommunikationswissenschaften, fünftes Semester.«

Nickend ertappte ich mich dabei, wie ich ihn selig lächelnd ansah. Bestimmt dachte er, ich wäre komplett irre, doch als er mich ebenso anstrahlte, schmolz ich regelrecht dahin. Er sah aber auch echt umwerfend aus mit seinen dunklen Haaren, die oben etwas länger waren, der geraden Nase und den dichten Augenbrauen. Mit seinen Augen, die mich interessiert musterten, und seinen breiten Schultern, die er bestimmt vom Schwimmen hatte.

»Und wie gefällt es dir? Also dein Studium, meine ich.«

Beruhigend, dass auch er nervös wirkte.

»Gut. Ich finde es nach wie vor interessant und habe meine Wahl noch keinen Tag bereut.«

Shawn lächelte. »Das ist gut. Ich bin auch nach wie vor happy mit meinem Studienzweig. Bist du von hier? Ne, oder? Du wohnst in diesem Wohnheim?«

»Ich komme aus Richmond, Rhode Island.«

Seine Augen bekamen ein besonders Leuchten. »Witzig, ich komme aus Warwick.«

»Keine dreißig Meilen von meinem Zuhause entfernt.«

»Ja! Was für ein Zufall, nicht?«

Ich nickte begeistert, verkniff mir aber meinen Kommentar, dass es wohl das Schicksal auf uns abgesehen hatte und uns zwangsläufig zusammenführen musste. Für so was war es definitiv zu früh.

»Und was machst du sonst so? Also ... neben dem Studium.«

Erneut ging von ihm die Initiative aus, was mich nicht nur freute, weil es mir zeigte, dass er auch mehr über mich erfahren wollte. Nein, er nahm mir dadurch zusätzlich das peinliche Gefühl vom Anfang. Es fühlte sich nicht länger fremd zwischen uns an. Beinahe-Nachbarschaft verband eben.

»Ich jobbe nebenbei im Spielzeugladen drüben in der Mall. Und ich versuche, jede, spätestens jedoch jede zweite Woche im Krankenhaus den Kindern etwas vorzulesen und mit ihnen zu spielen.«

»Wow, ich finde es großartig, dass du das machst«, sagte er und überraschte mich damit.

»Ehrlich?« Prüfend sah ich ihn an, doch ich konnte nichts als aufrichtige Anerkennung in seinem Blick erkennen.

»Auf jeden Fall! Ich bin ein- bis zweimal die Woche im Seniorenheim, um mit den alten Leuten zu plaudern und etwas frischen Wind in die Bude zu bringen.«

»Echt jetzt?« Ich konnte ein Kichern nicht verhindern.

»Lachst du mich etwa aus?« Irgendwie wirkte er leicht gekränkt, was mir unglaublich leidtat.

»Nein! Um Gottes willen, nein, ich bin erleichtert, weil es halt nicht selbstverständlich ist, sich ehrenamtlich zu betätigen. Gerade als Student, wo man ja doch sehr auf Geld angewiesen ist. Und ich bewundere dich, dass du so was machst.«

Er nickte verständnisvoll. »Die alten Leute sind cool. Ich mag sie. Sie strahlen eine innere Ruhe aus, von der ich in meinem Lernstress nur träumen kann«, sagte er schulterzuckend. »Und sie geben einem so viel zurück. Nicht geldmäßig, mein Gott, ich würde nie was von ihnen annehmen. Aber zu sehen, wie sie sich freuen, wenn ich sie besuche und mit ihnen herumalbere oder zuhöre oder aus ihrem Lieblingsbuch vorlese – das ist schon was Besonderes.«

Entweder spielte mir gerade jemand einen fiesen Streich oder dieser Mann war wirklich ein absoluter Traum. Mein Herz war da ganz meiner Meinung, denn es schlug um einige Takte schneller.

»Ja, oder? Bei den Kindern ist es genauso. Wenn ich sehe, wie sie mir gebannt an den Lippen hängen oder wie sie auftauen und mutig werden, obwohl sie mich vielleicht noch nicht kennen, und ich mit ihnen spiele. Wenn sie lachen und mich umarmen, das ist … unbeschreiblich!«

Einen Moment lang sahen wir uns an, und es war, als würden wir beide in dieser ganz besonderen Blase der Glückseligkeit stecken, die man nur erlebte, wenn man anderen Leuten etwas gab, ohne dass sie was zurückgeben mussten. Wenn man ihnen das Wertvollste schenkte, was man hatte: *Zeit*.

»Und … arbeitest du auch neben dem Studium oder hast du das Glück, dich voll und ganz auf deine Prüfungen konzentrieren zu können?« Meine Worte formulierte ich vorsichtig, immerhin wollte ich nicht, dass er dachte, ich würde ihm unterstellen, von Beruf Sohn zu sein und sich in einem gemachten Nest auszubreiten.

»Tatsächlich ist es so, dass meine Eltern es mir ermöglichen, mich ohne Ablenkung dem Studium zu widmen. Was zwar einerseits cool ist, weil ich relativ flexibel mit meiner Freizeit und den Lernzeiten bin, ohne auf einen Job Rücksicht nehmen zu müssen. Und ich kann mir die sozialen Stunden im Seniorenheim einteilen, wie ich möchte, auch wenn ich versuche, immer ungefähr zur selben Zeit dort zu sein. Andererseits wollen meine Eltern Ergebnisse sehen und fordern einen entsprechend guten Schnitt. Aber ich bin Einzelkind und … na ja … vermutlich wurde ich bisher zu viel von ihnen verhätschelt.« Unsicher senkte er den Blick.

Wie süß war er denn, bitte? Nie hätte ich gedacht, dass Bescheidenheit so anziehend sein konnte …

»Jedenfalls bin ich nicht nur am Lernen oder so. Also … ich versuche schon, den Anforderungen meiner Eltern gerecht zu werden, aber ich bin auch noch im Schwimmteam. Das wollte ich damit sagen.«

Dass ich dieses Detail ebenfalls wusste, verschwieg ich. »Oh, wie spannend! Schwimmen ist richtig toll.«

»Du kannst ja gerne mal vorbeikommen und mir beim Training zuschauen«, schlug er vor und zwinkerte mir zu.

Wie gut, dass es hier relativ dunkel war und er nicht sah, wie ich rot anlief. Denn allein die Vorstellung, dieser Mann würde in knappen Badeshorts vor mir stehen, sorgte dafür, dass mir schon wieder heiß wurde. Ich brauchte dringend eine Abkühlung. »Klar, kann ich gerne mal machen … Wann hast du denn immer Training?«

Er ratterte mehrere Tage und Uhrzeiten herunter, ich konnte mir jedoch leider nur die beiden merken, von denen ich wusste, dass ich zu dieser Zeit Kurse und Vorlesungen hatte. »Weißt du was? Gib mir einfach dein Handy, dann tauschen wir Nummern und ich schicke dir meinen Plan«, meinte er schließlich, weil mir meine Verwirrung wohl anzusehen war.

Mit klopfendem Herzen reichte ich ihm mein Telefon und sah ihm zu, wie er sich unter Shawn Francis einspeicherte. Dann ließ er es kurz klingeln und zog zum Beweis sein Smartphone aus der Tasche.

Als er mir mein Handy zurückgab, streiften sich kurz unsere Finger, und sofort fühlte ich ein warmes Kribbeln in mir.

»Lydia …?«

»… Carrington«, vervollständigte ich meinen Namen.

»Großartig, Lydia Carrington. Hat mich sehr gefreut, dich kennenzulernen. Ich muss mich nur leider jetzt verabschieden, weil ich ein paar Kumpels versprochen habe, mit ihnen abzuhängen.«

»Natürlich, kein Problem. Ich sollte mich ebenfalls auf die Suche nach Ellen machen. Hat mich auch sehr gefreut und … ich melde mich!«, versprach ich, mein Telefon hochhaltend.

Er nickte mir freundlich zu, bevor er aufstand und in der Menge verschwand.

Ein paar Sekunden blieb ich noch sitzen und genoss den Nachhall dieser Unterhaltung. Dann stand ich auf und fand kurz darauf Ellen, die sich mit ihrer Kommilitonin Susanna unterhielt.

»Und?«, war ihre erste Reaktion, als ich bei ihnen ankam. Ihre Begeisterung vermischt mit ihrem Blick verrieten mir, dass sie mich wohl mit Shawn gesehen hatte.

Ich grinste nur verschmitzt, was ihr nicht genügen würde, so gut kannte ich meine Freundin.

»Bitte entschuldige uns«, sagte sie kurzerhand an Susanna gewandt und zog mich ein paar Schritte von ihr weg. »Na los! Spann mich nicht so auf die Folter!«

»Wir haben uns unterhalten und ... Nummern getauscht.«

Sie stieß ein begeistertes Quietschen aus.

»Ja! Aber wer weiß, womöglich meldet er sich nicht und ...«

In dem Moment leuchtete mein Display auf und zeigte mir eine neue Nachricht an.

SHAWN: AUF DIESE PARTY ZU GEHEN, WAR HEUTE DEFINITIV MEINE BESTE ENTSCHEIDUNG. VERMUTLICH VERSTOßE ICH GERADE GEGEN UNZÄHLIGE DATING-REGELN, WEIL ICH DIR JETZT SOFORT SCHREIBE, UND DAS, OBWOHL WIR VEREINBART HABEN, DASS DU DICH MELDEN SOLLST, ABER ... ICH HABE BESCHLOSSEN, MORGEN VORMITTAG EINE SCHWIMMSESSION EINZUSCHIEBEN UND DICH ZU FRAGEN, OB DU MIR ZUSEHEN ODER MITSCHWIMMEN MÖCHTEST - SHAWN.

Ellen und ich starrten gebannt auf das Handy, und als wir die Köpfe hoben, war ich mir sicher, mindestens so sehr wie sie bis über beide Ohren zu strahlen. Dass er sich für mich interessierte und mich so schnell wiedersehen wollte, war mehr, als ich mir für heute Abend erhofft hatte.

Kapitel 5 – Lydia

Die Schneedecke knirschte unter meinen Schuhen, als ich über den Campus zur Schwimmhalle ging. Die Luft war eisig, aber zwischen den Wolken blinzelte die tief stehende Sonne hervor. Selbst wenn es heute regnen und so der ganze Schnee wieder weggewaschen werden würde, könnte nichts meine Laune trüben. Gleich würde ich Shawn beim Schwimmen zusehen, und ich war mehr als aufgeregt deshalb.

Badetuch und Bikini hatte ich eingepackt, war mir aber noch nicht sicher, ob ich tatsächlich auch ins Becken wollte. Erst wollte ich abchecken, wer dort war und wie das Ganze ablief. Shawn und ich hatten vereinbart, uns um acht Uhr vor der Halle zu treffen. Da würde ich ihn auf jeden Fall fragen, immerhin wollte ich mich nicht blamieren. Nicht schon wieder … Weder vor ihm noch vor seinen Kumpels.

Mein Herz raste, als ich ihn am Eingang warten sah. Er trug eine dicke Daunenjacke und Winterboots zu seinen Jeans, dazu Schal und Handschuhe und war somit ähnlich warm eingepackt wie ich. Mit dem einen Unterschied, dass ich zusätzlich eine Mütze aufgesetzt hatte …

»Guten Morgen«, begrüßte ich ihn und seinem Grinsen nach zu urteilen war er mindestens so erfreut wie ich, dass wir uns heute trafen.

»Hey! Na, wie geht's? Bist du bereit für eine morgendliche Schwimmrunde?«

»Ich bin mir nicht sicher.« Verunsichert schmunzelte ich. »Wer wird denn außer uns dabei sein?«

Stirnrunzelnd sah er erst mich an, ehe er sich umblickte. »Wir beide. Der Hallenwart, der uns aufsperrt. Oh, und hin und wieder ist eine Seniorengruppe hier, aber die habe ich bisher nicht gesehen. Der Hallenwart hat vor wenigen Minuten erst aufgesperrt.«

»Eine Seniorengruppe?«, fragte ich verblüfft nach, weil ich noch nie davon gehört hatte, dass hier auch Nicht-Studenten oder Campusmitarbeiter schwammen.

»Ja, warum nicht? Am Sonntag finden keine Schwimmtrainings statt und da hat die Halle für alle hier geöffnet.«

»Das heißt, du und ich, wir sind dort drinnen gleich … unter uns?«

Er schien meine Verunsicherung zu bemerken, interpretierte sie jedoch falsch. »Shit! Falls du das nicht möchtest, wenn du nicht mit mir allein … Also, ich würde niemals … Du musst dir keine Sorgen machen, dass ich …«

»Nein, nein, so meinte ich das nicht«, fiel ich ihm ins Wort und spürte, wie ich rot anlief. »Eigentlich wollte ich nur wissen, ob deine Kumpels vom Schwimmteam ebenfalls hier sind oder so. Wenn du jemanden hast, der mit deinem Tempo mithalten kann, würde ich mich an den Rand setzen und zusehen. Aber wenn nicht, dann … schwimme ich vielleicht auch ein paar Längen mit. Vermutlich viel langsamer, als du es gewöhnt bist. Ich bin keine große Schwimmerin. Wenn dich das jedoch nicht stört …«

»Überhaupt nicht. Mach einfach, wie du dich am wohlsten fühlst. Wenn du genug vom Wasser hast, gehen wir raus und unternehmen was anderes. Oder du kannst mir vom Rand aus zusehen, wenn du das lieber möchtest. Aber wenn du dich langweilst, sag Bescheid, dann höre ich sofort auf und wir suchen uns einen gemütlichen Platz zum Unterhalten.«

Unmöglich konnte ich mir vorstellen, wie es mich anöden sollte, einem Mann wie ihm beim Schwimmen zuzusehen, aber ich nickte trotzdem. »Okay, ich muss aber den Bus um elf nach Richmond erwischen. Ich hoffe, das ist kein Problem?«

»Überhaupt nicht. Wir behalten einfach die Uhr im Blick.«

Erleichtert nickte ich und verfiel erneut seiner unglaublichen Ausstrahlung.

Wir betraten das Gebäude und kurz darauf fand ich mich im Bikini mit meinem Badetuch um den Körper gewickelt in der Halle wieder, in der ein riesiges Sportbecken mit mehreren Bahnen eingelassen war. Ich ließ meinen Blick über das Wasser gleiten und entdeckte Shawn schließlich nicht weit von mir. Er trug nur eine Badehose. Die Schwimmbrille auf seiner Stirn verriet mir, dass er gleich loslegen würde. Trotzdem genoss ich es noch einen Moment, ihn zu beobachten. Schon mit Klamotten sah er einfach zum Anbeißen aus. Doch ihn jetzt nur mit Badehose zu sehen, mit seinem flachen Bauch, auf dem sich ein leichter Sixpack abzeichnete, den breiten Schultern und den sehnigen Muskeln, machte es mir schwer, den Blick abzuwenden.

Als spürte er, dass ich ihn betrachtete, kam er auf mich zu.

Ich musste mich bemühen, ihm in die Augen zu schauen – wobei die mit ihrem intensiven Blau definitiv einen zweiten Blick wert waren, jetzt, wo ich ihm so nah gegenüberstand.

»Bist du bereit? Hast du dich entschieden? Willst du auch schwimmen?«

»Ich weiß nicht. Wie läuft dein Training normalerweise ab?« Auf keinen Fall wollte ich ihn in seiner Routine stören.

Er wischte sich über den Nacken. »Okay, das … ist jetzt peinlich, aber im Grunde wollte ich dich nur wiedersehen. Bestenfalls in für mich gewohnter Umgebung. Deshalb hab ich die Schwimmhalle vorgeschlagen. Zugegeben, die Idee war nicht bis zum Ende durchdacht, schon gar nicht mit dem Vorwand, dass ich mein Schwimmtraining absolvieren würde. Denn dann würde weder ich von dir noch du von mir was haben. Also würde ich vorschlagen, wir schwimmen einfach gemeinsam ganz gemütlich ein paar Bahnen, bis wir keine Lust mehr darauf haben, und danach gönnen wir uns im Café um die Ecke eine heiße Schokolade oder so.«

Schmunzelnd lauschte ich seinen Worten und war erneut verwundert und erleichtert zugleich, dass er keiner dieser Machotypen war, die Frauen um jeden Preis mit ihrem coolen Gehabe von sich überzeugen wollten. Nein, Shawn punktete mit seiner süßen und vor allem ehrlichen Art – und das auf voller Länge.

»Das klingt großartig. Ich hab schon befürchtet, mir gleich wie eine absolute Anfängerin vorzukommen, wenn du geschmeidig und pfeilschnell neben mir durch das Wasser gleitest.«

Seine Mundwinkel zuckten, bevor er wieder ernst wurde. »Ich würde niemals wollen, dass du dich in meiner Gegenwart schlecht fühlst. Na komm, lass uns hineingehen. Ich warne dich vor, es ist kühl. Wir müssen also wirklich schwimmen, damit uns nicht kalt wird.«

»Ah, deshalb die heiße Schokolade im Anschluss.«

Frech zwinkerte er mir zu, dann ging er zu den Duschen, die nur wenige Schritte neben der Leiter standen, und wartete dort auf mich, bis ich mein Badetuch und die Badetasche abgelegt hatte.

Er drückte auf den Knopf und Wasser regnete auf ihn herab. Vermutlich war das auch kalt, denn er sog zischend die Luft ein und drehte am Rad, das die Temperatur regelte. Die Dusche ging aus und er startete sie erneut.

»Warte, nimm diese, hier ist das Wasser bereits warm.«

Er machte mir Platz und ich streckte einen Arm aus, bis die Wassertropfen meine Handfläche benetzten.

»Du machst mir Angst ... Wenn *das* warm ist ...« Meine Augen weiteten sich.

»Du packst das schon. Und wenn wir erst mal schwimmen, gewöhnst du dich dran.«

»Okay.« Geräuschvoll atmete ich durch, beugte mich dann vornüber, um meine Haare am Oberkopf zusammenzufassen und dort zu einem festen Dutt zu drehen, den ich mit dem Haargummi, den ich am Handgelenk trug, fixierte. Falls die anderen Duschen auch nur so kühles Wasser hatten, wollte ich mir ungern nach dem Schwimmen den Kopf waschen müssen. Dann stellte ich mich halb unter den lauwarmen Regen und drehte mich, sehr zu Shawns Belustigung, einmal im Kreis.

»Bereit?«

Ich lachte. »Nein, aber jetzt ist es zu spät. Bringen wir's hinter uns. Du zuerst.« Mit dem Kopf deutete ich auf die Leiter, beide Arme fest um meinen Körper geschlungen, um mich zu wärmen.

Er zwinkerte mir noch einmal zu, ehe er elegant nach unten stieg und sich ins Becken gleiten ließ. Er machte ein paar Schwimmzüge und wartete dann, bis ich bei ihm war.

Tatsächlich fühlte sich das Wasser gar nicht mehr so kühl an wie erwartet, was sicher daran lag, dass wir nach dieser Dusche froren. Kurz darauf schwammen wir nebeneinander in gemütlichem Tempo und unterhielten uns über unseren College-Alltag und über das Essen in der Mensa, das besser war, seit sie den neuen Koch eingestellt hatten. Wir stellten fest, dass wir das Parfüm von Miss Delawny, einer der Bibliothekarinnen, nicht ausstehen konnten und dass unsere Wohnheimbetreuerinnen wohl Schwestern waren.

»Übrigens muss ich dir was gestehen«, sagte ich und biss mir grinsend auf die Unterlippe.

Shawn hielt an und schaute mich fragend an.

»Ich hab dich kürzlich das erste Mal im Café gesehen und war sofort hin und weg von dir. Meine Freundin Ellen hat es sich schließlich zur Aufgabe gemacht, mehr über dich herauszufinden, weil ich dazu viel zu schüchtern bin. Dann hat sie mitbekommen, dass du zur Party kommst. Ich bin gestern also nur deshalb dort gewesen.«

Sein Mund klappte auf. »Du hast mich also doch gestalkt.« Er schnippte ins Wasser und ein paar Wassertropfen trafen mich.

»Hey, nicht meine Haare nass machen, sonst stehe ich ewig beim Trockenföhnen. Und sei froh, sonst würden wir heute nicht hier sein.«

»Sorry, aber hätte ich gewusst, dass du mir hinterherschnüffelst ...« Er schaute mich ernst an, doch seine Mundwinkel zuckten, bis er schließlich lachte.

»Du machst dich über mich lustig!« Ich schlug in das Wasser und ein viel größerer Schwall Wasser als beabsichtigt schwappte in seine Richtung.

Shawn schüttelte sich überrumpelt und blinzelte das Wasser aus den Augen. »Na warte!« Sofort stürzte er sich auf mich, und ich versuchte kreischend, Abstand zwischen uns zu bekommen. Als er die Arme um mich schlang, drückte ich mich sofort an seinen Schultern hoch, damit er mich nicht unter Wasser ziehen konnte – wobei ich gleich merkte, dass er das nicht vorhatte. Zumindest nicht wirklich, er deutete nur an, sich mit mir unter die Oberfläche zu schmeißen, bremste jedoch kurz davor ab.

Kichernd und mit rasendem Herzen hielt er mich und für einen Moment knisterte es gewaltig zwischen uns. Ich spürte seinen warmen Körper an meinem, seinen heftigen Atem auf meiner Haut. In seinen Augen lag dieses Funkeln, das ich so liebte, und seine Lippen waren so nah!

Räuspernd glitt ich langsam von ihm weg und bereute es im nächsten Moment. Hätten wir uns jetzt geküsst, wenn ich nicht den Abstand gesucht hätte?

»Ich hab dich damals auch in dem Café gesehen und gehofft, dass ich dich wiedersehe«, gestand er und trieb meinen Pulsschlag auf einen neuen Höhepunkt.

»Ja?«

Er nickte. »Ich hab mich so gefreut, als ich dich auf der Party gesehen habe. Und jetzt bist du hier mit mir …«

»Und es ist schön mit dir«, gestand ich ehrlich.

Sein Lächeln kribbelte tief in meinem Bauch.

Langsam begann ich wieder zu schwimmen, weil ich die Kälte des Wassers jetzt umso mehr spürte, wo Shawn mich nicht mehr festhielt. Sofort schloss er wieder zu mir auf.

»Du kannst ruhig auch ein paar Längen zügiger schwimmen, wenn du willst. Ich möchte echt nicht, dass du dich langweilst oder neben mir erfrierst, weil ich so langsam bin«, sagte ich irgendwann, als die Seniorengruppe die Halle betreten hatte und inzwischen mit gebührendem Abstand neben uns schwamm.

»Lydia, ich muss wirklich nicht …«

»Okay, dann formuliere ich es anders: Zeig mal, was du draufhast.« Spielerisch stupste ich ihn an der Schulter an.

Er lachte, und ich spürte dieses Geräusch in jeder Faser meines Körpers. »Na gut, nur für dich.« Er zog sich am Rand aus dem Becken und ging zu den Startblöcken. Unmöglich konnte ich den Blick von ihm abwenden, als er dort oben stand, sich die Schwimmbrille über die Augen zog, noch einmal tief durchatmete und schließlich ins Wasser hechtete. Angespannt wartete ich ab, bis er wieder an der Oberfläche auftauchte, und war unglaublich geflasht, wie schnell dieser Mann schwimmen konnte, wenn er nicht gerade mich Schnecke als Klotz am Bein hatte.

Bahn um Bahn zog er an mir vorbei und ich war begeistert von seiner Geschwindigkeit.

Während ich ihm zusah, hatte ich mich zu den Düsen am Beckenrand begeben, bei denen sich auch die Senioren aufhielten. »Alfred muss jetzt ebenfalls ins Heim. Er will zwar nicht, aber es ist sicher das Beste für ihn«, hörte ich eine der Damen erzählen. »Mildred, seine Frau, ist dann ganz allein. Mal sehen, wie lange es dauert, bis die Einsamkeit sie ebenfalls zu einem Pflegefall macht.«

Sofort waren meine Gedanken wieder bei der Frau an der Bushaltestelle und bei dem Thema mit den einsamen Menschen, das mich seitdem nicht mehr losließ.

Mich fröstelte und ich beschloss, aus dem Wasser zu gehen, mich, eingewickelt in mein Badetuch, etwas aufzuwärmen und Shawn noch eine Weile zuzusehen. Ich schlang den flauschigen Frotteestoff um meine Schultern und rieb mich damit trocken, bevor ich mich auf einen der Stühle niederließ, die am Rand standen.

Shawn schwamm zwei weitere Bahnen, doch dann unterbrach er und stieg aus dem Becken. »Verdammt, ich wusste, dass es dich langweilen würde. Sorry«, sagte er mit entschuldigendem Blick.

»Nein, ich hätte dir auf jeden Fall noch länger zugesehen. Aber mir ist es ohne dich zu kalt im Wasser geworden.« Schon bevor die Worte ganz raus waren, fiel mir auf, was in ihnen mitschwang – nämlich, dass mir in seiner Nähe heiß war. Gut, das war nicht gelogen, doch dass ich so empfand, hatte ich ihm nicht unbedingt auf die Nase binden wollen.

Shawn nahm sich die Schwimmbrille ab und verbarg sein Schmunzeln im Stoff seines Handtuchs, mit dem er sich über das Gesicht wischte. Ich hatte es dennoch gesehen.

Peinlich berührt senkte ich den Kopf, bekam aber aus dem Augenwinkel mit, dass er sich notdürftig den Oberkörper trockenrieb. Dann setzte er sich neben mich. »Hey, sieh mich an … Ist alles okay? Hab ich was falsch gemacht? Du wirkst irgendwie … keine Ahnung. Als würde dich was beschäftigen.«

Ich war wirklich überrascht, wie aufmerksam dieser Mann war. »Ja … nein … Also mit mir ist alles in Ordnung. Es gibt da nur ein Thema, das mir seit Thanksgiving nicht aus dem Kopf gehen will.«

Nachdenklich betrachtete mich Shawn. »Okay, wir sollten uns anziehen und ins Café gehen. Das klingt, als bräuchtest du die heiße Schokolade dringender denn je.«

Eine gute halbe Stunde später saßen wir uns in dem Café neben der Mensa gegenüber. Alles hier war inzwischen in Rot und Grün bereits richtig weihnachtlich dekoriert. Ein Weihnachtsbaum stand in der Ecke und Lichterketten tauchten das Lokal in warmes Licht. Der besondere Duft von Zimt, Zucker, Kardamom und Anis lag in der Luft und ließ mir das Wasser im Mund zusammenlaufen. Kurz hatte ich überlegt, doch einen Pumpkin Spice Latte zu bestellen – ich hatte schon mehrfach gesehen, wie lecker die hier aussahen. Dann entschied ich mich jedoch trotzdem wieder für die heiße Schokolade und freute mich, als wir die Tasse mit aufgedruckten Tannenbäumen samt Schlagsahne, Marshmallows, Zuckerstreuseln und den gefühlt zehntausend Kalorien serviert bekamen.

»Willst du darüber reden?«, fragte Shawn schließlich und lenkte wieder auf das ursprüngliche Thema zurück.

Einen Augenblick zögerte ich mit meiner Antwort, doch dann rief ich mir ins Gedächtnis, wie er erzählt hatte, regelmäßig im Seniorenheim zu sein. Außerdem hatte er vorhin die drei alten Frauen in der Schwimmhalle begrüßt und sie hatten ihn auch beim Namen gekannt. Vielleicht verstand er also, was mich beschäftigte.

Ich nippte an meinem süßen Getränk, das so lecker nach Zimt und Weihnachten schmeckte, und leckte mir die süße Sahne von den Lippen. »Hast du dir schon einmal Gedanken darüber gemacht, was all die Leute an Weihnachten machen, die allein sind und niemanden mehr haben, der mit ihnen das Familienfest feiern könnte?«

Er runzelte die Stirn und löffelte sich ein halb geschmolzenes Marshmallow in den Mund. »Hm, ich hoffe, dass sie zumindest Freunde in ähnlich einsamen Situationen haben, mit denen sie sich zusammentun können. Aber du hast recht, es wird bestimmt einige geben, die ganz allein sind und ... darunter leiden.«

Ich nickte und trank einen weiteren Schluck. »Kürzlich habe ich eine alte Frau an der Bushaltestelle getroffen. Sie hat mir erzählt, dass sie an Weihnachten allein sein würde, obwohl sie Verwandte hat. Warum diese sie nicht einladen, um sie mit ihnen feiern zu lassen, ist mir ein Rätsel. Aber sie hat mir so leidgetan, als sie mir das unter Tränen anvertraut hat, dass ich ...«

»Dass du helfen willst?«, vervollständigte er meinen Satz.

Die Art, wie er das so selbstverständlich sagte, beruhigte und bestärkte mich zugleich darin, weiterzureden und mit ihm meine Gedanken zu teilen. »Genau. Aber nicht nur ihr, sondern auch all den anderen, die an Weihnachten allein sind. Ich weiß nur nicht, wie. Sicher könnte ich ein paar Familien fragen, ob sie noch einen freien Platz an ihrem Tisch haben. Ich könnte an sie Menschen vermitteln, die an Weihnachten ebenfalls niemanden haben und sich Gesellschaft wünschen. Aber mir ist klar, dass ich damit nur einem Bruchteil helfen kann.«

Er nippte an der heißen Schokolade und schien über meine Worte nachzudenken. »Wir müssten das in viel größerem Stil aufziehen. Wie ein Charity-Event, mit einer Menge freiwilliger Helfer. Du studierst Psychologie und bist bestimmt mit Leuten in Kontakt, die sich ebenfalls für das Projekt begeistern lassen würden. Und einer meiner Kumpels erstellt Websites, den könnte ich fragen, ob er uns hilft und eine Seite programmiert, über die sich die Personen eintragen können – jene, die einen Platz anbieten, und diejenigen, die einen suchen. Es sollte klar kommuniziert werden, dass Personen aller Altersklassen angesprochen werden, denn Alleinlebende gibt es nicht nur im hohen Alter. Und weil bestimmt gerade die älteren Generationen am Computer nicht so fit sind, sollten wir auch die Kirchen miteinbeziehen. Ich könnte im Seniorenheim mit den Bewohnern und Angehörigen sprechen, die kennen bestimmt ebenfalls einige, die alleinlebend sind. Nicht zu vergessen die Leute, die regelmäßig das Angebot der Suppenküchen in Anspruch nehmen.«

Mein Kopf rauschte bei seinem Input. Was mir bei dieser ganzen Sache jedoch am meisten auffiel, war ein Wort, das er immer wiederholte. »Wir?«

»Ja ... ähm ... vorausgesetzt, du möchtest, dass ich mich einbringe. Tut mir leid, ich hab da jetzt einfach das Ruder an mich gerissen, natürlich ist es dein ...«

»Nein, nein, schon gut! Ich würde mich sehr darüber freuen, ich hab nur nicht damit gerechnet, dass du ebenfalls mithelfen würdest.«

Er lächelte mich über den Rand seiner Tasse an. »Es wäre mir eine Ehre, wenn ich helfen darf.«

Dass er so bereitwillig seine Unterstützung anbot, überforderte mich für einen Moment. »Danke, das ... ist wirklich großartig von dir. Ich hab auch schon über einen Namen nachgedacht. Irgendwas mit Weihnachten ... oder Engel ... Weihnachtsengel«, überlegte ich laut und vergrub nachdenklich meine Finger in den Haaren.

»Oder was mit Wünsche? Immerhin ist es vielleicht ihr größter Wunsch, nicht allein zu sein.«

Nachdenklich nickte ich. Damit hatte er natürlich nicht unrecht. Ich bat eine vorbeieilende Kellnerin nach einem Stift und kritzelte die Vorschläge auf eine Serviette. »Ich werde mal bis morgen Ideen sammeln und mich dann bei dir melden.«

»Klingt gut. Ich schau ebenfalls, was ich so alles in die Wege leiten kann.«

Kurz redeten wir noch über unsere Einfälle zu dem Thema, bevor ich mich verabschieden musste, weil ich bei meinen Eltern zum Essen und anschließendem weihnachtlichen Dekorieren eingeladen war.

Shawn begleitete mich zur Bushaltestelle und wir vereinbarten, uns morgen Nachmittag vor der Bibliothek zu treffen, um weitere Details zu besprechen.

Als ich vor dem Haus meiner Eltern ankam, staunte ich nicht schlecht: Auf dem Dach erblickte ich Dad, und Tim, der auf einer Leiter stand, reichte ihm eine Lichterkette nach oben. »Gott, weiß Mom, dass ihr gerade für ihre Deko euer Leben riskiert?«

Dad winkte mir schmunzelnd zu und zeigte anschließend auf das Seil, das in dem Dachfenster verschwand und ihn sicherte. Dass sein Sohn trotzdem ungesichert so weit oben stand, ließ ich unkommentiert. Timothy war schon immer gern auf Bäume und alles Mögliche geklettert. Dass nicht er, sondern Dad auf dem Dach saß, wunderte mich ehrlich gesagt.

Als hätte er meine Gedanken gehört, rief er mir zu: »Kannst du mal die Leiter festhalten, damit Tim nicht abstürzt? Deine Mom war bis gerade eben hier, musste aber hinein, weil sonst der Braten verkohlt wäre.«

Schnell stellte ich die Tasche auf der Veranda ab und eilte anschließend zur Leiter.

»Dad übertreibt, ich falle nicht runter!«, maulte mein Bruder, doch wir ignorierten ihn und Dad montierte die Lichterkette fertig.

Im Anschluss gingen wir ins Haus, wo es lecker duftete.

»Hey, Liebes, ich hab gesehen, dass du schon da bist und draußen hilfst«, begrüßte mich Mom und küsste mich auf die Wange, die noch ganz kalt war.

»Ja, ich bin vor ein paar Minuten angekommen. Mom, darf ich meine Schwimmsachen im Bad aufhängen, damit sie trocknen?«

Stirnrunzelnd sah sie mich an. »Natürlich. Du warst schwimmen?«

Ich nickte.

»Mit Ellen?«

»Nope.« Grinsend eilte ich die Treppen nach oben und steuerte das Bad an.

»Warte, ich mach dir Platz am Heizkörper«, sagte sie, als sie mir folgte, und raffte die Handtücher zusammen, die dort hingen. »Dann ... warst du allein schwimmen?«

Wieder verneinte ich und spürte, wie mir beim Gedanken an heute Vormittag warm wurde. »Ich hab mich mit Shawn getroffen. Er studiert ebenfalls an der WCSU und ist im Schwimmteam.«

»Shawn? Von dem hast du mir noch nicht erzählt, kann das sein?«

»Ich hab ihn gestern auf der Party kennengelernt.«

Mom runzelte die Stirn. »Und da trefft ihr euch heute schon zum Schwimmen? Ich hoffe doch sehr, das war nicht nur ein Vorwand, dich im Bikini zu sehen?«

Schmunzelnd schüttelte ich den Kopf. »Nein, das Gefühl hatte ich nicht. Er ist wirklich total lieb und nett und ... hach.« Ich seufzte, was meine Mom amüsierte.

»Na gut, dann hattest du wohl eine schöne Zeit mit ihm.«

»Auf jeden Fall! Wir haben uns auch über die alte Frau unterhalten beziehungsweise über die einsamen Menschen, die an den Feiertagen niemanden haben, mit dem sie feiern können. Er hatte total gute Ideen und möchte mir helfen, dazu eine Art Charity-Event auf die Beine zu stellen.« Ich hängte Badetuch und Bikini über die Heizstangen.

Nachdenklich sah mich Mom an. »Du willst dir tatsächlich eine weitere Arbeit aufhalsen, so kurz vor Weihnachten? Versteh mich nicht falsch, ich finde es großartig, wie du dich engagieren möchtest, aber du hast den Job im Laden, deine ehrenamtliche Tätigkeit im Kinderkrankenhaus und jetzt noch das. Ich will nur nicht, dass dir alles zu viel wird.«

»Keine Sorge. Wir versuchen, so viele helfende Hände wie möglich zu akquirieren.«

»Wir, hm?« Sie schmunzelte und küsste mich auf die Stirn. »Na komm, gehen wir nach unten. Lass uns was essen, und danach schmücken wir das Haus. Dein Dad hat bereits alle Deko-Kisten vom Dachboden geholt, sie warten nur darauf, ausgeräumt zu werden.«

Fünf Stunden später sackte ich total müde auf die Couch. Neben dem Kamin stand der Weihnachtsbaum, dessen LEDs ein warmes Licht verbreiteten. Der Baum war in Silber und Dunkelrosa geschmückt, sehr zum Trotz der beiden Männer im Haus, doch Mom und ich hatten uns nicht von ihrem Gemurre beirren lassen. Über dem Kaminsims hatten wir große silberfarbene Sterne aufgehängt. Putzige Rentiere mit dicken Bäuchen standen auf der Kommode und zogen einen Schlitten aus gebürstetem Edelstahl hinter sich her, der mit niedlich kleinen Geschenken gefüllt war. Tannenzapfen vermischt mit den restlichen Weihnachtskugeln lagen in der Obstschüssel auf dem Couchtisch.

Eine Tannengirlande wand sich am Treppengeländer in den oberen Stock, und auch im Eingangsbereich hatten wir einen Weihnachtsbaum aufgestellt. Dieser war größer als jener im Wohnzimmer und das Schmuckstück des Hauses. Auf ihm saßen kleine silberfarbene Vögelchen, Eiskristalle baumelten von den Ästen und zartrosafarbene Blumen waren dazwischen verteilt. Oh, und natürlich Zuckerstangen, von denen mir Mom eine ganze Packung zu den Essensresten in eine Stofftasche gepackt hatte, inklusive einem der lustigen Rentiere aus dem Wohnzimmer, damit sich in unserer kleinen Studentenbude ebenfalls festliche Stimmung verbreitete.

Dad setzte sich zu mir auf die Couch. »Danke, dass du heute Zeit hattest, uns zu helfen.«

»Ach, das ist selbstverständlich. So ein Event lasse ich mir doch nicht entgehen.«

Er lächelte. »Deine Mom hat mir übrigens erzählt, dass du eine alte Dame eingeladen hast, am Abend vor Weihnachten mit uns zu essen und zu feiern.« Er machte eine kurze Pause und für einen Moment hatte ich Angst, er könnte doch – wider Erwarten – dagegen sein. Doch dann bekam er einen gütigen Gesichtsausdruck. »Ich bin unglaublich stolz auf dich, Lydia. Du hast so ein großes Herz und dass du dieser Frau helfen willst, finde ich großartig. Ich freue mich schon darauf, sie kennenzulernen, und hoffe, dass sie sich bei uns wohlfühlt.«

»Ganz bestimmt«, sagte ich mit belegter Stimme und sah ihn erleichtert an.

Zufrieden klopfte er mir auf den Oberschenkel. »Na komm, es ist Zeit, nach draußen zu gehen. Eure Mom kocht uns gerade heiße Schokolade und wir müssen unbedingt noch schauen, wie unser Haus mit der Beleuchtung wirkt. Ob es gegen unsere Nachbarn bestehen kann.«

Schmunzelnd stand ich auf und half meiner Mom, die Tassen nach draußen zu tragen.

»Seid ihr bereit?« Ich konnte die Aufregung in Dads Stimme förmlich hören, was mich amüsierte.

Mom, Tim und ich riefen ein einstimmiges »Ja« zu ihm in die Garage, wo er den Hauptschalter für die gesamte Außenbeleuchtung deponiert hatte.

»Drei … zwei … eins«, zählte er, um die Spannung nach oben zu treiben. Dann erstrahlte plötzlich das Haus in warmem Licht.

Keine Ahnung, ob er damit unsere Nachbarn ärgern wollte oder ob sie ihn mit ihrer Deko beeindruckt oder inspiriert hatten. Womöglich hatte er es auch für Grace Schneider gemacht, um ihr ein warmes Willkommensgefühl zu geben, wenn sie dieses Jahr mit uns gemeinsam feiern würde. Jedenfalls hatte Dad sich selbst übertroffen. Bei uns stand nun nicht nur ein lebensgroßer Nussknacker im Garten, er war auch noch umgeben von drei Engeln mit weißen Kleidern und goldenen Flügeln … Zudem waren die Konturen des Hauses mit Lichterschlangen nachgezogen und ließen es aussehen wie aus einem traumhaften Weihnachtsfilm.

»Wow, das sieht unglaublich aus!« Staunend ließ ich meinen Blick über die vielen Lichter gleiten, die mein Elternhaus aussehen ließen, als wäre es einem Weihnachtsfilm entsprungen.

Auch Mom war begeistert und reichte Dad seine Tasse, als er sich neben sie stellte und seinen Arm um ihre Schultern legte. Sogar Tim pfiff anerkennend durch die Zähne und grinste, als sich die Engel zu drehen begannen und es dabei aussah, als würden sie mit ihren Flügeln schlagen.

So viel Kitsch hatte ich meiner Familie nicht zugetraut, aber ich liebte es, wie sehr sie sich dieses Jahr Mühe gaben, Weihnachten ganz besonders zu zelebrieren. Vielleicht aber brauchten wir all das auch einfach, jetzt, wo es das erste Weihnachten ohne Grandma war.

Kapitel 6 – Shawn

»Den noch ein Stück nach oben!« Moms Stimme dröhnte laut neben mir und ich beobachtete fasziniert, wie die riesigen Eiskristalle per Kran in schwindelerregenden Höhen an der Decke der Mall angebracht wurden. »Perfekt!« Sie deutete mit dem Daumen ein Okay an und wandte sich schließlich wieder mir zu. »Tut mir leid, dass wir hier sind und nicht zu Hause, wie es für eine Familie an einem Sonntag sein sollte. Aber ich habe das Gefühl, dass das nichts wird, wenn ich mich nicht selbst davon überzeuge, dass sie alles richtig machen«, raunte sie mir hinter vorgehaltener Hand zu.

Sie war Mall-Managerin und unter anderem für die allgemeinen Abläufe im Hintergrund zuständig, was das Organisieren der Basare, das Dekorieren vor festlichen Events, das Instandhalten der Eislauffläche im Herzstück des riesigen Einkaufszentrums und die Zusammenarbeit mit der Werbeagentur betraf. Dass sie Überstunden machen musste, kam immer wieder mal vor, aber gerade in der Vorweihnachtszeit war sie mehr als sonst eingedeckt mit Arbeit. Die erste Zeit in diesem Job, den sie hatte, seit ich auf die Highschool gewechselt hatte, war es hart für Dad und mich gewesen. Zuvor war sie bis auf die Vormittage und einen Nachmittag im Büro immer für uns verfügbar gewesen. Doch inzwischen hatten wir uns damit abgefunden, und der Job in der Mall hatte ihr nicht nur mehr Verantwortung beschert, sondern auch ihr Selbstbewusstsein gesteigert.

»Denkst du, ich darf hier Flyer verteilen? Oder ... in den Geschäften auslegen?« Ich hatte ihr von Lydias Idee erzählt, in der Hoffnung, die Reichweite mit den Kunden in der Mall nutzen zu können.

»Da kann ich dir leider nicht sofort zusagen. Zuerst muss ich das mit der Geschäftsleitung klären. Mit Flyern ist sie jedoch nie recht glücklich. Die verursachen immer so viel Müll und zusätzliche, ja unnötige Arbeit. Aber um das Ganze anfragen zu können, bräuchte ich ein ausgearbeitetes Konzept und eine Vorlage des Flyers oder des Plakats, falls du welche aufhängen willst. Und selbst wenn wir von oben das Go bekommen, hängt es davon ab, welche Shops sich dazu bereit erklären, Werbung in die Auslage zu hängen oder bei den Kassen auszulegen.«

»Ich werde es auf jeden Fall versuchen«, sagte ich entschlossen.

Wir sahen den Arbeitern zu, die den nächsten Stern an die Glasdecke hoben und an einer der Ösen befestigten, die dort extra dafür angebracht waren.

»Höher!«, rief Mom erneut, unterstrichen von wedelnden Armbewegungen, bis sie die Position absegnete. Dann wandte sie sich wieder mir zu, während die Männer die Deko fixierten und die nächste Runde aufluden. »Was ich aber machen kann, ist, dich mit dem Programmleiter des Radiosenders *WDBC Providence* in Kontakt zu bringen. Du weißt, die haben ihr Studio im Obergeschoss der Mall, und ich könnte mir gut vorstellen, dass das für sie interessant wäre. Ein Aufruf übers Radio könnte tatsächlich was nützen. Und vielleicht wollen sie euch ja während des ganzen Projektes dabei unterstützen.«

»Puh, ja, das klingt echt richtig gut, danke, Mom! Lydia und ich wollen morgen das Konzept ausarbeiten, ab Dienstag, spätestens Mittwoch kann ich also was Handfestes vorlegen.«

»Super, dann leite ich dir seinen Kontakt weiter, sobald ich mit ihm gesprochen habe und er Interesse an einer Zusammenarbeit gezeigt hat. Und zum Thema Kirche … Du solltest Pater Richard Woodland kontaktieren. Ich bin mir sicher, er unterstützt euch gerne.«

Dass ich das sowieso vorhatte, verschwieg ich lieber, ich wollte sie in ihrem Enthusiasmus und ihrer Hilfsbereitschaft nicht bremsen. Stattdessen nickte ich dankbar. »Geht klar.«

Zusätzlich würden wir auch noch andere Kirchen und Glaubensgemeinschaften in der Umgebung aufsuchen und sie um ihre Mithilfe bitten – aber um das alles zu schaffen, würden wir wohl freiwillige Helfer damit beauftragen müssen, denn allein würden Lydia und ich nicht die Zeit haben, alle religiösen Zentren abzugrasen.

Wieder gab sie Anweisungen zur nächsten Deko, die in Kürze von der Decke baumeln würde. »Übrigens hat deine Granny nach dir gefragt.«

Überrascht schaute ich sie an. Dass meine Großmutter einen klaren Moment hatte und sich an mich erinnern konnte, kam leider nicht mehr allzu oft vor. Doch die Hoffnung, die kurz in mir aufkeimte, schluckte ich hinunter, denn ich wusste, dass diese Augenblicke immer seltener wurden … Und dieses Wissen versetzte mir einen schmerzhaften Stich.

»Sie wollte wissen, ob du inzwischen zur Schule gehst.« Mom schenkte mir ein trauriges Lächeln.

Ich konnte mir nur vage vorstellen, wie es ihr dabei ging, den geistigen Verfall der eigenen Mutter mitzuerleben. Doch schon allein deshalb lagen mir die alten Menschen so sehr am Herzen. Vielleicht hatte ich das falsche Studium gewählt, ich wusste es nicht. Aber die ehrenamtliche Arbeit im Seniorenheim gab mir total viel und die wollte ich auf keinen Fall missen. Es war nicht schlimm, dass meine eigene Großmutter der Anstoß dafür gewesen war. Dennoch wünschte ich ihr ein glücklicheres Los.

»Ich werde sie im Laufe der Woche mal besuchen«, versprach ich Mom und schenkte ihr ein aufmunterndes Lächeln. Dass ich regelmäßig bei meiner Granny vorbeischaute, erzählte ich nicht immer. Aber wenn sie mich erkannte und nicht mit Grandpa verwechselte, sondern wusste, dass ich ihr Enkel Shawn war, berichtete ich Mom davon, was sie jedes Mal freute.

»Mach das. Und jetzt erzähl mir mehr von dieser Lydia. Sie muss ja was ganz Besonderes sein, wenn du so schnell für sie etwas so Großes mit auf die Beine stellen willst«, schwenkte sie auf ein anderes Thema.

Sofort hoben sich meine Mundwinkel und die getrübte Laune verflüchtigte sich wie Nebel im Wind. »Ich kann noch nicht allzu viel über sie sagen. Sie ist süß und … wir hatten heute einen schönen Vormittag zusammen.«

»Das heißt, ihr werdet euch wiedersehen? Also abseits des Projektes?« Sie wackelte mit den Augenbrauen, wandte sich dann aber kurz ab. »Mein Gott, Henry, pass auf, dass das Teil nicht runterfällt!« Sie hatte ein kräftiges Organ, und auch wenn sie eher zierlich war, konnte sie ziemlich einschüchternd wirken – etwas, was ihr bei diesem Job ganz sicher von Nutzen war.

»Wir haben noch nicht darüber gesprochen, aber ich hoffe es.«

»Uh, das klingt doch gut. Halte mich auf dem Laufenden. Und wenn es ernster wird, will ich sie unbedingt kennenlernen.«

Amüsiert schüttelte ich den Kopf. »Mom, selbstverständlich stelle ich sie dir vor, wenn das was wird. Aber du bist echt unverbesserlich, du bist so eine Kupplerin!« Nicht nur ihre beste Freundin hatte sie mit dem Arbeitskollegen meines Dads zusammengebracht, sondern auch unsere Nachbarin mit dem Briefträger. Sie las bevorzugt Liebesschnulzen und liebte es, *Sims* zu spielen, allein deshalb, weil sie verrückt danach war, die einzelnen Charaktere miteinander zu verkuppeln.

Unschuldig hob sie die Arme. »Keine Sorge, ich halte mich raus. Ich will nur, dass du glücklich bist, Shawny.« Schon zog sie mich in eine Umarmung, stellte sich auf die Zehenspitzen und gab mir einen Kuss auf die Wange.

Schmunzelnd verdrehte ich die Augen, drückte sie aber auch an mich. »Na gut, ich muss mich auf den Weg machen. Ich bin heute Abend mit den Jungs verabredet, wir wollen ins Kino, den neuen *Ghostbusters*-Film anschauen, und vorher noch Pizza essen.«

Erneut küsste sie mich, diesmal auf die Stirn, bevor sie mich losließ. »Okay, dann wünsche ich dir viel Spaß heute Abend. Und grüß mir die Jungs!«

»Mach ich! Sag Dad, ich melde mich morgen bei ihm wegen dem ganzen Deko-Kram vom Dachboden.« Mom trug seit Jahren nicht nur Weihnachtskugeln aus aller Welt zusammen, sie hatte auch ein Faible für Lichterketten, bei denen ich Dad immer half, sie zu montieren.

»Ja, bitte. Ich will endlich mit dem Dekorieren anfangen.« Sie zwinkerte mir noch einmal zu, dann eilte ich zu meinem Wagen.

»Wer bekommt die Salami-Pizza?« Antonio stand neben unserem Tisch und balancierte vier Teller auf seinen Armen.

»Hier, bitte!« Lance hob die Hand.

»Einmal die Tonno für dich«, sagte unser Lieblingsitaliener und stellte die Thunfischpizza vor Christopher ab.

»Sardellen und Kapern zu mir.« Ryan schob sein Besteck auseinander, damit der riesige Teller Platz hatte, während Lance die Nase rümpfte.

»Dann ist die Schinken-Peperoni für dich.« Mit diesen Worten stellte Antonio sie vor mir ab und ließ uns wieder allein.

»Mann, hab ich Kohldampf!« Ryan stürzte sich über seine Pizza und auch sonst konnte sich keiner von uns zurückhalten. Für eine Minute herrschte Schweigen an unserem Tisch, das nur durch genüssliches Schmatzen unterbrochen wurde.

»Was ist eigentlich dran an dem Gerücht, dass du heute Vormittag in der Schwimmhalle warst?«, wollte Lance wissen und sicherte sich mit dem Zusatz »Mit einer Frau!« die Aufmerksamkeit aller.

»Woher hast du denn das wieder?«, versuchte ich es erst mal mit einer Gegenfrage, nicht nur, um die Spannung nach oben zu treiben, sondern auch, weil ich zu verblüfft war. Ich hatte nicht damit gerechnet, dass wir gesehen worden waren.

»Sag schon, ist es wahr?« Christopher beugte sich grinsend über seinen Teller und auch Ryan vergaß für einen Moment sein Essen.

Die Augen rollend seufzte ich. »Ja, ich war dort. Mit einer Frau. Ist das verboten?«

Die drei tauschten Blicke untereinander aus, und ihren Gesichtern nach zu urteilen spielten sich gerade eindeutig nicht-jugendfreie Szenen in ihren Köpfen ab.

»Die Seniorengruppe war übrigens auch dort – falls das euer Kopfkino beeinflussen sollte.«

Augenblicklich verzogen alle das Gesicht und stöhnten gequält auf. Ryan schüttelte sich. »Alter, lass das.«

»Wer ist sie? Kennen wir sie?« Lance sah mich neugierig an.

»Lydia Carrington. Sie wohnt im Wohnheim nebenan und studiert Psychologie.«

»Ah, ja, Lydia … Die war ja gestern auch auf der Party. Habt ihr euch da kennengelernt?«, wollte Christopher wissen.

Ich nickte, doch noch bevor ich darauf reagieren konnte, gab Ryan seinen Senf dazu: »Uh, pass auf mit Psychologiestudentinnen. Die haben meistens einen an der Waffel.«

Diesen Kommentar ignorierte ich geflissentlich. Stattdessen hielt ich einen Themenwechsel für angebracht. »Hör mal, Lance, eventuell hätte ich einen Job für dich.«

Dieser rieb die Handflächen aneinander. »Immer her damit. Was zahlst du?«

»Es wäre eine ehrenamtliche Tätigkeit«, begann ich, was ihm ein frustriertes Stöhnen entlockte. »Aber ich habe gehofft, dass ich mich auf dich verlassen kann. Soweit ich weiß, lebt deine Tante allein und ist jedes Jahr an Weihnachten bei euch, richtig?«

»Hä?« – das kam von Ryan, während Lance nicht weniger verwirrt nickte.

»Okay, pass auf. Uns schwebt da eine Blitzaktion vor. Ein Charity-Event, das wir schnellstmöglich aus dem Boden stampfen müssen, weil es darum geht, Leuten, die allein leben, an Weihnachten eine Familie oder Personen zu vermitteln, die noch einen Platz an ihrem Tisch für sie haben. Damit sie das Fest nicht einsam verbringen müssen, verstehst du? Und dazu bräuchten wir eine Website, über die man sich anmelden kann, dass man einen Platz sucht beziehungsweise einen anbieten kann.«

»Hat dich diese Psychologiestudentin dazu angestiftet? Siehst du, es fängt bereits an – da tanzt sie einmal im Bikini vor dir herum, schon tust du alles für sie. Diese Frauen wissen besser als alle anderen, wie sie manipu…« Das kam wieder von Ryan, der völlig überraschend – jedoch berechtigterweise – durch einen Schlag gegen den Hinterkopf von Christopher davon abgehalten wurde, weiteren Bullshit zu labern.

»Klar, ich bin dabei. Bis wann braucht ihr was? Gibt es schon Vorgaben für die Page?«

Dass Lance sich so schnell dazu bereit erklären würde, uns zu helfen, überraschte mich. Ehrlich gesagt hatte ich mit mehr Gegenwehr gerechnet.

»Ich melde mich voraussichtlich morgen im Laufe des Tages bei dir mit den Details. Hättest du am Abend Zeit, diese zu besprechen?«

»Klar, Mann. Ruf einfach kurz an, ich kann zu dir kommen. Oder wir treffen uns in einem Café.«

Ich nickte. »Gut, ich sag noch Bescheid. Wenn, dann sollte auch Lydia dabei sein, immerhin ist es ihr Projekt«, bekräftigte ich und versuchte gleichzeitig, mir vorzustellen, ob es besser wäre, dieses Thema gemeinsam mit ihr in einem Café zu besprechen – oder doch in meinem Zimmer …

Kapitel 7 – Lydia

Der Tag hatte mit einem Lächeln auf meinen Lippen begonnen, als ich die Augen aufschlug und das kleine dicke Rentier auf meinem Nachttisch sah, das ich gestern Abend noch dort aufgestellt hatte. Es hatte mich mit seinen übertrieben großen Glupschaugen angesehen und ich musste einfach grinsen.

Das verging mir jedoch, als ich kurz vor der Vorlesung mit ein paar meiner Kommilitonen über das Charity-Event zu reden begann.

»Das klingt nach einer Menge Arbeit, Lydia. Denkst du nicht, dass es etwas kurzfristig ist? Ich meine, es braucht normalerweise monatelange Vorarbeit, um ein Projekt in dieser Größe aus dem Boden zu stampfen. Es soll ja auch Erfolg haben, oder? Vielleicht wäre es besser, jetzt mit der Planung für nächstes Jahr anzufangen und es dann professionell und gut durchdacht aufzuziehen?« Diese Aussage kam von Serina – eine der wenigen hier, mit denen ich einfach nicht warm wurde. Nun wusste ich auch wieder, warum das so war. Sie war eine Schwarzseherin. Und zudem der klassische Cheerleader-Typ: Zierlich, blond und bestimmt war sie an der Highschool Schulsprecherin gewesen – das würde passen wie die Faust aufs Auge. Es lebe das Schubladendenken, aber in dem Fall würde es mich wirklich stark wundern, wenn ich mit meiner Vermutung falschlag.

»Mag schon sein, dass das Ganze ziemlich knapp wird. Genau deshalb bin ich auf eure Hilfe und Unterstützung angewiesen. Mehr jedoch sind es die Alleinlebenden, die an einem Fest wie Weihnachten nicht einsam sein sollten. Einige haben vielleicht nur noch dieses Jahr«, hielt ich dagegen und erntete zum Glück zustimmendes Gemurmel von einem Großteil der anderen.

»Lydia hat recht. Die Leute aufgrund von Zeitmangel dieses Jahr ihrem Schicksal zu überlassen, obwohl die Idee steht und noch fast vier Wochen Zeit sind, finde ich schon sehr hart. Wir alle sollten etwas tun. Wie können wir helfen?« Willow schob ihre Brille an der Nase nach oben und sah mich abwartend an. Und in dem Moment hätte ich die Frau knutschen können. Es bewies wieder einmal, dass es nur eine Person, einen Befürworter für den Anstoß brauchte, der den Stein ins Rollen brachte. Nach Willow erklärten sich noch knapp ein Dutzend weitere bereit, uns zu helfen.

»Danke, dass du dich vorhin so für mich und mein Projekt eingesetzt hast«, wandte ich mich später an Willow, als wir den Saal verließen.

»Kein Ding. Ich finde die Idee großartig. Ja, es ist alles sehr knapp, aber wenn man nur dreißig Leuten helfen kann, ist das doch schön. Und für nächstes Jahr weißt du schon genau, was du beachten musst, und kannst es dann in noch größerem Stil aufziehen.«

Serina drängte sich in dem Moment an uns vorbei – jedoch nicht, ohne meine Schulter zu streifen.

»Was ist denn mit der verkehrt? Hat sie jetzt ein Problem, weil sie mal nicht im Zentrum der Aufmerksamkeit steht?«, schimpfte Willow so laut, dass Serina sie bestimmt noch hörte.

»Lass sie. Auf Leute, die nicht voll und ganz hinter dem Projekt stehen, kann ich verzichten. Gerade weil wir so wenig Zeit haben, könnten diejenigen das Vorhaben gefährden. Wenn sie während der

Vorbereitungszeit weiter Zweifel streuen und andere Helfer mit ihrer eigenen Negativität anstecken, könnte alles kurz vor Schluss noch kippen. So was kann ich echt nicht gebrauchen. Ich muss ausschließlich mit Leuten zusammenarbeiten, auf die ich mich hundertprozentig verlassen kann.«

Willow nickte. »Ganz genau. Und ich glaube auch, dass du die Richtigen im Team hast. Ich freue mich schon auf das Treffen am Mittwoch. Wenn ich helfen kann, sag auf jeden Fall Bescheid, hörst du?«

»Das ist wirklich lieb von dir, danke«, sagte ich lächelnd. Gut zu wissen, dass es auch Menschen gab, auf die ich zählen konnte.

Wir verabschiedeten uns und ich machte mich auf den Weg in die Bibliothek, den Ort, an dem ich mich kurz vor Prüfungen am besten auf den Stoff konzentrieren konnte. Ich liebte die Stille und dieses Gefühl von unfassbar großem Wissen, das von den Büchern ausging. Vor allem aber schätzte ich es, dass ich dort nicht gestört wurde. Miss Delawny hatte die Leitung über und war ganz besonders empfindlich, was Lärm betraf. Sie hatte sogar schon Leute aus ihren heiligen Hallen verwiesen, die zu viel husteten oder sich zu häufig die Nase putzen mussten.

Deshalb war es mir äußerst unangenehm, als mein Telefon vibrierte, kaum dass ich es auf den Tisch gelegt, mich gesetzt und meine Unterlagen ausgebreitet hatte. Auf dem Display sah ich, dass die Nachricht von Shawn war, aber zuerst navigierte ich zu den Einstellungen, um auch die Vibration zu deaktivieren. Würde ich Miss Delawny verärgern und sie mich verjagen, müsste ich im Zimmer neben Ellen lernen, die sogar dann, wenn ich Kopfhörer aufhatte, nicht mit dem Reden aufhören konnte, sondern unentwegt irgendwas vor sich hin plapperte. Und wenn sie nur laut ihren eigenen Lernstoff aufsagte. Was zur Folge hätte, dass ich mich über mich selbst ärgern und nicht auf den Stoff konzentrieren könnte – und gerade mit meinem aktuellen Zeitplan wäre das wirklich fatal.

Zurück im Nachrichteneingang beschleunigte sich jedoch mein Herzschlag und ich konnte ein breites Grinsen nicht verbergen.

SHAWN: HEY, WIE GEHT ES DIR? HAST DU HEUTE ABEND ZEIT FÜR EIN TREFFEN? MEIN KUMPEL LANCE IST WEBDESIGNER UND KÖNNTE EINE PAGE FÜR UNS ERSTELLEN. DAZU MÜSSTEN WIR JEDOCH EIN BRIEFING MACHEN. HAST DU SCHON WEITERE LEUTE FÜR DAS PROJEKT BEGEISTERN KÖNNEN? HAB EVENTUELL DIE MÖGLICHKEIT, KONTAKT ZU *WDBC PROVIDENCE* ZU KNÜPFEN - SHAWN.

O Gott, echt? Das mit dem Radiosender wäre der absolute Hammer! Und auch das mit der Website klang zu schön, um wahr zu sein.

LYDIA: MIR GEHT ES GUT - BESONDERS NACH DEINER NACHRICHT. UND DIR? JA, HEUTE ABEND HAB ICH ZEIT. WO TREFFEN WIR UNS? UND WOW, DAS MIT DEM SENDER HÖRT SICH GROßARTIG AN!

Gebannt starrte ich auf das Telefon und merkte, dass ich mich so überhaupt nicht auf den Stoff konzentrieren konnte, weil ich darauf hoffte, dass er mir gleich zurückschreiben würde.

SHAWN: TREFFEN WIR UNS UM SECHS IM CAFÉ NEBEN DER MENSA?

LYDIA: SUPER, BIN DA UND NEHME MEINE NOTIZEN MIT. ICH FREU MICH!

Nervös kaute ich an meiner Nagelhaut, während ich die drei tanzenden Punkte nicht aus den Augen ließ.

SHAWN: UND ICH MICH ERST!

Miss Delawny konnte nichts dagegen unternehmen, dass ich meine Arme in die Luft riss und lautlos jubelte, auch wenn ich dadurch die Aufmerksamkeit einiger Studenten auf mich zog. Aber diese schenkten mir höchstens ein amüsiertes Schmunzeln. Die bösen Blicke blieben allein der Bibliothekarin vorbehalten …

»Okay, Süße, egal, welche Ausreden du parat hast, sie zählen nicht. Du gehst gleich mit mir Burger essen. Der schnuckelige Kerl, der im Café arbeitet, ist nämlich heute auch im Burgerladen, und ich will versuchen, seine Aufmerksamkeit zu gewinnen, indem ich deine Taktik anwende und ihn in ungezwungener Umgebung anspreche.« Mit diesen Worten rauschte Ellen ins Zimmer, als ich gerade vor dem Kleiderschrank stand und überlegte, was ich am besten anziehen sollte.

»Genau genommen hat Shawn *mich* angesprochen. Und tut mir leid, aber ich kann wirklich nicht. Ich treffe mich heute mit ihm.« Nach dem ersten und zweiten Satz wollte meine Freundin noch widersprechen, nach dem letzten stieß sie einen Jubelschrei aus. »Okay, vergiss, was ich eben gesagt hab, du musst auf jeden Fall zu ihm. Was ziehst du an?« Sie stellte sich neben mich und inspizierte meine Klamotten.

»Erstens ist es kein Date, sondern ein Arbeitstreffen, was bedeutet, dass ich Jeans und Pulli anziehen werde.«

Der Ton, den sie daraufhin ausstieß, sagte mir, dass sie meine Wahl für keine gute hielt, aber das war mir egal.

»Und zweitens … was für ein Typ aus dem Café? Du meinst doch nicht den mit dem Unterlippenpiercing, den raspelkurzen Haaren und der Tätowierung am Hals?«

»Genau den!« Sie seufzte und ließ sich nach einer eleganten Drehung auf der Armlehne der Couch nieder, beide Hände theatralisch gegen ihre Brust gepresst.

Amüsiert zog ich einen kuschelig weichen Pullover in Weiß und Babyrosa aus dem Schrank und setzte mich zu ihr. »Okay, jetzt bin ich neugierig. Wieso hast du mir nicht erzählt, dass du auf den Barista abfährst?«

»Keine Ahnung, so richtig lange bin ich mir dessen auch noch nicht bewusst. Aber die letzten Male, als ich dort war und er mir meinen Kaffee mit einem Lächeln gereicht hat ...« Wieder stieß sie einen verzückten Laut aus. »Der hat diese Art von Lippen, die so verlockend aussehen, dass man sie einfach probieren will. Gott, ich könnte dem Kerl ständig auf den Mund starren.«

»Dich hat es ja ordentlich erwischt«, stellte ich belustigt fest.

»Dann dieses Tattoo ... Jedes Mal frage ich mich, was es genau darstellt und wie weit es nach unten geht.« Sie fächerte sich Luft zu.

»Und ich lasse dich heute im Stich«, murmelte ich voller schlechtem Gewissen. Als es darum ging, dass ich Shawn kennenlerne, hatte sie mich in jeder Hinsicht unterstützt, hatte herausgefunden, wo ich ihn treffen kann, und mich schließlich auch zur Party begleitet – oder genötigt. Und jetzt, wo sie einen an der Angel hatte, musste ich sie versetzen ...

»Kein Problem. Vielleicht ist es sowieso besser, wenn ich allein hingehe. Ich nehme ein Buch mit, bestelle mir was zu essen und versuche, zumindest so zu tun, als ob ich lesen würde, während ich ihn über den Rand des Buches ungeniert beobachte.«

Mit gehobenen Augenbrauen schüttelte ich den Kopf. »Fällt ja gar nicht auf.«

Ellen winkte ab. »Egal. Umso besser, falls er es bemerkt. Vielleicht kommen wir ja auf diese Weise ins Gespräch.«

»Ich drück dir die Daumen!«, sagte ich und reichte ihr das Glas mit den Zuckerstangen, das ich auf der Kommode hinter der Couch abgestellt hatte. Ein kleiner Trost, weil ich sie heute im Stich lassen musste.

Ich wusste, wie sie auf den Minzgeschmack abfuhr. »Du kannst jederzeit zugreifen, die sind für uns beide.«

»Danke, du schaust mir damit mitten ins Herz. Übrigens: Tolles Rentier. Ich musste so lachen, als ich es gesehen hab.« Mit dem Kopf deutete sie zu dem dicken lustigen Tierchen mit den Glupschaugen.

Wir hatten großen Spaß dabei, als wir seinen Gesichtsausdruck nachmachten, indem wir die Augen aufrissen und die Backen aufbliesen. Das Lachen mit meiner Freundin tat richtig gut.

Danach zog ich mich aufgeregt ins Bad zurück, um mir den kuscheligen Pullover anzuziehen und mich noch einmal frisch zu machen. Meine Gedanken wanderten zu Shawn. Ob wir uns heute näherkommen würden? Ich versuchte, mir seine Lippen in Erinnerung zu rufen, mich an ihren Schwung zu erinnern, scheiterte jedoch. Einzig seine Augen konnte ich nicht vergessen – was vermutlich auch daran lag, dass ich ihm länger in dieses tiefe Blau als auf den Mund geschaut hatte. Aber völlig unabhängig davon war der Gedanke, Shawn zu küssen, mit einem Mal mehr als verlockend. Und je länger ich darüber nachdachte, desto weniger konnte ich es erwarten, ihn wiederzusehen.

Ich versuchte, mir einen Kuss mit ihm vorzustellen – was dafür sorgte, dass mein Herz wie irre raste und ich mir mit geröteten Wangen und breitem Grinsen im Badezimmerspiegel entgegenblickte. Ob seine Lippen so süß und frisch wie die Zuckerstangen schmeckten?

Kapitel 8 – Shawn

Als Lance und ich das Café betraten, saß Lydia bereits an einem der Tische. Sie winkte uns und sah einfach wieder so unglaublich süß aus – fast so süß wie Zuckerwatte. Ich bedeutete ihr, dass wir uns erst noch anstellten, um uns was zu trinken zu bestellen. Sie nickte und deutete den Daumen nach oben.

»Ist sie das?«, wollte Lance wissen.

»Genau, das ist Lydia.«

»Sieht nett aus.« Er grinste.

»Ist sie auch. Und du lässt die Finger von ihr, nur um das klarzustellen.«

Schnaubend schaute er mich an. »Hey, schon gut. Trotzdem darf ich anmerken, dass du einen guten Geschmack hast, oder etwa nicht?«

Anstatt ihm zu antworten, brummte ich vor mich hin. Dass Lydia ihm zu gefallen schien, störte mich tatsächlich, aber ich biss mir auf die Zunge. Wir waren wegen des Projektes hier – einzig und allein das zählte jetzt.

Wir bestellten zwei große Kaffee am Tresen, dann gingen wir zu Lydia.

Ich beugte mich zu ihr und küsste sie zur Begrüßung auf die Wange, was diese in ein zartes Rosa tauchte. Anschließend stellte ich ihr Lance vor.

»Freut mich, dich kennenzulernen, Lance.«

»Die Freude ist ganz meinerseits.« Mein Kumpel zeigte ihr sein schönstes Zahnreihengrinsen und setzte sich direkt neben sie, sodass nur der Stuhl ihr gegenüber für mich bleiben würde, wenn ich noch mitbekommen wollte, was sich auf seinem Computer tat. Den hatte er nämlich eingepackt, um uns gleich ein paar Beispiele zu zeigen, wie man die Seite gestalten könnte.

Lydia lächelte ihn freundlich an, ehe sie den Blick auf mich richtete.

»Ich bin schon sehr gespannt.«

»Ich ebenso.« Ich zwinkerte ihr zu und wandte mich dann an Lance, als gerade unsere Kaffees an den Tisch gebracht wurden. »Besonders auf deinen Input. Wird spannend, wenn das alles gleich ein Gesicht bekommt. Das macht das Projekt gleich noch realer.«

Lydia nickte zustimmend. »Vielen Dank, dass du dich bereit erklärt hast, zu helfen. Ich hab schon einige konkrete Vorstellungen und hoffe, dass sich das alles umsetzen lässt.« Sie klappte eine Mappe auf und drehte sie so, dass Lance mitlesen konnte.

Sie stellte erst den Grundgedanken des Projektes vor und wer unsere Zielgruppen waren, danach ging es um die tatsächliche Durchführung. Lance hörte aufmerksam zu und auch ich brachte hin und wieder Anmerkungen ein, wie zum Beispiel die mögliche Zusammenarbeit mit dem Radiosender sowie die mit den Kirchen und Religionsgemeinschaften. Dass wir eventuell auch Werbung in der Mall machen könnten, verschwieg ich vorerst, da ich diesbezüglich noch nichts von Mom gehört hatte.

»Das klingt nach einem richtig wundervollem Projekt«, sagte er zu Lydia, als sie fertig war.

Dass er unter normalen Umständen nie das Wort *wundervoll* in den Mund nehmen würde, verkniff ich mir zu sagen. Stattdessen funkelte ich ihn nur an, doch das schien ihn kalt zu lassen.

»Danke. Ich hoffe nur, dass es auch von den Leuten angenommen wird.«

»Ganz sicher«, sagte ich in dem Moment, als von Lance »Davon bin ich überzeugt« kam.

»Kommen wir also zur Webseite«, lenkte ich verbissen auf das Kernthema unseres Treffens.

Lydia nickte. »Genau. Also ich möchte, dass die Familien beim Anmelden angeben, wie viele Personen sie an Weihnachten sind und wie viele freie Plätze sie anbieten können.« Nachdenklich kräuselte sie die Nase.

»Als weitere Möglichkeit sollen die Alleinlebenden eintragen dürfen, in welchem Radius – ausgehend von ihrem Zuhause – sie an einer Feier teilnehmen möchten, ob sie Haushalte mit Kindern wünschen und ob Haustiere okay sind. Und wenn ja, welche. Die müssen unbedingt auch von den Familien angegeben werden, zwecks Allergien, Ängsten oder Ähnlichem.«

Lance nickte bei meinen Anweisungen und machte sich detaillierte Notizen, während Lydia weiter all ihre Vorstellungen mit uns teilte. Ich war begeistert und überrascht, wie genau sie sich das alles bereits vorstellte.

Als sie mit allen Punkten fertig war, fasste Lance grob zusammen, was wir in der letzten Stunde besprochen hatten, damit auch wirklich alles richtig verstanden wurde. »Das Ganze soll in warmen, weihnachtlichen Farben gestaltet werden, damit sich die Leute eingeladen fühlen. Hast du inzwischen einen Namen für das Projekt, Lydia?«

»Das Ganze soll den Namen *My Christmas Wish* tragen. Oder was meinst du dazu, Shawn?« Klang Lydia erst noch fest entschlossen, blitzte nun Unsicherheit in ihren Augen auf.

»*My Christmas Wish* finde ich großartig«, sagte ich und nickte ihr zu. Erleichtert atmete sie aus und lächelte. »Gut, dann heißt das Ganze ab sofort so. Oh, und Lance, vielleicht kannst du zusätzlich noch ergänzen, ob sie die Möglichkeit haben, selbst zur Familie zu kommen, oder ob sie lieber abgeholt und nach Hause gebracht werden wollen. Gibt bestimmt einige, die gebrechlich oder auf eine Gehhilfe angewiesen sind. Oder die ein Taxi bevorzugen.«

»Sicher, das ist kein Problem.«

»Ah, und es sollte unbedingt dabeistehen, dass keine Geschenke besorgt werden müssen. Das ist nicht Ziel dieser Kampagne, sondern das gemeinsame Feiern, das Teilen von Geschichten, Gesellschaft und Essen. Besser, du packst diesen Punkt auch noch in die FAQs dazu.«

»Okay. Willst du, dass die zusammengebrachten *Paare* ...« Er zeichnete bei dem Wort Gänsefüßchen in die Luft. »... die Möglichkeit erhalten, vorher telefonisch in Kontakt zu treten?«

Lydia schaute kurz zu mir und ich deutete ein Nicken an. »Ja, ich denke schon«, sagte sie schließlich. »Immerhin wird dadurch die erste Barriere gebrochen, wenn man die Stimme des anderen hört und gleich mal vorfühlen kann, was für eine Art Mensch einen erwartet.«

»Geht klar.«

Dass Lance ihr dabei zuzwinkerte, ging mir gehörig gegen den Strich. Vermutlich hatte er es nicht absichtlich getan, aber ich musste wohl noch einmal klarstellen, dass *ich* bei Lydia landen wollte.

»Bis wann, denkst du, hast du die Website fertig?«, fragte ich in etwas zu scharfem Ton nach.

»Entspann dich, Alter, ich bekomm das schon schnell hin. Mittwochabend, spätestens Donnerstag.«

»Okay, super. Kannst du dich vielleicht noch bei mir melden, ob das mit der Domainregistrierung geklappt hat? Wir treffen uns am Mittwoch mit allen freiwilligen Helfern, da wäre es ideal, wenn wir bis dahin diese schon verkünden könnten«, fragte Lydia und schenkte ihm ein Lächeln, von dem ich wollte, dass es nur mir vorbehalten war.

Vermutlich war sie einfach nett und dankbar, dennoch wurmte mich die Chemie zwischen den beiden. Sie hatten sich auf Anhieb gut verstanden, darüber sollte ich mich sicher freuen, doch ich konnte es nicht.

»Klar, mache ich. Gibst du mir deine Nummer?«

Sein Ernst? Verdammt, der Kerl hatte es faustdick hinter den Ohren – und er ließ keine Gelegenheit aus, mit ihr zu flirten. Angesäuert musste ich mitansehen, wie Lydia sein Smartphone entgegennahm und ihm ihre Nummer einspeicherte.

»Echt großartig. Vielen lieben Dank noch einmal, dass du uns bei diesem so wichtigen Projekt hilfst. Das ist alles andere als selbstverständlich und ich weiß es echt zu schätzen, dass du deine Zeit dafür opferst.« Sie stand auf, als er sich erhob, und verdammt, die beiden umarmten sich auch noch zum Abschied! Bildete ich es mir nur ein, dass es zwischen den beiden knisterte, oder passierte das gerade wirklich? Gott, ich drehte langsam echt durch.

Ich erhob mich ebenfalls und klopfte ihm zum Abschied – vielleicht eine Spur zu fest – auf die Schulter. Als er endlich weg war, atmete ich erleichtert durch und ließ mich wieder auf meinen Stuhl fallen. Eine Bedienung kam vorbei, räumte Lance' Tasse ab und fragte uns, ob wir noch was trinken wollten. Meinen Kaffee hatte ich fast geleert, doch ich war mir nicht sicher, wie Lydias Zeitplan aussah. Am liebsten würde ich bis Mitternacht oder länger mit ihr hier sitzen, aber ich wollte sie auch nicht unnötig aufhalten. Womöglich bildete ich mir die Vibes zwischen uns nur ein und sie beruhten gar nicht auf Gegenseitigkeit ...

»Für mich noch ein Soda, bitte. Du hast doch Zeit, damit wir den Rest des Konzeptes durchbesprechen können, oder?«, wandte sie sich an mich und sah mich fragend an.

»Sicher. Ich nehme einen weiteren Kaffee, bitte.«

»Kannst du denn nach so viel Koffein am Abend überhaupt schlafen?«, meinte sie schmunzelnd, als wir wieder allein waren.

»Gegenfrage: Wie schaffst du es ohne, nicht über deinen Lernunterlagen einzuschlafen?«

»Keine Ahnung, doch es funktioniert«, sagte sie lachend, und dieses Geräusch kitzelte in meinem Bauch. »Ich mag den Geruch, jedoch schmeckt mir Kaffee nicht. Weder mit noch ohne Milch oder Zucker. Ich hab inzwischen alle Varianten durch, trotzdem werde ich mit dem Getränk einfach nicht warm.«

Ungläubig schüttelte ich den Kopf. »Echt verrückt. Meine Mom musste mich schon als Kind von Kaffee fernhalten. Irgendwann hat sie dann extra wegen mir koffeinfreien gekauft und getrunken, weil ich immer heimlich die Reste aus den Kaffeetassen geleert habe.«

»Oh, wow! Das ist echt schräg.«

Schmunzelnd nickte ich. »Frag mich nicht, warum, aber ich liebte den Geschmack schon immer. Und ohne meine tägliche Dosis wäre ich vermutlich zu nichts zu gebrauchen.«

»Also sollte man dich morgens vor dem ersten Kaffee nicht ansprechen?«

»Kommt ganz darauf an, *wer* was von mir will. Meine Mitbewohner haben sich inzwischen damit abgefunden, dass sie mir bis nach der ersten Tasse besser aus dem Weg gehen. Aber du dürftest selbstverständlich auch vor dem ersten Kaffee mit mir reden.«

»Gut zu wissen.«

Dass sie lächelte und sich ihre Wangen rot färbten, gefiel mir. Ihre Antwort noch mehr, denn sie beruhigte mich und gab mir das Gefühl, dass ich vielleicht wirklich zu viel in die Unterhaltung mit Lance hineininterpretiert hatte ….

Wir bekamen unsere bestellten Getränke serviert, und nachdem sich die Bedienung dem nächsten Tisch zugewandt hatte, lenkte Lydia wieder auf *My Christmas Wish* zurück. »Inzwischen haben sich bei mir einundzwanzig freiwillige Helfer gemeldet. Einige meinten, sie würden

Flyer verteilen und Plakate aufhängen. Eine meiner Kommilitoninnen ist die Nichte eines Journalisten, der für die Tageszeitung schreibt. Sie hat angeboten, ihren Onkel zu fragen, ob er darüber berichten will. Und wenn wir auch noch den Radiosender auf unserer Seite haben, könnte das schon dieses Jahr richtig groß werden.« Hellhörig geworden runzelte ich die Stirn. »Wer behauptet das Gegenteil? Denjenigen werde ich mir vorknöpfen.« Belustigt schüttelte sie den Kopf. »Eine meiner Studienkolleginnen hat ihre Bedenken geäußert, es sei schon zu spät für ein Projekt in dieser Größenordnung und wir würden uns unnötigen Stress aufhalsen. Sie ist der Meinung, dass wir dieses Jahr noch ausfallen lassen und uns dafür für nächstes Weihnachten *richtig* vorbereiten sollten. Sie meinte, wenn das Projekt aus Zeitgründen scheitern würde, müssten wir zu viele Herzen enttäuschen.«

Empört schnaubte ich auf und schüttelte den Kopf. »Klar ist alles sehr knapp, aber lass dich bloß nicht davon abbringen. Die Idee ist großartig und ganz ehrlich: Mit jedem Menschen, den du dieses Jahr an Weihnachten mit dieser Aktion glücklich machen kannst, hast du gewonnen. Ein Lächeln ist mit nichts zu bezahlen. Außerdem haben wir viele Helfer. Ich hab bei meinen Kumpels gefragt, neun oder zehn haben sofort zugesagt, eine Handvoll mehr überlegen noch. Die krieg ich jedoch ebenfalls überzeugt. Ein paar haben sogar selbst einen freien Platz am Weihnachtstisch ihrer Familie angeboten.«

Lydia nickte kräftig. »Ja, genau! Die Erfahrung hab ich auch gemacht. Einige haben sofort nach dem Kurs mit ihren Eltern telefoniert und mir noch am Vormittag zugesagt, dass sie uns ebenso auf diese Weise bei *My Christmas Wish* unterstützen wollen. Ich finde das so großartig und bin richtig gerührt! Immerhin wird hier nicht nur einsamen Leuten ein erinnerungswürdiges Weihnachtsfest in Gesellschaft beschert, sondern es werden auch Geschichten ausgetauscht. Jemand

Neues kennenzulernen ist immer schön und abenteuerlich und bereichernd für einen selbst. Finde ich zumindest.«

Sie senkte verlegen die Lider und ich fragte mich, ob sie mit dieser Aussage womöglich auch gerade uns beide gemeint hatte. Das würde bedeuten, dass sie gern mit mir Zeit verbrachte – auch außerhalb des Projektes. Dann hatte ich vielleicht wirklich Chancen, nach dieser Projektbesprechung noch mehr über sie zu erfahren …

Im Anschluss klärten wir ab, wie ich morgen dem Radiosender unser Konzept vorstellen würde, wenn ich mit dem Programmleiter telefonierte. Lydia hingegen zeigte mir Entwürfe zu Plakaten und Flyern, die sie heute in einer freien Stunde am Vormittag entworfen hatte.

Auf einem war eine durchsichtige Weihnachtskugel zu sehen, die vor einem blau schimmernden Hintergrund in der Luft zu schweben schien. In ihr war ein mit Schnee bedeckter Weihnachtsbaum zu sehen, dessen Spitze golden leuchtete. Darüber hatte sie in geschwungener Schrift *My Christmas Wish* geschrieben, darunter einen Text:

So viele Menschen sind einsam und müssen Weihnachten allein verbringen, während an Ihrem Tisch beim Weihnachtsdinner bestimmt noch ein Platz frei ist. Öffnen Sie Ihr Herz und erfüllen Sie dieses Jahr die größten Weihnachtswünsche: Laden Sie zu diesem Fest der Liebe jemanden ein, der Ihre Zeit und Ihre Gesellschaft mehr schätzt als jedes materielle Geschenk.

Anschließend stand zentriert und etwas größer die Adresse der Website.

Der zweite Entwurf zeigte warme braune Holzlatten, bei dem in der Mitte der Name sowie die Erklärung, worum es sich handelte, geschrieben stand. Drumherum waren eiskristallbedeckte Tannenzapfen, Tannenzweige, goldene kleine Päckchen, Lebkuchenmänner und Rentiere aus Holz drapiert, die für ein gemütliches Gesamtbild sorgten.

»Wow, die sind wirklich gut. Du hast echt ein Gespür für Ästhetik und Gestaltung.«

»Findest du?«

»Auf jeden Fall! Und egal, für welches der beiden Designs du dich entscheidest, damit werden wir ganz sicher die Aufmerksamkeit der Leute wecken – genau das, was wir brauchen. Mit der Headline und dem prägnanten Text triffst du die Leute auf der emotionalen Schiene und machst mit wenigen Worten klar, dass es nicht wehtut, am Weihnachtstisch Platz für eine fremde, allein lebende Person zu schaffen.«

»Oh, danke.« Ihre Wangen glühten, aber ihr strahlendes Lächeln berührte mich. »Ich dachte mir, beide Entwürfe eignen sich sowohl für ein Plakat als auch für Flyer. Und das Grunddesign lässt sich auch auf die Website übertragen, denke ich. Das ist ja nur eine Bilddatei, die als Header eingefügt werden kann.«

Ich nickte zustimmend.

»Welches ist dein Favorit?«

Erneut betrachtete ich die beiden Designs.

»Das mit dem Holz im Hintergrund. Es wirkt warm und gemütlich. Die Weihnachtskugel ist zwar auch schön, aber sie unterstreicht ein wenig die Einsamkeit, weil sie so ganz alleine hängt, findest du nicht?«

Aufgeregt nickte sie. »Das Gleiche hab ich auch gedacht, aber ich wollte erst eine zweite Meinung hören. Deine Meinung.«

Bei diesen Worten schlug mein Herz ein paar Takte schneller. »Freut mich, wenn ich helfen konnte. Magst du mir den Entwurf schicken? Falls der Sender morgen spontan um ein Treffen bittet, kann ich ihn gleich dem Programmchef zeigen. Und meiner Mom würde ich das auch weiterleiten, wenn das für dich okay ist. Mir ist klar, dass das noch nicht die finalen Versionen sind, aber dann hat sie schon mal was, mit dem sie zur Geschäftsleitung der Mall gehen kann. Die haben immer gern eine ungefähre Ahnung, was sie erwarten wird. Und damit sind sie vielleicht schneller umgestimmt und geben uns die Zusage.«

»Klar, kein Problem. Nennst du mir deine E-Mail-Adresse?«

Ich nutzte die Gelegenheit, um näher an sie heranzurücken, und sah auf ihr Display, während sie eintippte, was ich ihr diktierte. Kurz darauf vibrierte mein Handy und kündigte eine neue Nachricht im Posteingang an. »Danke, ich gebe dir Bescheid, sobald ich von beiden Seiten mehr weiß.«

»Nein, Shawn, ich danke *dir* für dein Engagement. Du ahnst nicht, wie sehr du mir damit hilfst.« Dabei legte sie ihre Hand auf meine. Sofort breitete sich ein wohliges Kribbeln von der Stelle ausgehend in mir aus.

»Das mach ich wirklich gerne«, antwortete ich und sah ihr dabei tief in die Augen. Dass sie meinem Blick nicht auswich, sondern ihn intensiv erwiderte, gefiel mir. Es machte etwas mit mir. »Hast du noch was vor oder … bleibst du und leistest mir weiterhin Gesellschaft?«, fragte ich, als sie ihre Hand zurückzog, das Telefon in die Tasche steckte und ihre Geldbörse herauszog.

Lydia sah sich um. »Ich fürchte, der Laden macht gleich dicht.«

Tatsächlich waren nur noch wenige Gäste da. Hinter dem Tresen wurde gerade fleißig geputzt, unsere Bedienung wischte die Tische ab. Es wirkte, als ob sie nur darauf warteten, dass wir das Feld räumten, damit sie den wohlverdienten Feierabend antreten konnten.

»Tatsächlich …« Stirnrunzelnd zog ich ein paar Geldscheine aus der Hosentasche. »Du bist selbstverständlich eingeladen.«

»Danke, das ist …«

»Keine Wiederrede. Ich bestehe darauf.«

Sie grub die Zähne in ihre Unterlippe, als sie ihre Geldbörse wieder in der Tasche verschwinden ließ. »Lieb von dir, wollte ich noch sagen.«

Verlegen lachte ich und winkte der Bedienung. Kurz darauf verließen wir gemeinsam das Café.

Klirrende Kälte empfing uns und Lydia zog ihren Mantel enger. Ich sah, dass sie in ihre Fäuste pustete, um sich die Hände zu wärmen.

»Frierst du?«

»Nur ein bisschen. Aber ich bekomme schnell eisige Finger und hab heute leider meine Handschuhe vergessen.« Sie rieb die Handflächen aneinander.

»Na komm, ich wärme sie.« Ohne eine Reaktion von ihr abzuwarten, nahm ich ihre Hände in meine und umschloss sie für ein paar Sekunden. Ich führte sie zu meinem Mund und pustete warme Luft in diese kleine Höhle. Meine Lippen streiften dabei ihre Finger, und zu gern wollte ich ihr Küsse darauf hauchen, wagte es jedoch nicht, da ich nicht wusste, ob ich damit eine Grenze überschritt. »Okay, der Plan war gut, die Umsetzung scheiße«, stellte ich schmunzelnd fest, als sie sich vor Kälte schüttelte.

Ich verwob ihre Finger mit meinen und schob unsere Hände in meine Jackentasche. »Die andere musst du bis zur Hälfte des Weges in deiner Manteltasche wärmen. Dann tauschen wir«, beschloss ich und zwinkerte ihr aufmunternd zu.

Verlegen nickte sie.

Zügigen Schrittes machten wir uns durch die eisige Nacht auf den Weg zurück zu unseren Wohnheimen. Und insgeheim dankte ich dem Wettergott, dass er gerade für diese Kälte sorgte – nur so durfte ich ganz unverhofft Lydias Hand halten und noch eine Weile auf diese Art ihre Nähe genießen.

Vor ihrem Wohnheim angekommen hielten wir. Ich nutzte die Gelegenheit, ihre Hände noch einmal mit meinen zu umschließen. Erneut pustete ich warme Luft hinein und diesmal wagte ich es, zwei kleine Küsse auf ihre Fingerknöchel zu hauchen.

»Gute Nacht, Lydia. Es war ein sehr produktiver, interessanter und vor allem schöner Abend mit dir.«

»Ja, finde ich auch.« Sie lächelte und in meiner Brust wurde es ganz eng. Am liebsten hätte ich sie jetzt an mich gezogen … Aber mir entging nicht, dass sie zitterte. »Du solltest hineingehen, sonst erfrierst du doch noch.«

Sie nickte. »Schlaf gut, Shawn.«

»Bis bald.« Gott, es war verrückt, aber es fiel mir so schwer, mich von ihr zu trennen. Und ihr schien es ähnlich zu gehen, denn sie machte nur halbherzige Schritte rückwärts in Richtung Eingangstür, ihre Hände nach wie vor in meinen … bis zu viel Abstand zwischen uns war, als dass wir die Verbindung weiter hätten aufrecht erhalten können. Sie stieg die Treppe nach oben und drehte sich an der Tür noch einmal um, um mir zu winken.

Ein letztes Mal hob ich die Hand, dann verschwand sie im Inneren. Und ich ging erst dann nach Hause, als ich sie nicht mehr auf der Treppe nach oben sehen konnte.

Zwei Tage später fand das Treffen mit den Helfern in einem der Hörsäle statt. Lance hatte mir am Nachmittag geschrieben, dass er die Website so weit fertiggestellt hatte, sodass wir sie allen vorführen konnten. Ich freute mich riesig, dass sich der Radiosender sofort bereit erklärt hatte, über das Projekt zu berichten. Und Lydia hatte gestern noch das Plakat und den Flyer finalisiert und beides sogar bereits drucken lassen. Anscheinend kannte ihr Vater jemanden, der in einer Druckerei arbeitete und der ihr einen unglaublich geringen Preis dafür berechnet hatte. Und den hatten ihre Eltern bezahlt, weil sie ihre Tochter bei ihrem Projekt unterstützen wollten.

Tatsächlich hatte Lydia beides heute abholen können – und die Plakate und Flyer jetzt anfassen zu können machte die Sache noch realer. Es fühlte sich richtig gut an, was wir bisher auf die Beine gestellt hatten.

Ein paar der Leute, die hier waren, kannte ich vom Sehen. Einer der Typen war mal im Schwimmteam gewesen und einige andere hatte ich schon mal auf dem Campus oder in der Mensa gesehen. Auch meine Helfer waren gekommen – sogar vier von denen, die anfangs noch gezögert hatten. Sie alle zeigten sich engagiert und ich freute mich, dass wir so ein tolles Team zusammengestellt hatten.

Zu Beginn richtete Lydia ein paar einleitende Worte an die Leute, dann stellte sie Lance vor, der daraufhin über den Beamer die Website mit all ihren Funktionen und Informationen präsentierte. Ausnahmslos alle wirkten begeistert davon, was wir in den wenigen Tagen geschafft hatten.

Im Anschluss zeigte Lydia auf mich. »Dank der großartigen Unterstützung von Shawn wird *WDBC Providence* über *My Christmas Wish* berichten. Somit werden hoffentlich ganz viele Menschen darauf aufmerksam und bieten Alleinlebenden an, Weihnachten bei und mit ihnen zu feiern.«

Die Leute applaudierten und klopften mir wohlwollend auf die Schulter, obwohl sich Lydia die Lobeshymnen verdient hatte.

»Außerdem wird *The Daily Danbury* noch diese Woche einen Artikel darüber veröffentlichen, was mich ebenfalls sehr freut. Doch nun zu euch …«, sagte sie und zeigte auf die gedruckten Sachen, die ich zu Beginn mit Magneten an die Tafel geheftet hatte. »Ohne eure Hilfe schaffen Shawn und ich es nicht. Plakate und Flyer müssen in Cafés, Büchereien, Supermärkten oder sonstigen öffentlichen Stellen ausgehängt beziehungsweise ausgelegt werden. Natürlich müsst ihr überall vorher um Erlaubnis fragen. Für die Mall an sich hat Shawn sich bereits um die Genehmigung gekümmert, aber auch hier bräuchte ich Freiwillige, die zu den einzelnen Shops gehen und alles verteilen.«

»Das klingt nach einer Menge Arbeit«, warf ein Typ ein, der daraufhin bestätigendes Kopfnicken einiger anderer erntete.

»Das wissen wir«, sprang nun ich ein. Die Befürchtung, dass jemand negative Vibes verbreiten und alles so kurz vor Start gefährden könnte, stieg in mir auf. »Gerade deshalb sind wir auf so viele helfende Hände wie möglich angewiesen. Es geht nicht nur um das Verteilen der Werbeplakate und Flyer. Uns ist es ein Anliegen, dass diejenigen, die einen Platz suchen, und diejenigen, die einen anbieten, bis zuletzt betreut werden. Lydia und ich wollen verhindern, dass sie während der Zeit bis Weihnachten auch nur ansatzweise das Gefühl bekommen, von uns alleingelassen zu werden. Soll heißen, dass wir mit den Leuten vorher telefonieren müssen. Ihr könnt sie alternativ auch besuchen, das überlassen wir dann euch, wie es am besten in euren Zeitplan passt. Aber uns ist es wichtig, dass auf jeden Fall ein persönlicher Kontakt hergestellt wird. Wir sind die Vermittler und direkte Ansprechpartner für diejenigen, die zusammengeführt werden. Uns ist klar, dass ihr auch alle ein eigenes Leben und Prüfungs- sowie Weihnachtsstress habt. Deshalb wollen wir noch einmal betonen, dass es umso einfacher für jeden von uns wird, je mehr mithelfen. Weil sich die Arbeit dann viel besser verteilt.« Ich machte eine kurze Pause, um jedem die Gelegenheit zu geben, darüber nachzudenken. »Wenn alles klar ist, wollen wir jetzt gemeinsam mit euch eine Liste erstellen, welche Orte für die Plakate- und Flyerverteilung infrage kommen. Im Anschluss werden wir euch je einen Part zuteilen. Wir setzen auf euch und euer Engagement.«

Lydia nickte. »Genau. Wir wissen, dass es für jeden von uns Arbeit bedeutet. Auch Shawn und ich werden uns weiterhin tatkräftig mit einbringen. Und weil die Zeit knapp ist, wollen wir gleich heute mit der Einteilung beginnen. Wir haben den ersten Dezember. Viele Leute überlegen schon jetzt, was sie am Abend vor Weihnachten vorhaben. Da sollte eine zusätzliche Person mehr am Weihnachtstisch in der Planung bereits berücksichtigt werden. Wer also fühlt sich dem Ganzen gewachsen und ist nach wie vor dabei, Gutes zu tun und einsamen

Menschen zu einem unvergesslichen Weihnachtsfest zu verhelfen?«, fragte sie entschlossen in die Runde und sah sich enthusiastisch um.

In dem Moment war ich unglaublich stolz auf sie ...

Ausnahmslos alle Hände schossen fast ohne Zögern nach oben. Erleichterung breitete sich in mir aus.

Und kurz darauf schrieb ich eine Liste mit Orten am Computer, die für die anderen an die Wand projiziert wurde. Bei einigen Orten meldeten sich sofort Freiwillige, bei anderen nahmen wir in einer zweiten Runde die Einteilungen vor.

Nach über zwei Stunden waren wir mit allem fertig. Wir hatten die Plakate und Flyer auf die Leute aufgeteilt und eine Chatgruppe ins Leben gerufen, um mit allen Helfern kommunizieren und uns gegenseitig über Neuigkeiten austauschen zu können. Außerdem hatten wir uns ihre E-Mail-Adressen notiert, über die wir ihnen die Kontakte zu den Bewerbern zukommen lassen wollten. Drei hatten sich zusätzlich freiwillig gemeldet, die Anmeldungen auf der Website zu verwalten und für jeden das passende Gegenstück zu finden – eine große Entlastung für Lydia und mich.

Als alles geklärt und organisiert war, wir uns noch einmal bei Lance bedankt und die Leute den Hörsaal verlassen hatten, fühlte ich mich erschöpft, aber zufrieden. Ein wenig stolz auf unsere Leistung setzte ich mich. Auch Lydia sackte müde auf dem Stuhl neben mir zusammen und schenkte mir ein umwerfendes Lächeln. »Danke für deine Hilfe, Shawn. Du warst heute großartig. Einen Moment lang hatte ich Angst, dass doch noch alles scheitern würde, als Thomas meinte, dass es eine Menge Arbeit sei.«

»Ja, die Befürchtung hatte ich auch, deshalb habe ich das Wort übernommen. Ich hoffe, das war okay.«

»Total! Im ersten Moment wusste ich gar nicht, was ich darauf hätte sagen sollen.«

»Aber ich glaube, wir können sehr zufrieden sein, wie es heute gelaufen ist, oder was denkst du?«

»Auf jeden Fall.« Bei diesen Worten sah sie mir tief in die Augen und irgendwie hatte ich das Gefühl, dass für einen Moment um uns die Zeit stehen blieb. Ich versank im Graugrün ihres Blickes, das mich ständig in meinen Gedanken begleitete, und dankte dem Herrn, dass ich am Samstag auf die Party gegangen war.

Echt verrückt, dass mir diese Frau nach so kurzer Zeit bereits so viel bedeutete … So kannte ich mich nicht, aber Lydia war einfach was Besonderes. Sie beeindruckte mich mit ihrem großen Herzen und mit ihrer Begeisterung für ihr soziales Projekt, mit dem sie so viele andere Leute anstecken konnte.

»Na gut, ich glaube, wir sollten auch gehen«, sagte sie und durchbrach damit meine Gedanken.

»Sicher«, murmelte ich, obwohl ich am liebsten noch geblieben wäre. Mit ihr natürlich. Trotzdem half ich, ihren Laptop von den Kabeln zu trennen und diese wieder im Fach im Pult zu verstauen sowie die restlichen Plakate und Flyer auf uns aufzuteilen und zusammenzupacken.

Nachdem sie das Licht gelöscht hatte, sperrte sie den Saal ab und verstaute den Schlüssel in ihrer Manteltasche. »Ich hoffe, ich vergesse nicht, ihn morgen früh meinem Dekan vorbeizubringen«, sagte sie seufzend.

»Ich schicke dir eine Erinnerungsnachricht.«

»Oh, das wäre echt lieb von dir, danke!«

»Kein Ding.« Schmunzelnd bedeutete ich ihr, vorzugehen.

Draußen erwartete uns erneut Dunkelheit, nur dass es nicht so kalt war wie beim letzten nächtlichen Spaziergang mit ihr. Heute hatte die Sonne geschienen und ein großer Teil der Schneedecke war geschmolzen. Zwar waren die Wiesen nach wie vor weiß, aber die Gehwege waren fast komplett schneefrei. Der Kies knirschte unter unseren Schuhen, als wir an der Buchhandlung vorbeigingen.

»Hast du heute noch was vor?«

Ihre Frage hätte ich auf das Lernen oder Vorbereiten auf morgen beziehen können, das bei ihr auf dem Plan stand, wie sie mir vorhin verraten hatte. Doch irgendwie hatte ich das Gefühl, dass sie damit zusätzlich mein Privatleben meinte. Dachte sie, dass ich noch andere Frauen traf? Ich wusste es nicht, wir hatten darüber nie gesprochen. Bisher war das alles ziemlich locker gewesen und wir hatten uns hauptsächlich über das Projekt unterhalten. Trotzdem war bei mir der Eindruck entstanden, dass sie mit mir geflirtet hatte. Oder hatte ich es nur gehofft?

Jedoch wusste ich auch, dass ich mehr wollte. Ich genoss die Zeit mit ihr und war fasziniert von ihrer Stärke und ihrer Willenskraft. Sie war unglaublich süß und ich war verrückt danach, wie sich ihre Nase kräuselte, wenn sie angestrengt nachdachte, oder wie sie dabei ihre Finger in den Haaren vergrub. Wie gerötet ihre Lippen waren, wenn sie vor Anspannung auf sie biss. Vor allem aber fragte ich mich, wie sie schmecken würde, wenn ich sie küsste …

Dieser Gedanke geisterte mir seit Montagabend im Kopf herum. Oder nein, ich brauchte mir nichts vorzumachen: seit dem Schwimmen am Wochenende. Und mindestens genauso lange ärgerte ich mich, dass ich nicht den Mut gehabt hatte, es herauszufinden. Heute jedoch wollte ich mich endlich trauen …

»Nein, ich werde es mir nur noch auf der Couch gemütlich machen und dabei an dich denken«, beantwortete ich ihre Frage ehrlich – als hoffentlich ideale Einleitung für mein Vorhaben.

Überrascht schaute sie mich an, doch als sich ihre Lippen zu einem Lächeln hoben, wusste ich, dass ich mich nicht zu weit aus dem Fenster gelehnt hatte.

»Ich muss mich noch auf den Kurs morgen vorbereiten. Da geht es dir also definitiv besser als mir.«

»Oh, da bin ich mir nicht so sicher. Gerade spiele ich mit dem Gedanken, doch auch noch zu lernen.«

»Wieso das?«, fragte sie mit einem Stirnrunzeln und klang dabei fast ein bisschen enttäuscht.

Ohne Vorwarnung blieb ich stehen und stellte mich direkt vor Lydia. Ich schaute ihr ins Gesicht, das von einer Straßenlaterne in zartes warmes Licht getaucht wurde, und erkannte Zweifel darin. Zweifel, die ich wegwischen wollte, weil sie keine Berechtigung hatten …

»Weil ich mich lieber mit Medienökonomie auseinandersetze, als mich mit der Frage zu quälen, wann ich dich wiedersehen kann …«, raunte ich und berührte mit einer Hand zärtlich ihre Wange.

Lächelnd lehnte sie sich in die Berührung.

Ich nahm all meinen Mut zusammen und beugte mich zu ihr hinab. Mein Herz raste, als ich den zweiten Arm um sie legte. Noch mehr, als sie ihre Lider senkte und ihr Kinn hob, um sich mir entgegenzurecken. Als sie ihre Handflächen an meine Brust legte, um meine Nähe zu suchen.

Als unsere Lippen aufeinandertrafen, seufzte ich erleichtert auf. Sie wollte das auch … Ich hatte ihre Signale nicht falsch interpretiert und vor allem … Wow!

Der Kuss war zart und weich und vorsichtig. Neugierig tastend. Kalt und wohlig warm zugleich. Als sich unsere Zungen berührten und ein erlösendes Keuchen ihre Kehle verließ, schoss Hitze durch mich hindurch. Ich zog sie näher an mich und schmeckte und atmete und flog. Das hier war berauschender als jeder Weihnachtspunsch.

Sie schlang ihre Arme um meinen Nacken, zog sich an mir hoch, drückte sich an mich. Gottverdammt, ich würde mich heute auf jeden Fall ablenken müssen, um nicht ständig an diesen Kuss zu denken. Um nicht doch noch zu ihr rüberzugehen und weiterzumachen.

Langsam löste sich Lydia von mir und schaute mich mit einem Strahlen in den Augen an, das alles in mir zum Schweben brachte. »Also …Wann sehen wir uns wieder? Abgesehen vom Radiointerview am Freitag und dem Zeitungstermin nächsten Montag«, hauchte sie aufgeregt die Worte, die mir die ganze Zeit schon auf der Zunge lagen.

»Morgen? Wollen wir gemeinsam in der Mensa zu Mittag essen?«

»Wenn es dich nicht stört, dass wir eventuell nicht allein sind?«, sagte sie zögernd.

»Solange ich bei dir bin, ist alles andere nebensächlich …«

Diese Worte zauberten ihr ein glückliches Lächeln ins Gesicht.

Kapitel 9 – Lydia

Meine Lippen prickelten noch, als wir wenig später vor meinem Wohnheim hielten. Ich konnte gar nicht fassen, dass Shawn mich geküsst hatte. Einfach so und vor allem … wie gut der Kuss gewesen war! Am liebsten wollte ich, dass er ewig dauerte, aber die Kälte war leider mein ständiger Feind. Sie war durch die Winterstiefel hindurchgekrochen, hatte für eisige Füße gesorgt und auch sonst hatte ich zu zittern begonnen. Und schlotternd zu küssen war wirklich nichts, was ich gerne tun wollte. Schon gar nicht beim ersten Kuss. Nicht mit Shawn.

Dass er jetzt jedoch mit hinein ins Wohnheim ging, überraschte mich und sorgte außerdem dafür, dass ich meinen schnellen Herzschlag im Hals spüren konnte. »Möchtest du noch …« Ich zeigte nach oben und spürte gleichzeitig, wie ich trotz der Kälte rot anlief. Okay, vielleicht schob er meine rosigen Wangen auch einfach darauf.

»Nicht heute«, raunte Shawn und lächelte süß. »Ich will dich nicht von deiner Vorbereitung abhalten. Aber ich wollte dich noch einmal küssen, ohne dass du dabei frierst.« Mit diesen Worten zog er mich erneut an sich, so nah, dass ich seinen leicht holzigen, ja herben Duft einatmete.

Wie von selbst schlossen sich meine Lider, und schon spürte ich seine weichen Lippen auf den meinen. Kam seiner Zunge entgegen und versuchte, mir diesen Kuss genau einzuprägen, um ihn später wieder und wieder in Erinnerung rufen zu können.

»Schönen Abend noch, Lydia«, raunte er, als er sich von mir löste. Ich brauchte einen Moment, in dem ich die Augen geschlossen hielt, um den Kuss in mir abzuspeichern, bevor ich ihn ansah. »Den wünsche ich dir auch«, sagte ich schließlich und fühlte mich wie auf Wolke sieben.

Er verschränkte unsere Finger noch einmal ineinander, als würde er ebenfalls nicht wollen, dass sich hier und jetzt für heute unsere Wege trennten. Widerwillig ging ich ein, zwei Schritte rückwärts, bis sich unsere Hände langsam voneinander lösten. Sein Lächeln blieb trotzdem bestehen, als er mir nachsah, bis ich bei den Treppen ankam. Ein letztes Mal winkte ich, dann drehte ich mich um und lief nach oben.

Mit glühenden Wangen, geschwollenen Lippen und mit den Gedanken noch bei Shawn öffnete ich unsere Tür, wo mich eine breit grinsende Ellen erwartete. Sie lehnte an ihrem Schrank, die Arme vor der Brust verschränkt, und begrüßte mich mit einem »Ich will alle Details erfahren!«.

Stirnrunzelnd schielte ich in Richtung Spiegel, der neben der kleinen Garderobe hing. Sah man mir schon von Weitem an, dass ich gerade geküsst worden war?

»Worüber?«

»Ich sag nur drei Wörter: Du, Shawn, Kuss!«

»Woher …?«

»Erstens«, begann sie und stieß sich vom Schrank ab, »strahlst du wie ein kleines Kind am Weihnachtsmorgen.« Sie setzte sich auf die Couch und klopfte auf den Platz neben sich. »Zweitens sind deine Lippen rot und geschwollen, deine Wangen rosa und du hast da so ein Leuchten in den Augen.« Mit einem Finger kreiste sie vor meinem Gesicht herum, bis ich danach schnappte und augenverdrehend seufzte.

»Du übertreibst …«

»Und drittens hab ich dich eben mit ihm knutschend in der Eingangshalle gesehen, als ich vom Einkaufen zurückgekommen bin. Hast mich nicht mal bemerkt, so abgelenkt warst du.«

»Aaah!«, stieß ich enthusiastisch aus. Zu mehr war ich im Moment nicht fähig.

Ellen stimmte mit ein und kurz darauf hüpften wir im Zimmer auf und ab.

»Wie war es? Erzähl! Und wie ist es überhaupt dazu gekommen?«

Im Schnellverfahren brachte ich sie auf den neuesten Stand, was darin endete, dass sie mir aufgeregt um den Hals fiel. »O Gott, ich freue mich *so* sehr für dich, Lydia! Ich hab die ganze Zeit gehofft, dass das mit euch beiden was wird. Wann seht ihr euch wieder?«

»Morgen zum Mittagessen.«

»Und … hat er dich auch zu einem Date eingeladen?«

Ich verneinte. »Wir sind jetzt eh erst mal mit der Arbeit rund um *My Christmas Wish* beschäftigt.«

Ellens erste Antwort bestand aus einem Gesichtsausdruck, der so viel sagte wie: *Ja, ist klar.* Dann meinte sie: »Hey, lass dich bloß nicht darauf ein, Dates unter den Tisch fallen zu lassen. Die sind wichtig. Für euch beide, für euer Kennenlernen, eure Beziehung.«

»Herrje, ich weiß noch nicht mal, ob man das, was Shawn und ich haben, überhaupt schon als *Beziehung* bezeichnen kann. Ob das Ganze exklusiv ist oder ob es nur …«

»… Spaß ist?«, vollendete sie schockiert meinen Satz. »Liebe Lydia, ich kenne dich zwar erst seit knapp eineinhalb Jahren, aber was ich über dich weiß, ist, dass du definitiv nicht der Typ für *Spaß* bist.« Sie malte Gänsefüßchen in die Luft.

Schulterzuckend schaute ich auf meine Hände. »Wie gesagt, ich weiß nicht, wohin es Shawn und mich führt. Im Moment möchte ich uns nicht in eine Schublade stecken. Weder in die eine noch in die andere. Ich genieße jede Minute mit ihm und lasse es einfach auf uns zukommen.«

Ellen schenkte mir einen entschuldigenden Blick. »Ich will ihn dir nicht ausreden, Süße, wirklich nicht. Ich kenne Shawn nicht und habe ebenfalls keine Ahnung, ob er es ernst meint oder ob er nur für flüchtige Sachen zu haben ist. Wenn ich mich für dich umhören soll, dann …«

»Nein!«, fiel ich ihr etwas zu impulsiv ins Wort. »Nein danke. Das ist echt lieb von dir und ich weiß das sehr zu schätzen, aber … auf keinen Fall will ich Dinge über ihn zu Ohren bekommen, die ich nicht hören möchte. Oder die nicht der Wahrheit entsprechen und mich nur verunsichern – und schließlich das zerstören, was zwischen ihm und mir entstehen könnte.«

»Du hast recht, das wäre natürlich schlecht. Keine Sorge, ich halte mich raus«, versprach sie und drückte meine Hand.

»Erzähl mal, was gibt's bei dir Neues? Hast du deinen Barista wiedergesehen? Wie heißt er eigentlich?«

Am Montagabend war er dann doch nicht im Burgerladen aufgetaucht und Ellen war nach einer Portion Pommes und Vanilleeis auf Waffeln enttäuscht wieder gegangen.

»Joe – zumindest steht dieser Name auf seinem Namensschild. Ich war heute im Café, hab ihn dort jedoch wieder nicht gesehen.« Sie schob schmollend die Unterlippe vor.

»Vielleicht ist er ja krank?«

»Hm, ja, könnte sein.« Sie seufzte. »Aber ich kann unmöglich jeden Tag ins Café gehen und wieder umdrehen, wenn ich ihn nicht sehe. Und täglich dort Kaffee kaufen lässt mein Budget nicht zu. Auch wenn er so viel besser schmeckt als der, den ich hier braue, doch im Moment muss ich echt jeden Penny sparen.«

Verständnisvoll nickte ich. Im Herbst war ihr irgendein Idiot in ihren am Straßenrand abgestellten Wagen gedonnert und hatte ihn die

Böschung hinuntergestoßen, bis er sich überschlagen hatte. Dadurch hatte sich die Karosserie total verzogen, die Türen gingen nicht mehr auf und überhaupt war der alte Ford Schrott. Jetzt sparte sie auf ein neues Auto, und das war nun mal als Studentin nicht so einfach, wenn man von den Eltern keine Finanzspritze bekam.

»Weißt du was? Ich begleite dich morgen ins Café. Und falls er wieder nicht da ist, dann fragen wir nach ihm. Oder ich. Oder du, ganz wie du möchtest.«

»Du bist ein Schatz, Lydia.«

»Kein Ding, das bin ich dir schuldig. Abgesehen davon, dass du es auch verdient hast, mit Herzchen in den Augen herumzulaufen.«

Sie schmunzelte und stieß mir in die Seite. »Du bist süß. Heißt das also, dass es dich erwischt hat?«

Seufzend schlug ich beide Hände vors Gesicht. »Ich weiß es nicht! Gott, ich kann wirklich nichts dazu sagen. Ja, ich mag ihn, aber … um das genauer zu definieren, was sich in Kopf und Herz abspielt, ist es noch viel zu früh, verstehst du?«

»Ich bewundere dich echt, dich und deine Gefühle so kontrollieren zu können. Wenn ich einen Mann kennenlerne, der mir gefällt, bin ich sofort verknallt. Zack – schon schlägt mein Herz für ihn und kann genauso schnell wieder gebrochen werden.«

»Das heißt, dass Joe dich jetzt nicht enttäuschen darf …«

»Zumindest nicht vor Weihnachten. Ich will nicht heulend zwischen meinen glücklichen Schwestern vorm Weihnachtsbaum stehen müssen.«

»Hey, vor Silvester ebenfalls nicht! Oder möchtest du unglücklich ins neue Jahr rutschen? Auch nicht im Januar – ich meine, du willst doch nicht einen bescheidenen ersten Monat haben.«

»Okay, du hast mich überzeugt. Das Problem ist nur, dass Joe nichts davon weiß.« Sie lachte verunsichert auf.

»Hey, immer positiv bleiben und abwarten. Bestimmt wird alles gut werden, wirst sehen.«

»Dein Wort in Gottes Ohr …«

Am nächsten Morgen hatte ich so gute Laune, dass ich beschloss, Ellen noch vor unseren ersten Kursen ins Café einladen zu wollen. Womöglich hatten wir ja Glück und ihr Joe war auch hier – dann würde vielleicht sogar meine Mitbewohnerin nicht mehr so grummelig sein. Sie hatte nämlich diese eine steile Falte zwischen den Augenbrauen und brachte gerade mal ein »Hmmm« hervor, als ich ihr beschwingt einen guten Morgen wünschte.

Zwar hatte meine Nachricht mit der Einladung dafür gesorgt, dass sie besser gelaunt war, aber wirklich gesprächig wurde sie dadurch immer noch nicht. Auf dem Weg zum Café stieß ich ihr deshalb belustigt in die Seite. »Wenn du weiterhin so grimmig dreinschaust, wird Joe einen weiten Bogen um dich machen. Was ist denn los?«

Sie zuckte mit den Schultern. »Keine Ahnung. Hab schlecht geträumt. Von einer Frau, die mir Joe vor der Nase weggeschnappt und sich die ganze Nacht über mich lustig gemacht hat, weil sie schneller war als ich.«

»Ach, komm, du wirst dir doch nicht von einem blöden Traum den Tag vermiesen lassen. Gleich sind wir da, und wenn er heute arbeitet, dann sprichst du ihn an und sorgst dafür, dass ihr eure Nummern tauscht und bestenfalls ein Date habt, okay?«

Geräuschvoll stieß sie Luft zwischen ihren Lippen hervor. »Wird gemacht!«

Die weihnachtliche Deko im Café sorgte auch heute wieder für ein Lächeln auf meinem Gesicht und ich hoffte einfach, dass sie bei Ellen dieselbe Wirkung hatte.

Der langen Schlange nach zu urteilen wollte jeder noch schnell einen Coffee to go vor den ersten Kursen. Doch das konnte Ellens Laune nicht weiter trüben, denn sie entdeckte tatsächlich *ihren* Barista, in dessen Warteschlange wir uns anstellten.

Als wir endlich an der Reihe waren, stieß ich ihr kurz in die Seite, um sie zu erinnern, mutig zu sein. Dann bestellte ich eine heiße Schokolade für mich und sah Ellen schließlich abwartend an.

»Für mich bitte einen *Caramel Latte macchiato* und deine Telefonnummer.« Ihre Wangen glühten und sie biss sich nervös auf die Wangeninnenseite, doch Joe zwinkerte ihr zu. »Kommt sofort.«

Gebannt verfolgten wir jeden seiner Handgriffe, als ... »Hey, was machst du denn hier? Ich dachte, du trinkst keinen Kaffee?«

Mit einem breiten Grinsen drehte ich mich um und sah in die strahlend blauen Augen von Shawn. »Tu ich auch nicht. Ich hab heiße Schokolade bestellt, aber meine Freundin und Mitbewohnerin Ellen ist wegen des Suchtmittels hier.« Ich zeigte auf sie, die breit grinste und Shawn winkte. »Ellen, darf ich dir Shawn vorstellen? Er ist ...«

»Oh, ich freue mich, dich kennenzulernen! Ich hab schon so viel Gutes von dir gehört.«

Belustigt schaute Shawn von ihr zu mir. »Tatsächlich?«

»Ja, Lydia spricht *ständig* von dir!«

Oh, Ellen! Natürlich lief ich bei ihren Worten rot an ...

»Dann geht es dir nicht anders als meinen Mitbewohnern«, meinte Shawn und zwinkerte mir zu. »Bist du gestern dann mit deiner Vorbereitung noch gut vorangekommen?«, fragte er mich schließlich.

Erleichtert atmete ich tief durch, da er mir mit seinem Geständnis jegliches peinliche Gefühl genommen hatte. »Ja, danke. Ich hoffe es zumindest. Das wird sich gleich herausstellen.«

»Ich drück dir die Daumen. Na ja, ich geh mal wieder zurück zu meinem Platz in der Schlange. Nicht dass ich gleich keine Chance mehr habe, mich wieder einzureihen, und dann nichts mehr bekomme. Du weißt ja, ohne Kaffee, ohne mich.«

»Mach das. Bis später.«

»Bis dann …« Er schenkte mir noch einmal ein süßes Lächeln, bevor er sich abwandte, die Reihe wechselte und sich schließlich relativ weit hinten wieder anstellte.

»Er ist wirklich toll. Auch wenn das gerade irgendwie seltsam war «, drang Ellens Stimme zu mir durch, ehe ich hörte, wie jemand »Heiße Schokolade und *Caramel Latte macchiato*« sagte und ich mich wieder umdrehte.

Wir nahmen unsere Getränke entgegen und ich bezahlte beides, während Ellen sich noch einmal zu einem kleinen Augenflirt mit Joe hinreißen ließ und wir uns schließlich zum Gehen wandten.

»Was meinst du?«, fragte ich irritiert.

»Ich hätte ja alles verwettet, dass er zu dir kommt und dich zur Begrüßung küsst. Vielleicht ist das zwischen euch für ihn doch nicht so eine sichere Sache.«

Unbehagen erfüllte mich, doch ich zuckte nur mit den Schultern. Diesen Schluss hätte ich jetzt nicht zwingend aus dieser Begegnung gezogen, aber nun, wo sie das sagte, stieg Unsicherheit in mir auf, ob nicht womöglich doch etwas dran war. »Warten wir mal ab, wie es am Mittag läuft.« Unter Umständen war es ihm hier zu voll gewesen, oder Kumpels von ihm standen in der Nähe und er hatte nicht erklären wollen, wer ich war oder woher er mich kannte. Nicht sofort. Immerhin wäre da später auch noch Zeit dazu, wenn nicht mehr alles so frisch war. Ja, so musste es sein, redete ich mir ein.

»Und das mit Joe hat ebenfalls nicht geklappt. Tut mir leid für dich«, sagte ich an Ellen gewandt. Ich hatte doch gehofft, dass er ihr zumindest einen Zettel mit seiner Nummer mitgeben würde – aber es hatten nur unsere beiden Becher bereitgestanden. Kaum dass wir sie genommen hatten, hatte er sich auch schon den nächsten Kunden zugewandt.

»Doch, hat es«, sagte sie mit einem geheimnisvollen Grinsen auf den Lippen. Dann drehte sie den Trinkbecher, und tatsächlich stand darauf eine Ziffernfolge, über der sein Name prangte.

»O Gott, wie romantisch! Wirf den Becher bloß nicht weg, ohne sie vorher notiert zu haben!«

»Bist du verrückt? Den wasche ich aus und nehme ihn mit aufs Zimmer.«

Lachend betraten wir die Vorhalle des Gebäudes, in dem wir gleich unsere Kurse hatten. Und ihre gute Laune überdeckte mein Unbehagen wegen Shawns seltsam distanziertem Verhalten, das mich darüber grübeln ließ, ob er mich zurück in die *Friendzone* geschoben hatte.

SHAWN: BIN SCHON DA UND WARTE AM EINGANG AUF DICH.

Mit rasendem Herzen eilte ich durch die Gänge, wich anderen Studenten aus und war mir noch nicht sicher, ob ich mich freuen konnte oder ob ich mit meiner Laune hinterm Berg halten sollte. Gerade nachdem unsere Begegnung heute Morgen so distanziert verlaufen war.

Ellen hatte mir geschrieben, dass sie doch nicht in der Mensa zu Mittag essen würde, weil sie mit Joe verabredet war. Mehr Details hatte ich bisher nicht aus ihr herausbekommen, aber ich freute mich für sie, dass beide nun in Kontakt standen und er ganz offensichtlich nicht abgeneigt war, sie näher kennenzulernen.

Als ich bei Shawn ankam, unterhielt er sich mit ein paar anderen Leuten am Eingang. Meine Euphorie wurde gebremst und ich verlangsamte das Tempo. Bedeutete das, dass wir nicht allein sein würden? Gut, ich hatte ihm auch gesagt, dass es sein konnte, dass ich in Begleitung erschien.

Als er mich entdeckte, strahlte er mich an und die Zweifel verflüchtigten sich zumindest ein kleines bisschen.

»Hey, Lydia, das sind meine Kumpels Ryan und Julien sowie Christopher, aber den kennst du ja, glaub ich.«

Ich nickte. »Hey, Leute. Wie geht's? Seid ihr beim Essen dabei?«

»Wären wir gern, aber wir haben gleich noch eine Vorlesung«, erklärte der Typ, den er mir als Julien vorgestellt hatte.

»Alles klar, wir sehen uns später«, sagte Christopher halb an mich, halb an Shawn gerichtet.

Nach einigen kumpelhaften Handschlägen der Jungs untereinander winkte ich den dreien noch, dann verschwanden sie auch schon im Gewusel.

»Wollen wir?« Shawn deutete zum Eingang, hinter dem die Schlange der wartenden Studenten nicht kürzer wurde – im Gegenteil.

»Sicher.« Ich wollte und konnte nichts gegen die Enttäuschung tun, die in mir aufstieg, weil Shawn keine Anzeichen machte, mich zu küssen oder zumindest unsere Finger miteinander zu verweben.

Kapitel 10 – Lydia

Während des Mittagessens unterhielten wir uns locker über alles Mögliche. Wir redeten nicht nur über unsere Kurse und das Studium, wir sprachen auch über die ersten Nachrichten in der Gruppe, in denen uns die Leute erzählten, dass sie bereits auf dem Nachhauseweg das ein oder andere Plakat aufgehängt hatten. Aber alles blieb oberflächlich, ohne dass ich wusste, ob nun mehr zwischen ihm und mir war oder nicht, ob es gar bei diesem freundschaftlichen Verhältnis bleiben würde.

Das dämpfte meine Laune gewaltig und verdarb mir sogar den Appetit auf die kleine Schüssel Fruchtsalat, die es als Dessert gab. Noch mehr, da für Shawn alles in Ordnung zu sein schien. Klar, ich hätte das Thema vermutlich ansprechen sollen oder hätte ebenfalls den ersten Schritt machen können, aber all seine Signale deuteten darauf hin, dass er gerade den Abstand bevorzugte, der sich jetzt zwischen uns auftat.

»Wie lange musst du heute?«, lenkte er schließlich das Thema zurück auf unseren Studenten-Alltag.

»Nur eine weitere Vorlesung, dann wollte ich in die Bibliothek zum Büffeln.«

»Kannst du das Lernen auch verschieben?«, wollte er wissen und sah mich interessiert an. Fast so, als hätte er was vor. Etwas, das auch mich betraf.

Nun wurde ich hellhörig. Und aufgeregt, obwohl es bestimmt besser wäre, meine Erwartungen niedrig zu halten. »Eventuell ... Wieso fragst du?«

»Ich fahre gegen halb vier ins Altersheim und dachte, dass du mich vielleicht begleiten magst.«

»Oh«, war das Erste und vorerst Einzige, was ich herausbrachte.

»Wenn du nicht willst oder keine Zeit hast, musst du natürlich nicht. Ich dachte nur ...«

»Nein! Doch! Also, ich meine ... ich bin gern dabei. Ich hab nur nicht damit gerechnet.«

Unschlüssig schaute Shawn mich an, als würde er noch etwas sagen wollen, sich aber seiner Worte nicht sicher sein. »Ist zwischen uns alles okay?«, fragte er schließlich.

Verlegen biss ich mir auf die Unterlippe. »Ich weiß es nicht. Sag du es mir.«

Verwirrt hob er eine Augenbraue an.

»Du warst schon im Café ziemlich ... distanziert. Genau wie eben neben deinen Freunden. Ich ... Keine Ahnung, vielleicht interpretiere ich auch etwas in die Sache hinein, das da nicht ist, aber irgendwie hatte ich was anderes erwartet. Eine Umarmung, einen Kuss ...«

Shawn schmunzelte. »Das Gleiche habe ich von dir gedacht. Also ... was ist los mit uns beiden?«

Verunsichert zuckte ich mit den Schultern. »Ich weiß auch nicht, ich hatte mir irgendwie erhofft, unsere Begrüßung würde nicht wie die zweier Kumpel ausfallen.«

Shawn beugte sich über den Tisch zu mir. »Das dachte ich ehrlich gesagt auch. Aber du hast ebenfalls nicht den ersten Schritt gemacht, geschweige denn meine Nähe gesucht, also bin ich davon ausgegangen, dass es dir mit etwas Abstand besser geht.«

Sofort fühlte ich mich ein bisschen besser, da es sich anscheinend nur um ein Missverständnis handelte. »Ganz im Gegenteil.« Ich kam ihm ebenfalls ein Stück entgegen, doch der Tisch zwischen uns war zu breit, als dass wir uns hätten küssen können. Das hielt Shawn jedoch nicht davon ab. Er stand auf, beugte sich weiter zu mir und küsste mich schließlich auf die Lippen. Mitten unter den ganzen anderen Studenten, völlig egal, wer uns dabei zusehen konnte.

In meinem Bauch stoben Schmetterlinge auf und ich ärgerte mich darüber, dass ich mich nicht neben ihn gesetzt hatte – auch wenn es seltsam ausgesehen hätte, den Platz uns gegenüber leer zu lassen. Andere hätten ihn dann womöglich für eine Einladung gehalten, sich zu uns zu setzen und unserer Unterhaltung zu lauschen. Ganz davon abgesehen, dass ich gedacht hatte, wir wären zurück in die *Friendzone* gerutscht.

Mit einem zufriedenen Brummen löste er sich wieder von mir. »Besser, oder?«

Erleichtert nickte ich.

»Oh, ich fürchte, wir müssen los, sonst schaffen wir es nicht rechtzeitig in den nächsten Kurs.«

Ein kurzer Blick auf meine Uhr bestätigte seine Befürchtung. »Mist, jetzt muss ich rennen.«

»Ich hab noch etwas Zeit, ich trage dein Tablett zurück. Sieh zu, dass du nicht zu spät kommst.«

Dankbar nickte ich, stand auf und schulterte meine Tasche. »Bis nachher!« Ohne zu überlegen, küsste ich ihn ein letztes Mal flüchtig, bevor ich mich zurück auf den Weg zum Flur machte, auf dem mir bereits Studenten entgegenströmten, die noch nicht zu Mittag gegessen hatten. Doch das störte mich nicht, denn ich hatte ein breites Grinsen im Gesicht und freute mich schon jetzt auf heute Nachmittag.

Ganz egal, was ich erwartet hatte, ich war überrascht, dass Shawn dermaßen freudig von den Bewohnern des Altersheims empfangen wurde. Sie strahlten ihn an, schüttelten ihm die Hände und plauderten sofort mit ihm, kaum dass wir den großen Aufenthaltsraum betreten hatten. Kurz beobachtete ich ihn vom Eingang aus und versuchte, mir einen Überblick zu verschaffen.

Wir waren mit seinem Auto hergefahren und hatten während der ganzen Fahrt unsere Finger ineinander verschränkt, was meine letzten Zweifel wieder zerstreut hatte. Ich hatte eine Nachricht an Ellen geschickt, die mir bis jetzt eine Antwort schuldig blieb, aber ich vermutete, dass sie gerade keine Zeit dafür hatte. Der Donnerstag war ein sehr stressiger Tag für sie, und *wenn* sie heute mit jemandem schrieb, war das vermutlich eher Joe als ich.

Shawn klatschte gerade mit einem alten Mann im Rollstuhl ab, ähnlich wie vor der Mensa mit seinen Kumpels. Dann hob er den Kopf und sah sich um, wohl auf der Suche nach mir. Als er mich erblickte, bedeutete er mir, zu ihm zu kommen.

»Joseph, das ist Lydia. Ich hab sie heute mitgenommen, weil ich ihr unbedingt die coolste alte Socke vorstellen muss, die ich kenne. Lydia, das ist Joseph, seines Zeichens führender Scrabble-Champion in diesem Haus.«

»Freut mich sehr, dich kennenzulernen«, sagte ich und schüttelte seine faltige und zugleich knochige Hand.

»Oh, und mich erst! In meinem Alter und vor allem hier kommt es ja nicht mehr allzu oft vor, dass ich einer so hübschen jungen Frau begegne. Du darfst sie ruhig öfter mitbringen, Shawn.« Joseph zwinkerte mir zu. »Hast du denn Lust auf eine Partie Scrabble?«

»Oje, vermutlich werde ich haushoch verlieren, aber ja, gerne.«

»Ach, vielleicht lasse ich dich beim ersten Mal gewinnen«, meinte er selig lächelnd und fuhr auf einen Tisch mit drei Stühlen zu, neben dem ich das Spiel in einem offenen Regal entdeckte. Ich nahm die Schachtel heraus und musste mich kurz darauf gegen ihn, Carmen – eine sieben-undachtzigjährige ehemalige Ärztin – und Francesca – eine zweiund-siebzigjährige Frau, die ihr Gebiss auf der Sitzfläche ihres Rollators ab-gelegt hatte – behaupten. Angeblich, weil es nicht ihr eigenes war. Sie schwor Stein und Bein, jemand hätte es in der Nacht heimlich gemopst und ihr stattdessen dieses ins Glas gelegt. Doch Joseph bedeutete mir mit einem Augenrollen und Carmen mit einem kreisenden Zeigefinger neben ihrer Schläfe, dass sich Francesca das nur ausdachte.

Während des Spiels schaute ich immer wieder zu Shawn, der einem nach dem anderen einen Besuch abstattete und mit den Bewohnern plauderte. Er las einer älteren Dame aus einer Fachzeitschrift vor und einem Mann aus einem Thriller. Er tanzte mit einer der Betreuerin-nen, ehe er von ihr zu einer alten Frau wechselte, die noch relativ fit auf den Beinen war. Danach redete er mit einem Mann, der während der Unterhaltung lächelnd weinte. Mein Herz ging auf, als Shawn ihm beruhigend den Rücken tätschelte und ihm die Taschentuchbox reich-te, die ein paar Schritte entfernt auf einer Kommode stand.

Beim Scrabble gewann schließlich tatsächlich beide Male Joseph. Er war unglaublich gut, was das Finden von Worten mit hohen Punk-ten und außergewöhnlichen Buchstaben betraf, wobei er aber auch wirklich Glück beim Ziehen jener hatte. Und ich war vermutlich zu sehr von Shawn abgelenkt.

Ich hatte völlig die Zeit vergessen, als Shawn schließlich zu mir kam.»Ich fürchte, wir sollten so langsam wieder zurück. Du musst bestimmt noch lernen und ich hab heute ebenfalls was zu tun.«

Ich nickte und schenkte Joseph, Carmen und Francesca einen ent-schuldigenden Blick, da die drei gerade eine neue Runde starten wollten.

»Du kommst doch das nächste Mal wieder mit, oder?«, erkundigte sich Carmen, die mir herzlich die Hand schüttelte.

»Ich kann es nicht versprechen, aber wenn ich es zeitlich schaffe, sehr gerne.«

Ein wissendes Lächeln schob sich auf ihre Lippen. »Ja, ich erinnere mich dunkel an diese Zeit zurück. Als Studentin hat man kaum freie Minuten, ist ständig am Lernen oder mit Nebenjobs eingespannt, um sich das Studium zu finanzieren. Deshalb freut es mich umso mehr, dass du heute hier sein konntest. Shawn, pass gut auf sie auf und bringe diese schlaue junge Dame wohlbehalten zurück.«

»Wird gemacht, Carmen.« Er umarmte sie zum Abschied und reichte Francesca und Joseph noch die Hand. Auch ich verabschiedete mich von den dreien und hoffte, in meinem vollen Alltag bald wieder Zeit zu finden, Shawn herbegleiten zu können.

Als wir wenig später im Auto saßen, ließ ich die letzten eineinhalb Stunden gedanklich Revue passieren. Dass Shawn sich so um diese Menschen kümmerte, war wirklich was Besonderes. Fast war er zu gut, um wahr zu sein. Vielleicht sollte ich mich innerlich dagegen wappnen, dass er doch noch mit irgendetwas Minuspunkte sammeln würde. Womöglich hatte er ja extrem unsympathische Eltern. Wobei seine Mom ja auch bei *My Christmas Wish* geholfen hatte, indem sie sich für die Genehmigung für die Mall eingesetzt hatte. Sie musste also auch eine liebe Person sein … Oder er war ein unglaublich unordentlicher Mensch. Nicht, dass ich ständig am Aufräumen und Putzen war, aber ich hatte nicht die Nerven, jemand anderem hinterherzuräumen. Irgendein Manko *musste* er schließlich haben …

»Fahren wir morgen gemeinsam zum Sender?«, durchbrach er meine Gedanken. »Wenn du willst, kann ich dich mitnehmen.«

»Danke, ja, das wäre super.«

Vielleicht war Shawn aber auch einfach nur ein unglaublich großartiger und vor allem hilfsbereiter Mann, und ich hatte das unfassbare Glück, ihn zur rechten Zeit kennengelernt zu haben.

»Erzähl, wie lief es bei dir?«, wollte ich von Ellen wissen, kaum dass ich unser Zimmer betreten hatte.

»Oh, du strahlst, ich brauch meine Sonnenbrille«, scherzte sie und brachte mich damit zum Lachen. Sie räumte ihre Lernunterlagen von der Couch auf den Tisch davor und ich setzte mich zu ihr. »Du zuerst«, bat sie und ich brachte sie im Schnelldurchlauf auf den neuesten Stand.

»Kein Kuss zum Abschied?«

»Doch, vor dem Wohnheim. Aber nur kurz, es war kalt.«

Sie verdrehte die Augen, vermutlich, weil wir uns auch im Eingangsbereich hätten küssen können wie beim letzten Mal. »Wann seht ihr euch wieder?«

»Morgen. Er holt mich ab und wir fahren gemeinsam zum Radiosender.«

»Schnarch. Und dann? Kein Date?«

Verhalten schüttelte ich den Kopf. »Nein, aber ich wüsste ehrlich gesagt gerade nicht, woher ich dazu die Zeit nehmen soll.« Und das war nicht einmal gelogen. Mir war bereits jetzt klar, dass ich heute bis Mitternacht oder länger über meinen Unterlagen brüten würde. Schon länger als eine Woche hatte ich es nicht ins Krankenhaus zu den Kindern geschafft, aber vielleicht würde ich ja noch bis zum Wochenende Zeit dafür finden. Immerhin konnte ich nicht ununterbrochen lernen, ich brauchte auch meine Pausen. Trotzdem hatte ich ein schlechtes Gewissen deswegen. Es war, als hätte ich den Kindern gegenüber ein Versprechen gebrochen …Und dann war da auch noch mein Job, bei dem ich am Samstag zum nächsten Dienst eingeteilt war.

»Na gut, ich lass das mal so durchgehen, weil ich weiß, dass du wirklich einen vollen Terminplan hast. Aber aufgeschoben ist nicht aufgehoben.«

Nun war ich diejenige, die die Augen verdrehte. »Das Glück oder Scheitern einer Beziehung ist nicht zwingend abhängig davon, ob und wie viele Dates man hat.«

»Aber sie helfen, einander näher kennenzulernen.« Sie schob mit dem Zeigefinger ihre Brille nach oben, die ihr in diesem Moment einen besonders besserwisserischen Ausdruck verlieh.

Dass ich Shawn durch Tage wie heute vermutlich besser kennengelernt hatte, als wenn er mir bei einem Date von seiner Arbeit im Altersheim *erzählt* hätte, verschwieg ich. Ich hatte keine Lust, länger mit Ellen darüber zu diskutieren. Stattdessen lenkte ich das Thema auf sie. »Wie war es mit Joe?«

Sofort verlor sich ihr strenger Gesichtsausdruck und wich einem seligen Lächeln. »Gott, er ist so süß. Und heiß! Wir haben uns zu Mittag hinter dem Café getroffen. Er hat uns von drinnen süße sowie deftige Brötchen besorgt, die wir dann auf der Treppe des Personaleingangs gegessen haben. Wir haben uns total gut unterhalten. Er studiert Biologie und verdient sich nebenbei an zwei Tagen als Barista sein Geld. Und wir wollen am Samstag ins Kino gehen.« Die letzten Worte quietschte sie aufgeregt, und ich konnte gar nicht anders, ich musste mich für sie und mit ihr freuen. Dazu waren Freundinnen doch da, sie fühlten in allen Lebenslagen mit.

»Ach, Ellen, siehst du! Es hat sich gelohnt, dass du den Mut hattest, ihn anzusprechen. So schön, dass ihr euch wiederseht. Und dann auch noch bei einem richtigen Date«, frotzelte ich zwinkernd, weil ich mir den Kommentar einfach nicht verkneifen konnte.

Als Antwort streckte sie mir die Zunge heraus. »Ja, ich kann es kaum erwarten, mich noch mal mit ihm zu treffen.«

Da ging es mir mit Shawn genauso …

Kapitel 11 – Lydia

Meine Nervosität verlor sich, als Shawn meine Hand nahm und wir gemeinsam durch die Tür des Radiosenders traten. Allein wäre ich bestimmt ein nervliches Wrack gewesen, doch an seiner Seite war alles nur halb so schlimm.

Noch ruhiger wurde ich, als uns eine freundliche Dame empfing, die uns direkt zu Adam, dem Programmleiter, brachte.

»Richtig großartig, was ihr da auf die Beine stellen wollt. Ich bin schon sehr gespannt, das Interview zu hören.«

»Stellst nicht du uns die Fragen?«, wollte Shawn wissen, doch Adam schüttelte den Kopf.

»Nein, ich halte mich im Hintergrund. Caren ist gleich da, sie moderiert die nächste Stunde und übernimmt das. Ich erkläre euch erst noch, wie hier alles funktioniert, bis sie da ist.«

Wir folgten ihm in einen kleinen Raum mit Mikros, Kopfhörer und Knöpfen, Reglern und mit mehreren Monitoren. Er gab uns eine knappe Einweisung, dann kam auch bereits Caren dazu, eine junge Frau, vielleicht Mitte zwanzig. Sie hatte kurze rote Haare und sprühte vor Energie – eine unglaublich faszinierende Persönlichkeit.

»Hey, ihr zwei, ich hoffe, euch geht's gut. Ich bin schon sehr gespannt auf euer Projekt.«

Wir setzten uns die Kopfhörer auf und sie erklärte uns, dass in dem Moment noch eine andere Show im Raum nebenan moderiert wurde, wir aber gleich übernehmen würden. Shawn und ich sollten leise sein, bis sie uns vorstellen und mit uns über *My Christmas Wish* sprechen würde. Gleich darauf leuchtete das rote Licht, das signalisierte, dass die Sendung nun *on air* war.

Wir hörten den Song, der gerade lief, dann begann Caren mit der Moderation, und ehe ich mich's versah, gab ich mein erstes Radiointerview. Die Aufregung war verflogen, kaum dass ich erzählte und von meiner Idee berichtete, die an der Bushaltestelle entstanden und gemeinsam mit Shawn gereift war. Wir nannten mehrmals die Website und Caren erwähnte zudem, dass man sie auf der Seite des Radiosenders verlinken würde.

»Erzählt mal, wie ihr beiden euch eigentlich kennengelernt habt. Ich meine, zwei so sozial engagierte Menschen, da muss das Herz schon im Gleichtackt schlagen, oder?«

Shawn und ich sahen uns an und grinsten.

»Es ist noch gar nicht so lange her, da hab ich Lydia das erste Mal bei uns im Café auf dem Campus gesehen. Eine Woche später war sie auf der Party im Wohnheim und ... ich musste sie einfach ansprechen.«

»Ah, also liegt auch romantisches Interesse in der Luft?« Caren wackelte mit den Augenbrauen und ihre Augen begannen zu leuchten.

»Eigentlich wollte *ich ihn* ansprechen, aber Shawn ist mir zuvorgekommen«, gestand ich, während ich den Blick nicht von seinen Augen abwenden konnte.

»Und dann habt ihr auf der Party beschlossen, etwas Gutes zu tun?«, wollte Caren wissen.

»Nicht ganz, es war beim ersten Date«, klärte Shawn sie und die Zuhörer auf.

»Wow, was für ein außergewöhnliches Gesprächsthema für ein Rendezvous. Ist es nicht eher so, dass man sich da besser kennenlernt, statt gleich ein Charity-Event aus dem Boden zu stampfen?«

»Na ja, das hat sich irgendwie so ergeben. Ich habe Shawn erzählt, dass ich regelmäßig im Krankenhaus bin, um den dort stationierten Kindern vorzulesen, mit ihnen zu spielen und zu basteln. Daraufhin habe ich erfahren, dass Shawn sich ebenfalls ehrenhaft betätigt und im Altersheim die Bewohner besucht, um mit ihnen zu reden, ihnen zuzuhören und ihnen vorzulesen. Und als ich ihm von meiner Begegnung an der Bushaltestelle erzählt habe, hat sich die Idee innerhalb kürzester Zeit entwickelt.

»Verstehe. Da würde mich jetzt interessieren, wie es für euch ist, gemeinsam an *My Christmas Wish* zu arbeiten. Ich meine, jedes andere Paar würde halt gemeinsam ins Kino oder ins Restaurant gehen – ihr beide arbeitet an dem Projekt? Oder wie darf man sich das vorstellen. Immerhin habt ihr auch noch das Studium und eure anderen ehrenamtlichen Tätigkeiten.«

»Und ich mein Schwimmtraining, Lydia hat ihren Nebenjob. Also ja, es ist stressig, aber *My Christmas Wish* ist auch eine richtig große Bereicherung für uns beide. Es bringt uns auf einer ganz speziellen Ebene näher und wir lernen uns durch die gemeinsame Arbeit natürlich auch kennen – vielleicht sogar besser als durch normale Dates, wo wir nur von unserem Leben *erzählen* würden.«

An der Stelle konnte ich mir ein Schmunzeln nicht verkneifen und hoffte einfach, dass Ellen das eben gehört hatte.

Nachdem wir noch ein wenig über uns selbst und unsere ehrenamtlichen Tätigkeiten erzählt hatten, spielte Caren »Grown-Up Christmas List« von Jordan Smith. Sie war völlig begeistert von dem Projekt und stelle uns weitere Fragen, als der Song vorbei war und die Zuhörer uns wieder hören konnten.

»Also wenn ihr mich fragt, ich finde das eine richtig schöne Herzensaktion, die ich nur zu gerne unterstützen werde. Und ich hoffe sehr, dass wir auch Sie, liebe Zuhörer, dafür begeistern konnten. Dieses Projekt, ja die allein lebenden Menschen hier in Providence und Umgebung, sind auf Sie angewiesen. Ich kann mir nicht vorstellen, welche Gründe dagegensprechen, jemandem die Chance zu geben, das Weihnachtsdinner im Kreise Ihrer Familie verbringen zu dürfen. Denn mal ehrlich, ein Platz ist doch immer frei und man kocht sowieso viel zu viel. Warum dann nicht jemanden einladen, der all das nicht hat?« Caren strahlte uns an und ihre Begeisterung war förmlich greifbar. »Oh, und wenn Sie jemanden kennen, der allein lebt, oder wenn Sie selbst den Weihnachtsabend lieber in Gesellschaft verbringen möchten, dann scheuen Sie sich nicht, liebe Zuhörer! Nutzen Sie dieses wirklich wundervolle Angebot. Wir stehen Ihnen natürlich auch telefonisch für Fragen zur Verfügung.« Sie sagte die Telefonnummer des Radiosenders ins Mikro. »Liebe Lydia, lieber Shawn, ich danke euch für euren Besuch hier bei uns bei *WDBC Providence* und für euer Engagement.«

»Wir danken für die Einladung«, sagte Shawn ins Mikro und zwinkerte mir zu.

»Und für eure Unterstützung bei *My Christmas Wish*«, ergänzte ich.

Caren startete den nächsten Song und schaltete unsere Mikros ab. »Super, ich danke euch, das habt ihr großartig gemacht. Eine richtig schöne Idee, ich werde mich gleich nach der Sendung auf eurer Website eintragen. Mein Mann ist da sicher auch Feuer und Flamme für und ich wünsche euch, dass sich noch ganz viele Menschen finden, die euch bei dieser Aktion unterstützen.«

»Danke, Caren, es hat riesigen Spaß gemacht.« Wir verabschiedeten uns, dann verließen wir das Studio.

Kaum dass wir im Auto saßen, checkte Shawn das Online-Formular unserer Website – und tatsächlich hatten sich in kürzester Zeit so viele Leute registriert, dass Tränen in meine Augen stiegen.

»Gott, sieh dir das an, wie viele sich bereits eingetragen haben! Wie unglaublich groß die Reichweite durch diese Ausstrahlung allein in der letzten halben Stunde ist!«

»Ich freue mich für dich, Lydia. Nichts anderes hat das Projekt verdient. Oder du.«

»Oder die allein lebenden Menschen, die sich nach Familie und Gemeinschaft sehnen, gerade an diesen Tagen, an denen Nächstenliebe und Zusammenhalt im Mittelpunkt stehen sollten«, ergänzte ich.

Shawn sah mich einen Augenblick an, dann beugte er sich über die Mittelkonsole und küsste mich zärtlich. Intensiv. Bis es in meinem Bauch kribbelte und meine Lippen prickelten, als er sich wieder von mir löste.

»Ich würde echt zu gern noch irgendwas mit dir unternehmen, jedoch muss ich jetzt ins Schwimmtraining«, raunte er mit bedauernswertem Unterton. »Ich hab das in den letzten Tagen echt zu sehr vernachlässigt und kann mir ein Fehlen nicht leisten.«

»Schon gut, ich hab ebenfalls einiges zu tun. Aber ich versteh dich, ich würde auch am liebsten Zeit mit dir verbringen«, gestand ich ehrlich.

Shawn lächelte süß, verschränkte unsere Finger wieder ineinander – das schien unser Ding zu sein – und hob beide Hände zu seinem Mund, um meine Fingerknöchel zu küssen. »So bleibt wenigstens die Vorfreude auf das nächste Mal.«

»Ich will morgen nach der Arbeit ins Krankenhaus fahren. Ich bin zur Frühschicht eingeteilt und würde danach gegen halb fünf Uhr abends losfahren. Hast du Lust, mich zu begleiten? Ich möchte mit den Kindern Origami-Weihnachtsbäume falten und Wunschzettel mit ihnen schreiben.«

Shawn startete den Motor. »Das klingt wirklich toll und Lust hab ich auf jeden Fall, sehr sogar. Aber ich bin da bereits meine Granny besuchen und im Anschluss mit den Jungs verabredet. Das kann ich leider nicht absagen.«

»Alles gut, kein Problem. Nächste Woche schaffe ich es vielleicht auch zu den Kindern. Ich kann dir ja vorher Bescheid sagen, wann ich es vorhabe.«

»Super, mach das auf jeden Fall.« Er drückte meine Hand und fuhr los.

Zurück im Wohnheim rauschte nach wie vor mein Kopf von dem eben Erlebten beim Radiosender. Ich loggte mich erneut über den Laptop auf der Website ein, um in das Formular zu schauen – und war sprachlos. Ohne die Augen von den vielen Einträgen lassen zu können, tastete ich nach meinem Handy und schrieb eine Nachricht in die Gruppe. Ich wollte ihnen von dem Interview und dessen Resultat berichten – als Ansporn für alle und zur Belohnung für die harte Arbeit, die manche bereits geleistet hatten und wir alle noch leisten würden.

Sofort gingen die ersten Antworten ein: *So großartig! – Voll verdient! – Yeah, wir rocken das!*, waren nur ein paar davon, die mich in meinem Höhenflug weiterrauschen ließen.

Beschwingt rief ich meine Mom an und erzählte ihr ebenfalls von unserem Erfolg.

»Ich hab euch im Radio gehört, du hast sehr kompetent geklungen. Und überzeugt von dem Projekt. Und dieser Shawn macht einen wirklich sympathischen Eindruck.« Ich konnte das Schmunzeln aus ihren Worten hören. »Da hast du ja genau den Richtigen gefunden.«

Ich merkte, wie mir die Röte in die Wangen schoss, und war froh, dass Ellen gerade nicht da war. Sie würde sofort wissen wollen, was mir Farbe und ein breites Grinsen ins Gesicht gezaubert hatte. Wobei sie es sicher auch wusste, ohne mich fragen zu müssen.

»Ja, Shawn ist toll.«

»Lerne ich ihn bald mal kennen?«

»Mal sehen ... Ich denke schon. Jedoch vermutlich erst, wenn Weihnachten vorbei und *My Christmas Wish* fürs Erste erledigt ist.«

»Aber sicher, mach dir wegen deinem Dad und mir keinen Stress. Du sollst nur wissen, dass wir neugierig auf den jungen Mann sind, der unsere Tochter so unterstützt und für den du offensichtlich schwärmst.«

Dass Dad Shawn ebenfalls kennenlernen wollte, wunderte mich nicht. Als ich den beiden meinen ersten Freund vorgestellt hatte, hatte mein Dad sich von seiner *besten* Seite gezeigt. Mehr oder weniger. Er hatte sich in Anzug, Hemd und Krawatte geworfen und den armen Chad verbal so eingeschüchtert, dass dieser ihn noch heute mit »Sir« ansprach, wann immer er ihm auf der Straße begegnete.

»Mom, ich hab eben überlegt, Grace Schneider zu besuchen. Du weißt schon, die alte Frau von der Bushaltestelle, die mich auf die Idee mit *My Christmas Wish* gebracht hat. Erstens denke ich, dass es sicher gut wäre, wenn wir uns noch besser kennenlernen, bevor sie an Weihnachten bei uns ist. Und außerdem will ich ihr von dem Projekt erzählen, zu dem sie mich inspiriert hat. Das gefällt ihr bestimmt.«

Meine Mom machte ein zustimmendes Geräusch. »Das klingt schön. Klar, ruf sie an, sie freut sich sicher über Besuch.«

Kurz darauf wählte ich auch schon die Telefonnummer, die mir die alte Frau gegeben hatte, und wartete auf das Freizeichen.

»Hallo?« Eine vor Gebrechlichkeit zitternde Frauenstimme erklang.

»Hallo, spreche ich mit Grace Schneider?« Kurz lauschte ich in die Stille.

»Ich denke schon. Wer spricht denn da?« Sie lachte verunsichert.

»Ah, wie schön, dass ich Sie erreiche. Ich bin Lydia Carrington. Wir sind uns neulich begegnet, vielleicht erinnern Sie sich an mich.

Es war an Thanksgiving an der Bushaltestelle. Ich habe Sie am Weihnachtsabend zu uns eingeladen, damit sie nicht allein feiern müssen.«

»Aha, aha ... hm ... okay.« Wieder ein leises Lachen.

»Nun, ich wollte fragen, ob Sie gerade zu Hause sind. Ich würde Sie nämlich gern besuchen und besser kennenlernen, falls Sie das auch möchten. Damit wir uns nicht mehr ganz fremd sind, wenn wir gemeinsam Weihnachten feiern.«

»Jaja, ich bin zu Hause«, sagte sie belustigt.

Ihre kauzige Art brachte mich zum Lächeln. »Schön. Also ... wollen Sie mir Ihre Adresse verraten, Misses Schneider? Dann würde ich mich gleich auf den Weg machen.«

»Meine Adresse?«

»Ja, genau. Wo Sie wohnen. Die Straße und die Hausnummer«, sagte ich zur Sicherheit eine Spur lauter, da ich nicht wusste, ob sie nicht vielleicht schwerhörig war.

Sie nannte mir ihre Anschrift in Richmond, die ich auf einen Kassenbon notierte, den ich auf meinem Schreibtisch fand. »Super, vielen Dank. Dann nehme ich den nächsten Bus und bin voraussichtlich in gut zweieinhalb Stunden da. Das passt Ihnen doch, oder?«

»Sicher, sicher«, sagte sie und klang dabei, als würde sie sich schon sehr auf meinen Besuch freuen.

Ich musste schmunzeln bei ihrer schrullig-süßen Art und freute mich, sie gleich zu sehen.

Auf der Fahrt zu Misses Schneider hatte ich den Kopf in meine Bücher gesteckt, die ich mitgenommen hatte, um die Fahrtzeit sinnvoll mit Lernen zu nutzen. Ein Glück wurde mir bei Autofahrten auch beim Lesen nicht übel, weshalb ich gut vorankam. Als ich schließlich an der Adresse von Misses Schneider ankam, spürte ich jedoch die Aufregung in mir wachsen. Ich war wahnsinnig gespannt, wie sie war und wie sie wohnte. Ihr Haus lag in einer ruhigen Wohnsiedlung, in der ich ganz viele weihnachtlich geschmückte Vorgärten gesehen hatte. Auch bei ihr sah ich in jedem Fenster, das zur Straße ausgerichtet war, einen hellen Stern leuchten, der es heimelig wirken ließ. Das Haus war nicht besonders groß, sah aber hübsch aus mit der weißen Fassade, den grünen Fensterläden und der Veranda. Den Vorgarten zierten mehrere Sträucher, und ein kleiner Baum stand neben der Einfahrt. Alles war mit niedlichen Schneehauben bedeckt, die genau wie auf dem Rasen im Vorgarten unberührt waren.

Der Weg zur Tür war geräumt und ich war froh, dass sich zumindest wer von den Nachbarn darum zu kümmern schien, dass die alte Frau nicht im Schnee stürzte. Denn sie hatte das hoffentlich nicht selbst erledigt ...

Ich drückte auf den Klingelknopf und wartete geduldig. Irgendwo drinnen hörte ich sie rufen, dass sie schon auf dem Weg sei, aber es dauerte doch noch eine ganze Weile, bis die Tür schließlich aufgesperrt wurde.

»Ja, bitte?« Sie schaute mich fragend an.

»Ich bin Lydia Carrington, wir haben vorhin telefoniert, Misses Schneider. Sie wissen schon, ich bin die von der Bushaltestelle. Die, die Sie an Weihnachten eingeladen hat, mit meinen Eltern, meinem kleinen Bruder und mir gemeinsam zu Abend zu essen.«

Sie runzelte die Stirn und nickte schließlich. »Kommen Sie doch rein, kommen Sie rein, junge Dame. Ich freue mich immer über Besuch. Möchten Sie etwas zu trinken?«

Jetzt, wo ich sie unter dem Licht der Lampe sah, fand ich, dass sie gar nicht mehr so große optische Ähnlichkeit mit meiner Grandma hatte. »Nein, machen Sie sich bitte keine Umstände wegen mir. Aber ich hab ihnen was mitgebracht.«

»Oh, das wäre aber nicht nötig gewesen«, sagte sie, aber ich merkte, dass sie sich sehr darüber freute.

»Es ist auch nur eine Kleinigkeit«, erklärte ich rasch, weil ich sie nicht in Verlegenheit bringen wollte, und gab ihr das kleine Stoffsäckchen, das ich für sie gemacht hatte. »Darin stecken Zimt, Anis, Kardamom und ein paar andere winterliche Gewürze. Ich mag den Duft sehr und dachte, Ihnen würde das vielleicht auch eine Freude bereiten und Sie auf Weihnachten einstimmen.«

Ihre Hände zitterten, als sie daran roch, und augenblicklich begannen ihre Augen zu leuchten. »Das ist wirklich ein reizendes Geschenk, vielen Dank!« Sie schob es in die Tasche ihrer Wolljacke. »Kommen Sie, wir setzen uns ins Wohnzimmer.« Schnell zog ich die Schuhe und den Mantel aus und folgte ihr mit ihm über meinem Arm, blinzelte jedoch irritiert, als ich an der Küche vorbeikam und mir einbildete, auf dem runden Esstisch Hausschuhe gesehen zu haben. Aber Grace Schneider begann zu erzählen und ich war sofort wieder abgelenkt.

»Mein Charles hat den Duft von Weihnachten auch geliebt.« Kurz schien sie in einer Erinnerung abzutauchen. »Hach, ja … So war das damals. Als wir geheiratet haben, hat er mich über die Schwelle getragen.« Sie zeigte auf ein Foto, das auf der Kommode hinter der Couch stand. Daneben entdeckte ich ein Bild von einem kleinen Jungen mit blonden Locken, der in einem Sandkasten saß und spielte. Weil die Aufnahme nicht so alt wie die anderen wirkte, nahm ich an, dass das ihr Enkelsohn sein musste. Ich überflog die anderen Fotos, aber als Grace mir bedeutete, mich zu setzen, ließ ich mich ihr gegenüber auf dem Sessel nieder, meinen Mantel auf dem Schoß.

»Er war damals so kräftig und gut aussehend.« Ein Kichern, wie das eines jungen Mädchens, drang aus ihr hervor, was mich meinerseits zum Schmunzeln brachte. Total süß, wie sie von ihrem Mann sprach. »Sind Sie auch verliebt?«, wollte sie schließlich von mir wissen.

»Ich … ähm … nun ja, da gibt es schon jemanden, der mir gefällt. Aber vermutlich ist es zu früh, um von Liebe zu sprechen.«

»Aaah, wer weiß. Vielleicht wollen Sie es sich nur noch nicht eingestehen, Miss.« Sie lächelte mich wissend an und ich merkte, wie mir die Röte in die Wangen schoss.

»Sie haben ein ganz bezauberndes Haus, Misses Schneider. Ich verstehe Sie völlig, dass Sie nicht von hier wegwollen.«

»Ich muss hier weg?«, fragte sie total überrascht und sah sich verunsichert um. Auch mir warf sie einen Blick zu, der wirkte, als würde sie mir einen Moment lang nicht mehr vertrauen.

»Ja … Sie haben mir an der Bushaltestelle davon erzählt. Dass Ihre Tochter und Ihr Enkelsohn Sie … besser in einem Heim untergebracht sehen.«

Falls es überhaupt möglich war, wurde mir noch heißer. So ein Mist, wie ist das denn passiert, dass ich mich in so ein Fettnäpfchen gesetzt habe?

»Ah … aha, okay. Ja. Mhm«, murmelte die alte Frau und wirkte mit einem Mal wieder so traurig und niedergeschlagen wie an Thanksgiving bei unserer ersten Begegnung. Bestimmt hatte sie es nur verdrängt und ich hatte sie direkt mit der Nase darauf gestoßen. Gott, ich fühlte mich schrecklich …

»Aber machen Sie sich keine Sorgen, meine Einladung steht natürlich nach wie vor«, sagte ich, um sie zumindest ein kleines bisschen aufzuheitern.

»Tut sie das?«

»Ja, Sie müssen Weihnachten nicht allein feiern. Ich habe Sie zu uns eingeladen, um mit uns zu Abend zu essen. Vor ein paar Tagen hat Dad bereits mit meinem Bruder Tim die Außendekoration des Hauses übernommen, während ich gemeinsam mit Mom drinnen alles geschmückt habe. Ich bin mir sicher, dass es Ihnen gefallen wird, es ist so schön geworden. Mom liebt Weihnachten und steckt uns jedes Jahr aufs Neue mit ihrer Vorfreude an. Haben Sie Ihr Haus auch immer dekoriert?«

Sie legte den Kopf schräg und schien nachzudenken. »Ich liebe es, Plätzchen zu backen. Von Charles' deutscher Mutter habe ich viele Rezepte bekommen, die hier niemand kennt. Die waren in der ganzen Nachbarschaft beliebt.«

»O ja, das kann ich mir gut vorstellen.« Ich erwiderte ihr warmes Lächeln. »Als kleines Kind hab ich immer den Plätzchenteig gegessen.«

»Das macht mein Charles auch jedes Mal, wenn ich backe«, meinte sie und schmunzelte gedankenverloren.

Irritiert schaute ich sie an, denn wenn ich das richtig verstanden hatte, lebte ihr Mann nicht mehr. Vielleicht sprach sie jedoch von ihrem Enkelsohn? Von dem hatte sie mir bisher nicht verraten, wie er hieß. Oder sie war einer dieser Menschen, die den Namen der einen Person sagten, aber jemand anderen meinten ... Mein Grandpa hatte mich auch immer Mayra genannt und mich damit mit meiner Mom verwechselt.

»Ich freue mich schon, wenn Sie bei uns sind. Falls es für Sie in Ordnung ist, bin ich am späten Nachmittag des vierundzwanzigsten Dezembers bei Ihnen. Ich hole Sie mit dem Wagen von meiner Mom ab. Das ist viel komfortabler, als mit dem Bus zu fahren.«

Misses Schneider wirkte gedankenverloren, dann sah sie mich direkt an und nickte. »Jaja, mhm.«

»Ich rufe Sie vorher wegen der genauen Uhrzeit an, würde ich sagen. Erst muss ich das mit Mom abklären, ich weiß nämlich nicht, ob sie ihr Auto an dem Tag auch braucht.«

»Aha, jaja, ist klar«, sagte sie erneut und lächelte dabei.

»Nun gut, ich denke, ich werde jetzt wieder fahren. Es hat mich wirklich sehr gefreut, Sie besser kennenzulernen, Misses Schneider. Und ich hoffe, Sie haben mit uns dann ein schönes Weihnachtsfest.«

»In wie vielen Tagen ist das noch mal?«, fragte sie und runzelte dabei die Stirn. »Ich hab irgendwie überhaupt kein Zeitgefühl mehr.«

»Okay, lassen Sie mich überlegen. Heute haben wir den dritten Dezember, dann ist genau in drei Wochen Heiligabend.«

Die Augen der alten Frau leuchteten aufgeregt und sie nickte eifrig.

Ich stand auf und schlüpfte wieder in den Mantel. »Bitte, bleiben Sie sitzen. Ich finde den Weg nach draußen. Bis spätestens in drei Wochen, Misses Schneider. Hat mich sehr gefreut.«

»Ja.« Sie nickte freundlich und winkte mir zum Abschied.

Gott, ich mochte sie! Misses Schneider war wirklich eine schrullige alte Dame. Die kurze Zeit hier hatte ich sie jedoch nur noch mehr in mein Herz geschlossen und freute mich schon auf den Abend mit ihr bei meiner Familie. Bestimmt würden wir gemeinsam eine gemütliche Zeit haben und vielleicht erzählte sie ja sogar schöne Geschichten aus ihrem Leben.

Kapitel 12 – Shawn

»Na komm, ich helfe dir in den Mantel. Wir gehen nur ein paar Schritte draußen, du wirst sehen, das Wetter ist herrlich.«

»Wenn du das sagst …« Obwohl sie mir bereits den Rücken zudrehte, wusste ich, dass Granny mit den Augen rollte. Das machte sie hin und wieder, wenn es ihr nicht in den Kram passte, dass ich vorgab, was wir machten. Wenn es nach ihr ginge, würde sie viel lieber gemütlich auf der Couch sitzen bleiben, aber der Arzt meinte, sie bräuchte Bewegung. Idealerweise an frischer Luft – und diese hatte sie besser in Begleitung als allein.

Langsam schlüpfte sie in die Ärmel des Mantels. Viel träger als sonst, bestimmt, weil sie die Zeit hinauszögern wollte. Vielleicht dachte sie, mir würde das zu lange dauern und ich würde es mir mit dem Spaziergang doch noch anders überlegen. Aber da war sie bei mir an der falschen Adresse. Ich war geduldig.

Ich half ihr noch, ihre Kunstlederhandschuhe anzuziehen, richtete den Schal und reichte ihr die Mütze. »Können wir los?«

»Hab ich denn eine Wahl?«

Lachend schüttelte ich den Kopf. »Nein. Häng dich bei mir ein, ich halte dich. Du kannst nicht stürzen, bei mir bist du sicher. Außerdem sind die Gehwege geräumt.«

Wir verließen ihr Haus und steuerten langsam auf die Straße zu. Die Sonne blinzelte zwischen den Wolken hervor und ließ den Schnee glitzern, wenn sie darauf traf.

»Ist es nicht traumhaft hier draußen?«

Die Bäume und Sträucher waren von einer dünnen Frostschicht überzogen, als wäre Jack Frost kürzlich durch die Straße gefegt. Ein paar Häuser weiter hörte man das Kreischen und Lachen von Kindern, die sich eine Schneeballschlacht lieferten, und im Nachbarsgarten von Granny hatte jemand einen ziemlich schrägen Schneemann gebaut, der auf dem Kopf zu stehen schien. Das Gesicht des weißen Kerlchens war kopfüber auf die unterste Kugel gemalt, während oben zwei dürre Beine aus Ästen abstanden, über die jemand Gummistiefel gestülpt hatte.

»Drinnen war es auch schön«, maulte Granny, hatte aber ein Lächeln auf den Lippen. »In der Küche steht noch der Plätzchenteller, den die Nachbarin mit den drei Kindern gebacken hat. Willst du welche probieren?« Sie wollte schon umdrehen, doch ich hielt sie davon ab.

»Die sind nach unserem Spaziergang auch noch da, keine Sorge, Granny. Und dann verkoste ich sie gerne. Mom will übrigens nächstes Wochenende wieder backen. Sie bringt dir ganz sicher auch welche vorbei.«

»Mhm, darauf freue ich mich. Die sind eh besser als die von der Nachbarin«, raunte sie mir dann leise zu, damit es niemand hörte. »Sag ihr, sie soll wieder die Schokoladen-Törtchen machen. Du weißt schon, die mit den Haselnüssen und der Buttercreme.«

Schmunzelnd nickte ich. »Werde ich ihr gerne ausrichten.«

»Dein Großvater mochte die ganz besonders. Überhaupt hat er gerne Süßes gegessen. Aber das hat ihm nie groß geschadet. Bestimmt lag es daran, dass er sich immer viel bewegt und viel im Garten und am Haus gearbeitet hat.« Sie seufzte schwer.

Ich wusste, sie vermisste ihn immer noch sehr.

Schweigend gingen wir nebeneinanderher, bis sie Anstalten machte, stehen zu bleiben. »Genug? Sollen wir umdrehen?«, fragte ich und bemerkte erst jetzt, dass ihre Augen wässrig waren.

»Ja, ich glaube, wir sollten endlich Plätzchen essen. Damit ich für die von deiner Mutter genug Platz habe.« Sie zwinkerte mir verschmitzt zu und verscheuchte damit die Traurigkeit aus ihrem Gesicht. »Na gut, gehen wir zurück nach Hause. Dann koche ich dir einen Tee. Du möchtest doch einen, oder? Mom hat mir diesen Weihnachtstee mitgegeben, mit echten Orangenstückchen darin und Vanille und Zimt.«

Bereits durch die Packung duftete er wirklich lecker. Granny liebte diese ausgefallenen Teesorten, besonders in der Vorweihnachtszeit probierte sie alle, die wir ihr aus der Mall mitbrachten.

»Tee klingt immer gut«, meinte sie und tätschelte meine Hand. Dann wendeten wir und gingen langsam zurück zu ihr nach Hause.

Am nächsten Tag saß ich vor dem Computer und starrte auf die Liste vor mir. Zufällig hatte ich heute Dimitri getroffen, der von seiner sonntäglichen Laufrunde zurück ins Wohnheim kam. Er war einer der drei, die sich um die Zuteilung der Alleinlebenden kümmerten. Auf dem Weg nach oben zu den Zimmern hatte er mir gesagt, dass er alle bisherigen Daten exportiert hatte, um sie zu sortieren und sich einen ersten Überblick zu verschaffen. Dabei sei ihm aufgefallen, dass etwas über siebzig Prozent der Anmeldungen von Familien kamen – zwar grundsätzlich gut, dass so viele einen freien Platz anboten, um gemeinsam zu feiern. Aber was nützten uns diese, wenn sich nicht genug Personen meldeten, die an Weihnachten allein waren? Abgesehen davon konnte ich nicht glauben, dass es im Umkreis von siebzig Meilen nur so wenige Menschen gab, die sich nach Gesellschaft an Heiligabend sehnten.

Hatten wir bei *My Christmas Wish* etwas übersehen? Waren wir falsch an die Sache herangegangen? Ich wusste es nicht.

Nachdem ich mich jedoch jetzt auch selbst davon überzeugt hatte, schrieb ich Lydia eine Nachricht, in der ich ihr das alles samt meiner Sorgen erklärte.

Keine zwei Minuten später klingelte mein Telefon.

»Mist, das klingt gar nicht gut. Stimmen denn die Zahlen von Dimitri?«, fragte sie besorgt.

»Ja, ich hab alles nachkontrolliert und frage mich nun, wo der Fehler liegt.«

»Haben wir etwas übersehen? Irgendwas falsch gemacht? Sprechen wir mit den Flyern nicht die Zielgruppe an? Denkst du, dass einsam lebende Menschen nicht in die Mall gehen und Radio hören?«

Ich seufzte tief. »Keine Ahnung, aber warum sollten sie das nicht tun? Gut, es spricht sich unter Umständen nicht so herum wie bei jenen, die Familie und einen großen Freundeskreis haben …«

»Oder es *gibt* gar nicht so viele Menschen, die an Weihnachten wirklich allein sind. Also … weißt du, was ich meine? Was, wenn die Alleinlebenden trotzdem bei Freunden, ihren Angehörigen oder … keine Ahnung … bei Seniorengruppen, in der Kirche oder was weiß ich wo sind? Vielleicht habe ich die Lage völlig falsch eingeschätzt. O Gott, das würde bedeuten, dass der ganze Aufwand umsonst war.« Lydia klang richtig niedergeschlagen.

Sie so verzweifelt zu erleben tat weh. Zu gern wollte ich sie trösten und ihr helfen, eine Lösung finden. »Nein, das war er sicher nicht. Denk doch an all diejenigen, die sich bis jetzt gemeldet haben. Denen *hast* du bereits geholfen, und das ist gut. Vergiss das nicht. Und zum Rest … keine Ahnung. Was hältst du davon, wenn wir Pater Richard

Woodland um Rat fragen? Du weißt, er hält hier ja auch immer wieder Vorträge zum Thema Kommunikation und Mediation. Ich war schon kürzlich in der Kirche und durfte das Plakat davor im Schaukasten aufhängen. Die Flyer will er vor jeder Messe auf den Bänken in der Kirche auslegen, das bringt bestimmt auch noch einige zu uns. Doch das Verhältnis sollte natürlich eher fünfzig zu fünfzig sein und nicht wie jetzt.«

»Hm ... ja. Pater Richard ist sicher eine gute Idee«, meinte sie, klang aber trotzdem nach wie vor ziemlich mutlos.

Zu gern wollte ich sie in den Arm nehmen und trösten. Das würde ich auch gleich tun, sobald wir uns sahen. »Ich rufe ihn an und frag ihn, ob er Zeit für uns hat. Dann melde ich mich bei dir und sag dir, wann wir fahren können.«

Sie murmelte etwas Zustimmendes und bedankte sich bei mir, bevor wir uns voneinander verabschiedeten.

Ich fühlte mich total machtlos. Warum sich die Bewerber zurückhielten, verstand ich nicht. Sobald man materielle Dinge verschenkte, standen die Leute doch auch Schlange. Wieso also nicht, wenn es um einen Platz am Tisch einer Familie ging? War es, weil sie die Menschen nicht kannten? Weil sie allein dorthin mussten und Zeit mit ihnen verbringen durften? Oder mussten ...

Zeit für jemand anderen war immerhin heute mehr wert als jedes noch so teure Geschenk. Warum also zierten sie sich so, diese anzunehmen? Was könnte der Grund sein, warum wir unsere Zielgruppe nicht erreicht haben? War unser Ansatz falsch? Was genau hatten wir übersehen?

Nachdem ich mit Pater Richard telefoniert und er mir gesagt hatte, dass wir jederzeit vorbeikommen durften, meldete ich mich erneut bei Lydia und sagte ihr, dass wir sofort losfahren könnten. Sie wollte gleich aufbrechen und so saßen wir keine fünfzehn Minuten später in meinem Auto auf dem Weg zu seinem Zuhause, das nur fünf Gehminuten von der Kirche entfernt lag.

Er bat uns in sein Büro, wo wir uns ihm gegenüber an den schweren Schreibtisch aus dunklem Holz setzten. Erneut schilderten wir die Lage, und er hörte uns geduldig zu.

»Zuallererst möchte ich noch einmal betonen, dass ich die Idee wirklich großartig finde. Bei der nächsten Messe werde ich das auf jeden Fall erneut aufgreifen und darauf aufmerksam machen. Außerdem habe ich vor, eine E-Mail an die Kirchen-Mitglieder zu schicken, deren Adressen wir hinterlegt haben. Ein weiterer Hinweis schadet sicher nicht. Ich denke einfach, je mehr Leute davon hören, desto schneller wird sich auch eure Liste füllen.«

»Aber warum tut sie das so ungleichmäßig? Ist es nur ein Gerücht, dass an Weihnachten so viele Menschen allein zu Hause sitzen und niemanden haben, mit dem sie das Fest feiern können?«, fragte Lydia traurig.

»Hm. Ich könnte mir gut vorstellen, dass es denjenigen eine Menge Kraft abverlangt, vor sich selbst und auch vor anderen zuzugeben, dass sie wirklich einsam sind. Ich meine, wer gesteht sich das schon gerne ein?«

»Also denken Sie, dass diejenigen vielleicht einfach mehr Zeit brauchen, um den Mut zu finden, unser Angebot anzunehmen?«, wandte ich mich an ihn.

»Könnte sein. Es schadet sicher nicht, die Leute zusätzlich aktiv anzusprechen. Du bist ehrenamtlich im Seniorenheim, Shawn. Dort feiern die Bewohner gemeinsam, falls sie nicht über Weihnachten bei ihren Familien sind. Aber vielleicht gibt es auch noch Angehörige, Freunde oder Bekannte, die von eurem großartigen Projekt bisher nichts mitbekommen haben? Gerade alte, gebrechliche Menschen sind eher zu Hause und gehen nicht in die Mall oder durch die Stadt, wenn es nicht sein muss. Sie lassen sich bringen, was sie brauchen. Oder denk mal an die Leute bei der Suppenküche, an die Obdachlosen und all jene, die an oder gar unter der Armutsgrenze leben. Diejenigen haben keine Möglichkeit, sich in das Online-Formular einzutragen. Und alte Menschen, die kaum Berührungspunkte, geschweige denn Erfahrung mit der modernen Technik haben, mal ganz ausgeschlossen.«

»Ach, stimmt!« Lydia legte eine Hand an ihre Stirn. »Wie konnten wir das nicht bedenken?«

Pater Richard schmunzelte. »Ist ja kein Problem. Das ist euer erstes Mal, nächstes Jahr wisst ihr das dann schon.«

»Ich könnte auch mit dem Krankenhaus sprechen – vielleicht tragen die ja ebenfalls die Info weiter. Wer weiß, vielleicht gibt es junge alleinstehende Mütter oder Väter, die keine Familie mehr haben.«

Ich nickte. »Das ist auf jeden Fall auch eine gute Idee. Aber wie machen wir das mit der Suppenküche und den anderen, die keinen Computer haben? Wir müssten denjenigen doch eine Gelegenheit bieten, sich zu registrieren. Wäre es denn in Ordnung, wenn wir ankündigen, dass an zwei oder drei Tagen Leute von uns mit dem Laptop in der Suppenküche und der Kirche sitzen, um diejenigen ins Programm aufzunehmen, die sonst keine Möglichkeit dazu haben?«, fragte ich.

»Selbstverständlich«, meinte Pater Richard nickend.

»Aber wie sollen wir denen dann Bescheid geben? Wer weiß, ob sie über ein Telefon verfügen?«, meinte Lydia.

Pater Richard schüttelte den Kopf. »Die meisten Leute haben schon ein altes Mobiltelefon oder halt ihr Festnetztelefon zu Hause, ganz so ist es nicht. Ihr könntet jedoch dafür zusätzliche Tage einrichten, an dem diejenigen vor Ort, also in der Suppenküche oder in der Kirche, ihre Plätze zugewiesen bekommen. Beziehungsweise erfahren, wann sie wo sein müssen. Das sollte dann halt auch mit den Familien im Vorfeld besprochen werden.«

»Hoffentlich schaffen wir es, für diesen Mehraufwand noch genug von unseren Helfern zu akquirieren. Allein können wir das sicher nicht bewältigen. Mal davon abgesehen, dass ich befürchte, vor lauter Stress die Uni und meinen Job zu vernachlässigen. Ganz zu schweigen von meiner ehrenamtlichen Tätigkeit, die gerade irgendwie an die letzte Stelle gerückt ist.« Erneut wirkte Lydia, als würde ihr das alles über den Kopf wachsen.

»Ganz bestimmt finden wir genügend Freiwillige. Eventuell sollten wir einfach noch einmal ein Treffen einberufen, um die Details erklären zu können. In unserem Gruppenchat ist das womöglich etwas umständlich«, sagte ich, um sie zu beruhigen.

»Wenn ihr wollt, kann ich ebenfalls mithelfen. Vielleicht nicht unbedingt an dem Computerprogramm, aber ich kann die Leute aus meiner Gemeinde informieren. Viele sind immer wieder mal bei mir oder in der Kirche. Ich werde jeden darauf ansprechen und denjenigen helfen, falls sie über keinen Computer verfügen, um sich selbst einzutragen. Eventuell solltet ihr noch ein Feld ergänzen, in dem man ankreuzt, dass keine Möglichkeit über eine elektronische Benachrichtigung besteht und stattdessen zur Bekanntgabe am, sagen wir mal, Montag, dem zwanzigsten Dezember, in der Kirche jemand von euch vor Ort ist.«

»Das ist eine gute Idee, ich kümmere mich darum«, sagte ich sofort und holte mein Handy aus der Tasche, um Lance eine Nachricht zu schreiben.

»Vielen lieben Dank, Pater Richard, Sie ahnen gar nicht, wie sehr Sie uns damit helfen.«

»Jederzeit wieder.« Er schenkte uns ein gütiges Lächeln, wie nur er es konnte.

»Was für ein Aufwand! Wenn ich geahnt hätte, was alles hinter *My Christmas Wish* steckt, hätte ich vielleicht wirklich auf Serina gehört und dieses Abenteuer erst nächstes Jahr gestartet. Also mit der Planung natürlich bereits jetzt, aber ... du weißt schon.« Lydia lachte auf und lehnte sich an die Kopfstütze.

Wir hatten noch im Auto sitzend eine Nachricht an die Gruppe geschrieben, in der wir einen Termin für ein weiteres Mitgliedertreffen ausgeschrieben hatten – verbunden mit der Bitte um vollständiges Erscheinen.

»So ein Quatsch. Ja, es gibt viel zu tun, aber der Aufwand ist so oder so in den Tagen und Wochen vor Weihnachten hoch. Daran ändert auch eine monatelange Planungsphase nichts. Dass die Leute *jetzt* vor Ort sein und denjenigen helfen müssen, die keinen Computer haben, ist etwas, was sich nicht ändern lässt. Und ja, es ist alles sehr knapp. Es ist anstrengend, aber es ist für eine gute Sache. Also hör auf dein Bauchgefühl, es lohnt sich.«

»Danke«, sagte sie und wandte mir den Kopf zu. Als ich sie anschaute, bemerkte ich dieses Lächeln, dieses Strahlen in ihren Augen, das ich heute bisher bei ihr vermisst hatte.

»Nicht dafür. Ich sag nur die Wahrheit.«

Statt zu antworten, griff sie nach meiner Hand und drückte sie. Wärme durchflutete mich bei dieser harmlosen Berührung.

»Was wünschst du dir eigentlich zu Weihnachten?«, wechselte ich schließlich das Thema, weil ich sie aufheitern und ihr was Gutes tun wollte.

Sie schloss die Augen und atmete tief ein und aus. »Nicht lachen, wenn ich das jetzt gleich sage, okay? Das musst du mir versprechen.«

»Ich würde dich nie auslachen, Lydia.«

»Also ... dieses Jahr wünsche ich mir nur eine Sache: Dass wir mit *My Christmas Wish* ganz vielen Leuten helfen können. Das würde mich unglaublich glücklich machen. Mehr als jedes materielle Geschenk.«

Dass eine so junge Frau wie sie so bescheiden und selbstlos war und dermaßen viel Liebe zu geben hatte, faszinierte mich. »Das ist also dein einziger Weihnachtswunsch?«

Sie nickte. »Blöd, ich weiß, aber durch die Arbeit mit den Kindern ist mir klar geworden, dass es weit wichtigere Dinge gibt im Leben als das neueste Handy, eine schicke Handtasche oder teure Klamotten. Und wenn ich mit dem Projekt anderen helfen und sie *glücklich* machen kann, ist das doch großartig. Ich fühle mich fast ein bisschen wie eine Weihnachtselfe.« Sie lachte.

»Nein, ich finde das gar nicht blöd, Lydia«, sagte ich und konnte nicht verbergen, wie sehr sie mich mit dieser Aussage beeindruckte. »Im Gegenteil, das verleiht dir echte Größe.«

Verlegen lächelnd wandte sie den Kopf ab. »Ich bin in der Hinsicht halt sehr eigen. Meine Erfahrungen haben mich dahingehend sehr geprägt«, murmelte sie leise. Da ich ihr Gesicht nicht länger sehen konnte, fiel es mir schwer, wirklich einzuschätzen, wie sie das meinte.

»Das ist aber auch gut so. Dass du nicht mit dem Strom schwimmst. Dass du andere Prioritäten setzt, Lydia. Genau das mag ich an dir.« Ich hielt an einer Kreuzung und sah sie an.

Sie spürte es und wandte sich mir zu, als würde sie über meine Worte nachdenken. Dann beugte sie sich zu mir nach vorne und küsste mich. Einfach so, hier und jetzt. »Wie war es gestern eigentlich mit deinen Kumpels?«, wechselte sie schließlich das Thema.

Grinsend dachte ich an den verrückten Abend zurück, an dem sich Ryan komplett aus dem Leben geschossen hatte und Julien kurz davor gewesen war, für uns zu strippen. »Lustig. Und verwirrend. Männer sind manchmal sehr … Na ja, sagen wir mal, Alkohol macht seltsame Dinge mit uns.«

»Oh, du hast dich gestern betrunken?«, fragte sie, klang dabei aber nicht anklagend, sondern nur neugierig. Auch wenn ich sie jetzt nicht so einschätzen würde, als ob sie es gut fände, wenn ich wie Ryan über der Schüssel gehangen hätte.

»Nein, ich hab nur drei Bier getrunken. Ich glaube aber, dass Ryan selbst morgen früh noch nicht fahren dürfte.«

»O Gott«, stöhnte sie und runzelte die Stirn. »Gab es was zu feiern, oder macht er gerade eine schlimme Phase durch?«

»Ich würde mal behaupten, dass er das Wochenende gefeiert hat.« Verlegen lachte ich auf. »Ryan ist einer jener Typen, die gerne jeden Anlass nehmen, um auf etwas anzustoßen.«

»Oje, das klingt aber nicht gut. Hat er ... also ... Denkst du, dass er ein Alkoholproblem hat?«

Nachdenklich kratzte ich mich am Hinterkopf. »Keine Ahnung. Unter der Woche hab ich ihn noch nie auch nur mit einem einzigen Bier gesehen. Aber an den Wochenenden lässt er es gerne richtig krachen. Bisher hätte ich gesagt, dass es einfach eine Phase ist, doch ich werde das auf jeden Fall mal im Auge behalten und ihn bei Gelegenheit ansprechen, sollte ich das Gefühl haben, dass das Ganze Oberhand gewinnt.«

Lydia schmunzelte, bis sie schließlich auflachte.

»Was ist?«

»Wir sind richtige Spießer, findest du nicht? Also ... nicht, dass ich was daran ändern wollen würde, aber ich kenne genug Leute, die wir mit unserem Lebenswandel und unserer Einstellung schwer schockieren würden.«

Belustigt schüttelte ich den Kopf. »Da müssen sie durch. Ich werde mich nicht für sie verbiegen. Wie war es eigentlich bei dir im Krankenhaus?«

Sie atmete tief durch und erzählte mir dann von den süßen Kindern, die sie gestern angetroffen hatte. Von Sebastian, der einen komplizierten Bruch und innere Verletzungen nach einem Autounfall hatte und hoffentlich an Weihnachten wieder zu Hause bei seinen Eltern sein durfte. Von den Zwillingen Cathy und Deborah, die eine Rauchgasvergiftung hatten, und von Gregory, der Blasenkrebs hatte und sich deshalb einer Strahlentherapie unterziehen musste.

Ich hörte ihr die ganze Zeit zu und bewunderte sie sehr, als sie von ihrem Engagement erzählte. Danach erzählte ich ebenfalls von meinen wenigen Aufenthalten im Krankenhaus, als ich mir nach dem Ausrutschen im Schwimmbad als Junge das Steißbein gebrochen hatte. Oder von dem einen Mal, als ich als Kleinkind hingeflogen war und mir derart schlimm das Kinn aufgeschlagen hatte, dass ich genäht werden musste.

»Hast du auch irgendwelche Narben?«, wollte ich von Lydia wissen.

Sie legte den Kopf schräg. »Hm, ja, einmal bin ich mit einem Glas Milch gestürzt. Ich glaube, das war sogar jenes, das ich für Santa bereitstellen wollte. Jedenfalls hab ich mir die Handfläche dabei aufgeschnitten. Zum Glück hatte ich mir nichts durchtrennt und es hatte schlimmer ausgesehen, als es war. Aber dieses Bild – mein Blut vermischt mit der Milch auf dem Boden – werde ich wohl nie vergessen.«

»Das kann ich mir gut vorstellen. Klingt auch richtig übel. Wie alt warst du da?«

»Vielleicht vier?«

»Hoffentlich hat dich Santa dann extra mit Geschenken belohnt«, sagte ich und versuchte gleichzeitig, mir Lydia als kleines Mädchen vorzustellen.

»Ich hab die Puppe bekommen, die ich mir gewünscht hatte, also ja. Die hatte ich noch, als ich zwölf war.«

Ich fuhr auf einen freien Parkplatz und stellte den Motor ab. Dann schnallte ich mich ab und wandte mich ihr zu. »So ein Lieblings-Spielzeug hatte ich auch. Bei mir war es mein Stoffhund Mister Wuff. Ich muss vielleicht eineinhalb Jahre alt gewesen sein, als ich ihn bekommen habe. Und von da an war er *immer* dabei. Das hat meine Mom regelrecht in den Wahnsinn getrieben. Kannst dir vorstellen, was los war, wenn wir ihn irgendwo verloren haben oder er runtergefallen ist und schmutzig war. Ich vermute ja, dass sie irgendwann einen oder zwei Ersatzhunde gekauft hat, die sie in solchen Momenten aus dem Ärmel gezaubert hat. Auf jeden Fall hatte ich den noch in der Highschool als Glücksbringer bei den Prüfungen dabei. Einmal hat ihn mir sogar meine Englischlehrerin abgenommen, weil sie dachte, ich hätte Spickzettel darin versteckt oder so.« Bei der Erinnerung musste ich noch heute die Augen verdrehen. »Das war auch der Anfang vom Ende von Mister Wuff. Sie hat ihn so bearbeitet, dass er danach nicht mehr lange durchgehalten hat. Dabei fällt mir ein, ich könnte Mom mal fragen, ob sie wirklich mehrere Versionen von ihm hatte. Vielleicht existiert er ja noch irgendwo.«

»Denkst du nicht, dass sie ihn dir gegeben hätte, nachdem deine Lehrerin ihn zerstört hat?«, fragte sie belustigt.

»Nein, damals war ich ja sechzehn. Da wäre es völlig uncool gewesen, wenn sie mir den Hund noch einmal geschenkt hätte.«

»Aber du hattest ihn ja auch in der Schule mit.«

»Stimmt. Den hat jedoch normalerweise nicht jeder gesehen. Ich hatte ihn in der Beuteltasche meines Hoodies. Aber ich werde nie den peinlichen Moment vergessen, als meine Lehrerin mich vor der gesamten Klasse dazu genötigt hat, ihn rauszunehmen und ihr zu geben.«

»Oje, ich sehe es bildlich vor mir – der coole Shawn war zumindest an diesem Tag nicht mehr ganz so cool.« Sie zwinkerte mir zu und streckte mir die Zunge heraus.

Dieses kleine Biest!

»Ach, keine Sorge, die Jungs hatten mich kurz deswegen auf dem Kieker – aber nur so lange, bis sie gemerkt haben, wie süß die Mädels meinen Hund fanden. Oder den Umstand, dass ich einen Glücksbringer mithatte.«

»Also hat dir deine Lehrerin zu dem ein oder anderen Date verholfen?«

Nun lachte ich auf. »Tatsächlich hat es sich daraus ergeben, dass ich danach mit einem Mädchen ausgegangen bin. Ich hab sie zum Pizzaessen und auf ein Eis eingeladen, doch es hat so gar nicht zwischen uns gefunkt.«

»Oje, das tut mir leid«, sagte sie und sah mich lächelnd, aber irgendwie bedauernd zugleich an.

Ich winkte ab. »Daraus wäre wohl nie die große Liebe geworden. Ihre Eltern wollten einen Arzt in der Familie haben, diesen Wunsch hätte ich ihr nie erfüllen können.«

»Ein Glück.« Sie zwinkerte mir zu und ich konnte ihr nur zustimmen.

Kapitel 13 – Lydia

»Mom nervt so sehr! Jetzt will sie, dass ich mit ihr und Dad die Weihnachtslieder übe. Wir sollen an Weihnachten alle vier gemeinsam singen … Ich meine, muss das wirklich sein, dass ich jetzt auch mitmache? So lange Zeit konnte ich mich davor drücken. Genügt es nicht, wenn du mit den beiden Weihnachtslieder trällerst? Warum will sie mich jetzt auch dabeihaben?« Tim klang mehr als entrüstet am Telefon, was mich zum Schmunzeln brachte.

»Ich denke mal, dass sie es möchte, weil Misses Schneider bei uns sein wird. Sie will der alten Frau bestimmt eine schöne Erinnerung schaffen, und dazu gehört nun mal, dass wir alle gemeinsam singen und du dich nicht genervt mit deinem Handy in die Ecke verziehst.« Ich lag auf meinem Bett, die Lernunterlagen um mich verteilt, und starrte an die Decke.

»Du kannst ja gern mit Mom und Dad singen, aber warum muss ich das auch? Hat sie dir ebenfalls schon die Texte geschickt, damit du sie üben kannst?«

»Nein, ich trau mich jedoch, mit dir zu wetten, dass ich sie noch alle auswendig kann.«

»Sie hat mir sogar Links zu den Songs geschickt, die sie singen will. Und ständig läuft jetzt ›O Come, All Ye Faithful‹ zu Hause und sie und

Dad trällern im Duett dazu. Du musst kommen und mich hier rausholen, Lydia. Ich meine das Ernst, ich *sterbe* sonst!«

»Ich bin mir sicher, dass der Gesang von Familienmitgliedern keine tödliche Wirkung hat, Tim. Schon gar nicht der von Mom und Dad, die, wie du weißt, während ihrer Zeit auf dem College als *Carol Singer* von Tür zu Tür gezogen sind und Weihnachtslieder für die Nachbarn gesungen haben.«

»O Gott, ich hoffe, sie zwingen mich nicht auch dazu. Oder schlimmer – dass ich die beiden begleite, falls sie noch einmal damit anfangen wollen.«

»Vielleicht verlangen sie ja sogar von dir, dass du mitsingst. In einem Elfenkostüm«, zog ich Tim auf.

»Ach, halt die Klappe, Lydia«, brummte er. »Ich will einfach nur in Ruhe mit Alfie zocken, aber das geht nicht, wenn die zwei ständig singen. Das ist peinlich!«

»Du wirst es überleben«, sagte ich amüsiert.

War ich mit sechzehn auch so gewesen, dass mir alles, was meine Eltern anstellten, peinlich war? Ich konnte mich nicht daran erinnern, dass es so extrem gewesen wäre. Klar, hin und wieder war ich froh, wenn ich mich mit meinen Freundinnen ins Zimmer zurückziehen und die Tür hinter uns schließen konnte. Aber eher deshalb, weil ich genervt war von Mom, wenn sie sich unterhielt und mir wertvolle Zeit mit ihnen stahl. Andererseits wüsste ich auch nicht, dass die beiden ein Duett einstudiert hätten, während ich Besuch hatte …

»Ich kann es schon jetzt kaum erwarten, endlich mit der Highschool fertig zu sein und aufs College zu gehen. Am besten ganz weit weg, ans andere Ende des Landes.«

»Du würdest sie vermissen. Und mich erst!«

Er schnaubte. »Wir können ja skypen. Und wenn ich keine Lust habe, bin ich einfach nicht erreichbar.« Zufrieden seufzte er auf. »Boah, das klingt traumhaft.«

Ich lachte. »Wart's ab, die Zeit wird schon noch kommen, wo du es genießt, bei uns zu sein.«

»Ja, vielleicht wenn ich das erste Jahr am College hinter mir habe und ich euch dann das erste Mal besuche«, feixte er.

»Du würdest nicht nur Mom und Dad, sondern auch mir das Herz brechen, wenn du dich weder an Thanksgiving noch an Weihnachten blicken lässt.«

»Hey, ich hatte kürzlich ein Mädchen da und Mom ist doch tatsächlich ohne Anklopfen ins Zimmer gekommen und hat den Wäschekorb abgestellt. Ich meine, stell dir vor, wir hätten was anderes gemacht, außer uns zu küssen ...«

Okay, jetzt musste ich mich aufsetzen. »Du hast sie geküsst? Und wer ist *sie* überhaupt? Ich wusste gar nicht, dass du eine Freundin hast!«

Tim schnaubte hörbar ins Telefon. »Claudia ist *nicht* meine Freundin. Wir kennen uns von der Schule und ich hab ihr angeboten, ihr Nachhilfe in Biologie zu geben.«

»O Gott, Timothy, ich hoffe, wir sprechen gerade vom Schulfach!«

Er gluckste. »Natürlich, was denkst du denn?«

»Aber du hast sie geküsst?«

»Jep«, bestätigte er und klang dabei richtig stolz.

»Gehörte das auch zur Nachhilfe?«

»Mann, du klingst wie Mom! Nein, das gehörte nicht dazu, wir haben es halt getan. Ich bin keine dreizehn mehr. Wenn ich ein Mädchen küssen will, dann tu ich das.«

Ach du heilige ... »Hoffentlich wollte Claudia das auch?«

»*Sie* hat *mich* geküsst. Also, ich meine, sie hat damit angefangen. Irgendwann lagen wir knutschend auf meinem Bett, aber hey, ich bin nicht so irre, mich auf mehr einzulassen, wenn Mom jederzeit nach Hause kommen kann. Hat man ja gesehen, was dabei herauskommt.«

Mit einer Hand fuhr ich mir durch die Haare und wusste nicht, was ich darauf hätte sagen sollen, außer: »... wenn Mom nach Hause kommen kann?«

»Ich meine, ich hatte noch nie Sex, Lydia.« Er schnaubte. »Gott, ich fass es nicht, dass ich das gerade gesagt habe. Das bleibt unter uns, haben wir uns verstanden? Und ich hab nicht vor, es mit der Erstbesten zu tun, die in meinem Bett liegt. Damit du beruhigt bist und ... vielleicht auch Mom beruhigen kannst. Die hat das Ganze nämlich, nachdem ich Claudia wieder an ihr vorbei nach draußen geschleust habe, Dad erzählt und ihn in mein Zimmer geschickt, um mit mir ein Gespräch von Mann zu Mann zu führen.«

Kichernd stand ich auf und holte mir ein Wasser aus dem Kühlschrank. »Sei doch froh, dass sie sich Sorgen um dich machen. Das zeigt dir, dass du ihnen was bedeutest.«

Er brummelte unzufrieden. »Was ist eigentlich mit dir? Mom hat was von einem neuen Freund erwähnt. Sheldon oder so ...«, lenkte er schließlich das Thema auf mich.

Ich verdrehte die Augen. »Er heißt Shawn und hilft mir bei *My Christmas Wish*. Er ist toll. Wenn es passt, stelle ich ihn euch vor.«

»Falls du dadurch jetzt erreichen willst, dass ich dir Claudia vorstelle ...« Er stockte, klang genervt.

Kopfschüttelnd pulte ich am Etikett der Flasche.

»... dann könntest du eventuell damit Erfolg haben«, sagte er und brachte mich abermals zum Lachen.

»Ist gut. Fühl dich jedoch zu nichts verpflichtet. Ich freue mich, wenn ich dich wiedersehe, kleiner Bruder.«

»Ich kann das so jetzt nicht sagen, weil Alfie gerade gekommen ist, aber gleichfalls, große Schwester. Ich muss auflegen, wir hören uns.«

Schmunzelnd schmatzte ich noch ein Luftküsschen durch die Leitung, dann legte ich auf.

Die Vorstellung, Shawn mit nach Hause zu bringen und ihn als meinen Freund vorzustellen, gefiel mir. Trotzdem war es dazu vielleicht zu früh. Klar, wir küssten uns und verbrachten eine Menge Zeit miteinander, aber das alles war noch so frisch. Ich wollte nichts überstürzen, nichts falsch machen. Dafür war mir Shawn zu wichtig. Wir passten in so vielen Dingen gut zueinander, und es wäre schade, wenn ich durch eine übereilte Handlung etwas kaputtmachen würde.

Womöglich dachte er genauso darüber? War das mit ein Grund, weshalb er mich noch nicht auf ein richtiges Date eingeladen hatte? Immerhin kannten wir uns erst seit eineinhalb Wochen. Andere hatten nach dieser Zeit vielleicht schon Sex, wir waren nicht einmal miteinander ausgegangen, geschweige denn hatten wir was getan, das über Händchenhalten und Küssen hinausging. Aber ich mochte es auch, dass wir es langsam angingen. Ich liebte es, Shawn immer besser kennenzulernen, in diesem Tempo. Und alles, was ich bisher über ihn erfahren hatte, gefiel mir. Ich wüsste nichts, was gegen ihn sprach. Wir hatten so viele Gemeinsamkeiten und wenn es nur die Sicht der Dinge war.

Mit unserem Projekt lief es übrigens ebenfalls langsam, aber stetig aufwärts. Das Interview mit der Zeitung am Montag war gut verlaufen. Gestern ist der Artikel erschienen und hatte uns wieder einen Schwung Anmeldungen beschert. Es waren sogar gut zwei Fünftel der Einträge von Alleinstehenden, die an Weihnachten nicht allein sein wollten. Keine Ahnung, ob der Zeitungsbericht ausschlaggebend dafür war oder die Arbeit von Pater Richard und den anderen Kirchengemeinden, die unsere Helfer aktiviert hatten. Vielleicht wurden nun auch langsam, aber sicher die Leute über die Plakate und Flyer auf uns aufmerksam. So oder so lief es endlich gut. Besser als erwartet.

Mein Handy vibrierte und zeigte eine Nachricht an.

SHAWN: SCHALTE MAL *WDBC PROVIDENCE* EIN, FALLS DU GERADE
ZEIT HAST.

Stirnrunzelnd stand ich auf und ging zu dem kleinen Radio auf dem Kühlschrank. Ich drehte am Rad, bis ich beim richtigen Sender ankam, und lauschte den letzten Klängen eines weihnachtlichen Songs. »Schön, dass Sie da sind, liebe Zuhörer. Das war ›Listen‹ von Bethany Joy und Maria Rose und eine gute Überleitung zu unserem heutigen Gast, der erneut wegen eines wichtigen Themas bei mir ist. Hi, Shawn, freut mich, dass du wieder bei uns im Studio bist.«

Fassungslos zog ich mir einen Stuhl vom Esstisch heran und setzte mich vor den Kühlschrank, während ich lauter drehte. Im ersten Moment wusste ich nicht, was ich davon halten sollte, dass er ohne mich beim Sender war.

»Hi, Caren, danke für die Möglichkeit, ein weiteres Mal auf unser Projekt *My Christmas Wish* aufmerksam zu machen.«

»Du hast uns schon letzte Woche einmal besucht, gemeinsam mit deiner Freundin Lydia. Ihr habt ein richtig großartiges Projekt ins Leben gerufen, muss ich sagen. Und weil es nach eurem Besuch auch bei unseren Zuhörern so großen Anklang gefunden hat, haben wir beschlossen, euch ab sofort damit zu begleiten und immer wieder auf diese so wichtige Sache aufmerksam zu machen. Weil es wunderbar ist, was ihr da auf die Beine gestellt habt – und weil ihr noch Unterstützung braucht, ist das richtig?«

»Genau, wir hoffen einfach darauf, dass noch ganz viele davon erfahren. Unser Ziel ist es, einsame Menschen mit einer Familie oder einem Haushalt zusammenzubringen, mit denen sie gemeinsam einen schönen Weihnachtsabend verbringen können – sofern sie es denn möchten. Was wir wirklich großartig finden, ist, dass sich bereits so viele gemeldet haben, die freie Plätze anbieten. Jedoch können wir gar nicht an alle Alleinstehende vermitteln, weil diese sehr verhalten sind mit den Anmeldungen. Oder sie haben keine Möglichkeit dazu, es über unsere Website zu machen. Dafür haben wir jetzt Abhilfe geschaffen.« Dann erzählte er von den Suppenküchen, von Pater Richard und den anderen teilnehmenden Kirchen, die in Zusammenarbeit mit uns an den beiden letzten Sonntagen vor Weihnachten anboten, dass man sich direkt in der Kirche oder der Suppenküche melden konnte. Und auch dazwischen hatten wir mehrere Termine vereinbart, an denen sich jemand von unserem Team um die Anmeldungen kümmern würde. »Dort sitzen jeweils zwei unserer Helfer, die die Daten von denjenigen aufnehmen, die an Heiligabend nicht allein sein möchten. Und natürlich auch von jenen, die einen freien Platz an ihrem Tisch anbieten können. Die Türen stehen für alle offen und wir hoffen wirklich sehr, dass sich noch ganz viele melden.«

Mein Herz schmolz dahin bei seinen Worten, während Tränen in meine Augen stiegen. Dass er so etwas Süßes für mich, für uns, für all die einsamen Menschen da draußen machte, war einfach … wow.

»Bis wann kann man sich denn eintragen? Ich meine, immerhin müssen die ganzen Menschen auch zueinanderfinden«, fragte Caren ihn weiter.

»Genau. Wir wollen jetzt erst mal bis Sonntag, den neunzehnten Dezember, die Anmeldungen annehmen.«

»Okay, das ist ja schon bald, aber klar, die Leute zueinanderzuführen wird auch nicht wenig Arbeit sein. Die Zuteilung übernehmt ihr, richtig?«

»Ja, zum Glück haben wir ein tolles Team, das sich sehr engagiert um das Finden von passenden Personen kümmert. Man kann immerhin auch ankreuzen, ob die Leute in einer Familie mit Kindern feiern wollen, oder ob sie lieber nur unter Erwachsenen sind. Und natürlich kann man auch Haustiere angeben. Manche haben Allergien oder

Angst vor Hunden. Das alles wollen wir bei der Zuteilung berücksichtigen.«

Die Tür ging auf und Ellen kam herein, doch ich deutete ihr sofort mit dem Zeigefinger über den Lippen an, still zu sein.

»Einfach großartig, Shawn. Und was man natürlich noch erwähnen sollte, ist, dass es nicht darum geht, Weihnachtsgeschenke auszutauschen.«

Ellen stellte sich neben mich und hörte zu.

»Nein. Die einzigen Geschenke, die man sich macht, sind Zeit und wertvolle Gespräche. Das gegenseitige Kennenlernen, aus dem vielleicht eine Freundschaft entstehen kann. Bestenfalls eine, die die Einsamkeit der Alleinlebenden ein kleines bisschen minimiert.«

»Das hast du schön gesagt, Shawn. Wir bleiben in Kontakt und werden bis Weihnachten regelmäßig über den Fortschritt eures Projektes *My Christmas Wish* berichten. Alle Infos dazu finden Sie, liebe Hörer, auf unserer Website oder über unsere Hotline.« Sie ratterte die Nummer des Senders runter. »Danke für deinen Besuch, Shawn, und grüße Lydia von mir.«

Er bedankte sich ebenfalls. Dann setzte auch schon ein Song von P!nk ein, der mich zurück in unsere Studentenbude holte.

»Gott, was war das denn?«, fragte Ellen so begeistert und sprachlos, wie ich mich fühlte.

Kopfschüttelnd stand ich auf und fächerte mir Luft ins Gesicht, um die Freudentränen aus den Augen zu vertreiben. »Shawn … ich …«

Ellen kam zu mir und umarmte mich fest. »Den Kerl musst du unbedingt behalten«, murmelte sie schmunzelnd in mein Ohr.

Ich nickte und atmete tief ein, um mich zu beruhigen. »Er ist einfach zu gut, um wahr zu sein.«

»Quatsch. Genieße es, du hast mit ihm den Jackpot geknackt, das erkenne nun selbst ich.« Sie lachte. »Später bin ich übrigens bei Joe. Also jetzt dann. Bis heute Abend. Oder länger.« Ein verwegenes Grinsen trat auf ihre Lippen.

»Oookay, und das bedeutet?« Ich riss meine Augen auf. »Warte, willst du etwa andeuten, dass du bei ihm übernachtest?«

»Neee, das nicht. Denke ich.« Kichernd schüttelte sie den Kopf. »Aber es könnte spät werden. Das wollte ich damit sagen. Also falls du auch Besuch einladen willst …« Sie grinste bedeutungsschwanger.

»Oder … falls ich ungestört lernen möchte«, entgegnete ich und streckte ihr die Zunge raus. Da fiel mir das Gespräch mit Tim von vorhin ein. »Du nimmst doch Kondome mit?«

Nun riss sie die Augen weit auf. »Sollte ich einpacken, oder?«

»Kommt drauf an, was du heute vorhast«, sagte ich schulterzuckend und zwinkerte ihr zu.

»Aaah!« Sie eilte ins Bad. »Ich muss mich auch noch rasieren. Mist, das wird knapp.« Mit einem Rums fiel die Tür ins Schloss, was mich amüsiert zurückließ.

Als ich zu meinem Bett und meinem Handy ging, bemerkte ich sofort die mehr als zwanzig Nachrichten in der Gruppe. Thomas hatte das Interview ebenfalls mitbekommen und in den Chat geschrieben, dass Shawn gerade live im Radio zu hören war. Ganz offensichtlich hatten einige die Sendung daraufhin eingeschaltet und nun regnete es Lobeshymnen – nicht nur an Shawn, sondern auch an mich. Dabei hatte ich doch gar nichts getan. Zumindest nicht heute.

LYDIA: LEUTE, ICH WEIß GAR NICHT, WAS ICH SAGEN SOLL, AUßER DAN-KE AN JEDEN EINZELNEN VON EUCH. DASS DIE SACHE SO GUT LÄUFT, HABE ICH NUR EUCH ZU VERDANKEN.

Sofort schrieben einige, dass es *My Christmas Wish* ohne meine Initiative ja gar nicht geben würde, doch noch bevor ich darauf reagieren konnte, klingelte mein Telefon. Es war Shawn.

»Hey«, sagte ich zur Begrüßung und hatte damit zu kämpfen, dass meine Stimme vor Rührung nicht wegbrach.

»Hi! Hast du es gehört?«, wollte er wissen.

»Ja, von Anfang an. Ich … weiß gar nicht, was ich sagen soll, Shawn. Das ist so lieb von dir …«

»Ich hab das gern getan, Lydia. Wenn ich schon Kontakte zum Radio habe, sollte ich sie auch nutzen, nicht wahr?«

»Trotzdem, das …«

»… ist das Beste, was uns passieren kann, dass Adam und Caren so von *My Christmas Wish* überzeugt sind. Sie haben sich übrigens inzwischen beide in die Liste eingetragen, hast du das gesehen?«

Bei Shawn schlug im Hintergrund eine Autotür zu und ich vermutete, dass er gerade vom Sender wegfuhr. »Nein, dass nun auch Adam dabei ist, wusste ich nicht, das ist … fantastisch.«

»Finde ich auch.« Ich konnte hören, wie er lächelte. »Lydia, ich … Hast du später Zeit? Dimitri hat gemeinsam mit den anderen mit Stand heute Vormittag, also vor dem Radiointerview, die Daten abermals exportiert und es sind bereits ganz viele Vorschläge, wie die Leute zusammengebracht werden sollen, eingetragen. Ein paar sind dabei, bei denen sie sich nicht sicher waren, zu wem sie am besten passen. Dazu hätten wir gerne deine Meinung. Wenn du also willst, komme ich heute noch zu dir … Dann gehen wir die Liste gemeinsam durch. Es sind nämlich echt schon einige und wenn wir bis zum neunzehnten Dezember mit der Zuteilung warten, wird es womöglich zu knapp mit der Zeit. Immerhin wollen wir vorher noch alle zusammenbringen, damit sie sich kennenlernen.«

Glücklich lauschte ich seinem Monolog. Shawn war nervös, was ihn mir gleich noch sympathischer machte! Er brannte wirklich für diese Sache.

»Klar, komm einfach vorbei, sobald du zurück bist. Meine Zimmerkollegin ist nicht mehr lange da, wir sind somit ungestört.« Kaum dass die Worte meinen Mund verlassen hatten, fiel mir die Zweideutigkeit darin auf. »Also … um die Liste durchzugehen, meine ich. Wenn Ellen da ist, redet sie ständig. Was ich damit sagen will, ist … das wäre eher schlecht für uns. Bei dieser Arbeit sollten wir uns voll konzentrieren und nicht ablenken lassen.«

Shawns leises Lachen drang zu mir durch. »Schon klar. Ich fahre gerade weg und muss noch den Computer aus meinem Zimmer holen, es wird also noch dauern. Soll ich was mitbringen?«

Irritiert runzelte ich die Stirn und riss schließlich die Augen auf. Dachte er denn etwa auch gerade an Kondome?

»Pizza oder Burger«, half er mir auf die Sprünge, als ich nicht sofort reagierte.

Erleichtert atmete ich auf. »Oh, Pizza wäre gut.« Die ließ sich auch problemlos nebenbei essen.

»Geht klar. Bis dann.«

Wir verabschiedeten uns und legten auf. Und ich konnte keine Minute länger stillsitzen.

Fiel das nun vielleicht doch unter *Date*? Immerhin würden wir nah nebeneinandersitzen und essen. Und wir wären allein. Ungestört. In unserem Zimmer, wo Ellen definitiv nicht mehr sein würde.

Okay, jetzt war ich auch nervös … Mehr als das. Mein Herz raste und ich merkte, wie mir Hitze in die Wangen schoss. Hoffentlich legte sich das wieder, bis er hier war …

Kapitel 14 – Lydia

Ellen hatte sich verabschiedet – jedoch nicht, ohne zuvor eine frische Unterhose, ihre Zahnbürste, ein Deo und Kondome in ihrer Handtasche zu verstauen. Sie war also für alle Eventualitäten gerüstet.

Als ich ihr erzählt hatte, dass Shawn gleich herkommen würde und wir die Liste durchgehen wollten, hatte sie angeboten, Gummis hierzulassen. Ich war mir sicher, dass das unnötig war, denn es würde definitiv nicht zu deren Einsatz kommen. Garantiert nicht. Doch sie hatte darauf bestanden und deshalb lagen jetzt drei Stück in meiner Nachttischschublade.

Als Ellen noch da war, hatte sie mich von meiner eigenen Aufregung ein wenig abgelenkt, als sie wie ein aufgescheuchtes Huhn im Zimmer herumgelaufen war, sich angezogen und ihre Sachen gepackt hatte. Jetzt, da sie weg war, lenkte ich mich mit etwas Arbeit ab.

Ich wollte ein paar der Familien, die bereits alleinlebende Personen zugeteilt bekommen haben, kontaktieren und hier den Erstkontakt herstellen. Noch wusste ich nicht, welche Herangehensweise die beste wäre, aber ich würde es herausfinden. Immerhin sollte es für unsere Helfer dann einfach und so effizient wie möglich ablaufen – vor allem aber sollte alles mit System und einheitlich gemacht werden, damit auch wirklich jede der teilnehmenden Personen dieselben Infos bekommen würde. Also setzte ich mich an meinen Schreibtisch und suchte die Matches raus, die bereits festgelegt wurden, um eines der zusammengewürfelten Paare zu kontaktieren.

Ich entschied mich für Mister und Misses Hansen, ein junges Ehepaar, denen wir Misses Arnold, eine ältere Dame, zugeteilt hatten, und wählte die Nummer der kleinen Familie, die angegeben hatten, ein Baby zu haben. Eine Frau nahm ab und klang bei ihrem »Hallo?« ziemlich gehetzt.

»Hi, Misses Hansen?«

»Ja?«

»Schön, dass ich Sie erreiche. Ich bin Lydia Carrington von *My Christmas Wish*. Sie haben sich auf unserer Website registriert, weil Sie an Weihnachten gerne jemand Alleinstehenden zu sich einladen möchten, ist das richtig?«

Ein Baby brabbelte im Hintergrund. »Ja! Ja, genau. Ist denn mit der Anmeldung etwas nicht in Ordnung?«

»Doch, keine Sorge, Misses Hansen, ich wollte nur den Erstkontakt zu Misses Arnold herstellen, der Dame, die am Weihnachtsabend mit Ihnen feiern darf. Ist es gerade ungünstig? Ich kann mich auch ein anderes Mal melden.«

»Nein, schon gut. Bradley spielt gerade. Misses Arnold, sagten Sie?«

»Genau. Sie ist neunundsechzig und lebt in Woonsocket, genau wie Sie. Wenn es für Sie in Ordnung ist, würde ich mich in wenigen Minuten noch einmal bei Ihnen melden und Sie ins Gespräch zu mir und Misses Arnold in eine Konferenzschaltung dazuholen. Ich würde kurz das weitere Vorgehen erklären und Sie können sich schon mal kennenlernen und dann vielleicht die Nummern tauschen, um alles andere, was noch offen ist, dann ohne mich zu klären.«

»Oh, okay. Eine Konferenzschaltung hab ich noch nie gemacht. Was muss ich tun?«

Lächelnd zeichnete ich Kreise auf den Block vor mir. »Einfach nur ans Telefon gehen, sobald ich noch mal anrufe. Den Rest erledige ich.« Misses Hansen stimmte zu und kaum dass wir aufgelegt hatten, wählte ich die Nummer von Misses Arnold.

Hoffentlich ist sie erreichbar, dachte ich noch, als sie bereits ans Telefon ging.

Auch ihr stellte ich mich vor und erklärte ihr, aus welchem Grund ich anrief und was ich vorhatte.

Sie lachte leise. »Oh, das klingt spannend. Legen Sie los, Miss, ich war noch nie in einer Konferenzschaltung.«

Schmunzelnd holte ich Misses Hanson wieder über den Button hinzu und gleich darauf hörten wir den kleinen Bradley quietschen, während seine Mutter sich wieder mit einem »Hallo!« meldete.

»Oh, das ist ja eine freudige Begrüßung«, meinte Misses Arnold belustigt.

»Misses Arnold, das ist Bradley, der kleine Sohn von Mister und Misses Hansen. Und Misses Hansen ist natürlich auch in der Leitung. Freut mich, dass das eben so reibungslos geklappt hat. Ich muss gestehen, Sie sind heute meine Versuchskaninchen, ich habe selbst noch keinen Anruf dieser Art geführt.«

Die beiden gaben amüsierte Laute von sich und ich fühlte mich sofort wohl in diesem Gespräch. Es klang, als würde alles gut und harmonisch verlaufen.

»Nun ist es so, dass wir Sie beide zusammengeführt haben und Sie am Weihnachtsabend gemeinsam Zeit miteinander verbringen dürfen. Misses Hansen, nur um Missverständnisse auszuschließen: Sie würden Misses Arnold zu sich nach Hause einladen, richtig?«

»Ja, genau, so haben wir uns das gedacht. Also dieses Jahr sind meine Eltern nicht da und wir dachten, es wäre ganz nett, trotzdem nicht ganz alleine zu feiern. Als wir von der Aktion gehört haben,

haben wir uns sofort angemeldet. Sie mögen doch Fisch, oder? Mein Mann kocht jedes Jahr einen gefüllten Karpfen mit Salzkartoffeln und Karotten«, fragte Misses Hanson verunsichert.

»Oh, das klingt wirklich hervorragend, ich hab das schon so lange nicht mehr gegessen, müssen Sie wissen. Kirk, mein Mann, hat immer auf Truthahn bestanden. Er meinte, ohne Truthahn würde etwas fehlen.«

»Das klingt wirklich wunderbar«, schaltete ich mich ein. »Was mir noch wichtig wäre, ist, dass Sie abklären, wie Misses Arnold zu Ihnen kommt, Misses Hansen.«

»Ach, das ist kein Problem, ich kann Sie gerne abholen. Da mein Mann in der Küche beschäftigt ist und ich mich davon fernhalten muss, wäre das kein Problem.«

»Sehr schön, dann würde ich sagen, Sie tauschen noch Ihre Telefonnummern, weil ich befürchte, dass das gesamte Gespräch beendet ist, wenn ich mich verabschiede. Dann können Sie im Anschluss noch einmal telefonieren und die letzten Details klären.«

»Das machen wir so. Vielen Dank, Miss Carrington, dass Sie das für uns in die Wege geleitet haben«, sagte Misses Arnold, und ich spürte, wie mir Tränen in die Augen stiegen.

»Das mache ich wirklich sehr gerne.«

Die beiden tauschten noch ihre Telefonnummern aus und vereinbarten, dass Misses Hansen später anrufen würde, da Bradley inzwischen etwas unruhig geworden war.

Bevor ich mich verabschiedete, wünschte ich den beiden Frauen noch frohe Weihnachten und eine schöne gemeinsame Zeit. Dann legte ich auf und fühlte mich einfach großartig.

Hoffentlich verliefen alle Erstgespräche so positiv ...

Im Anschluss führe ich noch drei dieser Telefonate, bis ich beschloss, es für heute gut sein zu lassen und die Zeit bis Shawns Auftauchen mit Lernen zu füllen.

Keine fünfzehn Minuten später klopfte es auch schon. Mein Herz sprang mir vor Aufregung fast aus der Brust. Ich warf das Buch über *Angewandte psychologische Diagnostik* achtlos beiseite und eilte zur Tür – und betete, dass es wirklich Shawn war und nicht irgendjemand anderer, der sich was von uns leihen oder einfach nur quatschen wollte.

Als ich öffnete, blickte ich in die schönsten blauen Augen, die ich je gesehen hatte. Shawns Wangen waren gerötet – vor Aufregung? Oder war er gelaufen? Andererseits könnte es auch von der Kälte sein, denn es schneite wohl wieder. Ein paar der Flocken hingen noch in seinen Haaren fest.

»Hi, komm rein«, sagte ich und machte ihm Platz, sodass er eintreten konnte. Er trug eine Jeans und ein Hemd, das er an den Ärmeln lässig nach oben gekrempelt hatte. Seine Winterjacke hatte er sich bereits ausgezogen und über den Arm gelegt, während er zwei Pizzaschachteln in die Höhe hielt.

»Hey, Lydia.« Er lächelte, schob sich an mir vorbei ins Zimmer und hauchte mir einen flüchtigen Kuss halb auf die Wange, halb auf den Mund.

Ich nahm ihm die Pizzakartons ab, aus denen es lecker duftete, stellte sie auf den Esstisch und beobachtete ihn dabei, wie er sich umsah. »Was möchtest du trinken?«

»Das Gleiche wie du.«

»Wasser also?« Ich zeigte auf die Flasche, die noch auf meinem Nachttisch stand.

Sofort dachte ich wieder an die Kondome und Hitze schoss mir ins Gesicht.

»Ja, gerne, da schließe ich mich an.« Er nahm seine Laptoptasche, die ich jetzt erst entdeckte, von der Schulter und hängte seine Jacke an den Haken. Die Schuhe stellte er auf den kleinen Teppich darunter.

»Wo möchtest du dich setzen?«, fragte ich ihn, während ich eine Wasserflasche aus dem Kühlschrank holte.

»Die Couch sieht gemütlich aus«, meinte er und entlockte mir damit ein Lächeln.

»Das ist sie auch. Die Stühle des Esstisches sind ... nun ja, sie erfüllen ihren Zweck, aber das war's. Als bequem würde ich sie definitiv nicht bezeichnen.« Pizzakartons und Laptoptasche in den Händen setzten wir uns. Dass er nun so nah neben mir saß, ließ meine Nervosität steigen, doch er war offensichtlich völlig relaxt.

Shawn holte das Notebook aus seiner Tasche. »Hast du heute schon mal auf die Website geschaut?«

Ich schüttelte den Kopf. Die Anrufe hatte ich anhand der extern gesicherten Liste durchgeführt, die immer von Dimitri erweitert werden würde, um Fehler zu vermeiden.

»Hm, okay. Auf dem Weg hierher hab ich ein weiteres Mal mit Dimitri telefoniert. Er meinte, durch meinen Besuch beim Radiosender seien erneut eine ganze Menge an Neuanmeldungen eingegangen. Und ... ich muss dir noch etwas sagen, was du bisher nicht weißt.«

Gebannt starrte ich auf seine Lippen.

»Bevor ich bei *WDBC Providence* war, hab ich noch kurz im Altenheim vorbeigeschaut. Dort ist heute großer Besuchertag, wo immer ganz viel mit den Bewohnern und ihren Freunden und Angehörigen gemacht wird. Gemeinsam Plätzchen backen, weihnachtlich dekorieren und solche Sachen. Ich wusste davon und dachte mir, ich nutze die Gelegenheit, um erneut auf *My Christmas Wish* aufmerksam zu machen.«

»Shawn ...!« Dieser Mann war echt unglaublich.

Er lächelte. »Es war ja nur ein kurzer Besuch, aber ganz viele der Angehörigen waren begeistert. Ich habe unsere Flyer verteilt und ein paar von ihnen meinten, sie würden beim nächsten Bingo-Treff oder beim Nachmittagstee der Seniorenrunde Werbung für *My Christmas*

Wish machen. Ich hab denen zusätzlich einige Flyer mitgegeben, die können sie dann dort verteilen.«

Sprachlos sah ich ihn an, gerührt von seinem Einsatz.

Und weil ich keine Worte dafür fand, schlang ich meine Arme um seinen Hals und küsste ihn mit all meiner Hingabe.

Keine Ahnung, wie es passieren konnte, aber mit einem Mal saß ich rittlings auf seinem Schoß. Seine Hände strichen über meinen Rücken, meinen Hintern und meine Oberschenkel und sorgten dafür, dass ich den Kuss intensivierte. Unsere Zungen rieben sich aneinander, genau wie unsere Körper, und Hitze schoss in meinen Unterleib. Shawn keuchte erregt auf, was mir nur zusätzlich einheizte.

Ich wusste nicht mehr, wann ich die Kontrolle über mich verloren hatte. Jedoch liebte ich es, wie er meinen Überfall erwiderte. Ich wühlte mit den Fingern durch seine Haare, seufzte in seinen Mund und löste mich nur widerwillig von ihm. Aber ich musste, bevor das hier aus dem Ruder lief und wir doch noch in meinem Bett landeten.

»Wir sollten … uns die Liste anschauen«, meinte Shawn und grinste atemlos.

»Genau. Deswegen bist du schließlich hier.« Mit wild klopfendem Herzen setzte ich mich wieder neben ihn. Am liebsten hätte ich mir Luft zugefächelt, so heiß war mir. So sehr bebte und vibrierte alles in mir. Stattdessen trank ich einige Schluck kühles Wasser und versuchte, mich auf das zu konzentrieren, was Shawn sagte.

»Ich werde jetzt erst mal erneut einen Export starten, damit wir die neuesten Anmeldungen in einer separaten Datei haben. Die bisherigen lasse ich in der bestehenden Liste, denn hier sind ja schon einige Matches markiert. Anschließend führen wir alles zusammen und aktualisieren es.«

Wenig später hatte ich meine Fassung wiedererlangt und saß hoch konzentriert neben Shawn über die Auswertung gebeugt. Wir besprachen die bestehenden *Paare* und bildeten neue. Zwischendurch aßen wir die inzwischen lauwarme Pizza, die trotzdem verdammt lecker schmeckte, und waren ansonsten ganz in unsere Arbeit vertieft, als mich irgendwann das Vibrieren meines Telefons aus meiner Konzentration riss.

Ich stand auf und holte es vom Nachttisch.

ELLEN: ICH KOMME HEUTE NICHT MEHR NACH HAUSE. ;) DETAILS FOL-
GEN MORGEN. VIEL SPAß MIT SHAWN, FALLS ER NOCH DA IST.

Sie hatte den Smiley mit dem breiten Grinsen angehängt.
Schnaubend verdrehte ich die Augen und antwortete ihr.

LYDIA: DIR AUCH VIEL SPAß. STAY SAFE!

»Alles okay?«

»Hm?« Ich hob den Blick und sah zu Shawn, der mich fragend anschaute. »Ach so, ja. Das war Ellen. Sie hat mir geschrieben, dass sie heute nicht mehr nach Hause kommt. Wir können also noch eine Weile an der Liste arbeiten, wenn du Zeit und Lust hast. Und falls du morgen nicht früh rausmusst«, fügte ich hinzu, als mir auffiel, dass es bereits kurz vor elf Uhr abends war. »Natürlich können wir auch ein anderes Mal ...«

»Nein, schon gut. Meine erste Vorlesung startet um zehn, ich kann also noch eine Weile bleiben. Außerdem gibts ja zum Glück Kaffee.« Er zwinkerte mir zu. »Oder willst du schon schlafen?«

»Ich bin nicht müde«, sagte ich, und das war nicht einmal gelogen.

»Gut, machen wir weiter.« Damit beugte er sich über den Laptop.

Das Handy legte ich zurück auf den Nachttisch, dann setzte ich mich wieder neben ihn. Diesmal noch näher als zuvor. Ich kuschelte mich an ihn und genoss es, als er den Arm um mich schlang und den Computer halb auf seinem, halb auf meinem Schoß abstellte.

Inzwischen hatten wir ein gutes System für die Liste entwickelt und kamen wirklich schnell voran. Die bisher zusammengeführten Personen hatten wir bereits durch und bis auf einige wenige Änderungen waren wir mit der Auswahl zufrieden. Auch bei den neuen Anmeldungen hatten wir schon ganz viele Paare gefunden, die nicht allzu weit voneinander entfernt wohnten und deren Wünsche und Gegebenheiten gut zueinanderpassten.

Unser Team würde also ab sofort einiges zu tun haben damit, die jeweiligen *Matches* zu kontaktieren und sich darum zu kümmern, dass sie eine Möglichkeit bekamen, einander schon vor Weihnachten kennenzulernen.

Als mir kalt wurde und ich uns mit der Kuscheldecke zudeckte, übermannte mich doch die Müdigkeit. Es war einfach ein langer Tag gewesen. Shawns warmen Körper zu spüren, seine ruhige, tiefe Stimme zu hören und den Bewegungen seiner Hände und Finger auf dem Laptop zuzusehen, wirkte mit einem Mal ziemlich einschläfernd auf mich. Ich schmiegte mich enger an ihn und kämpfte gegen die zufallenden Lider an.

Vergebens.

Irgendwann merkte ich, dass er sich unter mir wegbewegte und seinen Platz mit einem Kissen tauschte. Ich schreckte hoch, doch er beruhigte mich. »Scht, bleib liegen. Ich mach noch die letzten drei fertig, dann gehe ich. Wecker hast du gestellt?«

Ich nickte nur, war nicht fähig, die Augen länger offen zu halten.

Bevor er das Licht löschte, spürte ich, wie er erneut die Decke über mir richtete und mir einen süßen Kuss auf die Schläfe hauchte ... Ich glitt langsam in einen schönen Traum, in dem ich gemeinsam mit Shawn auf dem Schlitten von Santa unterwegs war, um verwaiste Katzenbabys zu retten und Hundewelpen vor der Kälte in Sicherheit zu bringen.

Als ich am nächsten Morgen durch das penetrante Klingeln meines Weckers aus dem viel zu kurzen Schlaf gerissen wurde, hatte ich trotzdem ein breites Grinsen im Gesicht. Sofort musste ich daran denken, wie süß Shawn letzte Nacht gewesen war, als er mich noch einmal zugedeckt und geküsst hatte. Was mich zu unserem heißen Kuss führte, der sich völlig unerwartet verselbstständigt und sich von einem unschuldigen Dankeskuss in ein flammendes Inferno verwandelt hatte. Die Erinnerung allein sorgte dafür, dass sich ein sehnendes Ziehen zwischen meinen Beinen ausbreitete.

Ich schlug meine Hände vors Gesicht und entschied, endlich aufzustehen und das Klingeln zu deaktivieren, bevor sich wer von den Nachbarzimmern beschwerte. Stöhnend raffte ich mich hoch. Die Couch war definitiv nicht als Schlafplatz zu empfehlen. Mir tat alles weh.

Als ich mein Handy in der Hand und den Wecker ausgestellt hatte, entdeckte ich eine Nachricht von Shawn, die sofort wieder die Schmetterlinge in meinem Bauch aufscheuchte.

SHAWN: GUTEN MORGEN, SCHÖNE FRAU. ICH HOFFE, DU HAST HALBWEGS GUT GESCHLAFEN. KURZ HAB ICH ÜBERLEGT, DICH INS BETT ZU TRAGEN, HAB MICH DANN JEDOCH NICHT GETRAUT, AUS ANGST, DU KÖNNTEST FALSCHE SCHLÜSSE ZIEHEN. - *AUGEN ZUHALTENDER SMILEY* - ABER ICH WOLLTE DIR SAGEN, DASS DU UNGLAUBLICH SÜß AUSSIEHST, WENN DU SCHLÄFST. ICH WÜNSCHE DIR EINEN SCHÖNEN TAG.

Er hatte tatsächlich noch ein rotes Herz angehängt.

Mit einem breiten Grinsen im Gesicht schrieb ich ihm zurück.

LYDIA: DIE COUCH IST ÜBEL, MEIN RÜCKEN HASST MICH HEUTE DAFÜR. ABER MACH DIR BITTE KEINE VORWÜRFE, VERMUTLICH WÄRE ICH WACH GEWORDEN, WENN DU MICH INS BETT GETRAGEN HÄTTEST, UND HÄTTE VOR LAUTER AUFREGUNG DANN GANZ LANGE NICHT MEHR SCHLAFEN KÖNNEN. :D DANKE FÜR DEN GESTRIGEN ABEND, ICH BIN STOLZ AUF UNS, DASS WIR TATSÄCHLICH DIE KOMPLETTE LISTE GESCHAFFT HABEN. ICH SCHICKE GLEICH EINE NACHRICHT IN DIE GRUPPE, UM DIE RESTLICHEN ARBEITEN AUFZUTEILEN. VIELLEICHT MELDEN SICH JA NOCH WEITERE FREIWILLIGE, DIE HELFEN, DIE LEUTE ZU KONTAKTIEREN.

Ein Blick auf meine Uhr verriet mir, dass ich mich beeilen musste, um nicht zu spät zu meinem Kurs zu kommen. Schnell lief ich ins Bad, um zu duschen und mir die Zähne zu putzen. Als ich kurz darauf mit einem Handtuch um den Oberkörper geschlungen zurück ins Zimmer kam, checkte ich als Erstes mein Handy, in der Hoffnung, dass Shawn sich noch einmal gemeldet hatte.

Und tatsächlich …

SHAWN: DANKE FÜR DIE TOLLE ZUSAMMENARBEIT. WIR SIND EIN GROßARTIGES TEAM!

LYDIA: FINDE ICH AUCH. ICH WILL ÜBRIGENS MORGEN ZU DEN KINDERN INS KRANKENHAUS FAHREN. HAST DU ZEIT UND LUST, MICH ZU BEGLEITEN?

SHAWN: SEHR GERNE. UND IM ANSCHLUSS WÜRDE ICH DICH ZU EINEM DATE AUSFÜHREN, WENN DU WILLST.

Ich konnte nichts dagegen unternehmen, dass sich ein begeistertes Quietschen meine Kehle nach oben drückte.

LYDIA: DAS KLINGT PERFEKT! ICH HÄTTE VOR, GEGEN FÜNF UHR NACH-MITTAGS IM KRANKENHAUS ZU SEIN, WENN DIR DAS NICHT ZU SPÄT IST. NORMALERWEISE BIN ICH IMMER EIN BIS EINEINHALB STUNDEN DORT.

SHAWN: DAS PASST SUPER. ZIEH DICH WARM AN, DU WIRST ES DA-NACH BRAUCHEN!

O Gott, was hatte er vor? Ein Date draußen? Sofort grübelte ich, welche Möglichkeiten es gab, doch meine Überlegungen wurden gestoppt, als mich eine Nachricht von Ellen erreichte.

ELLEN: HONEY-BUNNY, ICH HOFFE, DEINE NACHT WAR GENAUSO GROß-ARTIG WIE MEINE!

Sie hatte den Smiley mit den Sternenaugen und den mit den Herzenaugen mitgeschickt. Zwischen Joe und ihr musste es gestern Nacht heiß hergegangen sein ...

Im Schnellverfahren packte ich meine Sachen in die Tasche, nahm eine frische Flasche Wasser aus dem Kühlschrank und zog mir Mantel, Schal, Mütze, Stiefel und Handschuhe an, bevor ich das Zimmer verließ. Das Handy hatte ich in der Hand und noch auf dem Weg nach unten navigierte ich mithilfe meiner Nase zu den Kontakten im Telefon und hoffte einfach, dass Ellen nicht gerade in einem Kurs saß.

Tatsächlich ging sie nach dem dritten Klingeln ran. »Hiii!« Sie klang so überdreht wie in ihrer Nachricht. »Wie war's bei dir und Shawn? Erzähl!«

Schmunzelnd brachte ich sie auf den neuesten Stand und ließ den heißen Kuss und seine Einladung zum Date morgen Abend nicht unerwähnt.

»Aaah, ich freu mich für dich! Endlich! Wie großartig!«

»Ja, ich bin gespannt, was er vorhat.«

»Hat er nichts Genaues erzählt?«

»Nur, dass ich mich warm anziehen soll.«

»Vielleicht will er mit dir auf einen Weihnachtsmarkt«, überlegte sie laut.

»Ist denn einer in der Nähe?« Ich konnte mich nicht erinnern, was dazu gelesen oder gehört zu haben, aber ich hatte dieses Jahr den Kopf einfach mit viel zu vielen anderen Dingen voll.

»Puh, keine Ahnung. Damit hab ich mich nicht beschäftigt. Ist nicht einer in der Mall?«

»Stimmt. Aber dann brauche ich die warmen Klamotten nicht.«

»Vielleicht will er mit dir zum Schlittenfahren gehen. Stell dir mal vor, wie romantisch!«

»Fehlen dazu nicht die Berge? Oder denkst du, er will mit mir so weit fahren?«, fragte ich mit einer Spur Sarkasmus in der Stimme.

»Es gibt doch diese eine Indoor-Skihalle. Kann man da nicht ebenfalls rodeln?«, schlug Ellen vor, als ich gerade über den Campus eilte.

»Keine Ahnung. Vielleicht will er auch einfach nur mit mir spazieren gehen. Aber genug von mir – wie war es bei dir?«, wollte ich wissen, weil ich sonst vor Neugier platzte.

Ellen stieß ein aufgeregtes und ziemlich zufrieden klingendes Seufzen aus. »Wow, also … wo fange ich an? Wir waren vor dem Burgerladen verabredet und haben uns von dort was zu essen zu ihm aufs Zimmer mitgenommen. Wir haben geredet und gegessen und uns einen Film angesehen. Und irgendwann haben wir uns mit Schoko-Weintrauben gefüttert. Wir haben uns geküsst und dann hat eins zum anderen geführt und … O Gott, was bin ich froh, dass ich Kondome eingepackt hatte!« Sie kicherte. »Er hatte nämlich keine und … puh …« Wieder ein Glucksen von ihr, das mich aufhorchen ließ.

»Also war es schön?«

»Ist es verrückt, wenn ich sage, dass ich dabei bin, mich zu verlieben? Ich meine … Joe und ich kennen uns erst seit Kurzem, aber er ist so süß und wir verstehen uns richtig gut.«

Mir würde dieses Tempo definitiv zu schnell gehen. Ellen und Joe kannten sich immerhin noch nicht einmal so lange wie ich Shawn. Doch wenn es für die beiden passte – und es sah ganz danach aus –, dann gönnte ich es ihnen.

»Nein, Ellen, ich freu mich für dich. Wann seht ihr euch wieder?«

»Am Wochenende. Vermutlich werde ich erneut bei ihm sein. Sein Zimmerkollege fährt am Freitagnachmittag nach Hause zu seinen Eltern und Joe hat das Zimmer für sich. Das heißt, du kannst Shawn nach dem Date einladen, dann bist du auch mit ihm ungestört.«

Ich rollte mit den Augen. »Mal sehen …«

»Ich melde mich vorher, sollte ich doch nach Hause kommen. Damit ich euch nicht bei irgendwas störe.«

»Wie nett von dir, vielen Dank.«

»Ja, oder?« Sie lachte. »So bin ich nun mal. Okay, ich muss aufhören, ich bin gleich bei einem Gespräch mit meinem Dozenten. Wünsch mir Glück. Bis später!«

»Ja, ich drück dir die Daumen. Bis dann«, murmelte ich und schob das Telefon in die Manteltasche. Ich erreichte den Hörsaal, der schon gut gefüllt war. Willow winkte mir, weil sie mir einen Platz freigehalten hatte.

»Hey, wie geht's?«, wollte sie wissen, kaum dass ich mich neben sie gesetzt hatte.

»Ganz gut, und dir? Shawn und ich haben gestern die Liste durchgearbeitet. Wir haben schon über einhundert Alleinstehende mit Familien zusammengebracht, die jetzt übers Wochenende von den Helfern kontaktiert werden müssen. Du bist auch eine der Freiwilligen, richtig?«

Sie nickte. »Genau. Schreibt ihr in die Gruppe, wie wir das machen sollen?«

»Ja, ich treffe mich später mit Dimitri und wir erstellen ein Video zur Erklärung der nächsten Schritte. Den Link schicken wir euch, damit alle es anschauen können, wenn sie Zeit dazu haben.«

»Ah, großartig! Ich bin nämlich heute ziemlich verplant, aber ich habe mir extra die nächsten zwei Wochenenden bis Weihnachten für *My Christmas Wish* geblockt«, sagte sie und klang dabei richtig enthusiastisch.

»Das ist lieb von dir, danke dafür. Ich bin schon sehr gespannt, wie es laufen wird. Ob wirklich alles so klappt, wie ich es mir vorstelle.« Ein klein wenig hatte ich die Befürchtung, dass es doch noch den ein oder anderen Stolperstein geben würde, aber ich hoffte einfach, dass wir diese bewältigen konnten.

»Ganz bestimmt. Du und Shawn seid ein tolles Team.« Abwartend schaute sie mich an, als würde in ihren Worten eine Frage mitschwingen, die ich gerade nicht deuten konnte.

»Das sind wir«, sagte ich deshalb neutral und wartete ab, ob von ihr noch was kam. Ich hatte eine ungefähre Ahnung, worauf sie aus war, wollte ihr jedoch die Worte nicht in den Mund legen. Wenn, dann musste schon Willow selbst die Initiative ergreifen und mich fragen.

»Läuft da was zwischen euch?«, traute sie sich endlich.

Meine Antwort bestand aus einem Lächeln, bevor Professor Mills den Hörsaal betrat.

»Ist das ein Ja?«, raunte sie in meine Richtung.

»Wir haben morgen Abend ein Date«, flüsterte ich, legte jedoch auch gleich den Zeigefinger an die Lippen, um sie damit zu bitten, es nicht überall herumzuerzählen.

»Aaah, ich wusste es! Ihr zwei passt wirklich gut zusammen. Ich drücke euch die Daumen, dass ihr so miteinander harmoniert, wie ich es glaube.«

»Danke, das ist lieb von dir!«

So schön, dass sie sich mit mir freute und der Meinung war, dass wir ein gutes Paar abgeben würden.

Ein Zischen von der Reihe vor uns brachte uns endgültig zum Schweigen, aber das störte mich nicht. Nach gestern Abend und dem Start des Tages gab es nichts, was meine Laune trüben konnte.

Kapitel 15 – Shawn

Zugegeben hatte ich ein wenig Bammel davor, was mich erwarten würde, wenn ich Lydia ins Krankenhaus begleitete. Ich war ein kleines bisschen damit überfordert, mich darauf vorzubereiten. Immerhin waren kranke Kinder noch mal eine ganz andere Nummer als alte Menschen. Zudem hatte ich bisher in meinem Leben auch nicht allzu viel mit Kindern zu tun gehabt. Also schon hin und wieder, zum Beispiel, wenn unser Trainer das Ferienschwimmcamp leitete und uns zum Aushelfen eingespannt hatte. Aber das war trotzdem nicht mit dem Krankenhaus vergleichbar. Im Schwimmcamp waren die Kinder freiwillig und um Spaß zu haben dort.

Schon auf der Fahrt hierher hatte Lydia mir erzählt, wie es sich ergeben hatte, dass sie die Kinder im Krankenhaus besuchte. Danach hatte ich noch mehr Respekt vor ihrer Courage.

»Ehrlich gesagt macht es mich etwas nervös, dass du mich heute begleitest«, sagte sie, als wir durch die Parkgarage zum Aufzug gingen, der uns nach oben bringen sollte.

»Wieso das denn? Meinetwegen? Oh, glaub mir, es gibt wirklich keinen Grund dafür. Ich bewundere dich für deine Arbeit und bin mir sicher, dass du das ganz großartig machst.«

»Na ja, bisher war ich immer ohne Begleitung bei den Kindern. Nur das Pflegepersonal hält sich selbstverständlich jedes Mal in der Nähe auf, wenngleich es mich mit den Kleinen allein spielen lässt, weil es mich schon so lange kennt.« Wir hielten vor dem Fahrstuhl und Lydia drückte den Rufknopf. Danach zog ich sie in meine Arme.

»Mach dich nicht verrückt, Lydia. Ich freue mich schon darauf, und glaub mir, ich bin vermutlich nervöser als du. Ich meine … keine Ahnung, wie es ist, mit kranken Kindern zu arbeiten. Was, wenn ich was falsch mache? Wenn ich was Falsches sage?«

Beruhigend legte sie ihre Hand auf meine Wangen. »Du machst bestimmt nichts falsch. Na komm, wir stellen uns jetzt unseren Ängsten.« Zwinkernd wandte sie sich von mir ab und betrat den Aufzug.

Wir fuhren in den dritten Stock und Lydia meldete uns im Schwesternzimmer an.

Die Pflegerinnen und Pfleger machten einen durchwegs netten Eindruck und begrüßten Lydia freundlich. »Wir haben eben erst von dir geredet und uns gefragt, wann du wieder zu Besuch kommst«, sagte eine rothaarige Frau mit rundlichen Backen und warmen braunen Augen. Ein Blick auf ihr Namensschild verriet mir, dass sie Barbara hieß. »Hast du dir Unterstützung mitgebracht?« Neugierig sah sie mich an.

»Ähm … ja, genau. Das ist Shawn. Er begleitet mich heute, wenn das für euch okay ist.«

Die drei Frauen und die beiden Männer auf der Station musterten mich interessiert. »Natürlich. Die Kinder freuen sich bestimmt«, meinte ein Pfleger mit schwarzen Haaren und einem spitzen Kinnbart.

»Prima, danke, Pharrell. Dann wollen wir mal schauen, wer hier ist«, sagte sie halb zum Pflegepersonal, halb zu mir.

Ich folgte ihr in den großen Raum gegenüber, der komplett mit einer Glaswand versehen war. Vermutlich, damit das Personal auch von seinem Bereich aus einen Blick auf die Kinder hatte. An den Fenstern klebten Sterne aus weißem und gelbem Seidenpapier und ein paar Fäden, auf denen Wattebausche dicke Schneeflocken simulieren sollten, hingen vor den Scheiben. Ich fragte mich, ob Lydia diese Deko mit den Kindern gebastelt hatte. Aber vermutlich schon, denn ich entdeckte auch zwei Tannenbäumchen auf einem Regal. Das mussten die sein, die sie das letzte Mal mit den Kindern gefaltet hatte.

Zwei Jungs spielten mit einem Holzzug auf dem Boden und ein Mädchen mit braunem schulterlangen Haar legte gerade eine Puppe in ein Bettchen und deckte diese zu, als wir auf sie zugingen.

»Hi, Renée, wie geht es dir?« Lydia kniete sich lächelnd neben das Mädchen.

Kurzerhand setzte ich mich ebenfalls zu den beiden auf den Boden.

»Gut. Wer ist das?«, fragte sie mit einer kleinen Spur Misstrauen in der Stimme und schielte in meine Richtung.

»Das ist Shawn, mein Freund. Ich dachte, ich zeige ihm heute mal, wo ich am liebsten meine Freizeit verbringe. Und mit wem. Außerdem muss ich ihm eines der bemerkenswertesten Mädchen vorstellen, die ich kenne.«

Verlegen lächelte sie und streichelte der Puppe den Kopf.

»Shawn, das ist Renée. Sie ist sechs Jahre alt …«

»Sieben!«, unterbrach sie Lydia entrüstet, was mir gefiel.

Lydia lächelte versöhnlich. »Oh, entschuldige. Sieben schon! Wann hattest du Geburtstag? Das hat mir niemand verraten.«

»Am dreißigsten November«, sagte sie und strich sich eine Haarsträhne aus dem Gesicht. Stolz reckte sie ihr Köpfchen in die Höhe und strahlte Lydia an.

Die Kleine war süß und erinnerte mich irgendwie an Lydia. Ich konnte mir vorstellen, dass sie in dem Alter ähnlich ausgesehen hatte.

»Herzlichen Glückwunsch nachträglich«, sagte ich und lenkte somit die Aufmerksamkeit auf mich. »Hat diese Puppe ebenfalls einen Namen?«

Sofort merkte ich, wie sie unsicherer wurde. Vermutlich, weil sie mich nicht kannte.

»Susan, wie meine kleine Schwester«, antwortete sie schließlich etwas leiser und zurückhaltender.

»Wie alt ist Susan?«, fragte ich. Vielleicht verlor sie ja ihre Scheu, wenn ich mich ein wenig mit ihr unterhielt.

»Zwei.«

»Dann kümmerst du dich also um deine Susan hier, solange du nicht mit deiner Schwester zu Hause spielen kannst?«, fragte ich weiter.

Sie nickte.

»Das ist wirklich großartig. Ich habe keine Geschwister und mir war sehr oft seeehr langweilig.« Theatralisch verdrehte ich die Augen. »Ich hatte nur Erwachsene zum Spielen und die Jungs und Mädchen aus der Nachbarschaft. Aber die hatten natürlich nicht immer Zeit. Das war doof.«

Sie sah mich an und nickte verständnisvoll. Bestimmt war es ihr auch lange Zeit so ergangen, bis ihre Schwester zur Welt gekommen war.

»Lydia und ich haben Bücher mitgebracht. Soll ich dir aus einem davon vorlesen?«, bot ich an, weil ich mit Puppenspielen nicht so wirklich Erfahrung hatte.

»Ich kann schon selbst lesen«, meinte sie mit stolzem Unterton.

»Großartig! Dann liest also du mir vor?«

Nun war sie wieder eingeschüchtert und schüttelte den Kopf. »Nein, du mir«, bat sie mich kleinlaut.

»Gut, das kriegen wir hin.« Schmunzelnd nahm ich den Rucksack von der Schulter, in dem die Bücher steckten, die wir in der Bücherei ausgesucht hatten. »Welches darf es denn sein?« Ich breitete alle vor ihr aus, bis sie schließlich auf ein pinkfarbenes mit einem Einhorn und einer Prinzessin drauf zeigte.

»Okay, spannend. Lachst du mich aus, wenn ich dir verrate, dass das vermutlich meine erste Prinzessinnengeschichte ist, die ich lese?«

»Nein.« Sie kicherte.

Mit großen Augen sah ich sie an. »Hey, du hast ja doch gelacht!« Renée legte ihre Hand vor den Mund. »Entschuldige.«

Belustigt machte ich es mir auf einem der Ledersessel bequem und staunte nicht schlecht, als sich Renée kurzerhand zu mir auf den Schoß setzte. Bestimmt wollte sie mitlesen oder zumindest die Bilder anschauen, und ich war gespannt, ob die Kleine über ihren Schatten springen und mir ebenfalls kurze Passagen vorlesen würde.

Kurz warf ich einen Blick zu Lydia, um mich zu vergewissern, ob das in Ordnung war. Doch sie wirkte gerührt und nickte mir wohlwollend zu, ehe sie sich den Jungs zuwandte und mich mit Renée ungestört ließ.

Das Mädchen nahm mir das Buch aus der Hand und schlug es auf.

Mit den ersten Worten, die meine Lippen verließen, fiel mir auf, dass sie die ihren bewegte, als würde sie ebenfalls mitlesen. Wir lernten Prinzessin Philomena kennen, deren größter Wunsch es war, ein Einhorn zu bekommen.

»Wünschst du dir auch ein Einhorn?«, fragte ich, als ich umblätterte.

Renée schüttelte den Kopf. »Nein. Ich wünsche mir eigentlich nur ein gesundes neues Herz.«

Geschockt hielt ich für einen Moment die Luft an. Natürlich wusste ich, dass sie nicht ohne Grund hier war. Aber dass ein kleines Mädchen so einen Wunsch hatte, traf mich heftig und unvorbereitet. »Was ist mit deinem?«

»Eine Herzklappe funktioniert nicht richtig. Das haben die Ärzte erst rausgefunden, als ich ungefähr ein Jahr alt war. Deswegen wird nicht so viel Blut durch meinen Körper gepumpt, wie es soll. Das ist sehr gefährlich. Darum darf ich nicht laufen und mit den anderen Kindern auf dem Spielplatz toben oder Fahrrad fahren.« Sie klang traurig. »Und manchmal kann es sein, dass zu wenig Sauerstoff in meinen Kopf kommt. Dann kippe ich um und kann mich verletzen.« Irgendwie klang das Ganze zu erwachsen für eine Siebenjährige, zu emotionslos. Zu normal für den Alltag eines so kleinen Mädchens.

»Das klingt übel. Dann hoffe ich für dich, dass dein Wunsch bald in Erfüllung gehen wird.«

Nun nickte sie. »Danke. Aber du musst wissen, dass ein anderes Kind erst sterben muss, damit ich sein Herz bekommen kann.« Sie flüsterte diese Worte und traf mich ein weiteres Mal heftig mit dieser Aussage.

Dass sie das wusste, dass sie zu verstehen schien, was es bedeutete, machte mich unglaublich traurig. Unvorstellbar, was dieses Wissen mit dem Mädchen machte – und doch fand ich es andererseits bewundernswert, dass sie darüber Bescheid wusste. Dass man mit ihr offensichtlich so aufklärend gesprochen hatte, dass sie verstand, was ihre ganze Situation bedeutete. Warum sie noch warten musste – ganz sicher war es nicht leicht, ein passendes Spenderherz für ein Kind zu finden ...

»Aber ich bin geduldig, und irgendwann wird ein anderes Mädchen oder ein Junge in den Himmel gehen, um mir noch mehr Zeit hier zu schenken.«

Ein dicker Kloß im Hals machte das Sprechen gerade unmöglich. Dieses kleine Mädchen war unglaublich beeindruckend. Ich räusperte mich, weil ich ihr unbedingt sagen wollte, was ich von ihr hielt. »Weißt du, dass du außerordentlich stark und mutig bist?«

Sie zuckte mit den Schultern, als ob ihr das nicht wichtig wäre. »Mein Papa sagt immer, wenn mein Herz schon nicht stark ist, muss ich es sein.«

»Und du machst das richtig großartig«, sagte ich mit belegter Stimme und versuchte, meine Fassung zurückzubekommen. Erst jetzt wurde mir so richtig bewusst, was Lydia hier im Krankenhaus leistete. Welcher Verantwortung sie sich aussetzte, dass sie besonders sensibel auf die kleinen Patienten eingehen und gleichzeitig ein dickes Fell haben musste, um nicht von der Last erdrückt zu werden.

Ich schaute zu ihr, und als ich ihr Lächeln sah, wie sie sich mit den Jungs auf dem Boden unterhielt, wurde mir einmal mehr bewusst, was für ein großartiger Mensch Lydia war.

Kapitel 16 – Lydia

Zu wissen, ja zu sehen, dass Renée Shawn vertraute und die beiden einen Draht zueinander gefunden hatten, wärmte mich von innen. Ich wusste, dass das Mädchen zurückhaltend war und sie nicht bei jedem so schnell auftaute wie bei ihm. Aber zu sehen, wie die beiden auf dem Sessel saßen und sich gegenseitig aus dem Buch vorlasen, berührte mich tief in meinem Herzen.

Während ich mit Finley und Mace plauderte und versuchte, ihr Vertrauen zu gewinnen, ertappte ich mich immer wieder dabei, wie ich zu Shawn schaute. Und jedes Mal, wenn er meinen Blick erwiderte, stob ein ganzer Schmetterlingsschwarm in meinem Bauch hoch.

Inzwischen hatte ich erfahren, dass Finley sechs und Mace acht Jahre alt war und dass sie darüber diskutierten, ob ihre Bahnstrecke noch einen Bahnhof brauchte oder nicht.

In dem Moment kam Pharrell durch die Tür. »Na, was geht?« Er setzte sich einfach im Schneidersitz zu uns. »Die zwei sind noch etwas schüchtern, was? Dabei sind sie die coolsten Jungs von allen. Sie fahren nämlich den *Hogwarts Express.*« Er zwinkerte mir zu und hatte die beiden innerhalb kürzester Zeit in ein Gespräch über *Harry Potter* verwickelt. Endlich tauten sie auf, und nachdem sie merkten, dass ich bei dem Thema ebenfalls mitreden konnte, wurden sie entspannter und redseliger.

Wenig später stand Pharrell auch schon wieder auf – verbunden mit der Erklärung, es würde gleich Abendessen auf den Zimmern geben. Ich merkte, dass es ihm leidtat, uns wieder verlassen zu müssen. Er liebte es mindestens so sehr wie ich, mit den Kindern hier Zeit zu verbringen, mit ihnen zu spielen und zu lachen und sie zumindest für einen Moment vergessen zu lassen, dass sie hier in einem Krankenhaus waren.

»Ihr würdet also auch gerne einen Brief aus Hogwarts bekommen?«, griff ich das Thema auf, das Pharrell angefangen hatte.

»Ja, ich hoffe so sehr darauf. Das wäre richtig cool«, sagte Mace mit großen Augen und voller Begeisterung. »Stell dir nur mal vor, wie es wäre, zaubern zu lernen.«

»Und das Brauen von Zaubertränken«, fügte Finley hinzu. »Und dann die fantastischen Tierwesen … Ich glaube, ich würde jede freie Minute bei Hagrid abhängen.«

Dass der kleine Mann schon so viel darüber wusste, wunderte mich. »Habt ihr denn die Bücher gelesen?«

»Ich hab die ersten zwei Filme gesehen«, prahlte Mace mit stolzgeschwellter Brust.

»Meine Mama hat mir daraus vorgelesen«, sagte Finley eine Spur trauriger, vermutlich, weil er seine Familie vermisste.

»Ich hab zwar kein *Harry-Potter*-Buch hier, aber ich kann euch gerne aus einem anderen vorlesen, wenn ihr wollt.«

Finley schielte zu Renée und Shawn, schüttelte dann jedoch entschieden den Kopf. »Nein danke.«

Schmunzelnd sah ich ihm zu, wie er den Holzzug in den Bahnhof lenkte. »Wir könnten auch Hogwarts spielen. Ihr seid zwei Schüler und ich bin …« Angestrengt überlegte ich.

»Der Hausmeister?«, schlug Finley vor, was mich die Stirn runzeln ließ.

»Findest du etwa, ich sehe dem griesgrämigen Mister Filch ähnlich?« Mace prustete los, während Finley mich unter zusammengekniffenen Augen musterte.

»Ein bisschen.«

Mein Mund klappte auf und ich versuchte, eine Ähnlichkeit zwischen mir und dem schmuddeligen alten Mann zu finden. Doch bis auf seine etwas längeren Haare fiel mir bei Gott nichts ein.

»Aber dir fehlt eine Katze«, argumentierte Finley weiter. Er sah sich im Spielzimmer um und entdeckte ein strubbeliges Stofftier, das eine Mischung aus Riesenratte und Waschbär war. »Das ist jetzt deine Mrs Norris«, beschloss er, was nun auch mich zum Lachen brachte.

Kurz schaute ich zu Shawn und Renée, die neugierig in unsere Richtung blickten.

»Was macht ihr da?«, wollte das Mädchen wissen.

»Wir spielen Harry Potter. Willst du unsere Hermine sein?«, fragte Mace.

Renée zuckte mit den Schultern, nickte schließlich und stand auf.

»Und du kannst Dumbledore sein«, meinte er dann zu Shawn.

Kichernd versuchte ich, mir Shawn mit langem weißen Bart vorzustellen.

Einverstanden erhob er sich aus dem Sessel. »Es ist mir eine Ehre. Wen spielst du? McGonagall?«

»Da kommst du nie drauf!«, meinte ich belustigt.

Shawn musterte mich von oben bis unten, als ob irgendwas an mir einen Hinweis auf meine Rolle geben könnte. Dann blieb sein Blick bei dem Stofftier hängen und seine Miene hellte sich auf. »Du bist Hagrid«, sagte er im Brustton der Überzeugung.

»Sie ist Filch«, erklärte Finley trocken.

Shawn prustete los, was mich dazu brachte, ihm mit Mrs Norris eins überzubraten.

Kurz darauf fanden wir uns in einem witzigen Rollenspiel wieder, in dem Finley Regie führte und Shawn und mich auf der imaginären Bühne herumkommandierte, während die drei Kinder überraschend gut ihre Rollen spielten. Renée musste Finley mit ihrer Darbietung als Hermine vollends überzeugt haben, denn an ihr mäkelte er nicht herum.

Die Zeit verging wie im Flug und kurz darauf mussten wir auch schon aufhören und uns von den dreien verabschieden, da das Abendessen in den Zimmern bereitstand.

Bevor wir wieder fuhren, schaute ich noch einmal im Zimmer des Pflegepersonals vorbei. »Ist Gregory gar nicht da?«, erkundigte ich mich bei Barbara nach dem kleinen Krebspatienten.

Sie schüttelte den Kopf. »Der darf probehalber nach Hause. Er möchte an Weihnachten bei seiner Familie sein und wir testen gerade, wie es ihm und seinen Eltern dabei geht.« Sie warf einen Blick auf die Uhr. »Aber er sollte in der kommenden halben Stunde wieder zurückkommen. Heute ist er nicht über Nacht zu Hause.«

Ich nickte knapp. »Okay. Richte ihm doch bitte liebe Grüße von mir aus.«

Sie lächelte. »Mach ich. Schönen Abend noch und bis nächste Woche vielleicht.«

Wir verabschiedeten uns und gingen zurück zu den Aufzügen, die uns in die Tiefgarage brachten. Schweigend fuhren wir nach unten.

Als wir im Auto saßen, schaute Shawn mich an, und ich erkannte an seinem Blick, dass ihn etwas schwer beschäftigte. »Renée hat mir erzählt, dass sie auf ein Spenderherz wartet.«

Ich nickte. »Ja, sie ist seit Jahren regelmäßig zur Kontrolle hier. Oder auch, wenn sie aufgrund einer Synkope, also Sauerstoffmangel im Hirn, ohnmächtig wird und unglücklich stürzt. Leider kann man ihren Herzfehler nicht operieren, was bedeutet, dass sie auf ein Spenderherz angewiesen ist. Kaum vorstellbar, was es für sie und ihre Familie bedeutet, zu wissen, dass jeder Tag der letzte oder auch der erste eines neuen Lebens sein kann. Deshalb freue ich mich für Gregory, dass er zu Hause sein darf. Hoffentlich ist alles gut gegangen und er kann Weihnachten mit seinen Eltern feiern.«

»Was hat er?«

»Blasenkrebs. Er ist eigentlich auf einer anderen Station, aber das Spielzimmer hier ist das größte und am schönsten ausgestattete im gesamten Krankenhaus. Er kommt ganz oft her, um zu spielen. Vor allem, weil hier die meisten Kinder sind.«

Shawn schüttelte bestürzt den Kopf. »Unvorstellbar, wie stark diese Kinder sein müssen. Wie viel sie von ihrer Kindheit verlieren, was sie alles durchstehen müssen ...«

»Das stimmt. Und nicht jeder Tag ist gleich. Sie haben auch ihre schwachen Tage, in denen sie weinen und sich ein normales Leben wünschen. Aber ich habe schon sehr viele bewegende Momente mit den Kindern erlebt und kann nur sagen, dass man für jeden Tag, den man gesund und schmerzfrei erleben darf, dankbar sein muss.«

Shawn nickte betreten. »Kanntest du die beiden Jungs?«

Ich schüttelte den Kopf. »Nein. Die zwei sind neu, ich hab jedoch auch nicht rausfinden können, warum sie hier sind. Wenn es etwas Schwerwiegendes ist, hätte Barbara es uns gesagt. Aber ich frage nicht nach. Die Kinder sollen vergessen, weshalb sie im Krankenhaus sind, und einfach entspannen, Spaß haben und die Zeit mit mir weitestgehend genießen.«

Shawn nickte nachdenklich. »Finde ich gut. Renée hat es mir von sich aus erzählt. Ich wollte auch nicht zu viel nachhaken, aus denselben Gründen.« Immer noch hatte er beide Hände auf das Lenkrad gelegt, ohne den Motor zu starten. »Ich bewundere dich sehr für deinen Einsatz hier, Lydia. Du gibst den Kindern unglaublich viel und kannst wirklich stolz auf dich sein.«

»Sie geben aber auch so viel zurück«, gestand ich ehrlich.

»Kann ich total nachvollziehen.« Einen Augenblick schien Shawn noch in Gedanken festzuhängen, dann startete er den Motor und lenkte den Wagen aus der Garage.

Draußen war es bereits dunkel und ich fragte mich, was er jetzt vorhatte. Ich hatte ihn bewusst nicht auf das Date angesprochen, hatte ihn nur, als wir losgefahren waren, gefragt, ob meine Kleidung ausreichend warm war. Ich hatte wieder den Wintermantel an, der auf Höhe der Oberschenkel endete, hatte jedoch auch eine Jeans mit Strumpfhose darunter angezogen und trug über das Longshirt einen dicken Pullover. Letzteren hatte ich beim Spielen vorhin ausgezogen, als ich als Filch den Schülern hatte hinterherschleichen müssen, um sie daran zu hindern, in den verbotenen Teil der Bibliothek, also die Leseecke, zu gelangen.

Laut Shawn genügte meine Kleiderwahl, damit mir nicht kalt wurde. Ich vermutete, dass das Rodeln dadurch ausfiel, denn er hätte mir hoffentlich gesagt, wenn ich eine Skihose bräuchte.

Wir fuhren nur einige Minuten durch Danbury, bevor er am Straßenrand parkte. Nach wie vor hatte ich keine Ahnung, was er vorhatte. Vor allem, da hier nichts in der Nähe war, was sich für ein Date eignete, mit Ausnahme weniger Restaurants – aber für die bräuchte ich keine warme Kleidung.

»Ist dir kalt?«, fragte er, als er den Motor ausmachte.

»Nein, alles gut.« Ich wickelte mir den Schal um den Hals und schloss den Mantel, um die Wärme am Körper zu halten. »Was tun wir jetzt?«

»Wart's ab.« Shawn zwinkerte mir geheimnisvoll zu.

»Gott, mach es nicht so spannend«, sagte ich lachend und zog mir meine Mütze über die Ohren.

»Du wirst es gleich sehen«, meinte er und trat ins Freie. Auch er hatte warme Klamotten an und trug eine Wollmütze sowie einen dicken Schal.

Er kam an meine Seite und öffnete mir die Tür. Nachdem ich mir Handschuhe angezogen hatte, stieg ich aus und sah mich neugierig um. Shawn schloss den Wagen ab, dann nahm er meine Hand und wir gingen die Straße entlang. Bei der nächsten Kreuzung bogen wir ab und fanden uns in einem Lichtermeer wieder. Die Häuser hier waren mindestens so hell beleuchtet wie das der Coles. Die Leute hatten sich unglaublich viel Mühe gegeben, alles zu dekorieren, und im ersten Moment brachte ich nicht mehr als ein »Wow« über die Lippen.

»Sehr beeindruckend, nicht?«

»Jetzt weiß ich, wo sich die Nachbarn meiner Eltern haben inspirieren lassen«, sagte ich belustigt.

»Meine Mom liebt diese Straße. Sie ist schon, als ich ein Kind war, jedes Jahr mit mir hierhergekommen. Seit ich denken kann, hat sie vergeblich versucht, Dad zu überzeugen, unser Haus außen so zu dekorieren. Sie muss sich mit ein paar Lichterschlangen rund um die Fenster zufriedengeben. Ich warte nur auf den Tag, an dem sie die Arbeiter aus der Mall dazu verdonnert, unser Zuhause genauso intensiv herauszuputzen.«

Es war nicht unüblich, dass die Leute ihre Fassaden dekorierten und Frosty oder Santa in den Vorgarten stellten. Aber diese geballte Ladung an Weihnachtsflair war noch mal eine andere Nummer. Die ganze Straße sah aus wie Disneyland oder aus einem anderen Vergnügungspark, und es schien, als hätte jedes Haus sein eigenes Thema. Wir entdeckten Zinnsoldaten, Bambi, die Eiskönigin, Santa Claus und seine Rentiere sowie unzählige Engel. Weihnachtsbäume, Zuckerstangen, ja ganze Lichtershows, die eines der Gebäude wie ein Lebkuchenhaus aussehen ließen.

»Hast du Hunger?«, wollte Shawn wissen, als ich besonders lange davorstand.

Ein leichter Hauch von Zimt lag in der Luft, und roch ich etwa *Mulled wine*? Ich sah mich um, konnte jedoch nichts dergleichen entdecken. »Vor fünf Minuten hätte ich noch verneint, aber jetzt …«

Schmunzelnd küsste er mich kurz auf die Lippen. »Dann komm, meine kleine Weihnachtselfe. Ich weiß, wo wir was zu essen bekommen.« Wir gingen zwei Straßen weiter und landeten beim Eingang zu einem Park. Selbst hier war alles mit Lichterketten dekoriert, die zusätzlich zur Straßenbeleuchtung die Umgebung in einen warmen Schein tauchten. Der in der letzten Nacht frisch gefallene Schnee glitzerte wie Tausende Diamanten und es roch immer noch total lecker – intensiver … Bald erkannte ich auch die Quelle. Mehrere lustige kleine Häuschen waren aufgestellt worden, die aussahen wie jene aus *Whoville* aus *The Grinch*, aus denen Waffeln, Hotdogs, Pommes, Bratäpfel und Kartoffeln mit Joghurtsoße verkauft wurden.

Wir schlenderten hindurch und ich entschied mich schließlich für eine Bratkartoffel, während Shawn einen besonders großen Hotdog bestellte, von dem ich hin und wieder abbiss. Zwischendurch fütterte ich ihn mit der leckeren Kartoffel.

»So, jetzt bist du gestärkt und hoffentlich bereit für Teil zwei unseres Dates«, meinte er, nachdem er Pappteller und Papierservietten entsorgt hatte.

»Muss ich Angst haben?«, fragte ich scherzhaft, merkte jedoch, dass meine Aufregung wieder anstieg.

»Nicht im Geringsten«, meinte Shawn, stellte sich vor mich und küsste mich zärtlich auf die Lippen. Dann verwob er unsere Finger miteinander und ich folgte ihm tiefer in den Park hinein, aus dem ich leise weihnachtliche Musik vernahm …

Kapitel 17 – Lydia

Ich staunte nicht schlecht, als wir eine große angelegte Eislauffläche erreichten, die von mehreren Scheinwerfern beleuchtet wurde. Weihnachtsmusik drang aus versteckten Boxen und bestimmt vierzig oder fünfzig Leute zogen vergnügt ihre Runden auf dem Eis.

»Und du willst mich da jetzt auch raufbringen?«, fragte ich halb entrüstet, halb lachend.

Shawn nickte.

»Ich hab aber keine Schlittschuhe«, hielt ich dagegen, obwohl ich bereits ahnte, dass mir das nichts helfen würde.

»Die kann man sich dort drüben leihen. Das wird lustig, du wirst sehen.«

Vermutlich mehr für Shawn, wenn ich auf dem Hintern sitze, anstatt zu fahren, dachte ich, doch ich verkniff es mir, das laut zu sagen.

»Na gut. Aber nur unter einer Bedingung.«

»Die da wäre?«, wollte er wissen und nahm mich in seine Arme.

»Dass du nicht lachst, wenn ich stürze.«

Er schaute mich ernst an. »Das würde ich nie tun, Lydia, das weißt du.« Dabei legte er seine warmen Hände an meine kalten Wagen.

Ich schmiegte mich an ihn und schloss die Augen. »Dachte ich mir schon. Ich wollte es nur zur Sicherheit erwähnen.«

Er küsste mich auf die Nasenspitze und brachte mich dazu, die Lider zu öffnen. »Na komm, holen wir uns Schuhe. Ich helfe dir auf dem Eis, du musst dir keine Sorgen machen.«

Wenig später fand ich mich tatsächlich auf der Eisfläche wieder. Stehend, an die Bande klammernd.

Shawn bewegte sich geschmeidig ein paar Schritte von mir weg. »Es ist ganz leicht, siehst du?«

»Klar ist es für dich einfach. Wasser ist dein Element.«

»Aber normalerweise in flüssigem Zustand«, meinte er belustigt.

Weil ich mich nicht länger zum Affen machen wollte, atmete ich tief durch, versuchte, mein Gleichgewicht zu finden, und ließ die Bande los. Immer noch fühlte ich mich ziemlich wackelig auf den Beinen und wagte ein paar vorsichtige Schritte. Sofort war Shawn vor mir und reichte mir seine Hände.

»Du stehst verkehrt«, wies ich ihn auf das Offensichtliche hin.

»Schon gut. Ich fahre erst mal rückwärts, bis du so weit sicher auf den Kufen bist, dass ich eine Hand loslassen kann.«

Tatsächlich bot er mir eine gute Stütze und nach einer Runde nickte ich ihm zu und löste mich halb von ihm.

Lächelnd beobachtete er mich noch ein kleines Stück und machte dann eine lässige Drehung, bis er neben mir fuhr. In langsamem Tempo zogen wir weiter unsere Runden, und je länger wir fuhren, umso sicherer wurde ich auf dem Eis. Ich war mächtig stolz auf mich, dass ich bisher nicht gestürzt war, auch wenn ich mich sehr wackelig fühlte. Aber Shawn hielt meine Hand fest und jedes Mal, wenn es den Anschein machte, ich würde das Gleichgewicht verlieren, war er für mich da.

Bald konnten wir unser Tempo steigern und das Eislaufen begann sogar, mir richtig Spaß zu machen.

»Super, Lydia! Du fährst, als hättest du nie was anderes gemacht.«

»Lügner!«, sagte ich lachend und boxte ihm gegen die Schulter, was sich sofort als fataler Fehler herausstellte. Ich kam ins Straucheln, Shawn wollte mich noch packen, doch entweder hatten wir bereits ein zu hohes Tempo drauf oder ich war der Eisfläche schon zu nahe. Auf jeden Fall riss ich ihn mit zu Boden. Keine Ahnung, wie er es anstellte, aber Shawn drehte mich, federte meinen Sturz ab und stützte sich gleichzeitig auf dem Eis ab, sodass er mich nicht unter sich begrub, sondern scheinbar halb über mir schwebend stoppte.

»Alles okay?«, fragte er lachend.

Vermutlich schaute ich so verwirrt aus, wie ich mich fühlte.

»Ja, ich denke schon. Und bei dir?« Mit wild klopfendem Herzen sah ich ihm zu, wie er sich hochdrückte und mir schließlich auf die Beine half.

»Alles gut, mir ist nichts passiert.« Er zog mich an sich und legte seine Arme um mich. »Aber da sieht man mal wieder, dass kleine Sünden sofort bestraft werden.«

»Hey, du hast angefangen, indem du gelogen hast«, erklärte ich feixend.

»Ich hab nur die Wahrheit gesagt. Du fährst super, dafür, dass du zu Beginn so wackelig auf dem Eis warst. Ist das heute dein erstes Mal?«

»Nein, aber es ist schon sehr lange her, dass ich zum Schlittschuhlaufen war. Als Kind mit meinem Dad muss das letzte Mal gewesen sein. Damals konnte er mich jedoch nicht wirklich für den Sport begeistern. Als dann mein Bruder Tim laufen konnte und seine Liebe für Eishockey entdeckt hat, hat mein Dad mich verschont und ist mit ihm in die Eishalle gefahren. Und du bist jeden Winter auf dem Eis, nehme ich an?«

Shawn schüttelte den Kopf. »Tatsächlich war ich das letzte Mal, als ich in der Highschool war, eislaufen. Ist also schon wieder ein paar Jahre her.«

»Hätte ich ehrlich gesagt nicht vermutet«, gab ich zu. »Du fährst richtig gut.«

Mutig löste ich nun auch die zweite Hand von seiner. Shawn blickte mich irritiert an. Vermutlich hatte ich ihn mit meiner Geste verunsichert.

»Willst du aufhören?«

»Was? Jetzt, wo es anfängt, Spaß zu machen? Niemals!«

Er lachte und nahm erneut meine Hand. Diesmal drehten wir wieder in langsamerem Tempo unsere Runden – nur zur Sicherheit.

»Wie alt ist dein Bruder?«, wollte er schließlich wissen.

»Tim ist sechzehn. Ein echt übles Alter … Wobei ich vermute, dass wir das Schlimmste hinter uns haben. Er scheint ruhiger und vernünftiger zu werden.«

Shawn grinste schief.

»Was?«

Er zuckte mit den Schultern. »Nichts, nur … dass es sein könnte, dass er inzwischen seine Schandtaten gut vor euch verbergen kann.«

»Sprichst du aus Erfahrung?« *Jetzt* wurde es interessant …

»Na ja …« Verlegen lachte er auf. »Also sagen wir so, ich hatte auch meine wilde Phase, ob du es glaubst oder nicht.«

»Ich bin ganz Ohr.«

»Haha, Mist, aus der Nummer komme ich wohl nicht mehr raus, hab ich recht?«

»Nope«, antwortete ich grinsend.

»Na gut. Also … ich hab jetzt nix völlig Absurdes oder Illegales gemacht, so ist es nicht. Aber ich hab meinen Eltern auch so manchen Schlaf und oft genug die Nerven geraubt, als ich zum Beispiel nicht wie verabredet von Partys nach Hause gekommen bin. Oder als mich mal die Polizei heimfahren musste, weil einer meiner Kumpels im Kaufhaus was geklaut hatte und ich blöderweise dabei war.«

Entsetzt schaute ich ihn an.

»Hey, ich wusste nicht mal, dass er was hatte mitgehen lassen. Erst als uns der Kaufhausdetektiv angehalten hatte, wurde mir klar, was da gerade passiert war. Er hat es sogar dann noch abgestritten, dass er die Festplatte und den Controller unter seinem Hoodie hatte verschwinden lassen, als man die Sachen bei ihm gefunden hat. Ich hatte das echt nicht mitbekommen, bin währenddessen bei den Videospielen gewesen. Zum Glück hat man das auch auf den Überwachungskameras gesehen, aber ich vermute mal, dass der Detektiv uns eine Lehre erteilen wollte, noch dazu, als dann die Polizei kam. Die Moralpredigt, die meine Eltern mir danach gehalten haben, werde ich wohl bis ans Ende meines Lebens nicht vergessen.« Er lachte leise. »Jedenfalls hab ich mich danach von dem Kerl distanziert.«

»Dann weißt du auch nicht, was aus ihm geworden ist? Also … ob die Show mit der Polizei ihn ebenfalls wachgerüttelt hat?«

Er schüttelte den Kopf. »Hat es leider nicht. Er hat es cool gefunden, seine Eltern interessierte es nicht. Ebenso wenig, dass er mit vierzehn schon das Gras seines großen Bruders gekifft hat und sich regelmäßig Alkohol aus dem elterlichen Vorratslager gemopst hat. Wie ich von gemeinsamen Freunden erfahren habe, kratzt er nach wie vor an der Tür zum Gefängnis – falls er nicht bereits einsitzt.«

»Hm, schade, dass er nicht daraus gelernt hat«, sagte ich betroffen. »Aber wenn es seine Eltern nicht kümmert …«

Shawn nickte. »Er war ein echt cooler Typ, bevor er mit dem ganzen Mist angefangen hat. Wobei er halt auch aus einem instabilen Elternhaus kommt. Sein Vater hat, soweit ich weiß, immer noch Probleme mit Alkohol, seine Mutter kannte ich nur arbeitslos. Und das Haus war immer ziemlich heruntergekommen. Ich vermute mal, dass meine Eltern ebenfalls erleichtert waren, als ich nicht mehr in Kontakt mit ihm war.«

»Das erinnert mich an eine Freundin aus der *Junior High*«, brachte ich ein. »Ich hab gar nicht mehr an sie gedacht, aber jetzt, wo du es erwähnst … Sie hat auch immer wieder im Supermarkt geklaut. Meist nur Chips oder Schokolade, und für sie war das völlig normal. Und sie hatte damals mit gerade einmal vierzehn Jahren schon Freunde, also Beziehungen mit Männern, die alle Mitte, vielleicht sogar Ende zwanzig oder älter waren.«

Shawn schaute mich geschockt an.

»Ja, so ungefähr hab ich damals auch aus der Wäsche geguckt. Meine Eltern wissen aber bis heute nichts von dem ganzen Drama, das hab ich ihnen verschwiegen.«

»Bei manchen Dingen ist es vermutlich besser, wenn sie es nicht erfahren«, meinte Shawn und grinste schief.

»Da könntest du recht haben. Wobei man das, glaub ich, als Eltern anders sieht.«

Er nickte. »Meine haben jedoch ein verdammt gutes Näschen, was so was anbelangt. Sie ahnten schon damals, dass dieser eine Freund von mir kein guter Umgang war. Doch hätten sie mir diese Freundschaft verboten, hätte ich mich vermutlich nur schützend vor ihn gestellt, ihn verteidigt und nicht zugelassen, dass sie mir den Kontakt zu ihm untersagen. Irgendwann, kurz nach dieser Kaufhaus-Sache, hat meine Mom mal gemeint, sie sei froh, dass sie sich damals gegen ein zweites Kind entschieden haben. Sonst könnte sie nicht all ihre Aufmerksamkeit auf mich lenken und ihr würde womöglich was entgehen und ich auf die schiefe Bahn geraten.«

Belustigt zog ich meine Mütze tiefer ins Gesicht. »Das haben sich meine Eltern vermutlich nie gedacht. Ich war immer brav und anständig und hab mich ganz von selbst von falschen Freunden ferngehalten. Bestimmt war ich ihnen manchmal unheimlich deswegen.«

»Ach, erstens hast du ja jetzt deinen kleinen Bruder, der ihnen die eine oder andere schlaflose Nacht bereitet hat – und das auch in Zukunft noch wird. Und du bist doch nicht unheimlich.« Er hielt an, machte wieder diese lässige Drehung und wirbelte mich in seine Arme.

Ich schrie kurz auf, weil er mich damit völlig überraschte, und landete an seiner Brust. »Du bist alles andere als das«, raunte er schließlich vor meinen Lippen. Dann hauchte er einen Kuss darauf. »Du bist wunderschön und intelligent.« Noch einer. »Und ehrlich und ich verbringe wahnsinnig gern meine Zeit mit dir.« Küsschen. »Du bist warmherzig und ich will dich noch viel besser kennenlernen.« Ein weiterer folgte. »Ich kenne niemanden, der so selbstlos ist und ein derart großes Herz hat wie du.« Kuss. »Und ich möchte dich meinen Eltern vorstellen.«

Überrascht schaute ich ihn an.

»Oh, oh … das war wohl etwas zu früh.« Er legte den Kopf in den Nacken, bevor er mich wieder ansah. »Okay, vergiss es. Das hat Zeit. So lange, bis du dich bereit dazu fühlst.«

Schmunzelnd küsste ich ihn schnell auf die Lippen, ehe er weiter Blödsinn reden konnte. »Ich würde mich freuen, deine Eltern kennenzulernen. Wirklich. Nur hab ich nicht damit gerechnet, ich …« Gott, ich konnte ihm nicht sagen, dass ich keine Ahnung hatte, was das mit uns beiden war.

Shawn schien meine Zweifel zu spüren und zog mich zum Rand des Eislaufplatzes. »Was ist los, Lydia?« Sorge schwang in seiner Stimme mit.

»Ich weiß auch nicht, ich bin mir nur nicht sicher, was du dir von mir erhoffst. Was du in dieser Sache mit uns beiden siehst … Bisher dachte ich, wir lassen es einfach auf uns zukommen, aber dass du mich deinen Eltern vorstellen möchtest, ist ein großer Schritt. Also nehme ich mal an, dass es für dich … etwas Ernstes ist?«

»Ist es das denn für dich nicht?« Die Enttäuschung in seiner Stimme traf mich tief.

»Doch! Auf jeden Fall. Ich war mir nur nicht sicher, ob du es auch so siehst. Und ich wollte dich nicht darauf ansprechen, weil ich befürchtet habe, du könntest eventuell von meiner Frage überfordert sein und das Weite suchen.« Verunsichert lachte ich auf, aber Shawn sah mich weiterhin ernst an.

»Lydia, ich bin verrückt nach dir. Ich dachte, das hättest du gemerkt. Und ich hoffe sehr, dass das mit uns beiden hält. Um es noch einmal klar und deutlich zu sagen: Ich will mit dir zusammen sein. Exklusiv, ohne andere Dates. Nur du und ich. Ich möchte dich meinen Eltern vorstellen und ich würde mich freuen, deine Familie ebenfalls kennenlernen zu dürfen. Ich wünsche mir, Teil deines Lebens zu werden, und hoffe, dass du auch an meinem teilhaben willst. Weil ich unglaublich gern Zeit mit dir verbringe.« Er lachte auf. »Mehr, als momentan gut für mich ist. Mein Trainer hat mir bereits angedroht, wenn ich noch einmal das Schwimmtraining sausen lasse, schmeißt er mich aus dem Team. Was er nie tun würde, weil ich zu gut bin, als dass er auf mich verzichten würde ...«

»O nein, das tut mir leid, das wollte ich nicht.«

Er schüttelte den Kopf. »Dich trifft keine Schuld, ich hab ja selbst entschieden, das Training ausfallen zu lassen. Das Projekt ist mir einfach auch gerade wichtiger, und nach Weihnachten ist ja alles beim Alten. Aber ich sollte wirklich an mir arbeiten und den Fokus wieder ein bisschen mehr auf meine Verpflichtungen richten, wie das Lernen zum Beispiel.« Verlegen kratzte er sich durch die Mütze am Kopf. »Was bedeutet, dass ich vielleicht nicht immer so viel Zeit für dich haben werde wie bisher. Das hat jedoch nichts mit dir zu tun, das darfst du nicht vergessen. Dafür machen wir uns die wenigen gemeinsamen Momente einfach eine besonders schöne Zeit.«

Ich schloss die Augen und überlegte mir meine nächsten Worte genau. »Shawn, ich will ebenfalls eine Beziehung mit dir. Aber auf keinen Fall sollte dein Sport oder dein Studium darunter leiden. Wir können uns doch trotzdem sehen, immerhin muss ich auch lernen. Wenn wir uns also dazu in der Bibliothek treffen ...«

»Oder in meinem Zimmer«, raunte er mir ins Ohr und sorgte dafür, dass sich Hitze in mir ausbreitete.

»Wenn wir dann auch wirklich lernen«, erwiderte ich streng, konnte mir aber ein Grinsen nicht verkneifen.

Er zwinkerte mir zu. »Solange Motivationsküsse erlaubt sind …«

»Die sind sogar Pflicht«, sagte ich und stahl mir gleich einen von ihm, um diesen Pakt zu besiegeln.

Kapitel 18 – Shawn

»Möchtest du noch mit hochkommen?« Lydia schaute mich fragend an. Ihre Wangen waren von der Kälte gerötet, das konnte ich sogar in dem schwachen Licht erkennen, das aus dem Inneren ihres Wohnheims nach draußen strahlte. »Ich mach uns eine heiße Schokolade zum Aufwärmen«, schlug sie dann vor, weil ich nicht sofort reagierte.

Unser Gespräch auf dem Eislaufplatz hatte während der ganzen Fahrt hierher zurück in mir nachgehallt. Dass Lydia und ich nun darüber gesprochen hatten, dass wir beide dasselbe wollten – nämlich als Paar zusammen sein –, hatte eine große Welle an Glücksgefühlen in mir ausgelöst. Was gleichzeitig bedeutete, dass sie mir jederzeit das Herz aus der Brust reißen konnte. So wie Rosalie, die die ersten zwei Semester hier studiert hatte – bis sie die Zusage für ihr Wunschcollege bekommen und nach sieben Monaten einfach so, von einem Tag auf den anderen, Schluss gemacht hatte.

Aber Lydia war nicht Rosalie. Bis auf die Haarfarbe hatten die beiden überhaupt nichts gemein. Im Gegenteil. Vor allem: *Jetzt* stand Lydia vor mir und bat mich, sie nach oben zu begleiten. Unsere Beziehung zu vertiefen, indem wir noch mehr Zeit miteinander verbrachten. Einander womöglich auch auf anderer Ebene annäherten.

»Meine Zimmerkollegin ist vermutlich nicht da«, redete Lydia weiter und biss sich nahezu scheu auf die Wangeninnenseite. Spielte sie darauf an, dass wir uns tatsächlich auch körperlich näherkommen würden?

»Also … du musst natürlich nicht, wenn du nicht …«

»Ich würde sehr gerne mit dir nach oben gehen und heiße Schokolade mit dir trinken«, sagte ich schnell, ehe sie mein Schweigen als Absage deutete. »Komm, lass uns nicht länger warten, bevor du wieder am ganzen Leib zitterst.« Sofort nahm ich sie bei der Hand und ging mit ihr die Treppe zum Eingang hinauf.

Aus dem Augenwinkel registrierte ich, dass uns jemand entgegenkam. Als ich aufsah, erkannte ich die Person als Ellen, Lydias Mitbewohnerin. »Oh, hi, Lydia … Shawn.« Sie grinste mich an. »Ich übernachte heute bei Joe. Viel Spaß euch noch, und tut nichts, was ich nicht auch tun würde.« Ellen eilte an uns vorbei, einen Rucksack auf ihren Schultern, während ihr Lydia amüsiert hinterherschaute.

»Jep. Sie ist heute definitiv nicht auf dem Zimmer«, murmelte Lydia, räusperte sich und schaute mich abwartend an.

»Na komm, gehen wir hoch«, sagte ich so neutral wie möglich und öffnete ihr die Tür.

Oben angekommen, hängten wir unsere Jacken und Mäntel auf. Ich zog den zusätzlichen Pullover aus und mir fiel auf, dass Lydia auf meinen Bauch starrte, den ich vermutlich gerade enthüllt hatte, als das T-Shirt hochgerutscht war.

»Ich … geh mich auch mal umziehen«, sagte sie und zeigte auf die einzige Tür im Zimmer. »Mach es dir schon mal bequem, ich muss nur aus den unnötigen Schichten raus.«

Mein Herz raste, als ich ihr hinterherschaute, dann widmete ich mich der kleinen Küche. Sofort hatte ich einen Topf gefunden und wärmte Milch aus der Tüte, auf der Lydias Name stand.

Als sie zurückkam, stellte sie sich neben mich und küsste mich auf die Wange. »Danke fürs Anfangen.« Sie holte zwei Tassen aus dem Schrank – eine mit Garfield drauf und eine, auf der Snoopy auf dem Dach seiner Hundehütte lag – und rührte Kakaopulver in die Milch. »Sorry, mit mehr kann ich leider nicht dienen. Echte Schokolade würde hier nicht lange überleben.«

»Das wird perfekt, mach dir keinen Kopf. Solange ich bei dir sein kann, ist alles gut.«

Ein zufriedenes Seufzen kam über ihre Lippen und sie schmiegte sich an mich. Dass dabei ihre Finger an dem Bund meiner Jeans entlangglitten und den Stoff des Shirts nach oben schoben, bis sie meine Haut berührte, entging mir natürlich nicht.

Sofort senkte ich meinen Blick auf ihre Lippen und zog sie enger an mich.

»O nein, die Milch!«, rief sie plötzlich und löste sich von mir – gerade noch rechtzeitig, bevor sie übergelaufen wäre.

Sie füllte beide Trinkbecher damit auf und wir setzten uns auf die Couch. Der Kakao war heiß und ich pustete über den Rand. Beim ersten Schluck verbrannte ich mir trotzdem die Zunge und die Lippen. Leise fluchend stellte ich die Tasse auf den Tisch und begegnete Lydias reuevollem Blick.

»O nein, das tut mir leid. Komm her, ich mach's wieder gut«, sagte sie, umfasste mein Gesicht mit beiden Händen und linderte meine Schmerzen mit hauchzarten Küssen.

Ich legte meine Arme um sie – und schon wie beim letzten Mal saß sie plötzlich rittlings auf mir. Mit einem Mal kochte die Leidenschaft hoch. Ihre Zunge neckte die meine, sie raunte mir in den Mund und presste sich an mich. Ihre Finger glitten durch meine Haare und über meine Brust und sie heizte uns mehr ein, als die heiße Schokolade es wohl je gekonnt hätte.

Wie sollte ich mich da zurückhalten können, wenn sie mir schon ein so offenes Angebot machte ...?

Ein leises Knurren löste sich aus meiner Kehle, als ihre Finger an meiner Brust tiefer und tiefer glitten und sie sich in den Stoff meines T-Shirts krallte.

Wie von selbst hatte diese Situation ihre Unschuld verloren. Ich keuchte ihr in den Mund, aufgeheizt von ihren Händen, und sehnte mich nach mehr von ihr. Langsam schob ich meine Finger unter ihren Pullover und ertastete ihre warme weiche Haut.

Leise seufzte sie bei der Berührung auf und schmiegte sich enger an mich, was mir das Blut in tiefere Regionen trieb. Ihre Zunge rieb über meine, fordernd, leidenschaftlich.

»Sorry, ich bin auch gar nicht da, lasst euch nicht stören!«, drang eine Stimme zu uns durch, die dafür sorgte, dass sich Lydia ruckartig von mir löste und von meinem Schoß rutschte.

Ich blinzelte, fühlte mich, als hätte mir jemand einen Eimer eiskaltes Wasser über den Kopf gegossen, und verfluchte innerlich diese Unterbrechung.

»Ellen, was machst du denn hier? Ich dachte, du wärst bei Joe ...«

»War ich auch fast, bis mir eingefallen ist, dass ich vergessen habe, meine Pille einzupacken.« Sie lachte entschuldigend auf, hielt eine kleine Packung hoch und winkte mir verlegen zu. Dann stolperte sie rückwärts zurück Richtung Tür und verschwand wieder im Flur.

»O Mann!«, stieß Lydia aus und schlug sich die Hände vors Gesicht. »Tut mir leid.«

Entschuldigte sie sich für die Störung durch Ellen oder dafür, sich vorhin gehen gelassen und uns in eine Situation gebracht zu haben, aus der wir vielleicht von selbst nicht mehr herausgekommen wären?

»Schon gut«, sagte ich leise lächelnd, weil sie vermutlich beides damit meinte, und griff nach meiner Tasse. »Einen Vorteil hat das Ganze zumindest: Der Kakao hat jetzt die perfekte Trinktemperatur.«

Lydia stieß mir sanft in die Seite. Seufzend umfasste sie ihren Becher mit beiden Händen und sah gedankenverloren in die Ferne. »Als ich noch klein war, hat uns unsere Mom immer heiße Schokolade und Plätzchen bereitgestellt, wenn uns kalt war. Das war schön. Wir haben sie dann jedes Mal in die Tasse gekrümelt und die Pampe mit dem Löffel gegessen.«

»Klingt ekelig«, sagte ich amüsiert.

»Du würdest dich wundern, wie gut das schmeckt.«

»Wenn du es sagst …«

»Okay, das nächste Mal, wenn wir heiße Schokolade trinken, dürfen Kekse nicht fehlen«, beschloss sie.

»Gut, dann machen wir es so: Du kommst am Sonntag mit zu meinen Eltern. Meine Mom will nämlich Plätzchen backen und ich hab überlegt, ob ich mich davor drücken kann. Wenn du aber dabei bist, könnte es unter Umständen sogar ganz gut werden.« Ich zwinkerte ihr zu. »Und im Anschluss führen wir dieses Experiment durch.«

Sie biss sich auf die Unterlippe und ich merkte, wie meine Aussage sie nervös machte. »Einverstanden«, sagte sie schließlich und sah mir dabei tief in die Augen. Fast rechnete ich damit, dass noch ein *Aber* folgte, doch sie schien sich mit der Tatsache, meine Eltern schon dieses Wochenende kennenzulernen, angefreundet zu haben.

»Ich hoffe, du bist dir dessen bewusst, dass meine Familie dich auch kennenlernen möchte. Meine Mom ist ein Fan von dir, seit wir beide beim Radiosender waren.«

Schmunzelnd drückte ich sie an mich. »Das können wir gerne machen.« *Sobald wir Zeit dafür finden*, fügte ich in Gedanken hinzu. Denn irgendwie hatte ich den Eindruck, dass uns momentan ständig die Tage zu kurz wurden …

Am Samstag sahen Lydia und ich uns nicht. Sie war den ganzen Tag im Spielzeugladen arbeiten und ich hatte endlich wieder am Schwimmtraining teilgenommen. Mein Trainer hatte mich besonders ins Auge gefasst, was mich nervte. Aber das hatte ich mir selbst eingebrockt. Deswegen hatte ich mich besonders reingehängt, in der Hoffnung, ihn damit ein wenig besänftigt zu haben. Zumindest hatte er mir am Ende ein »Gut gemacht« zugemurmelt …

Bei unserem Telefonat am Abend hatten Lydia und ich uns gegenseitig was vorgegähnt. Sie hatte wohl ebenfalls eine richtig harte Zeit auf der Arbeit, woraufhin wir beschlossen hatten, dass der Tag einfach zu anstrengend gewesen war und wir besser ins Bett gingen. Trotzdem lag ich noch eine Weile wach, weil ich aufgeregt war wegen des Treffens mit meinen Eltern am nächsten Tag.

Als ich nun den Wagen in der Einfahrt meiner Eltern parkte, hatte sich meine Nervosität leider nicht gelegt. Keine Ahnung, wie Mom und Dad auf Lydia reagieren würden. Aber ich ging mal nicht davon aus, dass sie sie von Grund auf nicht mögen würden. Eventuell könnten sie jedoch befürchten, dass sie für eine sinkende Leistung im Studium sorgen könnte. Was vielleicht gar nicht so abwegig war – gerade jetzt, wo es so stressig war mit den vielen Projekten, die parallel liefen. Doch selbst wenn, war es erstens kein Untergang und zweitens war es nichts von Dauer. *My Christmas Wish*, was gerade die meiste Zeit in Anspruch nahm, würde in zwei bis drei Wochen vorbei sein – zumindest für dieses Jahr.

»Puh, bin ich nervös«, drang Lydias Stimme zu mir durch, was mich auflachen ließ.

»Keine Sorge, sie werden dich mögen«, beruhigte ich sie wie mich gleichermaßen.

Sie streckte ihre Zunge raus. »Trotzdem. Sag nicht, du wärst an meiner Stelle nicht auch aufgeregt.«

»Touché.« Ich drückte ihre Hand, dann stiegen wir aus und gingen auf das Haus zu. Wie immer klingelte ich, bevor ich meinen Schlüssel ins Schloss steckte und aufsperrte. »Mom, Dad? Wir sind da!«, rief ich und sog dabei schon den Duft von leckeren Plätzchen in mich auf.

»O Gott, sind wir zu spät?«, fragte Lydia verunsichert, doch ich schüttelte den Kopf.

»Keine Sorge. Mom backt immer für die halbe Nachbarschaft und nimmt auch was ins Büro mit, um ihre Arbeiter für den Stress zu besänftigen, den sie ihnen vor Weihnachten regelmäßig zumutet. Sie hat gestern schon damit angefangen und ist froh, von uns …«

»Aaah, das seid ihr ja!«, unterbrach mich Mom und kam auf uns zu. Sie umarmte mich vorsichtig, weil sie voller Mehl war, und gab mir einen Kuss auf die Wange. Dann herzte sie Lydia. »Ich freue mich so, dich endlich kennenzulernen. Ich bin Monica, meinen Mann Gordon lernst du gleich kennen. Ich hab ihm nicht erlaubt, sich von den Plätzchen wegzubewegen, solange er nicht mit dem Verzieren fertig ist. Bitte schrecke dich nicht, Lydia, in der Küche herrscht grundsätzlich Chaos, wenn ich darin arbeite.«

»Oh, das ist kein Problem. Ich sag immer, das Ergebnis zählt. Wie man dort hinkommt, ist egal. Und wenn Genialität im Chaos entsteht, ist es so.«

»Ich mag sie jetzt schon«, sagte meine Mom ganz unverblümt zu mir, während meine Freundin direkt neben ihr stand. Dass ihre Worte Lydias Wangen rosa färbten, als sie sich bei ihr bedankte, fand ich süß.

Wir folgten Mom in die Küche, wo Dad ein ähnlich angezuckertes Bild abgab wie meine Mutter. Er trug die schwarze Schürze, die er im Sommer immer beim Barbecue anhatte. Nur dass diese heute mit Zuckerguss in allen möglichen Farben überzogen war.

»Lydia, ich schwöre, ich sehe an dreihundertdreiundsechzig Tagen im Jahr kompetenter aus als jetzt.«

Sie musterte ihn von oben bis unten, ein Schmunzeln auf den Lippen. »Keine Sorge, Mister Francis, ich bin fest davon überzeugt, dass es so ist.«

»Danke, dein *Mister Francis* hat mir bewiesen, dass ich noch immer den Anschein einer Respektsperson mache. Aber bitte sag in Zukunft Gordon zu mir.« Er zwinkerte ihr zu und Mom lachte.

»Eventuell sollte ich mal ein Foto von dir in diesem Zustand machen und an deine Angestellten schicken. Dann sind sie vielleicht nicht mehr so eingeschüchtert von dir.«

»Du willst mir all den Respekt nehmen, den ich mir in den letzten Jahren hart erarbeitet habe?«, fragte er scherzhaft. »Na warte …« Ohne Vorwarnung hechtete er auf Mom zu, die aufkreischend vor ihm davonlief und sich an die andere Seite der Kochinsel flüchtete.

»Bitte, benehmt euch, Kinder!«, rief ich in das Chaos hinein, was die zwei nur wenig zu interessieren schien.

Lydia kicherte und wich den beiden aus, als sie die Richtung wechselten und weiter ins Wohnzimmer liefen. Ich konnte nur hoffen, dass ihnen bewusst war, dass sie eine Zuckerspur hinterließen … Ich würde die sicher nicht wegmachen.

»Tut mir leid für das Durcheinander«, sagte ich entschuldigend und brachte mein Grinsen nur schwer unter Kontrolle.

»Alles gut, ich fand das gerade sehr erfrischend. Also … legen wir los, oder müssen wir warten, bis die beiden wieder das Kommando übernehmen?«

In dem Moment klingelte die Eieruhr und ich hörte Mom »Die Kekse, Gordon, hör auf! Sie werden sonst zu dunkel!« kreischen.

»Ich mach schon!«, rief ich zurück. Die Topflappen fand ich neben dem Backofen. Lydia öffnete ihn für mich und ich zog das Backblech heraus. Währenddessen bestrich sie schnell die letzten zwei Plätzchen mit Ei und ich beförderte das neue Blech in den Ofen.

»Wie es aussieht, können wir die beiden auch allein weitermachen lassen.« Mom stand an die Küchentür gelehnt, Dad hinter ihr, der zustimmend nickte. Inzwischen zierten ein paar mehr Spuren ihre Kleidung, die zeigten, dass Dad mit seinem Angriff Glück beziehungsweise Erfolg gehabt hatte.

»O nein, sicher nicht! Dann machen wir irgendwas nicht genau so, wie du es dir vorstellst, und du bist die restliche Weihnachtszeit schlecht gelaunt. Ohne deine Anweisungen rühre ich hier keinen Finger mehr.« Sofort hob ich beide Hände in die Luft, um meine Worte noch zu unterstreichen.

»Gute Entscheidung, Sohn«, wandte Dad ein, was ihm einen Klaps gegen die Schulter einbrachte.

»Nun gut, dann übernehme ich mal wieder das Kommando. Gordon, du verzierst weiter. Shawn und Lydia, ihr arbeitet mit diesem Teig, während ich den nächsten aus dem Kühlschrank hole, ihn knete und für die kommende Ausstechrunde vorbereite. Im Anschluss muss ich die Creme anrühren, mit der wir die Plätzchen füllen.«

»Oh, das klingt ja jetzt schon lecker. Was sind das für welche?«

»Das Rezept hab ich von meiner Mutter. Es sind Haselnussplätzchen mit Kakaospiegel, die mit einer Kakao-Buttercreme gefüllt werden.«

Lydias Augen wurden groß. »Wow. Davon muss ich unbedingt eines probieren, wenn ich darf.«

Mom lachte auf. »Selbstverständlich, Liebes. Ich gebe dir eine bis oben hin gefüllte Dose mit und wenn sie leer ist, kommst du einfach vorbei und ich fülle sie dir erneut auf.«

»Oh, wow … Das ist wirklich lieb. Ich seh schon, ich werde bei meiner Mitbewohnerin groß punkten, wenn ich heute Abend zurück ins Wohnheim komme.«

Wir lachten alle auf und fingen dann endlich damit an, weiter an den Plätzchen zu arbeiten. Süßer Honigduft vermischt mit Zimt und

Kardamom lag in der Luft und in ein paar von Mom unbemerkten Momenten stahlen Lydia und ich uns ein paar Teigreste, um sie heimlich zu naschen. Es dauerte nicht lange, da hatten auch Lydia und ich Mehlspuren auf unserer Kleidung und im Gesicht. Sie sah so unglaublich süß damit aus, dass ich es einfach nicht übers Herz brachte, ihr das Mehl von der Wange zu wischen. Stattdessen musste ich sie immer ansehen und genoss es, dass sie jedes Mal zurücklächelte, wenn sie meinen Blick erwiderte.

Dad hatte seine Weihnachtsplaylist gestartet und sang zu »Holy« von Justin Bieber mit, was uns alle nur noch mehr amüsierte und die Weihnachtsstimmung zusätzlich hob, als wir im Takt dazu unsere Hüften schwangen.

Spätestens bei »Driving Home For Christmas« von Chris Rea stimmte auch Lydia mit ein und ich wusste schon jetzt, dass ich diesen Nachmittag bis ans Ende meines Lebens nicht vergessen würde.

Kapitel 19 – Lydia

»Ah, mein Rücken!« Ich streckte mich und massierte mein Schulterblatt.

»Warte, lass mich.« Shawn stellte sich hinter mich und knetete genau die verspannten Stellen.

»Oh, wie gut.« Seufzend genoss ich, wie die Anspannung in den Muskeln nachließ.

»Das hast du schon lange nicht mehr gemacht«, beschwerte sich Monica bei Gordon, was ihn die Augen verdrehen ließ.

»Erst letzte Woche beim Fernsehen.«

»Sag ich doch. Ich kann mich kaum daran erinnern, wie es sich angefühlt hat.«

Er schüttelte den Kopf und verzog dabei sein Gesicht. Inzwischen waren sämtliche Zucker- und Mehlspuren von uns, der Arbeitsfläche und der gesamten Küche sowie auf dem Weg ins Wohnzimmer von Shawn und mir beseitigt worden. Die beiden hatten unser Angebot, alles aufzuräumen, dankbar angenommen und sich in der Zwischenzeit in Schale geworfen. Sie waren heute Abend noch zu einer Party bei Freunden eingeladen und wir hatten ihnen durch unsere Hilfe viel Stress erspart.

»Lydia, du nimmst dir einfach von den Plätzchen, die du möchtest. Keine falsche Scheu, die Dose muss voll werden. Shawn, du achtest darauf, verstanden?«

Dieser nickte, sich ein Grinsen verkneifend. »Wird gemacht. Und danach stelle ich alles in den Keller, ich weiß«, fuhr er fort, als seine Mom erneut das Wort ergreifen wollte.

»Siehst du? Er ist wirklich erwachsen, du kannst ihn schon alleine lassen«, zog Gordon seine Frau auf, die ihm als Antwort die Zunge herausstreckte. »Wo ich mir bei dir nicht so sicher bin, Misses Francis. Deshalb begleite ich dich jetzt besser zu Nancy.« Er zwinkerte Shawn und mir zu.

»Schönen Abend noch!«, wünschte ich den beiden, als sie sich zur Tür wandten.

»Euch auch. Ich hoffe, wir sehen uns bald wieder, Lydia«, sagte Monica freundlich lächelnd.

Gordon stimmte ihr nickend zu.

»Sehr gerne, das würde mich freuen.«

Ein letztes Mal winkten die beiden, dann waren Shawn und ich allein. Wir sahen uns tief in die Augen und mussten über die Albereien seiner Eltern noch immer schmunzeln.

»Was hältst du davon, wenn du jetzt deine Plätzchendose füllst und ich uns von jeder Sorte zwei Stück auf einen Teller lege. Wir machen uns heiße Schokolade, starten das Experiment und schauen dazu einen Film. Und wenn du willst, kann ich deine Schultern ein weiteres Mal massieren.«

»Manchmal bist du mir unheimlich«, sagte ich ehrlich. »Weil du so … perfekt bist.«

Schnaubend schüttelte er den Kopf. »Ich bin alles andere als das, Lydia.« Er öffnete die Plätzchendose, die seine Mom für mich bereitgestellt hatte, und ich begann sie zu befüllen.

»Aber du … machst immer so unglaublich süße Dinge. Wie das Schlittschuhlaufen, die heiße Schokolade bei mir oder hier … das Massieren. Das mit den Keksen. Einfach alles …«

»Da frage ich mich, mit welchen Typen du vor mir zusammen warst, wenn sie dich nicht auf dieselbe Weise wertgeschätzt haben.«

Ich presste meine Lippen aufeinander und wich seinem Blick aus.

»Mit den falschen Kerlen, ganz offensichtlich.« Zerknirscht legte ich vorsichtig ein paar dieser Haselnuss-Schokoladencreme-Kunstwerke auf die Lebkuchen. »Und ich frage mich immer noch, warum du nicht schon längst eine Freundin hast. Ich meine … Männer wie du sind doch der Traum aller Frauen.«

Als ich ihn leise lachen hörte, hob ich den Blick.

»Wie gesagt, Lydia, ich bin auch nicht perfekt. Zumindest hat es für meine Ex-Freundin nicht gereicht. Sie hat mich ohne Vorwarnung von einem auf den anderen Tag verlassen und ist ans andere Ende des Landes gezogen, weil ihr die Zusage auf einem College in San Francisco wichtiger war, als mit mir zusammenzubleiben. Und sie hat es mir nicht schonend beigebracht oder mit mir vorher darüber gesprochen. Sie hat es für sich entschieden und hat mich vor vollendete Tatsachen gestellt, als wäre ich nicht Teil ihres Lebens gewesen.«

»O nein, das tut mir leid«, sagte ich und meinte das auch so. Denn so eine Behandlung hatte keiner verdient, selbst dann nicht, wenn es für mich bedeutete, dass ich dank ihrer Entscheidung nun mit Shawn eine Chance erhalten hatte.

»Schon gut. Inzwischen bin ich mir sicher, dass sie nicht dasselbe für mich empfunden hat wie ich für sie. Und ich weiß auch, dass ich ihrer Karriere nicht im Weg hätte stehen können. Sie hätte so oder so ihr Ding gemacht.«

»Mein Ex-Freund war ebenfalls irgendwann der Meinung, dass er lieber wieder andere Frauen kennenlernen wollte. Das kam genauso aus heiterem Himmel. Ich kann dich also verstehen. So was tut weh, vor allem dann, wenn für einen selbst alles in Ordnung war.«

Shawn nahm mir das Plätzchen aus der Hand, das ich gerade in die Dose legen wollte, und steckte es sich in den Mund. Anschließend zog er mich in seine Arme. »Damals hat es verdammt wehgetan. Dir sicher auch. Ehrlich gesagt bin jedoch froh, dass alles so seinen Verlauf genommen hat. Sonst hätten wir uns vermutlich nicht kennengelernt.«

»Kennengelernt vielleicht schon, aber wir hätten uns womöglich bereits nach dem ersten Tag kein weiteres Mal getroffen«, sagte ich und war tatsächlich erleichtert, dass es nicht so war.

Ich schmiegte mich an Shawns Brust und ließ mich von ihm halten. Genoss das Gefühl der Nähe, der Sicherheit und Zufriedenheit. Ja, auch wenn er einfach perfekt war, bedeutete das nicht, dass ich befürchten musste, er würde es nicht ernst mit mir meinen. Oder dass ich ihn verlieren würde. Wir waren ehrlich zueinander, das spürte ich. Und ich merkte außerdem, dass er genau wie ich diese leise Angst in sich trug, ein weiteres Mal so verletzt zu werden, wie es ihm in der Vergangenheit schon passiert war.

»Na komm, lass uns dadurch jetzt nicht die Laune vermiesen. Ich mach uns mal Feuer im Kamin und schalte den Fernseher ein und du suchst dir und uns noch Plätzchen raus.«

Ich nickte. »Klingt nach einem Plan. Und die Milch kann ich auch nebenbei beaufsichtigen, wenn du willst.«

Wenig später saßen wir neben dem knisternden Kaminfeuer und switchten durch das Angebot an Weihnachtsfilmen. Schließlich entschieden wir uns für *Kevin – Allein zu Haus*, weil dieser Film für uns beide einfach zur Einstimmung auf Weihnachten dazugehörte.

Kaum dass das Chaos am Vorabend vor der Abreise in den Weihnachtsurlaub der Familie McCallister begann, starteten Shawn und ich unser Plätzchenexperiment.

»Also, es ist schon irgendwie ekelig«, meinte er, nachdem er den breiigen Teig aus der heißen Schokolade gelöffelt hatte, »aber ich muss zugeben, dass es verdammt gut schmeckt.«

»Sag ich ja.« Belustigt sah ich ihm zu, wie er ein weiteres Lebkuchenpferd zerstückelte und in die Tasse fallen ließ.

»Noch besser wird es, wenn du eine Kugel Vanilleeis dazugibst.«

Shawn lachte. »Okay, *das* können wir nicht testen. Ich bin mir sicher, dass Mom sämtliche Eiscreme aufgegessen hatte, bevor die ersten Blätter gefallen sind.«

»Beim nächsten Mal dann«, sagte ich mit einem Augenzwinkern.

Irgendwann war ich so satt von der Süße der Plätzchen und der heißen Schokolade, dass ich die halb leere Tasse auf den Tisch vor uns stellte. Shawn tat es mir gleich und ich kuschelte mich wieder an ihn.

Zärtlich streichelte seine Hand über meinen Arm, und je länger er das tat, desto mehr kribbelte es in mir, ja desto größer wurde der Wunsch, ihn zu küssen. Also richtete ich mich auf und beugte mich über ihn. Als hätte er darauf gewartet, zog er mich an sich und unsere Lippen prallten aufeinander. Meine Zunge suchte die seine, wand sich darum. Und Gott, er schmeckte so gut, nach Honig und Nüssen, vor allem aber nach Shawn.

Am Rande bekam ich noch mit, wie er den Fernseher ausschaltete, bevor er sich aufrichtete und mich nach hinten in die Kissen der Couch drückte. Er schob sich auf mich, und ich schlang meine Arme um ihn, um mich an ihm festzuhalten.

Seine Küsse waren fordernd, aber nicht drängend, und vermutlich hätten wir stundenlang so knutschen können. Doch ich sehnte mich nach mehr von ihm. Ich wollte seine Haut spüren, ihn küssen … überall.

»Wie lange sind deine Eltern weg?«

»Puh … Normalerweise kommen sie nie vor Mitternacht nach Hause. Wieso fragst du?«

»Zeig mir dein Zimmer, Shawn«, raunte ich in sein Ohr, als er gerade meinen Hals küsste. »Ich will mit dir schlafen.«

Überrascht sah er mich an.

»Ich hab Kondome mit, also ...« Schüchtern grub ich meine Zähne in die Unterlippe. Vielleicht war ich doch zu schnell, zu fordernd damit gewesen?

»Bist du dir sicher? Ich meine ... das war nicht der Grund, weshalb ich noch mit dir hierbleiben und einen Film schauen wollte.«

»Ich weiß, Shawn. Aber ich ... bin verrückt nach dir. Und ich würde es morgen vermutlich bereuen, hätte ich jetzt nicht den Mut aufgebracht, es dir zu sagen. Wenn du jedoch nicht willst und du es langsamer angehen möchtest ...«

Die Augen schließend schüttelte er den Kopf. Fast dachte ich, er würde mich zurückweisen, doch dann sagte er: »Ich hab eine bessere Idee als mein Zimmer.« Er hievte sich hoch und reichte mir seine Hand, die ich ergriff und mich von ihm auf die Füße ziehen ließ. »Ich wollte schon immer mal Sex vor dem Kamin haben«, meinte er und grinste verlegen und verwegen zugleich.

Mit heißen Wangen schaute ich auf den flauschigen Teppich davor und in das knisternde Feuer, das für eine wohlige Wärme im Raum sorgte. »Klingt romantisch.« Aus meiner Handtasche, die ich neben der Couch abgestellt hatte, holte ich die paar Kondome, die Ellen mir letztens gegeben hatte, und ließ mich von Shawn schließlich vor den Kamin ziehen.

Erneut landete ich in seinen Armen, während mein Herz kräftig in mir polterte.

»Jetzt bin ich nervös«, gestand ich keusch lächelnd.

»Wir müssen nicht ...«, begann Shawn, doch ich legte meinen Finger an seine Lippen und schüttelte den Kopf.

»Ich will aber gerade nichts sehnlicher, als dir nahe zu sein. So nahe wie nur irgendwie möglich«, murmelte ich. Dann küsste ich ihn und glitt mit den Fingern unter sein Shirt. Als ich seine erhitzte Haut am Rücken berührte, sog er zischend Luft durch seine Zähne.

In einer fließenden Bewegung zog er sich den Stoff über den Kopf und ließ zu, dass ich seinen nackten Oberkörper einen Moment musterte. Mit den Fingern fuhr ich die Muskeln an seinem Bauch nach, glitt tiefer bis zu seinen Jeans. Er ließ das Shirt fallen und legte seine Hand an meine Wange. Zog mich an sich, streichelte über meinen Rücken, nur um unter den Pullover zu gleiten.

Ein wohliger Schauer überflutete meine Haut, als er den Pulli nach oben und ihn mir schließlich auszog. Mein Atem ging heftig, doch ich genoss es, wie er mich mit seinem Blick abtastete.

Seine Lippen trafen auf meinen Hals, strichen dort über die empfindliche Haut, bis ich genüsslich die Augen schloss und den Kopf zur Seite neigte, um ihm leichteren Zugang zu gewähren.

Seine Hände streichelten wieder über meinen Rücken, bis sie den Verschluss des BHs fanden und ihn öffneten. Der Spitzenstoff glitt meine Arme hinab und fiel zu Boden.

Shawn stieß ein Raunen aus, das dafür sorgte, dass sich in meinem Unterleib alles zusammenzog. Gierig beugte ich mich nach vorne, um seine Haut zu schmecken. Ich küsste seine Brust, neckte mit der Zunge seine Brustwarzen und sank mit ihm gemeinsam auf den weichen Teppich. Kniend streichelte ich seinen festen Bauch, glitt tiefer zum Verschluss seiner Hose. Ich rieb über seine Erektion, liebte es, wie er auf mich reagierte, als er genießerisch brummte.

Keine Ahnung, woher ich den Mut nahm, das alles zu tun, aber bei Shawn musste ich nicht darüber nachdenken. Ich machte einfach, wonach ich mich sehnte, und es fühlte sich richtig an.

In einer fließenden Bewegung drehte er uns beide, bis ich unter ihm lag und mit rasendem Herzen zu ihm aufschaute. Er musterte mich einen Augenblick, fast so, als könne er nicht fassen, was hier eben passierte. Ein süßes Schmunzeln schob sich auf seine Lippen, dann küsste er mich so intensiv, dass sich in meinem ganzen Körper ein Kribbeln ausbreitete.

Ich schlang die Arme um seinen Rücken, streichelte ihn, kam ihm mit meinem Becken entgegen.

Langsam drückt er sich von mir weg und küsste sich über mein Dekolleté, bis er meine Brustwarzen mit seinen Lippen und der Zunge süßlich quälen konnte.

Keuchend genoss ich, wie zärtlich er war. Ich half ihm, meine Jeans zu öffnen, und nickte, als er mich fragend ansah, als wolle er sichergehen, dass ich nach wie vor mehr wollte.

Erst zog er mir die Socken aus, dann die Hose von den Beinen, was gar nicht so einfach war, weil sie so eng anlag. Lachend half ich ihm dabei, doch kaum trug ich nur noch meinen schwarzen Spitzentanga, stieg die Nervosität wieder an. Auch Shawn wurde ernster, aber in seinen Augen konnte ich lesen, wie sehr er es auskostete, mich so zu sehen.

Erneut überzog er meinen Oberkörper mit Küssen, bis ich erschaudernd seufzte. Immer mehr näherte er sich meinem Becken, bis er mit der Zunge den Rand meines Tangas nachfuhr.

Als er seine Zeigefinger einhakte und ihn nach unten ziehen wollte, kam ein leises »O Gott« über meine Lippen.

Sofort änderte er seinen Plan und widmete sich wieder meinem Bauchnabel.

»Nein, Shawn, nicht aufhören. Mach weiter«, sagte ich und schob selbst den Spitzenstoff ein Stück nach unten.

Er schmunzelte, legte seine Stirn auf meinen Bauch und küsste mich noch einmal dort. Dann bewegte er sich abwärts, während seine Nasenspitze auf meiner Haut entlangglitt und eine Spur aus Feuer nach sich zog.

Meine Atmung wurde immer schneller und Hitze sammelte sich in meinem Schoß.

Als er dort ankam und meine empfindlichste Stelle mit dem Nasenrücken berührte, keuchte ich auf und vergrub die Hände in seinen Haaren. Vor Lust reckte ich ihm mein Becken entgegen, nach mehr flehend. Und das gab er mir.

Mit der Zunge, mit den Lippen, mit den Fingern ... Bis sich alles um mich zu drehen begann und eine Welle der Ekstase mich erfasste; mich mit sich riss und ich mich an Shawn klammerte, der mich sanft weiterstreichelte, bis sich meine Atmung etwas beruhigt hatte.

»Ich brauche dich, Shawn«, sagte ich leise.

Er nickte, stand auf und ging ein paar Schritte zurück, um sich den Rest seiner Klamotten auszuziehen. Die ganze Zeit über blieb er in meinem Sichtfeld und ich genoss das Spiel seiner Muskeln und der tanzenden Schatten des Feuers auf seinem Körper.

Neckend lockte ich ihn mit dem Finger und öffnete eine Kondomverpackung, die ich ihm hinhielt. Er nahm den Gummi, rollte ihn über und beugte sich wieder über mich.

»Wie möchtest du es? Soll ich oben sein, oder willst du die Führung übernehmen?«

Wie süß er einfach war!

»Du auf mir. Ich bin zu schwach von eben, befürchte ich«, hauchte ich mit halb geschlossenen Lidern. Das Hochgefühl vibrierte noch in mir nach.

Shawn schenkte mir einen lustverhangenen Blick, dann kniete er sich zwischen meine Beine.

Tief schaute ich ihm in die Augen, die Hände an seiner Brust, als er sich langsam in mich schob.

Er seufzte animalisch und schloss die Lider. Für einen Moment verharrte er so in mir, schließlich sah er mich wieder an und begann, sich zu bewegen. Erst gemächlich, dann schneller peitschte er meine Lust ein weiteres Mal nach oben.

Ich zog ihn an mich, küsste ihn gierig, schlang meine Beine um seine Hüften, um ihm noch näher zu kommen.

Mit einer Hand streichelte er meine Brust, knetete sie, wanderte tiefer und rieb mich zusätzlich mit seinen Fingern, bis ich erneut spürte, wie ich über die Klippe stürzte. Er hielt mich dabei fest, stöhnte kehlig und stieß noch einmal kräftig zu. Gemeinsam fielen wir, ließen uns mitreißen von den Gefühlen, die jeder für sich und wir doch zusammen erlebten. Und ein gemeinsames erstes Mal hätte nicht schöner sein können ...

Später, als wir wieder angezogen waren, saßen wir aneinandergekuschelt auf der Couch und schauten den Film zu Ende. Es war schön und intim und hatte nicht diesen seltsamen Beigeschmack, den übereilter Sex haben konnte. Ein weiteres Indiz für mich, dass es richtig war und ich nicht im Rausch der Gefühle eine Entscheidung getroffen hatte, die ich später bereuen würde.

Nach dem Film räumten wir noch unsere letzten Spuren der heißen Schokolade auf und machten uns schließlich auf den Weg zu den Wohnheimen. Monica und Gordon waren nach wie vor auf der Party, aber ich freute mich schon jetzt auf das nächste Mal, wenn Shawn und ich die beiden besuchen würden.

Shawn stellte seinen Wagen im Parkhaus ab und begleitete mich noch bis zum Eingangsbereich des Wohnheims, wo er mich ein letztes Mal für diesen Tag küsste. Zärtlich und liebevoll und so intensiv, dass mich danach die Schmetterlinge in meinem Bauch die Treppe nach oben schweben ließen.

Als ich die Tür öffnete, stürzten die Flattertierchen jedoch in rasantem Tempo auf den Boden. Denn Ellen saß auf ihrem Bett, den

Laptop vor sich, auf dem sie sich gerade einen Film ansah, und hatte eine große Tüte M&Ms in der Hand. Rund um sie lagen zerknüllte Taschentücher verteilt und selbst in dem schwachen Schein, der von ihrem Computer ausging, konnte ich erkennen, dass sie weinte.

»Gott, Ellen, was ist passiert?«

Sie schniefte und blinzelte gegen die Helligkeit an, als ich die Nachttischlampe neben ihr einschaltete. Die Plätzchendose stellte ich auf ihrem Bett ab und schaute meine Freundin bestürzt an.

»Joe ist ein Arschloch ... Er hat ...« Sie zog die Nase hoch und ein neues Taschentuch aus der Box. »Er hat, nachdem wir Sex hatten ... mit seiner Ex geschrieben. Als er dachte, ich würde bereits schlafen ...«

Kapitel 20 – Lydia

Ungläubig ließ ich mich auf den Rand von Ellens Bett sacken. »Das hat er nicht getan«, stieß ich atemlos aus, doch meine Freundin bestätigte es nur mit einem betretenen Nicken. »O nein, das tut mir so leid für dich. Ich dachte, zwischen euch beiden sei alles in Ordnung? Mehr als das sogar.«

Sie lachte schnaubend auf. Es klang verbittert. »Es scheint eher, als würde meine Pechsträhne bei den Männern nicht abreißen. Keine Ahnung, was ich in meinem vorherigen Leben verbrochen habe, dass ich nun so dafür bestraft werde. Vielleicht war ich ja eine Heiratsschwindlerin und bekomme deshalb jetzt nur Kerle, die mir das Herz brechen.«

Ich nahm sie in den Arm und streichelte ihr tröstend über den Rücken. »Red dir das bloß nicht ein, das hier ist nicht deine Schuld. Erzähl mal ganz von vorne.«

Ellen putzte sich die Nase und trocknete ihre Wangen. »Ich hab ihn nach seinem Dienst im Café abgeholt. Er hat uns von dort noch was zum Abendessen mitgenommen und im Anschluss sind wir zu ihm. Wir haben gegessen, dann haben wir uns vernascht.« Ein leichtes Grinsen schob sich auf ihre Lippen, gefolgt von einem tiefen Schluchzer. »Danach haben wir nackt in seinem Bett ferngesehen. Dabei muss ich weggedöst sein. Ich hab aber das Vibrieren seines Handys gehört und als ich verschlafen aus einem Auge zu ihm geblinzelt habe, konnte ich sehen, dass er mit wem textet. Und als ich bemerkt habe, dass es eine Frau ist, hab ich ihn darauf angesprochen. Da hat er mir erklärt, dass es seine Ex-Freundin ist. Daraufhin war ich wach, aber so was von. Und bin ausgerastet. Ich meine … ist es normal, dass man mit seinem oder seiner Ex schreibt, während man nach dem Sex mit dem oder der Neuen im Bett kuschelt?«

Betreten schaute ich sie an. »Also ich kenne schon einige, die sich auch nach der Trennung noch gut mit dem oder der Ex verstehen und in Kontakt stehen. Aber mit ihr zu texten, während du neben ihm liegst, ist noch mal eine andere Nummer. Was hat er denn zu seiner Verteidigung gesagt?«

Sie zuckte mit den Schultern und schniefte. »Dass es nichts bedeutet.«

»Glaubst du ihm?«

Erneut benetzten Tränen ihre Wangen. »Ich weiß nicht, was ich davon halten soll. Dafür kenne ich ihn einfach zu wenig, um ihn in dieser Hinsicht einschätzen zu können.«

Ein schweres Seufzen kam über meine Lippen. »Ach, Mensch, das tut mir so leid für dich. Bist du also im Streit gegangen?«

Traurig nickte sie und knüllte ihr Taschentuch in den Händen. »Total blöd, aber ich kann mich jetzt auch nicht bei ihm melden und angekrochen kommen. Wenn überhaupt, dann muss schon er mich anrufen, oder wie siehst du das?«

Nun war ich diejenige, die ratlos mit den Schultern zuckte. »Lass einfach mal die Nacht vorübergehen. Und vielleicht findet ihr ja morgen einen Weg, noch einmal in Ruhe miteinander darüber zu reden. Oder denkst du, dass das alles nur ein Spiel war und er dich für Sex ausgenutzt hat?«

Ellen senkte ihren Blick und zerzupfte das Taschentuch mit ihren Fingern in kleine Schnipsel. »Ich weiß gar nichts mehr. Aber falls ich das nächste Mal einen Kerl kennenlerne und ich mich wieder Hals über Kopf in ihn verliebe, sag mir bitte, dass ich mindestens einen Monat mit dem ersten Sex warten muss. Das machst du definitiv schlauer als ich. Dieses hormongesteuerte, vor lauter Geilheit aufeinander völlig überstürzte Ins-Bett-Steigen bringt echt nur …«

»Ich hab heute mit Shawn geschlafen«, fiel ich ihr ins Wort, was sie sofort stocken ließ.

Ihr Mund klappte auf und sie schnappte erst mal nach Luft, ehe sie lachte, schniefte und gleichzeitig weinte. »Echt jetzt? Oder sagst du das nur, damit ich mich nicht mehr so mies fühle?«

Ich hob eine Augenbraue. »Würde ich mit so was scherzen, liebe Ellen?«

Blinzelnd grübelte sie über meine Worte nach, dann fiel sie mir um den Hals. »O Gott, nein, natürlich nicht! Aber … warum auf einmal? Ich dachte, du willst auf den richtigen Zeitpunkt warten?«

»Der war da«, antwortete ich glücklich und hob entschuldigend die Hände.

»Ach, Lydia, ich freue mich für dich. Wie war es? Erzähl! O Mann, ich bin so eine Idiotin, ich hab dir deinen schönen Abend mit meinem Geheule vermiest.«

Ich schüttelte den Kopf. »Du konntest es ja nicht wissen, also mach dir da mal kein schlechtes Gewissen deswegen. Du weißt, ich bin immer für dich da. Und es war … romantisch. Schön. Und definitiv ein Erlebnis, das mir aus mehreren Gründen in Erinnerung bleiben wird«, begann ich und erzählte ihr dann von dem Kennenlernen seiner Eltern, dem gemeinsamen Plätzchenbacken und dem Fernsehabend, der durch Sex vor dem Kamin erst so richtig besonders geworden war. Währenddessen aßen wir von den mitgebrachten Plätzchen und krümelten dabei Ellens Bett voll.

»Hach, das klingt toll. Jetzt bin ich neidisch, ich will auch mal Sex auf einem Bärenfell vorm Kamin haben. Zwar nicht unbedingt im Haus der Eltern des Mannes, aber die Szene an sich hat was«, meinte sie lachend.

Nach dem ganzen Drama heute war ich froh, dass ich durch meinen Bericht zumindest ansatzweise wieder ihre Laune heben konnte. Auch wenn es kein Tierfell gewesen war – doch auf diesem Detail wollte ich nicht herumreiten.

Ich versprach ihr, den Film gemeinsam mit ihr zu Ende anzuschauen, obwohl ich schon hundemüde war. Nachdem ich mir den Pyjama angezogen hatte, setzte ich mich wieder zu ihr aufs Bett. Wir deckten uns zu, den Laptop auf den Unterschenkeln, die Plätzchen zwischen uns.

Es war ein Liebesdrama, also genau das, was sie jetzt am wenigsten gebrauchen konnte. Doch als ihr leises Schnarchen an mein Ohr drang, nahm ich vorsichtig die Dose und den Laptop von ihr runter, fegte noch irgendwie die Krümel auf den Boden, damit sie morgen nicht voller Schokoladeflecken aufwachte, und ging, nachdem ich mir die Zähne geputzt hatte, ebenfalls ins Bett.

Ich stellte den Wecker auf meinem Handy und entdeckte eine Nachricht, die die erstarrten Schmetterlinge erneut aufscheuchte.

SHAWN: ICH LIEGE IM BETT UND MUSS AN DICH DENKEN. ICH KANN DEN ABEND MIT DIR EINFACH NICHT VERGESSEN UND FREUE MICH SCHON DARAUF, DICH BALD WIEDERZUSEHEN.

Sofort schlug mein Herz wieder schneller.

LYDIA: ICH SPÜRE NACH WIE VOR DEINE KÜSSE AUF MEINER HAUT … KEINE AHNUNG, WIE ICH HEUTE EINSCHLAFEN SOLL, WO ICH DOCH IMMERZU AN DICH DENKEN MUSS.

Tatsächlich antwortete Shawn noch, auch wenn es nur der Kuss-Smiley war. Aber der sorgte dafür, dass ich ein breites Grinsen auf den Lippen hatte. Und schneller als gedacht übermannte mich die Müdigkeit und zog mich in den Schlaf.

Zwei Tage später stand ich mit Ellen vor dem Café. Es schneite kräftig und wenn ich ehrlich war, wollte ich nur ins Warme, doch ich konnte sie unmöglich alleinlassen. Nach wie vor herrschte Funkstille zwischen Joe und ihr, und sie litt enorm darunter. Das hatte sie vor, jetzt zu ändern. Hoffentlich.

Wie es Joe ging, wusste ich nicht, aber ich konnte mir gut vorstellen, dass ihm diese Sache auch gewaltig im Magen lag – wenn er nicht wider Erwarten ein kompletter Arsch war.

»Ich weiß nicht, ob ich reingehen soll.«

»Na komm, gib dir einen Ruck und rede mit ihm. Geh den ersten Schritt auf ihn zu, das zeugt auf jeden Fall von Stärke ...«

Sie nickte, da wir das Thema mehrfach in den letzten Tagen durchgekaut hatten. »Aber was mache ich, wenn er sagt, dass er nichts mehr mit mir zu tun haben will?«

»Dann lernst du aus der Sache, schließt mit ihm ab und gehst weiter deinen Weg«, wiederholte ich die Worte, die ich ihr seit zwei Tagen immer wieder vorgesagt hatte.

»Darf ich noch einmal auf deinen Plätzchenvorrat zurückgreifen, falls er mir sagt, dass ich ihm nichts bedeute?«, fragte sie verzweifelt.

»Selbstverständlich. Ich kann die sowieso nicht allein essen, ich hab schon bei der Auswahl extra an dich gedacht.«

Ein letztes Mal nickte Ellen, atmete tief aus und wollte sich gerade zur Tür wenden, als diese aufgedrückt wurde und Joe herauskam.

Unsicher blieb er kurz vor meiner Freundin stehen ... »Hey!«

»Hi«, gab sie leise zurück.

»Hör zu, es tut mir leid«, begann Joe, während Ellen fast zeitgleich »Ich hab mich blöd verhalten« sagte.

Beide schmunzelten und atmeten tief durch. »Vielleicht sollten wir noch einmal darüber reden«, schlug Ellen schließlich vor und Joe nickte. »Ich mach mich dann mal auf den Weg. Bis später.« Ich winkte ihnen und zwinkerte meiner Freundin zu, anschließend eilte ich auf das Gebäude zu, in dem die nächsten zwei Kurse stattfanden.

Unterwegs lief ich Willow über den Weg.

»Hey, Lydia, wie geht es dir?«

»Ganz gut, und selbst?«

»Auch. Hör mal, ich kann heute leider nicht mit zu Pater Richard. Denkst du, du findest so kurzfristig einen Ersatz? Sonst muss ich doch irgendwie schauen, ob ich den Termin verschieben kann.«

»Hm, könnte schwierig werden. Was ist dir denn dazwischengekommen?«

Sie verzog ihr Gesicht. »Mir ist ein Zahn ausgebrochen und mein Zahnarzt kann mich am späten Nachmittag noch einschieben.«

»O Gott, nein, das sagst du natürlich nicht ab! Wir finden bestimmt eine Lösung. Und wenn ich selbst reinfahre und das übernehme«, sagte ich, obwohl ich heute nach dem letzten Kurs im Spielzeugladen arbeiten musste und vermutlich nicht freibekam. Aber mir würde schon was einfallen …

»Danke, das ist lieb von dir. Schreibst du in die Gruppe oder soll ich das machen?«, bot sie an.

»Ganz, wie du möchtest. Hm, vielleicht erwähnst du, dass du einen Zahnarzttermin hast, der sich nicht verschieben lässt. Das hilft hoffentlich, schnell jemanden zu finden, der einspringt.«

»Eine gute Idee, das mach ich gleich. Wie geht es dir sonst so?« Sie wackelte mit den Augenbrauen und ich wusste, dass sie wissen wollte, wie es mit Shawn und mir lief.

»Gut.« Ich grinste breit.

»Also seid ihr …«

Ich nickte. »Ja. Es ist traumhaft toll mit ihm.«

Willow umarmte mich. »Awww, ich freu mich so für euch. Ihr beide passt einfach unglaublich gut zusammen. Optisch, von der Art und überhaupt und sowieso.«

Wir betraten die Halle, in der die Studenten herumwuselten wie Ameisen im Bau.

»Danke! Ich hol mir einen Bagel aus dem Automaten, willst du auch was? Ein Wasser vielleicht?«

Willow schüttelte den Kopf und hielt ihr Handy hoch. »Lieb von dir, aber ich geh schon mal vor und halte dir einen Platz frei. Und schreib eine Nachricht in die Gruppe.«

»Alles klar, danke!«

Ich winkte ein paar Leuten aus unserem Kurs zu, die gemeinsam mit Willow den Hörsaal ansteuerten, dann drehte ich mich um und wäre fast mit Shawn zusammengestoßen.

»Aufpassen, Lydia. Wäre ich nicht ich, sondern ein anderer Kerl, würdest du jetzt in den falschen Armen liegen.«

Entschuldigend küsste ich ihn und freute mich, ihn hier anzutreffen. »Den würde ich aber auch nicht küssen.«

»Na, das will ich hoffen!« Er lachte. »Es kommen immer noch neue Bewerbungen rein. Das Team vermittelt nach wie vor, ich glaube, dass es wirklich gut wird.«

Ich nickte. »Das denke ich auch. Dimitri hat mir gestern eine E-Mail geschickt, in der er berichtet hat, wie es mit den ersten Kontakten zu den Leuten läuft.«

»Und?« Shawn schaute mich erwartungsvoll an.

»Alles bestens bisher. Kannst du Lance fragen, ob er einen Slider auf der Website einrichten kann? Dann könnten wir das Feedback der

Familien und Alleinlebenden einblenden. Vielleicht sogar mit Fotos, falls wir von beiden Seiten die Genehmigung bekommen.«

»Eine gute Idee. Ich sehe ihn am Nachmittag beim Training.«

Ich spürte eine Vibration in meiner Umhängetasche, und da Shawn im selben Moment nach seinem Handy griff, wusste ich, wer geschrieben hatte. »Das war bestimmt Willow. Sie sucht wen, der ihren Dienst heute bei Pater Richard übernehmen kann.«

Shawn nickte. »Eventuell könnte ich einspringen. Aber ich warte noch, ob sich jemand meldet. Ich müsste nämlich sonst das Schwimmtraining früher abbrechen und den Besuch bei meiner Granny verschieben.« Verlegen fuhr er sich durch die Haare.

»Oje, das solltest du natürlich nicht, deine Grandma geht ganz klar vor. Aber ja, warte, vielleicht hat jemand anderes besser Zeit. Ich würde auch fahren, doch ich bin heute Nachmittag im Spielzeugladen.«

»Das ist auch keine Option. Wart ab, wir haben so viele Leute an der Hand. Kann ja nicht sein, dass gar keiner von denen einspringen kann.«

»Ich hoffe, du hast recht.«

»Wir finden eine Lösung, keine Sorge.« Er küsste mich erneut, bevor er sich von mir löste. »Ich muss … mein Kurs fängt gleich an.«

»Meiner ebenfalls und ich wollte mir noch einen Bagel kaufen.«

»Mach das, wir sehen und hören uns.« Ein letzter Kuss, dann verabschiedeten wir uns und ich eilte zum Automaten, der bereits ziemlich leer geräumt war.

Tatsächlich fand sich ein Freiwilliger, der für Willow einspringen konnte. Das erleichterte mich sehr, denn ich hatte wirklich schon überlegt, wie ich es anstellen könnte, den heutigen Dienst zu verschieben. Doch als ich im Laden ankam, wurde mir klar, dass das sowieso unmöglich gewesen wäre. Die Leute taten, als wäre bereits morgen Weihnachten.

Es war so viel los, dass vier Kassen geöffnet hatten, und trotzdem hatten sich hinter jeder lange Schlangen gebildet. Und es war einfach mal Dienstag und noch nicht einmal Wochenende. Es war echt verrückt! Zudem war es in dem Elfenkostüm gefühlt doppelt so heiß. Der dicke Stoff wärmte, und die Mütze trug zusätzlich dazu bei, dass ich ständig mit knallroten Wangen durch die Regalreihen hetzte ...

Abends war ich mehr als erledigt und freute mich bereits auf mein Dienstende und vor allem auf mein Bett. Ich war gerade dabei, an meiner Kasse die Abrechnung zu machen, als ich Tim Hand in Hand mit einem hübschen Mädchen mit rotbraunen Haaren durch die Regale schlendern sah. Meinen Bruder Timothy! Als er mich entdeckte, grinste er verhalten und wurde rot bis unter die Haarspitzen, doch er steuerte direkt auf mich zu.

»Hi, Lydia. Ich wusste nicht, dass du heute hier bist. Schickes Kostüm.«

Ich unterdrückte den Impuls, ihm die Zunge rauszustrecken, und beschloss, seinen Kommentar einfach zu ignorieren. »Ich bin auch schon fast weg. Braucht ihr was Bestimmtes? Der Laden schließt gleich«, sagte ich und schaute das Mädchen an, denn Tim würde niemals von sich aus in den Spielzeugladen kommen. Dafür war er gerade viel zu cool.

»Oh, sorry, ganz vergessen«, murmelte er und wurde noch röter. »Das ist Claudia, meine Freundin. Claudia, meine Schwester Lydia.«

Ich reichte ihr die Hand. »Freut mich sehr, dich kennenzulernen.«

»Gleichfalls.« Sie strahlte mich an und ich mochte ihre freundliche Art. »Ich bin auf der Suche nach einem Brettspiel für Kinder ab zehn Jahren für meine beiden Geschwister. Kannst du mir vielleicht was empfehlen?«

»Klar, einen Augenblick, dann gehe ich mit euch.«

»Wir schließen gleich!«, rief Harmony von der Kasse, die noch für die letzten Nachzügler geöffnet bleiben musste, und schaute uns unfreundlich an.

»Schon gut, die beiden gehören zu mir.«

Sie verdrehte die Augen, aber das war mir egal. Sie hatte genauso viel oder wenig zu sagen wie ich, und wenn ich kurz vor Ladenschluss noch ein Spiel verkaufte, würde unser Boss ganz bestimmt nichts dagegen haben.

Ich begleitete die zwei in die Abteilung mit den Brettspielen und ließ mir währenddessen ein bisschen über die Vorlieben ihrer Geschwister erzählen. Ich erfuhr, dass ihr Bruder zwölf und die Schwester zehn Jahre alt waren und dass Pferde, Feen und Elfen sowie Rätsel- und Detektivgeschichten hoch im Kurs standen. Innerhalb kürzester Zeit hatten wir etwas gefunden, was sie kaufen wollte – ein *Escape*-Spiel und ein Wissensspiel über Pferde in Kartenformat.

»Hat mich gefreut, dass ihr hier bei mir gewesen seid«, sagte ich, nachdem ich die zwei bis zur Kasse begleitet hatte. Ich wollte vermeiden, dass Harmony noch einmal Stunk machte und ihnen womöglich das Zahlen verweigerte.

»Schön, dich endlich kennengelernt zu haben, Lydia.«

»Gleichfalls.« Ich lächelte erst Claudia, dann Tim an. »Oh, und sag Mom liebe Grüße und dass ich mich morgen oder so bei ihr melde. Vielleicht stelle ich euch am Wochenende Shawn vor.«

Er schnaubte und verdrehte die Augen. »Gott sei Dank. Die beiden haben gerade nur drei Gesprächsthemen.«

Fragend sah ich ihn an.

»Claudia und mich, dein Projekt und Shawn und dich.«

Schmunzelnd drückte ich seine Schulter. »Nach Weihnachten hat sich das sicher erledigt. Dann hat sich die erste Aufregung um euch beide und Shawn gelegt, und *My Christmas Wish* ist ebenfalls für dieses Jahr abgeschlossen.« Von der Nacharbeit sagte ich mal nichts, denn damit würde ich bestimmt auch noch zwei Wochen nach den Feiertagen beschäftigt sein. Aber das nahm ich gerne in Kauf …

»Ich hoffe es. Es ist echt mühsam mit den beiden. Ständig fragen sie mich über Claudia aus oder wollen, dass ich sie ihnen vorstelle.«

»Dagegen hätte ich auch nichts einzuwenden«, sagte sie mit einem bestimmenden Blick.

»Dann mach das doch!«, schlug ich ebenfalls vor, aber Tim verdrehte nur ein weiteres Mal die Augen.

»Wenn damit die Fragerei aufhört, tu ich das echt.«

»Was hindert dich daran?«, fragte ich, merkte jedoch, dass er darüber nicht wirklich reden wollte, denn er druckste irgendwie herum und murmelte dann irgendwas von wegen, dass ich mit Shawn das Vorrecht hätte, was schlichtweg eine faule Ausrede war. Doch ich wollte nicht weiter nachbohren und ihn in Verlegenheit bringen, weshalb ich mich von den beiden verabschiedete und beschloss, Tim ein anderes Mal auszufragen.

Trotzdem ließ mir diese Sache keine Ruhe und ich zerbrach mir die ganze Zeit auf dem Nachhauseweg den Kopf darüber – bis ich eine Nachricht von Shawn erhielt.

SHAWN· TRAINING HAT LÄNGER GEDAUERT UND ICH KONNTE MEINE GRANNY NICHT MEHR BESUCHEN … NERVT TOTAL, ABER ICH HOLE DAS SPÄTESTENS ANFANG NÄCHSTER WOCHE NACH. VIELLEICHT MAGST DU MICH JA BEGLEITEN?

Dass er mich nun seiner Grandma ebenfalls vorstellen wollte, freute mich sehr.

LYDIA· WIRKLICH GERNE. HAST DU AM WOCHENENDE NOCH IRGENDWANN ZEIT? ICH DENKE, MEINE ELTERN MÖCHTEN DICH AUCH ENDLICH KENNENLERNEN.

SHAWN· SO VIELE VORSTELLUNGSRUNDEN AUF EINMAL! :D KLAR, SCHLAG MAL WAS VOR UND SAG MIR DANN BESCHEID, ICH SCHAU, WIE ICH ES EINRICHTEN KANN.

LYDIA: WIRD GEMACHT! ICH TASTE MAL ZU HAUSE VOR, WANN ES BEI IHNEN PASSEN WÜRDE. HAB HEUTE ÜBRIGENS MEINEN BRUDER MIT SEINER FREUNDIN GETROFFEN. HAST DU EINE IDEE, WARUM ER SIE UNSEREN ELTERN NICHT VORSTELLEN WILL?

Es dauerte eine Weile, bis er mir antwortete. Ich saß bereits im Bus nach Hause, als die Nachricht von ihm einging.

SHAWN: IST JETZT NATÜRLICH NUR EINE MUTMASSUNG, ABER VIELLEICHT MEINT ER ES NICHT ERNST GENUG MIT IHR, UM SIE IHNEN VORZUSTELLEN?

Enttäuschung stieg in mir hoch. Claudia schien ein wirklich liebes Mädchen zu sein. Dass die Beziehung für Tim nur oberflächlich sein sollte und er sie deshalb von uns fernhalten wollte, mochte ich mir nicht vorstellen. Aber irgendwie ergab es auch Sinn. Selbst sein Verhalten vorhin, wie er rot angelaufen war, als er mich entdeckt hatte und ihm klar geworden war, dass er mir nicht ausweichen konnte. Und wie verlegen er uns einander vorgestellt hatte …

So hätte ich meinen Bruder nicht eingeschätzt: Als Player, der Mädchen nur ausnutzte und es nicht ernst mit ihnen meinte. Und das Gefühl, als ich verstand, dass es trotzdem so sein musste, war übel und drückte gewaltig auf meine Stimmung. Auch wenn das im Umkehrschluss bedeutete, dass es Shawn *wirklich* ernst mit mir war, wenn er mich nun nach seinen Eltern auch noch seiner Grandma vorstellen wollte …

Kapitel 21 – Lydia

Die restlichen Tage der Woche bestanden für mich aus Lernen, meinen Kursen und Vorlesungen, Arbeiten im Spielwarenladen und zwei Diensten, was das Herstellen des Erstkontaktes zwischen den Alleinlebenden und den Familien betraf. Es war verdammt stressig. Shawn und ich hatten uns nur einmal zum Mittagessen in der Mensa getroffen sowie zweimal zum Lernen in der Bibliothek – wobei wir da wirklich nur schweigend nebeneinandergesessen und in unsere Bücher geschaut hatten. Bei ihm ging es ähnlich hektisch zu. Vor Weihnachten versuchten irgendwie alle Dozenten und Professoren, noch so viel Stoff wie möglich durchzubringen. Dann war sein Schwimmtrainer erpicht darauf, die Trainingseinheiten um jeweils eine halbe Stunde zu verlängern. Zudem war auch er zweimal für unser Projekt im Einsatz gewesen – einmal, um die passenden Familien zuzuteilen, und das zweite Mal, um den Erstkontakt herzustellen.

Diese Woche hatten wir beide es bisher nicht ins Krankenhaus oder ins Altenheim geschafft. Aber zumindest waren meine Eltern flexibel, was das Kennenlernen betraf. Also beschlossen wir, sie am Samstagnachmittag zu besuchen. Vorher wollten wir noch in die Mall, um Weihnachtsgeschenke für unsere Familien zu kaufen. Shawn hatte sich wieder zum Fahren angeboten, was uns praktischerweise die Wartezeit an den Bushaltestellen ersparte. Zwar mussten wir eine Viertelstunde mit der Suche eines Parkplatzes verbringen, doch in Summe hatten wir trotzdem einiges an Zeit eingespart.

In der Mall herrschte reges Treiben und die Leute schoben sich in ähnlichem Kaufrausch durch die Gänge wie im Spielzeugladen. Eigentlich hatte ich keine Lust, mich auch privat dem Trubel zu stellen, aber ich hatte noch kein Geschenk für Tim und meine Eltern besorgt. Und solange Shawn bei mir war, würde es sicher nur halb so wild werden.

Überall hingen riesengroße Weihnachtskugeln von den Decken. Die Indoor-Eislauffläche vor den Sportgeschäften war gut besucht und der Weihnachtsbaum, der jedes Jahr im Zentrum aufgestellt wurde, sah wie immer traumhaft aus. Er war bestimmt an die fünfzehn Meter hoch, und dieses Jahr mit weißen und hellblauen Kugeln geschmückt. Auch die Lichterkette wechselte zwischen weißem und blauem Licht und verlieh dem Ganzen einen besonderen Eiskristall-Charakter.

»Wo sollen wir zuerst hin?«, fragte ich ihn, weil ich wissen wollte, was er geplant hatte.

»Ich muss in eine Parfümerie. Mein Dad wünscht sich jedes Jahr sein Parfum von mir, und Mom hat kürzlich so von einem Fotobildband geschwärmt, den ich ihr kaufen möchte. Was steht bei dir am Plan?«

»Wir schenken uns immer etwas, was wir gemeinsam machen können. Von unseren Eltern bekommen Timothy und ich immer Karten für eine Veranstaltung. Entweder für ein Konzert oder ein Musical.«

»Das klingt schön«, meinte er und schlang einen Arm um mich.

»Ja, total. Letztes Jahr habe ich uns ein Wissensquiz gekauft, das wir seitdem fast jedes Mal gespielt haben, wenn wir uns gesehen haben. Und dieses Jahr möchte ich eine Popcornmaschine besorgen, mit der wir Popcorn wie im Kino machen können, wenn wir uns gemeinsam einen Film ansehen.«

»Macht ihr das öfter? Gemeinsam Filmschauen meine ich …«

»Wir schaffen es vielleicht alle zwei Monate. Oder drei. Seit ich ausgezogen bin, ist es natürlich weniger geworden, aber es ist jedes Mal sehr lustig und gemütlich. Es darf immer wer anderer einen Film aussuchen und auch gleich bestimmen, wer beim nächsten Mal an der Reihe ist.«

Wir hielten vor der Parfümerie, deren Schaufenster mit weißem Kunstschnee und goldenen Bändern und Sternen geschmückt waren. Dazwischen fanden sich schöne Flacons und Mini-Tannenbäumchen, deren Lichterketten für zusätzlichen Glanz sorgten.

Ich war mir sicher, dass Shawn genau wusste, welches Parfum er suchte. Trotzdem probierten wir uns eine Weile durch die verschiedenen Düfte, alberten herum und besprühten uns von oben bis unten, bis auch das Schnuppern an den Kaffeebohnen nicht mehr half und er schließlich zielsicher nach einer Packung griff, die er gleich darauf an der Kasse bezahlte.

Direkt daneben war eine große Buchhandlung, die wir komplett durchqueren mussten, bis wir am anderen Ende zu den Bildbänden kamen.

Ziellos blätterte ich ein paar durch, während Shawn die Regale ablief auf der Suche nach dem für seine Mom, den er jedoch erst entdeckte, als er eine Verkäuferin fragte – die direkt danebenstand.

Zuletzt machten wir uns auf die Suche nach einem Elektronikmarkt, wo wir keine Zeit mehr vergeuden wollten. Wir suchten Hand in Hand die Regale ab – Shawn schaute links, ich schaute rechts –, bis wir auch gleich eine Auswahl an fünf verschiedenen Maschinen fanden. Von ganz günstigen Modellen, die gefühlt beim Anschauen schon kaputt wurden, bis zu aufwändigen Geräten im Vintage-Stil, die viel zu teuer waren für mein schmales Budget. Ich entschloss mich schließlich für eine, mit der man süßes wie saures Popcorn machen konnte und die aussah wie ein Ufo.

Im Anschluss peilten wir den Ausgang an, doch kurz davor hielt ich vor dem Zuckerwattestand neben dem kleinen Karussell für Kinder. Es roch so gut süß, dass ich einfach ein paar tiefe Atemzüge nehmen musste.

»Gott, ich hab schon so lange keine Zuckerwatte mehr gegessen«, sagte ich und spürte im selben Moment, wie mir das Wasser im Mund zusammenlief.

»Dann sollten wir das dringend ändern.« Shawn zwinkerte mir zu und stellte sich auch schon an, um eine für mich zu bestellen.

Als er sie mir überreichte, konnte ich nicht anders, als ihn zu küssen. »Danke, Shawn. Das ist …«

»Nicht der Rede wert. Ich freue mich, wenn ich dich glücklich machen kann.«

Mein Herz schmolz dahin und ich musste meine Lippen erneut auf seine pressen, bevor ich die Zunge ausstreckte und versuchte, etwas von der klebrigen Zuckermasse zu erwischen.

»Warte, ich trage deine Tüte«, bot er an und nahm sie mir auch schon aus der Hand.

Dass ich von einem Ohr bis zum anderen grinste, als wir zu seinem Auto gingen, muss ich wohl nicht erwähnen …

Bei meinen Eltern angekommen, stieg die Aufregung in mir und ich hoffte einfach, dass sie Shawn gut aufnahmen. Zudem war ich auf Tim gespannt. Vielleicht ergab sich ja ein kurzer Moment mit ihm allein, um ihn auf Claudia anzusprechen. Nach wie vor ging mir sein Verhalten nicht aus dem Kopf.

Mom öffnete uns die Tür und strahlte uns beide an. »Lydia, Shawn, kommt doch rein, ich hab Kaffee aufgesetzt – und für dich natürlich heiße Schokolade«, meinte sie an mich gewandt.

»Freut mich, Sie kennenzulernen, Misses Carrington.« Shawn reichte ihr die Hand, die sie sofort ergriff.

»Ach, bitte, sag Mayra zu mir.«

»Vielen Dank. Ich hab auch Plätzchen von meiner Mom mitgebracht.«
Er reichte ihr eine ähnlich große Dose, wie ich sie im Zimmer hatte.

»Wie lieb von euch, danke.«

Wir zogen uns Mantel, Jacke und Stiefel aus und Shawn nutzte die
Gelegenheit, sich auch hier umzusehen.

»Wow, euer Weihnachtsbaum ist wirklich beeindruckend«, meinte
er bewundernd.

»Danke! Endlich ein Mann, der das anerkennt«, meinte Mom und
zwinkerte mir zu. »Kannst du das neben John und Timothy wieder-
holen?«

Shawn lachte. »Sicher, wenn es hilft.«

Mom formte »Auf jeden Fall« mit den Lippen und ging schon mal
vor ins Wohnzimmer.

Dad saß auf der Couch und las in einer Zeitschrift, doch als er
uns hereinkommen sah, legte er sie beiseite und kam uns lächelnd
entgegen.

»Ah, da seid ihr ja. Ich wollte vorhin Kaffee trinken, aber Mayra hat
es mir verboten.« Schmunzelnd umarmte er erst mich, ehe er Shawn –
bestimmt sehr kräftig – die Hand schüttelte. Doch der ließ sich nichts
anmerken.

»Wir haben uns extra beeilt, aber der Verkehr hierher war übel«,
sagte Shawn an ihn gewandt. »Unseretwegen hätten Sie jedoch nicht
warten müssen, Mister Carrington.«

Dad schüttelte belustigt den Kopf. »Sag bitte John zu mir. Und hab
ich auch nicht, ich hatte nur Angst, dass Mayra es mir übel nehmen
könnte«, meinte er flüsternd und zeigte über seine Schulter.

»So ein Blödsinn, glaub ihm kein Wort, Shawn.« Mom kam von
der Küche zu uns und balancierte ein Tablett in ihren Händen. »John,
könntest du noch die Etagere mit den Plätzchen holen?«

»Seht ihr? Ich komme erneut um meinen Kaffee«, meinte er mit einem theatralischen Augenrollen.

Mom schüttelte tadelnd den Kopf. »Du wirst auf dem Weg in die Küche oder zurück schon nicht einschlafen, weil du deine nachmittägliche Dosis Koffein nicht hattest.«

»Wer weiß, wer weiß«, raunte er und wackelte mit den Händen.

»Hat wer was von Plätzchen gesagt?«, hörte ich Tim rufen. Gleich darauf polterte er die Treppe herab und kam im Laufschritt auf Shawn und mich zu. »Hey, Leute!« Er hielt vor uns, umarmte mich kurz und klatschte dann mit Shawn ab, ehe ich die beiden einander vorstellte.

»Jo, freut mich. Freunde, die Süßes bringen, sind immer willkommen«, meinte er, ließ sich auf die Couch plumpsen und griff nach der Etagere, noch bevor Dad sie auf den Tisch gestellt hatte.

»Timothy«, rügte ihn Mom leise und wandte sich dann an Shawn. »Möchtest du Kaffee oder heiße Schokolade?«

»Heute brauch ich Koffein, danke.« Er nahm die Tasse entgegen, die sie ihm reichte, und umschloss sie mit beiden Händen. »Übrigens, richtig schöne Weihnachtsbäume, die ihr hier habt. Meine Mom wäre neidisch, wenn sie sie sehen würde.«

Belustigt schaute ich ihn an, während Mom sich überschwänglich bedankte und Dad zuzwinkerte, während sie ihm endlich seinen Kaffee gab.

»Da hört ihr mal, dass es sehr wohl Männer gibt, die einen guten Geschmack haben.«

»Das muss er sagen, immerhin will er Eindruck schinden«, meinte Tim, und Dad stimmte ihm brummend zu.

»Oder er hat einen besseren Sinn für Ästhetik als ihr«, hielt ich dagegen, was Mom zum Grinsen brachte.

»Timothy?«, wandte sie sich an meinen Bruder und zeigte auf die beiden Kannen.

»Heiße Schokolade, bitte. Brauchst du auch einen Löffel, Lydia?«, fragte Tim und stand auf, um nach dem Besteck zu greifen, das Mom auf das Tablett gelegt hatte.

»Ihr werdet doch jetzt nicht die leckeren Plätzchen von Shawns Mutter in die Tasse krümeln wollen?!« Mom schaute ihn und mich entsetzt an.

Shawn lachte. »Also mich stört es nicht, und Mom werde ich es nicht erzählen. Lydia und ich haben das letztes Wochenende auch gemacht und es schmeckt tatsächlich besser, als es klingt oder aussieht.«

Mom schenkte uns erneut einen strengen Blick, doch sie widersprach nicht mehr, als Tim sich noch ein paar Plätzchen nahm und diese gleich im Ganzen in seine Tasse fallen ließ. Stattdessen fragte sie uns, wie es in der Mall gewesen war, wie es uns beim Studium ging und ob Shawn bereits alle Weihnachtsgeschenke für seine Liebsten beisammenhatte.

»Seit heute, ja. Inklusive dem für Lydia.«

Mein Kopf schnellte in seine Richtung. Wir hatten nicht darüber gesprochen, ob wir uns was zu Weihnachten schenken würden, aber dass er ein Geschenk für mich hatte, überraschte mich.

»Hast du das heute besorgt?«, wollte ich wissen und überlegte, ob mir was entgangen war. Doch wenn ich so darüber nachdachte, war ich immer in seiner Nähe geblieben …

»Nein, das hab ich schon vor ein paar Tagen organisiert«, sagte er und zwinkerte mir geheimnisvoll zu.

»Wie spannend«, meinte meine Mom mit leuchtenden Augen und ich war mir sicher, dass Shawn dadurch gleich noch einmal mehr bei ihr gepunktet hatte.

»Ich hab dein Geschenk ebenfalls schon besorgt«, sagte Dad und grinste Mom stolz an.

»Meines auch?«, rief Tim dazwischen.

»Deines bringt Santa«, erklärte Dad, was Tim die Augen verdrehen ließ.

»Du weißt schon, dass ich nicht mehr an ihn glaube, oder?«

»Oh. Das ist schlecht. Dann gibt es dieses Jahr kein Geschenk für dich.« Mom blieb bei dieser Aussage völlig ernst.

Aus Protest schnaubte Tim geräuschvoll auf und schlürfte die schokoladige Brühe lautstark aus seiner Tasse, was Shawn und mich zum Lachen brachte.

Wir alberten noch eine Weile herum, bis Tim sich verabschiedete und sich auf sein Zimmer zurückziehen wollte.

»Warte kurz!«, rief ich ihm hinterher und entschuldigte mich bei Shawn und meinen Eltern.

Am Treppenabsatz holte ich Tim ein.

Fragend schaute er mich an.

»Wie geht es Claudia?«, wollte ich wissen, weil es mir gerade schwerfiel, einen passenden Einstieg ins Gespräch zu finden.

»Gut.«

Okay, das war nicht wirklich hilfreich …

»Ähm … Bitte nicht böse sein, aber seit Dienstag frage ich mich, was der Grund dafür ist, warum du sie nicht mit nach Hause bringst und Mom und Dad offiziell als deine Freundin vorstellen willst.«

Seine Augenbrauen schoben sich zusammen und eine Falte bildete sich dazwischen. »Kann das nicht meine Sache sein?«, brummte er genervt.

»Doch, natürlich! Es ist ganz allein dir überlassen, aber … Sie ist so ein liebes Mädchen und ich hab mich gefragt, ob du … also … ob es für dich vielleicht nur Spaß ist, während sie eventuell mehr in eurer Beziehung sieht.«

»Du denkst, ich spiele mit ihr und ihren Gefühlen? Verdammt, Lydia, hältst du mich für so ein Arschloch?«

Bei seinen schroffen Worten zuckte ich zurück, auch wenn er sie nur geflüstert hatte, um die Aufmerksamkeit der anderen nicht auf uns zu ziehen.

»Nein, das denke ich eigentlich nicht, Tim. Ich hoffe es zumindest nicht. Aber ich würde gern verstehen, warum du sie seit Neuestem von hier fernhältst.«

Abermals schnaubte er und fuhr sich mit einer Hand durch seine gewellten Haare, die wie fast immer kreuz und quer von seinem Kopf abstanden. »Also ich weiß ja nicht, wie es bei dir und deinem ersten Freund war, den du Mom und Dad vorgestellt hast. Was sie dir damals alles gesagt haben und so ... Aber mir haben die beiden erklärt, dass sie sich gemeinsam mit meinem Mädchen und mir zusammensetzen und ein Aufklärungsgespräch über Sex führen wollen.«

Mein Mund klappte auf, doch er redete einfach weiter.

»Und ganz ehrlich, das will ich Claudia nicht antun. Noch nicht. An dem Punkt sind wir noch gar nicht angelangt. Wir mögen uns, wir küssen uns ... Aber es gibt nichts, was ich mit ihr überstürzen will, verstehst du? Und sie in so eine Situation zu bringen könnte das Ende unserer Beziehung bedeuten. Ich meine, welches Mädchen hat schon Bock darauf, einen Vortrag über Safer Sex von den Eltern ihres Freundes gehalten zu bekommen?«

Das alles verwunderte mich und hatte so gar nichts mit dem zu tun, was ich vermutet hatte. »Okay, ich kann dich voll und ganz verstehen.«

Nun war er derjenige, der überrascht aussah. »Ja?«

»Aber natürlich! Ich würde das auch nicht wollen. Doch weißt du, was? Rede mit Mom und Dad darüber. Mal abgesehen davon, dass ich denke, dass sie das nicht ernst gemeint haben ... Trotzdem würde ich ihnen die Situation erklären. Dass du eine Freundin hast, die du ihnen liebend gern vorstellen würdest, du aber auf keinen Fall willst, dass sie mit euch über euer Sexleben sprechen, weil es dafür einfach zu früh ist. Oder weil es halt auch gar nicht passt. Ihr seid verantwortungsvoll, und solltet ihr einen Schritt weitergehen, werdet ihr ja hoffentlich an Verhütung denken.«

Seine Augen weiteten sich. »Auf jeden Fall! Ich hab noch zu viel vor, um das alles auf eine jahrelange Warteliste zu setzen, weil ich unerwartet Vater werde. Ich meine, ich bin ja selbst gerade erst dabei, ein Mann zu werden. Da steht ein Kind ganz unten auf meiner Liste.«

»Dann sag das Mom und Dad!«

Er nickte. »Du hast recht, das werde ich. Nicht, dass Claudia mit mir Schluss macht, weil sie denkt, ich würde mich für sie schämen und deshalb nicht mehr hierherbringen wollen.«

»Eben.« Ich lächelte ihm aufmunternd zu.

»War das bei dir damals auch so? Haben sie ebenfalls mit so einem Gespräch gedroht?«

Kurz presste ich meine Lippen aufeinander. »Sorry, aber nein. Das war bei mir nie ein Thema. Das Aufklärungsgespräch hab ich ganz allein durchgestanden.«

»Ist ja wieder mal typisch. Von der braven Tochter wird erst gar nicht erwartet, dass sie Blödsinn macht, aber beim Sohn … Oh, beim Sohn, da müssen wir aufpassen …!« Er verdrehte die Augen, was mich dazu brachte, ihm aufbauend auf die Schulter zu klopfen.

»Rede mit den beiden! Und mit Claudia. Sag ihr den wahren Grund, sie wird es verstehen. Ich glaube nämlich, dass du sie am Dienstag enttäuscht hast.«

Er brummelte etwas vor sich hin, dann nickte er. »Du hast recht. Ich ruf sie gleich an.« Ohne Vorwarnung umarmte er mich.

Ich drückte ihn und streichelte ihm über den Rücken, ehe er sich von mir löste. »Übrigens … cooler Typ, dieser Shawn.« Er zwinkerte mir zu, bevor er nach oben in sein Zimmer lief.

Nachdem ich zurück bei Shawn und meinen Eltern war, unterhielten wir uns noch eine ganze Weile über alles Mögliche. Über *My Christmas Wish*, über Weihnachten, übers Skifahren, das wir alle nicht konnten, aber gerne können würden. Wir sprachen über Weihnachtsfilme, diskutierten darüber, ob Toffee-Popcorn oder geröstete Mandeln besser waren. Und wir redeten über die Kinder im Krankenhaus und wie sehr sie sich freuten, wenn ich sie als Weihnachtsengel verkleidet besuchte und die kleinen süßen Überraschungen austeilte, die das Krankenhauspersonal für sie bereithielt. Etwas, das ich jedes Jahr machte, seit ich mich dort engagierte.

»Vielleicht kannst du mich ja dieses Jahr begleiten … als Santa!«, wandte ich mich an Shawn, als mir die Idee kam.

Er lachte auf. »Oje, ich weiß nicht, ob ich einen so guten Weihnachtsmann abgebe. Mir fehlt der Bauch und überhaupt hab ich keine Verkleidung …«

»Das wäre das geringste Problem. Wir haben ein Santa-Kostüm, *mit* Bauch und Bart und Brille und allem, was dazugehört«, brachte sich Dad ein, der sich sichtlich über die Vorstellung amüsierte und zugleich freute.

»Sieht ganz so aus, als würdest du da nicht mehr rauskommen, junger Mann«, meinte Mom belustigt und zwinkerte ihm zu.

»Ja, offensichtlich. Okay, ich tu es. Aber nur, wenn du mich im Anschluss in deinem Engelskostüm ins Altersheim begleitest und dort den Leuten frohe Weihnachten wünschst.«

Ich lachte auf. »Das kann ich auf jeden Fall machen.«

»Apropos Altersheim … Ich würde dem gerne heute noch einen Besuch abstatten und dir eine neue Bewohnerin vorstellen, die mir ganz besonders am Herzen liegt. Die einmal mehr Grund für mich ist, dort regelmäßig vorbeizuschauen.«

»Klar, gerne.« Dass er das tun wollte, freute mich. Ich hatte keine Ahnung, wer diese neue Bewohnerin war oder warum er wollte, dass ich sie kennenlernte, aber vielleicht hatte sie was mit *My Christ-mas Wish* zu tun? Womöglich hatte sie uns im Radio gehört, oder wir kannten uns aus dem Krankenhaus – immerhin hatte ich dort immer wieder auch mit den Angehörigen der Kinder Kontakt.

»Dann wollen wir euch beide nicht länger aufhalten«, sagte Mom und stand ebenfalls auf, als wir uns erhoben. »Sag deiner Mom lieben Dank für die Plätzchen, die schmecken wirklich unglaublich gut. Ich packe sie schnell in einen anderen Behälter, damit du die Dose gleich mitnehmen kannst. Ich bin nämlich ganz schlecht darin, die Dinge wieder an ihre eigentlichen Besitzer zurückzugeben. Beziehungsweise räume ich die Sachen weg, weil sie mir sonst im Weg stehen, und ir-gendwann weiß ich nicht mehr, von wem sie stammen.«

»Was Mayra damit sagen will, ist … sie ist nicht kleptomanisch veranlagt, sie ist einfach nur vergesslich«, sagte Dad und fing sich ei-nen Klaps von Mom ein.

Wenig später fand ich mich in festen Umarmungen von Mom und Dad wieder, die mich und Shawn verabschiedeten.

»Fahrt vorsichtig!«, rief Mom uns hinterher, als wir zum Auto eil-ten. Es schneite, und ich liebte es, dass alles weiß war. Die Welt sah wie in Zuckerwatte gehüllt aus. Es herrschte eine ganz besondere, ja friedliche Stimmung. Es war ein perfekter Nachmittag gewesen – mit Shawn und meiner Familie –, und der frische Schnee rundete diesen ab.

Ich half Shawn, den Schnee von seinem Wagen zu kehren, obwohl er darauf bestand, dass ich mich schon hineinsetzen und auf ihn war-ten sollte. Aber mir wäre so oder so kalt, und je eher wir losfahren konnten, umso schneller würde es im Auto warm werden.

»Coole Deko übrigens, die ihr im Vorgarten habt.« Shawn sah sich beeindruckt um. Als wir hergekommen waren, war es noch zu hell gewesen, um sie in voller Pracht zu sehen. Aber jetzt, wo es dunkel war, erstrahlte unser Haus auch außen in weihnachtlichem Glanz.

»Ja, das machen immer Dad und Tim gemeinsam. In den letzten Jahren hatten die beiden nicht so viel aufgehängt, aber dieses Jahr ... Keine Ahnung. Ich tippe stark darauf, dass es eine Kampfansage von Dad an unsere Nachbarn ist.« Ich deutete über die Schulter zu den Coles'.

Als Shawn in die Richtung sah, lachte er auf. »Das könnte sein, ja.« Wenig später fuhren wir durch die Straßen und sahen noch mehr geschmückte Häuser, die Licht in die dunkle Jahreszeit brachten und deren Dekoration den Schnee in den Vorgärten zum Glitzern brachte. Von zurückhaltenden Sternen an den Fensterscheiben bis zur Beleuchtung, die den Coles' Konkurrenz machten, war alles dabei, bis wir beim Altersheim ankamen. Dort konnten wir zum Glück in der Tiefgarage parken und würden uns ein weiteres Mal Auto-Abfegen sparen.

»Falls Joseph mich wieder zu einer Partie Scrabble überreden will, muss ich ihm aber absagen. So viel Zeit habe ich leider nicht mehr. Außer du möchtest länger bleiben? Ich hab jedoch noch einiges zu lernen.«

»Geht mir genauso. Ich würde sagen, dass wir heute nur eine halbe Stunde hierbleiben.«

Ich nickte. »Hoffentlich ist er nicht allzu enttäuscht, wenn ich ihm einen Korb geben muss.«

»Bestimmt nicht. Du kannst ihn ja damit vertrösten, dass du bald im Engelskostüm hier antanzen wirst.« Shawn zwinkerte mir zu.

»Oje, das wird den armen Mann womöglich ins Schwitzen bringen.«

Er lachte laut auf. »Das mit Garantie.«

Wir stiegen aus und nahmen den Fahrstuhl, der uns nach oben brachte. Shawn nutzte die Gelegenheit, mich in seine Arme zu ziehen. »Das wollte ich schon die ganze Zeit machen«, raunte er und küsste mich zärtlich.

Ich genoss es, von ihm gehalten zu werden, auch wenn unsere dicken Jacken für zusätzlichen Abstand sorgten.

Oben angekommen, folgte ich ihm wieder in den Aufenthaltsraum. Wir begrüßten ein paar der Bewohner und ich plauderte kurz mit Carmen, während Shawn sich an eine der Betreuerinnen wandte. Gleich darauf bedeutete er mir, zu ihm zu kommen.

»Bitte entschuldige mich«, sagte ich an die ehemalige Ärztin gewandt, die ihre schlohweißen Haare zu einem Dutt gesteckt hatte, und ging zu Shawn. »Was ist?«

Er lächelte mich an. »Komm mit, ich möchte dir die neueste Bewohnerin vorstellen.«

Ich ging mit ihm den Flur entlang zu den Zimmern, von denen die meisten Türen offen standen. Entweder waren die Räume leer, weil die Bewohner im Aufenthaltsraum waren, oder sie saßen vor dem Fernseher, lagen im Bett, aßen Obst oder hatten Besuch. Doch dann hielten wir vor einer Tür, die nur angelehnt war. Shawn klopfte, bevor er sie aufdrückte, und ich folgte ihm gespannt.

Eine gebrechliche alte Frau saß am Fenster und schaute den Schneeflocken zu, die davor tanzten. Als sie uns hörte, wandte sie uns den Kopf zu und sah uns neugierig an. »Ja, bitte?«

Ich stockte, denn es war Grace Schneider, die dort so einsam saß.

Mein Herz brach ein kleines bisschen, weil die arme alte Dame nun wirklich hier war und nicht mehr in ihrem hübschen Haus wohnen durfte ... Ihre Tochter und ihr Enkelsohn hatten gesiegt und ihr alles weggenommen, was sie noch hatte. All die Erinnerungen an eine schöne Zeit, an ihren Charles, an ihre Ehe ... Sich erst von ihrem Mann verabschieden zu müssen und nun auch von ihrem Haus musste echt ein schwerer Brocken sein. Kein Wunder, dass sie lieber hier in diesem Zimmer blieb, statt drüben im Aufenthaltsraum bei den anderen Bewohnern Spaß zu haben.

»Hey, wie geht es dir?«

»Gut«, sagte sie und lächelte. Sie schaute ihn einen Moment an, dann mich, schließlich wieder ihn.

Shawn zögerte, was mich irritierte, doch endlich redete er weiter.

»Ich bin's, Shawn, dein Enkelsohn. Ich bin hier, weil ich dir meine Freundin Lydia vorstellen möchte, Granny ...«

Enkelsohn? Granny?

In dem Moment war es, als würde alles um mich herum zu Eis gefrieren. Ich taumelte einen Schritt zurück und stieß gegen den Türrahmen.

»Lydia, das ist ...« Shawn stockte, als er sich zu mir umdrehte. »Geht es dir nicht gut? Du bist so blass ...«

Ich schüttelte den Kopf. Ohne es steuern zu können, verschleierten Tränen meine Sicht und mein Herz zerbrach.

Wie konnte dieser Mann, der so wunderbar war, der Enkelsohn von Grace Schneider sein? Derjenige, der mitverantwortlich dafür war, dass diese arme alte Frau verlor, was ihr so viel bedeutete?

Dann fiel es mir wie Schuppen von den Augen. Immer dachte ich, dass er einen Haken haben *musste*, weil er zu gut war, um wahr zu sein. Ich hatte es die ganze Zeit über gespürt und nun bekam ich die Auflösung des Rätsels geliefert. Jetzt wurde mir klar, dass Shawn auch eine dunkle Seite hatte. So dunkel, dass ich nicht wusste, ob ich damit leben konnte.

Ohne ein Wort zu Shawn oder zu Misses Schneider zu sagen, drehte ich auf dem Absatz um und lief davon. Shawn rief mir hinterher, doch ich blieb nicht stehen. Ich eilte nach draußen, hinaus in den Schneesturm, die Straße hinab. Irgendwo hier in der Nähe musste eine Bushaltestelle sein, von der aus ich zurück ins Wohnheim kam. Ich wollte nur noch weg von hier, weg von Shawn. Weg von allem, was mir eben gezeigt hatte, dass ich schon längst auf mein Bauchgefühl hätte hören sollen. Und die ganze Zeit hoffte ich, dass Shawn mir nicht folgen würde. Ich würde ihn jetzt nicht ertragen ...

Erst als ich einen Blick über meine Schulter warf und sah, dass er mir nicht nachlief, war ich erleichtert. Und enttäuscht.

War ich ihm so wenig wert?

Offensichtlich, wenn er nicht einmal ein Herz für seine Grandma hatte und ihr das alles antat ...

Ein Schluchzen löste sich aus mir, als ich meine Schritte verlangsamte und die Bushaltestelle in Sicht kam. Am ganzen Körper zitternd stellte ich mich unter das kleine Glasdach, das nur wenig Schutz gegen Schnee und Kälte bot. Zum Glück fuhr nur einige Minuten später der Bus ein, der mich zurück zum Wohnheim bringen würde ...

Kapitel 22 – Shawn

Ungläubig schaute ich Lydia hinterher, wie sie nach draußen in den Schneesturm eilte. Ich überlegte, ihr hinterherzulaufen, wollte aber erst noch einmal nach meiner Granny sehen. Für sie musste es auch ziemlich irritierend gewesen sein. Aber was auch immer Lydia erschüttert hatte, es musste etwas richtig Schlimmes gewesen sein.

Verwirrt und traurig betrat ich erneut ihr neues kleines Zuhause.

»Guten Tag ... waren Sie nicht eben schon mal hier? Bitte entschuldigen Sie, mein Gedächtnis funktioniert nicht mehr, wie es soll, aber sind Sie der neue Arzt?«

Ich schüttelte nur den Kopf, konnte nicht glauben, was gerade passiert war. Verstand es nicht ...

Lydia und ich waren hier in diesen Raum gegangen, sie hat meine Granny gesehen, hatte sich umgedreht und ist weggelaufen. Im ersten Moment dachte ich noch, dass ihr womöglich übel geworden sei, auch wenn sich mir der Grund dafür nicht erschloss.

Die Plätzchen und die heiße Schokolade vielleicht ...

Doch als sie an den Toiletten vorbeigeeilt war, hatte es bei mir klick gemacht. Die Tränen und der Schock, den ich in ihren Augen gesehen hatte, mussten einen anderen Grund haben. Nur welchen?

»Hast du Lydia schon einmal getroffen?«, fragte ich Granny direkt, obwohl ich nicht wirklich mit einer aussagekräftigen Antwort rechnete. Nicht heute …

»Lydia?« Sie sah mich fragend an, dann bemerkte ich, dass es in ihrem Kopf ratterte. »Ah, ich weiß schon, das ist doch das Mädchen, mit dem meine Monica gemeinsam im Geigenunterricht ist, richtig?«

Enttäuschung überkam mich, die nicht da sein sollte, weil ich wusste, dass Grannys Gedanken und Erinnerungen ihr viel zu lange nicht mehr folgten. »Ja, genau die meinte ich«, sagte ich mit einem gequälten Lächeln auf den Lippen, weil ich gerade nicht die Kraft hatte, ihr alles zu erklären.

»Ein liebes Mädchen, aber ihre Eltern sind schreckliche Menschen. Wirklich, wenn ich die nächsten Sonntag in der Kirche sehe, dann …« Sie schüttelte den Kopf.

»Ich komm dich ein anderes Mal wieder besuchen, okay?«, murmelte ich nur noch und lief schließlich zurück Richtung Aufzug.

»Fährst du schon?«, rief mir die Betreuerin hinterher, die ich vorhin gefragt hatte, wo ich meine Granny finden würde und von der ich mir den Namen nie merken konnte. Doch ich rannte weiter, ihre Frage ignorierend. Verdammt, ich hätte Lydia gleich hinterherlaufen sollen. Ich musste zu ihr und herausfinden, was da eben passiert war …

Fuck, ich hätte sie nicht abhauen lassen sollen, ohne mit ihr zu reden – aber ich wollte auch meine Granny nicht einfach so zurücklassen. Selbst wenn sie dement war, ging es gegen meine Natur und meine Erziehung. Wobei es genauso falsch gewesen war, Lydia nicht zurückzuhalten.

Beim Wagen angekommen, stiegen meine Vorwürfe ins Unermessliche an. Das Wetter war mies – inzwischen wirbelte der Wind stürmisch dicke Flocken durch die Luft – und ich Idiot hatte zugelassen, dass sie jetzt dort draußen herumirrte. Ich konnte nur hoffen, dass sie in das nächstbeste Café gegangen war.

Kaum dass ich aus der Tiefgarage fuhr, wählte ich ihre Nummer. Das hätte ich schon viel früher machen sollen, aber ich war so durch den Wind gewesen, dass ich das völlig verpeilt hatte.

Es klingelte mehrfach, dann landete ich auf der Mobilbox. Meine Unruhe verstärkte sich, also wählte ich ihre Nummer erneut. Diesmal blockierte sie meinen Anruf nach zweimaligem Freizeichen. Beim dritten Versuch hatte sie ihr Handy ausgemacht.

Gut, okay. Es lag wohl an mir, dass sie so fluchtartig das Altersheim verlassen hatte – auch wenn ich noch immer nicht wusste, *was* der Auslöser dafür gewesen war. Aber ich würde es herausfinden. Denn egal, was es war, es musste ein Missverständnis sein, das sich hoffentlich beheben ließ. Ganz sicher sogar, schließlich hatte ich nichts getan, um sie zu verletzen oder zu verärgern. Ich war mir keiner Schuld bewusst.

Eine Weile fuhr ich die umliegenden Straßen ab, doch ich konnte sie nirgends entdecken. Weder in einem der etlichen Cafés, an denen ich langsamer vorbeifuhr, um durch die Scheiben zu schauen, noch an einer Bushaltestelle oder auf dem Gehweg. Es war bereits dunkel. Dass sie jetzt allein im Finsteren unterwegs war, bereitete mir nicht nur Sorgen, sondern auch Bauchschmerzen.

Erneut wurde ich unruhig, beschloss jedoch, zurück zum Campus zu fahren und dort nach ihr zu sehen. Auf dem Weg dorthin probierte ich weiterhin, Lydia zu erreichen – vergeblich.

Als ich schließlich in der Parkgarage ankam, war ich ziemlich aufgewühlt. Ohne mich mit irgendwas anderem aufzuhalten, eilte ich in ihr Wohnheim und rannte die Treppen hinauf, sodass ich völlig außer Atem vor ihrer Tür zum Stehen kam.

Ich klopfte an ihre Tür, die tatsächlich kurz darauf von Lydias Freundin Ellen geöffnet wurde. Und ihrem finsteren Blick nach zu urteilen, wusste sie mehr als ich …

Ohne Umschweife kam ich zur Sache. »Wo ist sie?«

»Du solltest besser nicht mehr herkommen, Shawn«, sagte sie, und ihre Stimme war voller Verachtung, was ich noch weniger verstand.

Egal, was es war, Lydia musste mich für ein völliges Monster halten ...

»Sag ihr bitte einfach, dass ich mit ihr reden will.« Ich versuchte, an ihr vorbeizuschauen, aber Ellen zog die Tür zu, ohne mir die Chance zu geben, einen weiteren Blick hinein zu erhaschen.

»Komm schon, ich muss sie sehen. Es hat ein Missverständnis gegeben oder ... was weiß ich! Sie ist doch hier, hab ich recht? Ich meine, verdammt, ich mache mir Sorgen! Sie ist, ohne etwas zu sagen, aus dem Altersheim geflüchtet und hinaus in die Nacht. In den Schneesturm! Ich muss einfach wissen, dass es ihr gut geht, dass ihr nichts zugestoßen ist.«

»Bereits die Tatsache, dass du zugelassen hast, dass sie in der Dunkelheit bei diesem Wetter draußen unterwegs ist – allein – ist ja wohl die Höhe. Nur schon deshalb sollte ich dich einfach im Unklaren lassen ...« Sie schnaubte auf. »Aber ja, sie ist gut hier angekommen. Hat mir erzählt, was passiert ist, und ist wieder weg.« Damit wollte sie die Tür schließen, als sei alles gesagt, doch mir reichte es.

Ich war am Ende mit meiner Geduld. Ohne auf ihre Proteste einzugehen, drängte ich mich an ihr vorbei ins Zimmer, wo ein Kerl in Boxershorts auf einem der beiden Betten saß und auf seinem Handy herumdrückte. Arbeitete er nicht im Café? Ich hatte ihn schon mal irgendwo gesehen. Kurz hob er den Blick und schaute mich an, als hätte ich kleine Kätzchen ermordet oder ... etwas noch viel Schlimmeres getan.

»Ist er das?«, fragte er Ellen, die nickte.

Seine Antwort bestand aus einem abfälligen Schnauben und einem Kopfschütteln, ehe er sein Telefon beiseitelegte und in seine Jeans schlüpfte. Als er sich danach aufrichtete, musste ich gestehen, dass er doch etwas einschüchternd wirkte mit seinen Tattoos und dem sehnigmuskulösen Körperbau.

»Sag mir, wo ich sie finde, Ellen!«, wandte ich mich wieder an Lydias Freundin, doch die verschränkte ihre Arme vor der Brust.

»Wie gesagt, Shawn, für dich, vor allem aber für Lydia ist es das Beste, wenn du dich zukünftig von ihr fernhältst. Du hast schon *genug getan*.« Sie setzte die letzten beiden Worte unter in die Luft gemalte Gänsefüßchen. »Und nein, ich werde dir nicht sagen, worum es geht. Da mische ich mich nicht ein. Wobei es mich ja direkt wundert, dass du nicht selbst auf die Idee kommst ... Ich meine, mit dem Projekt und deiner Granny ...«

Sie schüttelte den Kopf, dann hob sie ihren Arm und zeigte zur Tür. »Verschwinde jetzt, bevor ich Joe bitte, dich rauszukomplimentieren.«

Dieser kam ein paar Schritte auf uns zu und knackte mit den Fingerknöcheln. Keine Ahnung, ob das nur Show war oder ob er tatsächlich handgreiflich werden würde, aber ich wollte es nicht herausfinden.

Kopfschüttelnd ging ich aus dem Zimmer. In der Tür hielt ich noch einmal inne. »Ich hab nichts Falsches getan, Ellen. Wirklich, ich ... bin verrückt nach Lydia und würde alles tun, um es wiedergutzumachen. Egal, worum es geht.«

»Ich fürchte, dafür ist es zu spät«, war ihre Antwort. Dann fiel die Tür vor meinen Augen ins Schloss und es fühlte sich an, als ob dieser Joe mir tatsächlich in den Magen geboxt hätte.

Total überfordert von der Situation ging ich nach unten. Ich warf noch einen Blick in den Aufenthaltsraum, in dem zwar einige Leute waren, ich jedoch Lydia nicht entdecken konnte. Überhaupt konnte ich mir nicht vorstellen, dass sie nach allem jetzt hier sitzen und sich angeregt unterhalten würde.

Die Kälte draußen spürte ich kaum. Auch nicht die dicken Schneeflocken, die mir ins Gesicht peitschten, als ich ins Freie trat. Den Weg zu meinem Wohnheim legte ich wie in Trance zurück, während ich mir weiter den Kopf darüber zerbrach, was heute schiefgelaufen war. Es musste etwas mit dem Altersheim und meiner Granny zu tun haben. Aber ich wüsste nicht, was ...

Verdammt, mir fehlte ein Puzzleteil in dieser ganzen Sache, und das machte mich verrückt. Vor allem, da weder Lydia noch ihre Freundin Ellen oder dieser Joe damit herausrückten. Sie schienen den Grund für ihre Flucht zu kennen und wollten ihn mir nicht verraten, was völlig bescheuert war. Denn ich würde erst dann die Sache in Ordnung bringen können, wenn ich wusste, was ich falsch gemacht hatte. Ob ich überhaupt etwas falsch gemacht hatte.

Als ich endlich durch die Eingangstür in mein Wohnheim trat, holte ich erneut mein Telefon aus der Hosentasche. Vermutlich würde ich wie die letzten Male auf Lydias Mobilbox landen, aber ich wollte ihr zumindest eine Nachricht aufsprechen. Ich *musste* diese Sache aus dem Weg schaffen, weil ich sie nicht verlieren konnte. Nicht so. Ich hatte nichts getan, das sagte ich mir immer wieder ... Und doch war da eine Stimme in mir, die mir klarzumachen versuchte, dass es anders sein musste. Sonst hätten Lydia, Ellen und Joe nicht so reagiert.

Tatsächlich ertönte das Freizeichen, aber sie ging nicht ran. Ich wechselte zum Nachrichtenchat und mein Herzschlag beschleunigte sich, als ich sah, dass sie mir schrieb. Angespannt lief ich nach oben in unsere Studentenbude, ohne meine Zimmerkollegen Chase und Will zu beachten, und schloss mich im Badezimmer ein.

Völlig entkräftet ließ ich mich auf dem Toilettensitz nieder und starrte gebannt auf die tanzenden Punkte auf meinem Display, die immer wieder verstummten. Vermutlich suchte Lydia nach den richtigen Worten, aber ich hielt mich zurück, ebenfalls etwas zu schreiben, aus Angst, sie könnte dann unterbrechen, und ich würde nie erfahren, was sie mir mitteilen wollte.

Endlich ging die Nachricht bei mir ein, und was Lydia schrieb, traf mich dermaßen heftig, dass ich glaubte, keine Luft mehr zu bekommen.

LYDIA: NIE HÄTTE ICH GEDACHT, DASS ICH MICH DERART IN DIR TÄU-
SCHEN KÖNNTE. ICH DACHTE, DU SEIST ALLES, WAS ICH MIR JE GE-
WÜNSCHT HATTE. DU HAST MICH GLÜCKLICH GEMACHT, ICH HABE
MICH IN DICH VERLIEBT. ICH HABE DIR *VERTRAUT*, SHAWN, UND DU
HAST DIESES VERTRAUEN EINFACH IN DEN DRECK GEWORFEN. DIE
GANZE ZEIT ÜBER HATTE ICH NICHT AUS DEM KOPF BEKOMMEN, DASS
DU ZU GUT SEIST, ZU PERFEKT. ICH WOLLTE NICHT WAHRHABEN, DASS
DAS ALLES NUR SHOW IST.
BITTE TU MIR EINEN GEFALLEN UND ZIEH DICH AUS *MY CHRISTMAS
WISH* ZURÜCK. ICH WILL NICHT, DASS DU WEITERHIN DAMIT IN VERBIN-
DUNG GEBRACHT WIRST. NICHT NACHDEM, WAS DU GETAN HAST. DAS
KOMMT MIR SONST EINFACH ZU HEUCHLERISCH VOR. ICH MÖCHTE
AUSSERDEM, DASS DU DICH VON MIR FERNHÄLTST. LÖSCH MEINE NUM-
MER. ES WÄRE ZU SCHMERZHAFT FÜR MICH, DIR NOCH EINMAL ÜBER
DEN WEG LAUFEN ZU MÜSSEN, ALSO MEIDE MICH BITTE IN ZUKUNFT.
ICH BIN SO DERMASSEN ENTTÄUSCHT VON DIR UND AUCH VON MEINER
MENSCHENKENNTNIS, DASS ES SO EINFACH BESSER IST.

Wieder und wieder las ich ihre Worte, verstand weder ihren Sinn noch
ihren Ursprung. Nach wie vor wusste ich nicht, was ich getan hatte,
nur, dass gerade etwas passiert war, was ich kein zweites Mal erleben
wollte.

Rosalie hatte mir gezeigt, was es bedeutete, diesen Schmerz zu fühlen. Bei Lydia hatte ich mich sicher gefühlt. Ich hatte gedacht, dass
zwischen uns alles in Ordnung sei, dass sie mir niemals so was antun
würde. Dass dieser Moment so schnell und unerwartet kam, fühlte
sich an, als würde in meiner Brust etwas explodieren. Und vermutlich
tat es das auch.

Kapitel 23 – Lydia

Die letzten zwei Tage waren die Hölle.

Nicht nur, weil ich, so sehr ich es versucht hatte, Shawn nicht aus meinem Kopf verdrängen konnte. Es war auch so viel für *My Christmas Wish* zu tun gewesen, dass ich quasi jede freie Minute entweder am Computer oder am Telefon hing und die letzten Leute aneinander vermittelte und größere wie kleinere Probleme zu lösen versuchte. Etwa einen Hochstuhl für das Baby eines alleinerziehenden Vaters bei der kinderlosen Familie zu organisieren, der die beiden zugeteilt worden waren, oder einen Mann neu zu vermitteln, der unbeabsichtigter Weise seinem ehemaligen Boss und seiner Familie zugeteilt worden war, der ihn vor vier Jahren entlassen und somit den Grundstein für dessen Obdachlosigkeit gesetzt hatte. Oder wie jetzt bei Pater Richard saß, um hier diejenigen für ein erstes Kennenlernen zusammenzubringen, die nicht über digitale Möglichkeiten verfügten. Das waren zum Teil alte Menschen, die noch rüstig genug waren, um allein zu leben, oder die sich strikt weigerten, in ein Pflege- oder Altersheim zu ziehen. Ein Teil waren sogar Obdachlose, die nach viel zu vielen Jahren auf der Straße einfach einmal wieder das Gefühl von Gemeinschaft und Zugehörigkeit erleben wollten. Einige hatten erst vor Kurzem alles verloren und der Gedanke daran, Weihnachten im Kreise einer Familie zu feiern, bot einen kleinen Hoffnungsschimmer.

Es waren auch ein paar Helfer hier, mit denen ich Ordnung in das Chaos zu bringen versuchte. Statt Shawn war Willow eingesprungen, wofür ich ihr sehr dankbar war. Tatsächlich hatte er sich nach meiner langen Nachricht nicht mehr gemeldet. Einerseits war es ernüchternd gewesen, weil er mir dadurch das Gefühl gab, dass er aufgegeben und sich mit der Trennung abgefunden hatte. Auch wenn es natürlich genau das war, worum ich ihn gebeten hatte. Andererseits beruhigte es mich, denn mein Herz schmerzte bei jedem Gedanken an ihn so sehr, dass ich mir nicht vorstellen konnte, ihm persönlich zu begegnen und womöglich auch noch mit ihm zusammenarbeiten zu müssen.

Ich hatte ihn aus unserer Organisationsgruppe entfernt und einige der Leute hatten mich daraufhin in einer privaten Nachricht angeschrieben, was denn vorgefallen sei. Weil ich die Sache zwischen Shawn und mir nicht breittreten wollte, hatte ich nur geantwortet, dass es zu Differenzen gekommen war, die mich dazu veranlasst hätten, ihn zu bitten, aus dem Projekt auszusteigen.

Auf sämtliche weitere Nachfragen war ich nicht eingegangen. Keine Ahnung, ob sich die Leute daraufhin an ihn gewandt hatten und ob er ihre Fragen beantwortet hatte. Jedenfalls hatten sie relativ schnell aufgehört, mich damit zu belästigen. Was gut war, schließlich hatte jede Nachricht zu dem Thema geschmerzt.

»Mister Olson, haben Sie schon die Familie gefunden, mit der Sie in vier Tagen Weihnachten feiern werden?«, wandte ich mich an einen alten Mann, der etwas planlos und überfordert am Rand stand und die Menschen vor ihm beobachtete. Er war einer der Obdachlosen, doch er sah nicht wie einer aus. Er hatte sich rasiert und gewaschen. Einzig eine leichte Alkoholfahne wehte mir entgegen, aber ich wusste, dass sie gerade in der kalten Jahreszeit zu Alkohol griffen, um sich von innen zu wärmen und dem Elend zumindest gedanklich zu entkommen. Dass sich diejenigen, die sich tatsächlich für *My Christmas Wish* gemeldet hatten, auch für heute zurechtgemacht hatten, bedeutete mir viel.

Mister Olson schüttelte den Kopf. »Ich glaube, es ist besser, wenn ich wieder gehe … Streichen Sie mich aus der Liste«, murmelte er und wollte sich schon abwenden, als eine Frau um die fünfzig mit ihrem Mann auf uns zukam.

»Frederic Olson?«

Er stockte in der Bewegung und wandte sich ihr zu. Sie lächelte ihn zaghaft an und schielte kurz zu mir.

Ich bedeutete ihm mit einem Nicken, dass es keinen Grund gab, wieder zu gehen.

»Ja?«

»Wir sind Jocelyn und Toby Bennet und laut Pater Richard wurden wir einander zugeteilt.« Sie sah verlegen zu ihrem Mann, der daraufhin Frederic die Hand entgegenstreckte.

»Wir freuen uns, dass Sie an Weihnachten unser Gast sind. Sie mögen Hunde, ist das richtig?«

Zögernd begrüßte der Mann Mister Bennet und nickte.

»Wir haben einen Mischlingsrüden, Charly. Vielleicht freunden Sie sich ja auch mit ihm an. Wir haben ihn vor drei Jahren aus dem Tierheim geholt, er hat wohl einige Zeit auf der Straße gelebt. Es wird vermutet, dass ihn jemand ausgesetzt hat. Er hatte eine Verletzung an der Schnauze, die zum Glück gut verheilt ist. Sah nach einer Schnittverletzung aus, vermutlich hat er sich die zugezogen, als er aus einer Dose fressen wollte …« Misses Bennet klang betrübt, doch dann lächelte sie wieder. »Heute geht es ihm jedoch gut. Wir haben ihm ein liebevolles Zuhause geschenkt und genießen jeden Tag mit ihm.«

»Wir haben ihm schon von Ihnen erzählt«, redete nun Mister Bennet weiter. »Er hat zustimmend gebellt, als wir ihn gefragt haben, was er davon hält, mit Ihnen gemeinsam Weihnachten zu feiern.« Mister Olson schmunzelte. »Wir Jungs von der Straße müssen eben zusammenhalten.«

»Wann und wo dürfen wir Sie abholen?«, erkundigte sich Misses Bennet.

»Also ...« Mister Olson schaute wieder mich an. Dass die Obdachlosen nur in der Nacht in Notunterkünften einen Schlafplatz fanden, wenn sie Glück hatten und nicht bereits alles überfüllt war, wollte er hier bestimmt nicht sagen.

»Wie wäre denn die Bahnhofshalle?«, schlug ich deshalb vor. Ich wusste, dass es dort Duschen gab, die er vielleicht vorher nutzen wollte, um sich zurechtzumachen. Außerdem könnte er sich wärmen, bis er abgeholt werden würde.

Dankbar nickte mir Mister Bennet zu, der wohl ähnliche Gedanken gehabt hatte. »Das ist eine gute Idee. Ich würde sagen, wir holen Sie am Vormittag ab. So gegen zehn Uhr? Dann haben wir einfach mehr Zeit zusammen. Sie können gemeinsam mit uns eine Kleinigkeit zu Mittag essen und wir können uns noch besser kennenlernen. Und abends gibt es einen Braten. Unsere Kinder kommen zu Besuch, Tamara und Jayden sind schon erwachsen und leben nicht mehr bei uns. Aber sie wollen am vierundzwanzigsten Dezember mit uns feiern und freuen sich ebenfalls darauf, Sie kennenzulernen.«

Mister Olsons Augen bekamen einen feuchten Schimmer. »Das klingt ...« Er ruderte etwas hilflos mit den Armen in der Luft und lachte schließlich auf, um seine Unsicherheit zu überspielen.

»Ich denke, das war gerade ein Ja«, sagte Misses Bennet zufrieden.

»Sehr schön, Toby wird dort sein und Sie abholen.«

Statt zu antworten, nickte Mister Olson nur und bedankte sich leise murmelnd erst bei den beiden, dann bei mir, bevor er sich entschuldigte und zu Pater Richard ging, der uns mit einigem Abstand beobachtet hatte.

»Sie sind Miss Carrington, richtig?«, wandte sich Misses Bennet schließlich an mich.

»Genau, die bin ich.«

Sie kam noch einen Schritt auf mich zu und nahm meine beiden Hände in ihre. »Ich kann Ihnen gar nicht sagen, wie dankbar wir für dieses Projekt sind. Toby hat am eigenen Leib erfahren, was es bedeutet, auf der Straße leben zu müssen«, sagte sie leise und schaute ihren Mann an, der ihr mit dem Kopf ein zustimmendes Zeichen gab, weiterzusprechen. »Wir haben uns kennengelernt, da war er bereits fünf Jahre obdachlos. Er ist mit siebzehn von zu Hause weg und hatte eine wirklich schlimme Zeit hinter sich. Dass Sie den Leuten zumindest für einen Tag einen Ausflug zurück ins normale Leben bieten, bedeutet so viel.«

»Mir hat damals das Kennenlernen meiner Frau gezeigt, wie es mit einem Zuhause sein könnte. Es hat mich dermaßen motiviert, alles dafür zu tun, von der Straße wegzukommen, nur weil ich für kurze Zeit wieder Teil der Gesellschaft gewesen bin. Ich habe gekämpft. Mehr als zuvor. Bitte verstehen Sie mich nicht falsch. Genug entscheiden sich bewusst gegen das System und für ein unabhängiges Leben auf der Straße. Und es gibt so viele, die von da draußen wegkommen wollen und denen das Schicksal ständig einen Strich durch die Rechnung macht, egal, wie sehr sie kämpfen. Eine Jobabsage, ein Rauswurf aus einer Übergangswohnung, eine gescheiterte Beziehung … Es gibt so viele Gründe, die einen schwächen, wenn man bereits auf dem Boden liegt. Aber Lichtmomente wie diese, die Sie hier mit Ihrem Team schaffen, geben Hoffnung und Kraft, es vielleicht doch noch einmal zu versuchen, aufzustehen und weiterzukämpfen. Weg vom Alkohol oder von den Drogen zu kommen, einen Entzug zu machen.« Mister Bennet seufzte schwer. »Ich war damals heroinabhängig und schauen Sie mich an. Ich hab es zurück ins Leben geschafft, habe heute eine Frau, die ich über alles liebe, und zwei gesunde Kinder. Der Weg war hart – ist es an manchen Tagen immer noch. Aber ich habe Leute, die mich unterstützen, die mir Kraft geben und mir zeigen, wofür es sich zu kämpfen lohnt. Wenn wir also nur einem einzigen Menschen – Mister Olson – helfen können, sind wir schon glücklich.«

Tränen stiegen mir in die Augen. »Vielen Dank für Ihre Offenheit und für Ihr Engagement. Und danke, dass Sie Mister Olson einen schönen Tag schenken. Ich hoffe sehr, dass er genau wie Sie den Weg von der Straße findet. Von Pater Richard weiß ich, dass er es seit Jahren versucht. Womöglich ist es Schicksal, dass gerade Sie zueinandergefunden haben.«

Die beiden lächelten mir dankbar und gerührt zu und ich war mir sicher, dass ich von ihnen nicht das letzte Mal gehört hatte ...

Kapitel 24 – Shawn

Es hatte mich wirklich einiges an Überwindung gekostet, heute nicht bei Pater Richard aufzutauchen. Nicht nur, weil ich Lydia sehen und mit ihr reden wollte. Nein, ich hatte mich genau genommen auch total darauf gefreut, die neuen Begegnungen zwischen den zusammengeführten Leuten zu erleben. Behilflich zu sein, wo noch Schwierigkeiten bestanden, und letzte Unklarheiten aus der Welt zu schaffen.

Immerhin war *My Christmas Wish* auch irgendwie mein Baby – selbst wenn die Grundidee von Lydia stammte, aber ich hatte *so viel* dazu beigetragen. Hatte mit Leidenschaft Einsatz gezeigt. Dass sie mich auf diese – mir immer noch unverständliche – Weise aus dem Projekt verbannt hatte, schmerzte mindestens so sehr wie die Tatsache, dass sie mich nicht mehr in ihrem Leben haben wollte.

»Hey, Mann, du siehst echt scheiße aus.« Will setzte sich neben mich und sah mich besorgt von der Seite an. »Bist du dir sicher, dass es die richtige Entscheidung war, *nicht* zur Kirche zu fahren?«

»Verdammt, ich weiß es nicht.« Niedergeschlagen schaute ich ihn an. »Aber was hätte ich sagen sollen? Immerhin wissen auch die anderen Leute Bescheid, die am Projekt mitarbeiten, dass ich nicht mehr dabei bin. Mich haben einige angeschrieben und gefragt, was vorgefallen ist.«

»Was hast du geantwortet?«

»Dass sie sich um ihren eigenen Kram kümmern sollen.«

Überrascht schaute Will mich an. »Wow. Das hätte ich dir jetzt gar nicht zugetraut.«

»Na ja, ich hab gesagt, dass es eine Sache ist, die nur Lydia und mich betrifft. Aber im Grunde kommt es aufs selbe raus.«

Er stieß einen belustigten Laut aus. »Wenn du meinst ... Aber um zur Sache mit Lydia und dir zurückzukehren: Sieh zu, dass du mit ihr redest. Finde heraus, was passiert ist, und wenn du es klären kannst, kläre es. Oder auch nicht, aber deine Depristimmung drückt auch auf meine Laune. Und das ist gar nicht gut. Ich freue mich dieses Jahr total darauf, an Weihnachten nach Hause zu fahren, und ich bin das erste Mal seit Jahren voll im Christmas-Mood. Also zerstör mir das nicht.«

Er sah mich ernst an und vermutlich meinte er es sogar so.

Nachdenklich warf ich einen Blick auf die Uhr. Wahrscheinlich war sie inzwischen von der Kirche zurück. Es war schon spät und die Veranstaltung hatte vor über eineinhalb Stunden ihr offizielles Ende gehabt.

Einen tiefen Seufzer ausstoßend drückte ich mich von der Couch hoch. »Ist ja gut, du hast recht. Ich werde noch einmal rübergehen und an ihre Zimmertür klopfen.« Und hoffen, dass dieser Joe nicht da war ... Dafür Lydia, die ich hoffentlich dazu brachte, mir endlich zu verraten, was zwischen uns stand.

»Du schaffst das!«, rief er mir hinterher und machte ein paar brüllende und grunzende Laute wie ein wildes Tier.

Die Augen verdrehend zog ich meine Jacke an und schluckte die Aufregung hinunter. Ja, verdammt, ich hatte Bammel davor, ihr gegenüberzutreten und herauszufinden, was der Grund für ihr Verhalten war. Und noch mehr davor, dass sie ihre Entscheidung, mit mir Schluss zu machen, nur verstärken würde. Wenn ich ehrlich war, schlummerte ganz tief in mir nach wie vor die Hoffnung, dass sich alles als großes Missverständnis herausstellen würde – was auch immer es war – und dass wir eine Lösung fänden, uns wieder zu versöhnen.

Als ich nach draußen trat und mich die Kälte der Nacht einhüllte, dachte ich wehmütig an jenes Mal zurück, als wir uns genau hier auf diesem Weg vor einigen Wochen zum ersten Mal unter dem Licht einer Straßenlaterne geküsst hatten. Mein Herz krampfte sich zusammen, während meine Kiefer aufeinander mahlten. Egal, was es war, ich würde um Lydia kämpfen. Ich hatte ihr Zeit gegeben, sich zu beruhigen. Doch jetzt wollte ich nicht länger dasitzen und abwarten, dass etwas passierte; dass sie sich bei mir meldete, um mit mir darüber zu reden. Ich würde sie zu ihrem Glück zwingen, wenn es sein musste.

Kurz darauf stand ich vor ihrer Zimmertür. Mein Puls war inzwischen jenseits von Gut und Böse. Die schweißnassen Hände wischte ich an meiner Jeans ab und lockerte den Schal um meinen Hals, während ich die Mütze abnahm. Einen Augenblick lauschte ich, ob ich Geräusche aus dem Zimmer vernahm, doch ich konnte nichts hören, abgesehen vom allgemeinen Lärm, der in Wohnheimen herrschte – Gemurmel im Gang, polternde Schritte auf den Treppen, verhaltenes Gelächter hinter Türen …

Entschlossen schluckte ich all meine Zweifel hinunter, hob die Hand und klopfte. Tatsächlich hörte ich, wie ein Stuhl zurückgeschoben wurde und sich Schritte näherten. Dann wurde die Tür aufgerissen und ich stand Ellen gegenüber.

Ihr freundlicher Gesichtsausdruck wurde von zusammengeschobenen Augenbrauen verdrängt und sie stemmte genervt eine Hand in die Hüfte, während sie sich mit der zweiten an der Zimmertür festhielt, um mir den Zutritt demonstrativ zu verwehren. »Was willst du, Shawn?«

Tief holte ich Luft. »Das weißt du. Ich will zu Lydia, will mit ihr reden. Will herausfinden, was vorgefallen ist – und, verdammt noch mal, ich will wiedergutmachen, was ich anscheinend verbockt habe.

Nur muss ich dazu erst erfahren, *was* genau es ist. Denn ich weiß es nicht.« Ratlos hob ich meine Arme und ließ sie wieder an meine Seiten sacken. »Also *bitte*, lass mich rein. Oder sag mir, wo sie ist. Ich muss einfach mit ihr reden, weil … ich sie nicht verlieren will.«

Keine Ahnung, was diesmal der Auslöser dafür war, dass sie mir nicht gleich wieder die Tür vor der Nase zugeschlagen hatte, aber sie seufzte und trat einen Schritt zurück, während sie mir einen Blick ins Zimmer gewährte. »Sie ist nicht hier, Shawn. Und ich werde mich nach wie vor nicht einmischen und dir sagen, was sie mir erzählt hat. Aber ich … Herrgott, ich glaube, du sagst die Wahrheit. Du weißt tatsächlich nicht, was Sache ist, und … Vielleicht solltest du wirklich die Chance erhalten, dass Lydia dir sagt, was … Nun ja. Ich glaube, ich hab schon zu viel verraten.«

Irritiert schaute ich sie an und war mir nicht sicher, was ich mit dieser Info anfangen sollte.

»Sie ist in der Bibliothek. Aber bitte verrate ihr nicht, dass ich es dir gesagt habe. Ich möchte nicht, dass sie böse auf mich ist, falls ihr die Sache nicht geregelt kriegt. Du weißt schon …«

Ich nickte knapp. »Sicher. Ich war gar nicht hier, ich … weiß es von einem Kumpel.«

Ihre Mundwinkel hoben sich zu einem dankbaren Lächeln. »Viel Glück«, wünschte sie mir noch, dann schloss sie die Tür und ließ mich im Flur stehen.

Ich brauchte ein paar Augenblicke, um mich zu sammeln und erneut all meinen Mut zusammenzukratzen, mich Lydia zu stellen. Doch jetzt, wo ich wusste, wo ich sie finden konnte, würde mich nichts mehr aufhalten können. Entschlossen eilte ich die Treppen hinunter, steigerte mit jedem Absatz mein Tempo und sprang die letzten vier Stufen auf einmal hinab. Ich eilte hinaus in die Dunkelheit, rannte über den schneebedeckten Kiesweg, während die eisige Luft mir ins Gesicht peitschte und in meinen Lungen brannte.

Als ich den Eingang der Bibliothek erreicht hatte, raste mein Herz –
nicht nur, weil ich gerannt war, sondern auch, weil sich gleich alles
lösen oder endgültig den Bach runtergehen würde.

Ein paarmal atmete ich noch tief ein und aus, um mich zu beruhigen und meine Nerven unter Kontrolle zu bekommen, dann öffnete
ich die Tür. Die Stille der Bibliothek hüllte mich ein und es war, als
konnte ich das Blut in meinen Ohren rauschen und mein Herz schlagen hören. Leise ging ich auf die große Halle zu, vorbei am Nacht-
wächter, der mir gelangweilt zunickte.

Einige wenige Tische waren besetzt und es dauerte einen Moment,
bis ich Lydia entdeckte. Sie saß über ihre Unterlagen gebeugt und
schien nichts um sie herum wahrzunehmen.

Einen Moment überlegte ich, wie ich mich ihr nähern sollte, doch
dann beschloss ich, dass ich nicht länger zögern wollte. Entschlossen
ging ich auf sie zu und zog den Stuhl neben ihr leise zurück. Ich merkte,
wie sie sich versteifte und sie sogar die Luft anhielt. Fast so, als wäre ihr
ganzer Körper bereit für eine Flucht …

Für einen Augenblick war es so still, dass man eine Stecknadel hätte
fallen hören.

»Hey«, sagte ich und meine Stimme hörte sich trotz des Flüsterns
viel zu laut an.

Langsam wandte sie sich mir zu und schenkte mir einen Blick,
der zwischen Überraschung und Ablehnung schwankte. Anschließend beugte sie sich demonstrativ wieder über ihre Bücher, und
ein *Ich will nicht mit dir reden* hätte nicht deutlicher sein können.
Doch ich war nicht hier, um aufzugeben. Ich stützte mich mit
den Ellenbogen auf den Knien ab und kam ihr dadurch nur noch
näher.

Sie stieß ein Hauchen aus, fast so, als ob sich eine Gänsehaut auf
ihr ausgebreitet hatte, doch ich ließ mich nicht beirren.

»Lydia, ich flehe dich an, bitte sag mir, was ich dir getan habe. Ich verstehe einfach nicht, warum du aus heiterem Himmel mit mir Schluss gemacht hast ...«

Sie zitterte, und diese Reaktion auf mich traf mich heftig. Ich merkte, dass sie mit sich rang, dass sie aufstehen wollte; dass sie gehen wollte. Vielleicht nur, weil ihr gerade alles etwas zu viel wurde. Oder aber auch, weil ich ihre Bitte, sie in Ruhe zu lassen, missachtet hatte. Doch als sie die Hände auf den Tisch stützte, um aufzustehen, fasste ich sie am Arm und hielt sie davon ab. Nicht grob, sondern zärtlich.

Mein geflehtes »Lydia, bitte« sorgte endlich dafür, dass sie sich mir zuwandte und mir das erste Mal seit dem Moment im Altersheim ins Gesicht schaute. Und das zwang mich in die Knie. Schmerz lagen darin und Verzweiflung. Mindestens so viel, wie ich sie verspürte.

Wieder formten meine Lippen ein stummes Bitte.

Ihr Blick huschte in dem dämmrigen Licht zwischen meinen Augen hin und her, während sich ihre mit Tränen füllten. Und mein Herz zerbrach in tausend Stücke ...

»Du weißt nicht, was los ist?«, begann sie im Flüsterton und es war, als hätte sie alle Mühe, sich mit der Lautstärke zu bremsen. Schnaubend schüttelte sie den Kopf. »*Ich* kann nicht fassen, dass *du* derjenige bist, wegen dem ich an Weihnachten Grace Schneider, deine Granny, zu uns eingeladen habe. Dass *du* der abscheuliche Enkelsohn bist, der ihr das Haus wegnehmen will. Alles, was ihr noch was bedeutet. Was ihr geblieben ist von ihrem geliebten Charles.« Fassungslosigkeit braute sich in mir zusammen, während ich mehrfach den Mund öffnete und wieder schloss und völlig überrumpelt von ihrer Aussage nach Worten rang ...

Doch sie machte es mir einfach, indem sie einfach weiterredete. »Die ganze Zeit über hast du mich bei *My Christmas Wish* unterstützt, als wärst du ein ... ein Heiliger! Dabei bist du der Teufel, Shawn! Du und deine Mom, ihr seid der Auslöser dafür, dass es das Projekt überhaupt gibt!« Verächtlich schüttelte sie den Kopf. »Und dadurch, dass du dich auch noch so engagiert eingebracht hast, hat *My Christmas Wish* für mich jetzt einen besonders üblen Beigeschmack erhalten.«

Ich konnte einfach nicht fassen, was sie da gerade sagte. Was sie sich zusammengereimt hatte. Wie sie die Situationen missinterpretiert hatte. Vor allem aber, dass sie einfach so wütend auf mich war, ohne die Hintergründe zu kennen, geschweige denn, sie hinterfragt zu haben; mir eine Chance gegeben zu haben, ihr alles zu erklären.

Es kostete mich wirklich viel Kraft, den ersten Ärger hinunterzuschlucken und mich zu sammeln. Konzentriert schloss ich die Augen und bat sie mit hochgehaltenem Finger, ebenfalls was sagen zu dürfen. Denn sie musste einfach hören, was sie – wie ich vermutete – an dieser ganzen Sache nicht wusste.

»Lydia, es gibt da etwas, was ich dir sagen muss ...«

In ihren Augen blitzte Unsicherheit auf. »Was?«, hauchte sie und schluckte sichtlich.

Ich holte tief Luft, bevor ich ihr erklärte, was sie vermutlich noch nicht begriffen hatte. »Meine Granny ist dement.«

Kapitel 25 – Lydia

Dement …

Dieses Wort hallte in mir wider und sorgte dafür, dass in meinem Kopf alles durcheinandergeriet. All die Bilder, die sich dort verankert hatten, bekamen ein neues Gewicht, einen neuen Ursprung.

»Glaub mir, uns ist diese Entscheidung bei Gott nicht leichtgefallen«, redete Shawn weiter und ich konzentrierte mich wieder auf ihn, versuchte, seinen Worten zu folgen. Denn das alles konnte nicht wahr sein … Oder doch? »Wir wissen, wie viel ihr das Haus bedeutet. Wie sehr sie es liebt und wie groß ihre Liebe für ihren Mann Charles, meinen Grandpa, war und nach wie vor ist. Aber wir haben ihr nicht den Platz im Altersheim besorgt, weil wir böse Menschen sind, Lydia. Wir haben es getan, weil wir sie lieben und uns Sorgen um sie machen. Dass sie mal eine Herdplatte anmacht und etwas darauf vergisst. Dass sie irgendwo allein unterwegs ist und nicht mehr weiß, wie sie nach Hause kommt. Dass sie sich selbst verletzt oder … Schlimmeres. Wir sind mehrfach die Woche bei ihr, aber das ist nun mal nicht genug. Sie braucht einfach rund um die Uhr Betreuung, weil ihre Krankheit inzwischen so weit fortgeschritten ist, dass es unverantwortlich wäre, sie weiterhin allein leben zu lassen.«

Ich schüttelte den Kopf, wieder und wieder. Wollte es nicht wahrhaben ...»Ich hab sie besucht, Shawn. Ich war bei ihr zu Hause, und es hat nichts darauf hingedeutet, dass sie dement ist ...«, sagte ich, doch im selben Moment fragte ich mich, ob ich mir nicht etwas vormachte. Ich dachte an die Hausschuhe auf dem Tisch. Daran, dass sie immer nur vage auf meine Aussagen reagiert hatte – mit Antworten, die mir nicht verraten wollten, ob sie mich überhaupt verstanden hatte ...

Ich schüttelte den Kopf, als mir klar wurde, dass ich einfach nur blind gewesen war. Dass ich trotz allem meine Grandma in ihr hatte sehen wollen, die geistig völlig gesund gewesen war, als sie gestorben war.

»Glaub mir, uns wäre es auch lieber, wenn es anders wäre. Es wäre jedoch unverantwortlich, sie allein leben zu lassen. Wir haben ihr versprochen, dass wir das Haus nicht an irgendjemanden verkaufen, sondern organisiert, dass es auf mich überschrieben wird, damit ich nun der rechtmäßige Eigentümer bin.« Shawn hatte das alles geflüstert, und es war mir nicht entgangen, wie belegt seine Stimme dabei klang. Eine Träne löste sich, die er schnell wegwischen wollte. Trotzdem hatte ich sie gesehen. »Vielleicht mag es auf Außenstehende so wirken, als wären wir herzlose Bestien, die sie ins Heim abschieben und sich gierig auf ihr Erbe stürzen, aber wir haben das alles zu ihrem Besten entschieden. Ich werde das Haus, das sie und Grandpa erworben haben, in Ehren halten. Auch dann, wenn ich es renovieren muss, denn es ist alt und jahrelang ist nichts daran gemacht worden ... Und jede Leitung, die ich erneuere, jede Diele, die ich austauschen muss, wird mir im Herzen wehtun. Aber ich zerstöre nicht, ich erhalte. Und glaub mir, ich würde alles dafür geben, wenn ich das auch bei Granny tun könnte ...«

Shawns Worte hoben meine Welt aus den Angeln, rückten alles in ein neues Licht. Ich konnte einfach nicht fassen, was er mir erzählte. Und ich wusste nicht, inwiefern ich ihm glauben konnte und wie sehr mich meine eigenen Sinne getäuscht hatten.

War ich so blind gewesen, so von mir selbst überzeugt? Hätte ich als Psychologiestudentin denn nicht auf den ersten Blick bemerken müssen, was so offensichtlich war? Oder hatte mein Wunsch, in Grace Schneider meine Grandma zu erkennen, meine Wahrnehmung getrübt? Hatte ich nur gesehen, was ich sehen wollte – eine alte, ja alleinlebende Frau, die sich nichts sehnlicher wünschte, als an Weihnachten nicht einsam zu sein?

Shawns Erklärungen ergaben Sinn. Aber nach allem, was passiert war, konnte ich weder dem trauen, was ich selbst zu wissen dachte, noch dem, was er mir in Bezug auf seine Granny erzählt hatte.

Mit dem Ärmel wischte ich mir über das Gesicht und schaffte es endlich, all meine Sachen zusammenzuraffen und in die Tasche zu werfen.

»Was hast du vor?«, fragte Shawn, und es brach mir ein zweites Mal das Herz, weil er so gekränkt klang.

»Ich … muss weg von hier. Ich muss … Ich kann nicht … Ich weiß nicht …« Zu viele Gedanken schwirrten in meinem Kopf, die ich nicht fassen konnte.

»Lydia, bitte …« Shawn erhob sich ebenfalls, schaute mich verzweifelt an.

Ich wandte den Blick ab, konnte ihm nicht begegnen. Das war alles einfach zu viel für mich. Keine Ahnung, was ich glauben, wem ich vertrauen konnte. Mir oder ihm oder uns beiden. Oder niemandem. »Ich muss hier raus«, sagte ich noch einmal, dann drehte ich mich auf dem Absatz um und lief aus der Bibliothek, gefolgt von genervten Blicken der anderen, denen wir wohl trotz allem zu laut gewesen waren.

Die Kälte empfing mich klirrend, als ich ins Freie trat. Sie stach wie Nadelstiche auf meine Haut, als mir der Wind pfeifend um die Ohren blies, doch ich hieß den Schmerz willkommen. Ich erachtete ihn als Strafe, als Beweis, dass ich wach war; dass ich das alles nicht geträumt hatte.

Der Schnee knirschte unter meinen Füßen, als ich quer über die Wiese lief, um den kürzesten Weg zum Wohnheim zu nehmen. Meine Lungen brannten von der eisigen Luft und die Tränen auf meinen Wangen gefroren bestimmt gerade zu kleinen Eiskristallen.

Ich drehte mich nicht um, aber ich wusste, Shawn würde mir nicht folgen. Es war alles gesagt worden und vermutlich gab er mir Zeit, seine Worte zu verdauen und zu verstehen. Vielleicht dachte er auch, ich würde ihn nach wie vor verachten für das, was er getan hatte, ich wusste es selbst nicht. Doch mir rauchte der Kopf zu sehr, um einen klaren Gedanken fassen zu können.

Im Wohnheim eilte ich die Treppen hinauf und stürzte ins Zimmer. Ellen war nicht da, vermutlich war sie noch zu Joe gegangen oder besuchte Susanna, die ein paar Zimmer weiter wohnte. Aber mir war es nur recht, ihr jetzt nicht über den Weg zu laufen. Ich warf meine Tasche mit den Büchern aufs Bett und zog mich auf dem Weg ins Bad aus. Kurz darauf prasselte warmes Wasser auf meinen Kopf. Ich hoffte, so Klarheit in meine Gedanken zu bekommen – vergeblich.

Ich fragte mich, ob es ein Fehler gewesen war, Shawn so abweisend zu behandeln. Denn wenn er die Wahrheit gesagt hatte, hatte ich womöglich selbst alles zerstört, was zwischen uns entstanden war. Keine Ahnung, ob er mir nach meiner zweiten Flucht erneut eine Chance geben würde. Andererseits waren da immer noch Zweifel in mir, die mir leise zuflüsterten und mir weismachen wollten, dass Shawn das heute einfach nur gesagt haben könnte, um mich zurückzugewinnen. Dass er falsch spielte, weil er mich dazu bringen wollte, ihm zu verzeihen und ihm seine Lügenmärchen zu glauben.

Aber was hätte er davon? Gar nichts …

Ich war einfach verwirrt und gekränkt und je mehr mich das Gefühl beschlich, dass vielleicht sogar ich alles falsch gemacht hatte, desto mieser fühlte ich mich.

Nachdem mich die Dusche auch nicht schlauer gemacht hatte, setzte ich mich aufs Bett. Ich hatte immer noch nicht ausreichend gelernt, also versuchte ich abermals, all den Stoff in meinen Kopf zu bekommen – aber der war voll mit tausend anderen Gedanken. Irgendwann gab ich auf, warf die Bücher auf den Boden, kontrollierte den Wecker, der in nicht einmal vier Stunden klingeln würde, und hoffte, zumindest schnell und tief schlafen zu können. Wenigstens dieser Wunsch ging in Erfüllung ...

Der nächste Vormittag war übel, der Nachmittag noch schlimmer. Ich kämpfte gegen die Müdigkeit an und fühlte mich, als würde jeden Moment eine Erkältung ausbrechen wollen – was mich nach den letzten Tagen nicht wunderte.

Trotzdem fuhr ich mit dem Bus nach Hause. Ich musste mit Mom reden, in der Hoffnung, endlich verstehen zu können, was passiert war. Und um vielleicht einen Rat von ihr zu erhalten, wie es weitergehen konnte mit Shawn und mir. Ob wir überhaupt eine Zukunft hatten ...

Mit verdutztem Gesicht öffnete sie mir die Tür. So, wie sie mich anschaute, ging sie wohl davon aus, dass etwas wirklich Schreckliches geschehen war. Was auch der Wahrheit entsprach ...

»Lydia, Schatz, was ist los?«, fragte sie statt einer Begrüßung und zog mich sofort in eine liebevolle Umarmung.

Das genügte, um sämtliche Schleusen zu öffnen. Ich weinte an ihrer Schulter und schluchzte, vermutlich wie zuletzt als kleines Mädchen. Aber der Schlafmangel und die Sorgen, der Stress der letzten Wochen, der Streit und die Trennung von Shawn sowie die neue Version der Geschichte seiner Granny waren wohl in Summe einfach zu viel für mich.

Mom half mir aus dem Mantel und aus den Schuhen und führte mich ins Wohnzimmer. Am Rande bekam ich mit, dass Tim überrascht die Treppe herabkommen wollte. Doch sie verscheuchte ihn mit einer vagen Handbewegung, während ich an ihrer Schulter lehnte und mich an ihr festklammerte wie das hilflose Kind, als das ich mich fühlte.

Als ich mich endlich insoweit beruhigt hatte, dass ich einen klaren Satz sagen konnte, erzählte ich ihr alles. Angefangen von unserem Besuch im Altersheim am Samstag, wo Shawn mich seiner Granny vorstellen wollte, die sich als Grace Schneider entpuppt hatte, bis hin zu dem Gespräch letzte Nacht in der Bibliothek. Sie hörte mir zu und strich mir tröstend über den Rücken.

»Was sagt denn Ellen zu dem Ganzen?«, fragte sie schließlich.

Ich zuckte mit den Schultern. »Sie weiß nichts von der Unterhaltung gestern Nacht. Ich hab sie heute noch nicht gesehen und … ich wollte zu dir.«

Sie schenkte mir ein aufmunterndes Lächeln und zog mich erneut an sich, um mir über den Rücken zu streicheln. »Also, ich sage dir jetzt mal alles so, wie ich es empfinde, okay?«

Ich bestätigte mit einem Nicken.

»Als er bei uns war, hab ich keinen schlechten Eindruck von Shawn erhalten. Im Gegenteil. Er wirkte auf mich wie ein anständiger junger Mann, der dich sehr mag und glücklich macht. Dass er sich so für alte Menschen einsetzt und ehrenamtlich im Seniorenheim arbeitet, ist nur ein weiterer Pluspunkt, der ihn unglaublich sympathisch wirken lässt. Und sollte seine Granny wirklich dement sein, ist es – so schwer es für alle Beteiligten ist – wohl das Beste, sie in Betreuung zu geben. Mit Grandma hätten wir vermutlich dasselbe gemacht. Ich hätte es mir nie verziehen, wenn sie sich selbst verletzt hätte oder ihr sonst was zugestoßen wäre, weil sie mit einer Krankheit zu kämpfen hat, bei der sie nicht ohne Aufsicht sein sollte. Verstehst du? Und Leute wie Grace Schneider, die mit dieser Krankheit leben müssen, haben nun mal eine verdrehte Form der Wirklichkeit. Sie erinnern sich nicht mehr an alles, bringen Erlebtes durcheinander, sind verwirrt.«

»Aber hätte nicht gerade mir das auffallen sollen? Mir, die Psychologie studiert und doch mit links sämtliche Hinweise hätte erkennen müssen?«

»Vielleicht wolltest du die Wahrheit nicht sehen? Weil du dir selbst deine eigene Realität ausgemalt hast, wie dieses Jahr Weihnachten ablaufen sollte. Du hast dir unter Umständen alles so zurechtgelegt, wie es für dich in dem Moment richtig war. Das hat doch bereits an der Bushaltestelle damit angefangen, dass du Misses Schneider für deine Grandma gehalten hast, oder nicht?«

Betreten biss ich mir auf die Unterlippe. Dass Mom dasselbe aussprach, was ich schon gedacht hatte, machte mir Sorgen – und bestätigte mich gleichzeitig darin, dass es womöglich wirklich so war.

»Und was soll ich jetzt tun?«

»Auf jeden Fall solltest du erneut mit Shawn reden und dich entschuldigen. Es wäre so schade, wenn es aufgrund eines Missverständnisses zwischen euch auseinandergeht. Und vielleicht stattest du Misses Schneider mit deinem neu erlangten Wissen über ihren Gesundheitszustand noch einmal einen Besuch ab. Eventuell wird dir dadurch klarer, wie die Situation wirklich ist?«

Verhalten gähnte ich. Die Erschöpfung saß mir tief in den Knochen, doch selbst jetzt klangen ihre Worte logisch. »Du hast recht, das sollte ich machen.«

Sie nickte zufrieden. »Aber nicht mehr heute. Morgen ist auch noch ein Tag. Ich fahre dich zurück zum Campus und du gehst ins Bett. Mit einem klaren, ausgeschlafenen Kopf sieht die Sache bestimmt schon wieder anders aus.«

Sie schenkte mir ein aufmunterndes Lächeln, das ich nicht wirklich erwidern konnte. Dafür war ich zu müde und zu unsicher, ob nicht vielleicht doch inzwischen alles verloren war. Aber ich widersprach ihr nicht und war nur froh, dass sie mich zurückfuhr und ich nicht den Bus nehmen musste.

Am nächsten Morgen hetzten Ellen und ich hektisch durch das Zimmer. Sie war wirklich noch bei Joe gewesen und gerade erst zurückgekommen, weil sie frische Unterwäsche vergessen hatte und noch duschen wollte. Dadurch, dass ich aber offensichtlich Schlaf nachzuholen hatte und länger geschlafen hatte als sonst, war die Zeit für uns beide knapp. Der Platz im Badezimmer war so eng, dass wir uns halb nackt aneinander vorbeischoben und uns gegenseitig mehr oder weniger ständig im Weg standen.

Doch die Gelegenheit hatte ich genutzt, um sie auf den neuesten Stand zu bringen.

»O nein, und ich war nicht für dich da. Das tut mir so leid, Süße, dass ich nicht immer für dich da gewesen bin, als du mich gebraucht hättest …«

»Ach, Ellen, du weißt, ich schätze das total, aber ich bin wirklich froh, dass du bei Joe warst. Ich war einfach nur traurig und wollte allein sein und mich im Selbstmitleid suhlen. Ich hätte deine Laune in den Keller gezogen und das wäre auch nicht fair gewesen.«

»Aber du weißt, ich bin immer für dich da, wenn du mich brauchst. Das nächste Mal ruf einfach an, wenn ich nicht da bin, okay?« Sie sah mich ernst an und ich musste ihr versprechen, dass ich mich auf jeden Fall bei ihr meldete – egal, wie spät es war.

Wir verließen im Laufschritt das Zimmer. Ellen wollte bei Joe im Café vorbeischauen, weil er ihr einen Gratiskaffee versprochen hatte.

»Hoffentlich ist Shawn nicht auch da«, raunte ich ihr zu. »Ich will erst noch einmal seine Granny besuchen, bevor wir ein weiteres Mal darüber reden.«

Ellen nickte verständnisvoll und öffnete die Tür, aus der uns sofort der Duft von Kaffee, Zucker und Brötchen entgegenströmte.

Augenblicklich scannte ich die Schlangen von Studenten und erkannte Shawn an seiner Jacke und seiner Frisur. »Er ist da«, murmelte ich traurig, weil ich auch gerne einen Becher heiße Schokolade mitgenommen hätte. Ohne eine Antwort von Ellen abzuwarten, drehte ich mich auf dem Absatz um und lief zu dem Gebäude mit der Bibliothek und dem Hörsaal, in dem ich gleich einen Kurs hatte. Zum Glück hatte ich noch einen Müsliriegel in der Tasche, der mich über den Verlust des Heißgetränks hinwegtrösten würde ...

Etwas später, als ich mich der Standpauke von Misses Carter, meiner Dozentin in Neuropsychologie, stellen musste, merkte ich, dass es eine ganze Tafel Schokolade gebraucht hätte, um mich zu trösten. Mir war klar gewesen, dass ich die Arbeit nicht in der verlangten Länge fertiggestellt hatte. Aber die Zeit hatte für mich neben der Planung und Organisation von *My Christmas Wish* einfach nicht gereicht. Misses Carter war es trotzdem negativ aufgefallen und nun fand ich mich nach dem Kurs in einem Vieraugengespräch mit ihr wieder.

»Miss Carrington, ich denke, Sie wissen, weshalb ich mit Ihnen sprechen möchte.«

Betreten nickte ich. »Tut mir leid, dass ich in letzter Zeit alles etwas habe schleifen lassen.«

Sie betrachtete mich einige Sekunden nachdenklich. »Ich habe zufällig von Ihrem Charity-Projekt mitbekommen. Bemerkenswerte Arbeit, wirklich, aber Sie sollten darüber halt das Studium nicht vergessen. Oder liegt es nicht nur daran?«

Dass ich gerade Beziehungsprobleme hatte, wollte ich ihr nicht auf die Nase binden. »Nein, es ist nur wegen *My Christmas Wish*. Ich fürchte, ich habe mich einfach übernommen. Die Planungsphase war zu kurz und obwohl wir so viele freiwillige Helfer haben, hänge ich trotzdem oft und sehr lange daran.«

Sie nickte. »Das dachte ich mir schon. Und ich finde die Idee dahinter auch wirklich großartig. Meine Schwester hat sich angemeldet, wir feiern dieses Jahr bei ihr und nehmen eine alleinerziehende Mutter mit ihrem Baby bei uns auf, um mit uns Heiligabend zu verbringen.« Ihr warmes Lächeln beruhigte meine Sorgen zumindest ein bisschen.

»Das freut mich sehr. Ich hoffe, Sie haben ein schönes gemeinsames Weihnachtsfest.«

»Bestimmt.« Sie musterte mich einen Augenblick, dann sah sie auf meine Arbeit, die sie die ganze Zeit auf dem Tisch neben uns liegen hatte. »Ich möchte aber, dass Sie nach Weihnachten wieder zeigen, dass ich mich nicht in Ihnen getäuscht habe und Sie eine meiner besten Studentinnen sind.«

Ich antwortete mit einem Nicken, während sich mein Magen verknotete. »Misses Carter, darf ich Sie was fragen?«

»Sicherlich.«

Verlegen erzählte ich ihr von meiner Begegnung mit Misses Schneider und dass ich sie erst für meine Grandma gehalten hatte. Dass ich die alte Dame an der Bushaltestelle kennengelernt und danach bei sich zu Hause besucht hatte – und die ganze Zeit über nicht gemerkt hatte, dass sie dement war. »Ich denke also nicht, dass ich jemals eine so gute Psychologin werde, wie Sie es vielleicht vermuten. Ich habe die Situation völlig falsch eingeschätzt und nicht erkannt, dass sie krank ist.«

Nachdenklich schaute sie mich an, dann sagte sie: »Sie sind ihr zufällig über den Weg gelaufen, Lydia. Ich weiß, gerade wenn man Psychologie studiert, ist man ständig in Versuchung, alles und jeden zu analysieren. Das macht man aber nicht bis zum Ende seines Lebens. Was ich damit sagen will: Seien Sie nicht so streng mit sich. Sie sind dieser Frau nicht begegnet unter der Voraussetzung, zu überlegen, welche Krankheiten sie hat. Bedenken Sie, dass auch Demente immer wieder klare Momente haben, in denen man nichts von ihrer Erkrankung merkt. Machen Sie sich nicht bei jeder Begegnung darüber Gedanken, woran die Person leiden könnte. Wenden Sie nicht alles auf jeden an, was Sie in der Differenzialpsychologie gelernt haben. Das sollten Sie nur dann tun, wenn der- oder diejenige Sie ausdrücklich darum bittet. Um Ihres eigenen Seelenfriedens und Ihrer Freundschaften willen. Ich spreche da aus Erfahrung.« Sie zwinkerte mir zu.

»Also habe ich nichts falsch gemacht?«, fragte ich, weil ich immer noch verunsichert war.

»Auf keinen Fall. Und dass Sie sich jetzt darüber dermaßen den Kopf zerbrechen, ist nur ein weiterer Beweis dafür, dass Sie ein überaus sensibler Mensch sind. Sie können stolz auf sich sein.«

Kapitel 26 – Lydia

Als ich nach dem letzten Kurs im Bus auf dem Weg zum Altersheim saß, vibrierte mein Telefon. Sofort stieg mein Puls an. Ich rechnete damit, dass Shawn sich wieder melden würde – auch wenn ich hoffte, noch etwas Schonfrist zu bekommen. Mom hatte recht behalten, heute sah ich die Dinge schon ein wenig klarer. Ich hatte zu realisieren begonnen, dass ich manches im Verhalten von Misses Schneider ausgeblendet hatte – was nicht zuletzt am Gespräch mit meiner Dozentin lag. Trotzdem wollte ich erst Misses Schneider besuchen, um mich mit eigenen Augen von ihrem Gesundheitszustand zu überzeugen.

Doch auf dem Handydisplay leuchtete nicht Shawns Name auf, sondern der von Tim.

»Alles okay?«, fragte ich anstelle einer Begrüßung. Dass mich mein Bruder anrief, kam wirklich äußerst selten vor – und wenn, dann handelte es sich zumindest in seinen Augen immer um einen Notfall. Wie die Tatsache, dass Mom und Dad seinen Netflix-Zugang gesperrt oder das WLAN-Passwort geändert hatten, sodass er nicht mehr online zocken konnte.

»Hey, Lydia. Wie geht es dir? Ich … hab gestern zufällig das Gespräch zwischen dir und Mom gehört. Ich wollte nicht lauschen, ehrlich, aber ich war auf dem Weg in die Küche und … na ja, da hab ich es mitbekommen.«

Schmunzelnd lehnte ich den Kopf an die kalte Scheibe und sah nach draußen. »Schon gut. Ich bin gerade auf dem Weg ins Altersheim.«

»Allein?«

»Ja.«

»Wie geht es dir?«

Tief atmete ich ein. »Im Moment hab ich immer noch Angst, dass das, was Shawn mir gesagt hat, nicht stimmen könnte. Ich weiß, es ist blöd. Ich meine … wir reden hier von Shawn. Aber was, wenn ich mich doch in ihm getäuscht habe? Oder dass … keine Ahnung. Dass es einen anderen Grund gibt, der mich seine Worte anzweifeln oder ihm nicht vertrauen lässt.«

»Schätzt du ihn denn so ein? Dass er dich belogen hat, meine ich.«

Wieder atmete ich tief durch. »Ich weiß gerade leider echt nicht, was richtig und was falsch ist. Im Moment traue ich meiner eigenen Wahrnehmung nicht, das ist … verwirrend und … kompliziert. Deshalb der Besuch im Seniorenheim, um erneut mit ihr zu reden und … mir ein klares Bild von der Situation zu machen. Aber wenn sie wirklich dement ist, dann hoffe ich einfach, dass Shawn mir verzeiht und wir noch einmal von vorne beginnen können.«

»Mhm. Das wünsche ich euch auch«, sagte Tim zögernd. »Ich wollte übrigens eigentlich Claudia anrufen und sie fragen, ob sie morgen nach der Schule vorbeikommen und Mom und Dad ganz offiziell kennenlernen will. Aber … na ja …« Er lachte. »Ich bin ein Schisser und hab stattdessen deine Nummer gewählt.«

Ein Schmunzeln schob sich auf mein Gesicht. »Du packst das schon. Hast du mit Mom und Dad darüber geredet?«

Er räusperte sich. »Äh … ja. Dad meinte, dass er mich nicht vor einem Mädchen bloßstellen würde, wenn er das Gefühl hat, dass sie anständig ist. Trotzdem hat er mir eine Packung Kondome gekauft.«

Nun musste ich laut lachen. Das klang ganz nach Dad.

»Und er hat es sich nicht nehmen lassen, über Verantwortung und Sex mit mir zu reden. Aber es war nicht so verklemmt und übel, wie ich dachte. Da hat er sich beim ersten Mal blöder angestellt.«

Grinsend erinnerte ich mich an die Gespräche mit Mom zurück, als mein Körper begonnen hatte, sich zu verändern. Als meine Periode eingesetzt hatte und als ich das erste Mal von Jungs gesprochen und sie nicht als Idioten beschimpft hatte. Oder als ich meinen ersten Freund zu Hause vorstellen wollte.

»Ich glaube, für unsere Eltern ist das alles auch nicht so einfach. Immerhin werden ihre Babys erwachsen.«

»Hm, ja, mag sein.« Er atmete geräuschvoll aus. »Na ja, jedenfalls … sollte ich jetzt vielleicht wirklich Claudia anrufen. Ich hab erst überlegt, ihr zu texten, aber …«

»Ruf sie an«, bekräftigte ich ihn in seinem Vorhaben. »So, wie ich sie einschätze, freut sie sich darüber.«

»Jep. Vermutlich. Also … alles Gute im Altersheim und … wir sehen uns – spätestens übermorgen.«

Ich verabschiedete mich von ihm, jedoch nicht, ohne ihm vorher viel Glück für das Telefonat zu wünschen und ihn zu bitten, mir danach zu schreiben, wie es gelaufen war. Dann hielt der Bus auch schon an der Station kurz vor dem Seniorenheim.

Mein Herz raste, als ich ausstieg, und ich war nervöser als vor so mancher Klausur. Während ich die Treppen nach oben stieg, fühlten sich meine Knie an wie Wackelpudding. Drinnen angekommen, schaute ich mich um und entdeckte gleich eine der Betreuerinnen, die ich von meinem Besuch mit Shawn kannte. Sie saß mit einer alten Frau auf einem der Sofas und hielt eine Schüssel mit einer breiigen Masse in der Hand – vermutlich Apfelmus. Da ich keine Ahnung hatte, wie das alles ablief, wenn ich ohne Shawn hier war, ging ich auf sie zu.

»Hallo, ich weiß nicht, ob Sie sich an mich erinnern können …«

»Ah, Lydia, richtig?«

»Genau. Ähm … ich bin heute ohne Shawn hier, weil ich jemanden besuchen möchte. Das ist doch in Ordnung, oder?«

»Sicher. Wen suchst du denn?«

»Grace Schneider.«

Sie nickte. »Ah, Shawns Grandma. Die müsste auf ihrem Zimmer sein. Sie kommt nur selten heraus, aber das ist bei den meisten zu Beginn so. Weißt du, wo du hinmusst? Den Flur entlang und nach dem Knick die erste Tür rechts.«

»Ja, vielen Dank. Ich finde hin, ich war schon mal bei ihr.«

Sie schenkte mir ein Lächeln und wandte sich dann ab, als die alte Frau ihr den Oberschenkel tätschelte und sie fragte, wer denn Grace Schneider und dieser Shawn seien.

Ohne mich länger hier aufzuhalten, wünschte ich den beiden frohe Weihnachten und eilte in die Richtung, in der ich hoffentlich Shawns Granny finden würde.

Die Tür war geschlossen und ich hielt davor. Gott, ich war so nervös! Meine Hand zitterte, als ich anklopfte. Als ich eine Stimme dahinter vernahm, trat ich ein.

Misses Schneider saß in einem Stuhl neben dem Bett. Sie sah mich neugierig an.

»Hallo, Misses Schneider.« Verlegen blickte ich mich um. Der Raum war in einem warmen Gelbton gestrichen und die Fotos aus ihrem Wohnzimmer standen auf der Kommode. Ein paar hingen sogar an der Wand, und ich freute mich, dass sie zumindest dieses Stück Zuhause mit hierherbringen durfte. Außerdem hing ein goldener Stern am Fenster und an ein paar der Bilderrahmen hatte jemand kleine Tannenzweige geklemmt, die eine gemütliche weihnachtliche Atmosphäre schufen. »Wie geht es Ihnen?«

»Kommt drauf an«, antwortete sie nach einigem Zögern.

»Worauf?«

»Wer Sie sind.«

Schmunzelnd zeigte ich auf den zweiten Stuhl. »Darf ich mich setzen?«
Verunsichert zuckte sie mit den Schultern. »Muss ich nun gehen?«
Ich setzte mich und schaute sie irritiert an. »Gehen?«

»Ja. Sie sind da, um mich abzuholen, richtig? Fahren wir jetzt fort?«

»Nein, Misses Schneider, sie dürfen hierbleiben. Ich bin Lydia. Wir
kennen uns von der Bushaltestelle und …«

»Also doch. Wie gut, dass ich meinen Koffer schon gepackt habe«,
unterbrach sie mich.

»Haben Sie das?«, ließ ich mich darauf ein, ertappte mich jedoch
dabei, mich umzusehen. Natürlich war weit und breit kein Gepäck-
stück zu sehen.

»O ja. Und wissen Sie, was? Der Bikini, den ich mir mit Anfang
zwanzig gekauft habe, passt noch. Den hab ich auch eingepackt.«

»Wie schön, das freut mich für Sie. Wo geht es denn hin?«

Nun sah sie mich irritiert an. »Na, das müssen schon Sie wissen.
Immerhin sind sie die Busfahrerin, oder nicht?«

Ohne es steuern zu können, stiegen mir Tränen in die Augen. Mein
Herz fühlte sich mit einem Mal schwer an und eine große Traurigkeit
überkam mich. Für Misses Schneider, für Shawn und seine Eltern.

Und weil mir spätestens in diesem Moment in aller Bitterkeit klar wurde, dass ich Shawn Unrecht getan hatte. Er hatte mir nichts vorgemacht.
Er hatte mich nicht belogen und vermutlich – nein, ganz sicher – war
es die beste Entscheidung gewesen, dass diese so liebe alte Frau hier in
diesem Altersheim untergebracht wurde. An einem Ort, wo sie rund um
die Uhr beaufsichtigt werden konnte. Wo sie sich nicht selbst in Gefahr
brachte, wenn sie nachts im Pyjama aus dem Haus gehen wollte, weil sie
einen Spaziergang für die beste Idee hielt – egal zu welcher Jahreszeit. Hier

würde sie nicht einfach den Herd eingeschaltet oder das Gas aufgedreht lassen und zu Bett gehen. Und wenn sie stürzen würde, wäre gleich jemand zur Stelle, der Erste Hilfe leisten konnte.

Nachdem ich von Shawn wusste, wie oft er hier im Seniorenheim war und die Menschen besuchte, würde er auch zukünftig regelmäßig seine Granny sehen. Und mit all dem neu gewonnenen Wissen über Grace Schneider konnte ich der Aussage nicht mehr glauben, dass ihre Tochter und ihr Enkelsohn nur zweimal im Jahr vorbeikamen, um sie zu besuchen.

»Kann ich mir schon meine Jacke anziehen? Und tragen Sie das Gepäck? Mein Koffer müsste bereits vor der Tür stehen ...« Sie zeigte zum Ausgang und ganz automatisch schaute ich auch in die Richtung ... wo Shawn am Türrahmen lehnte.

Kapitel 27 – Shawn

Mit Lydia hätte ich hier am allerwenigsten gerechnet. Sie bei Granny zu sehen, stürzte mich in ein unerwartetes Gefühlschaos. Nach allem, was zwischen Lydia und mir vorgefallen war – und vor allem, wie sie reagiert hatte –, hätte ich nicht erwartet, dass sie überhaupt noch einmal Kontakt zu mir oder zu meiner Familie suchen würde. Andererseits war sie Lydia: warmherzig, empathisch, ein von Grund auf guter Mensch. Trotzdem wusste ich nicht, was ich davon halten sollte, dass sie nun hier mit meiner Granny sprach. Wollte sie herausfinden, ob ich die Wahrheit gesagt hatte? Vertraute sie mir nicht? Klar tat sie das nicht, sonst hätte sie nicht von mir verlangt, dass ich mich nicht mehr bei ihr melden sollte. Diese Erkenntnis traf mich heftig und fühlte sich an wie ein Schlag ins Gesicht.

Ich brauchte einen Moment, um mich zu sammeln, die erste Enttäuschung hinunterzuschlucken. Doch als sie sich zu mir umdrehte und mich verwundert und mit großen Augen ansah, konnte ich mich in meinem Ärger und Schmerz über sie und ihr Verhalten nicht länger zurückhalten. »Was machst du hier?«, waren meine ersten Worte an sie, und sie klangen schroff. Ernüchtert. Überrascht. Und vorsichtig.

Lydias Gesicht lief augenblicklich rot an. Sie schnappte nach Luft, stammelte unzusammenhängende Sätze, während ich erkannte, dass

Tränen in ihren Augen schimmerten. Wegen mir oder wegen Granny? Schlagartig huschte mein Blick zu meiner Großmutter. Ging es ihr heute schlechter?

»Oh, ist *das* der Reiseleiter?«, hörte ich Granny fragen.

Diese Worte ließen bei Lydia den Damm brechen. »Shawn, ich ...« Ihre Stimme klang belegt. Sie stand auf und ging ein paar Schritte auf mich zu, blieb aber unschlüssig stehen, als ich keine Anstalten machte, ihr entgegenzukommen.

Meine Hände steckten in den Hosentaschen, wo ich sie zu Fäusten ballte. Denn ich hatte mit mir zu kämpfen, zu ihr zu gehen, sie in die Arme zu ziehen und sie zu trösten. Auch wenn ich gerade noch wütend auf sie und enttäuscht von ihr war.

»Es tut mir so leid. Ich ... hätte dir nicht misstrauen dürfen. Hätte zuhören sollen. Ich war einfach ... geschockt.«

Ich presste meine Lippen aufeinander. »Das war ich nach deinen Reaktionen auch«, gestand ich.

Es hatte nicht nur wehgetan, als sie in der Bibliothek einfach aufgestanden und davongelaufen war. Nein, es hatte mich wütend gemacht, denn immerhin hatte ich ihr die Sache erklärt. Doch sie wollte mir nicht glauben und hat sich aus dem Staub gemacht. Schon wieder ... Als hätte sie endgültig mit mir abgeschlossen.

Ehrlich gesagt hatte ich nicht mehr damit gerechnet, dass wir noch einmal ein Wort miteinander reden würden – über uns, über das, was vorgefallen war. Es hatte sich wie ein endgültiger Cut angefühlt und mir fast das Herz in der Brust zerrissen.

Lydia senkte ihren Kopf und wirkte völlig am Ende.

Und das sorgte erneut für ein gewaltiges Beben in meiner Brust. Denn ich ahnte, wie es ihr ging. Wie sehr sie das schlechte Gewissen zerfraß, genau wie mich. Die Situation mit Granny war schwer – ganz offensichtlich nicht nur für mich und Mom als direkte Angehörige.

Auch Lydia hatte mit der Erkenntnis zu kämpfen, dass meine Grandma krank war und dass sie auch nicht wieder gesund werden würde. Sie litt darunter und vermutlich auch unter der Tatsache, dass unsere Trennung völlig unnötig gewesen war.

Sie schniefte und bebte, und Tränen tropften zu Boden. Unmöglich konnte ich mich noch länger von ihr fernhalten und ihr böse sein. Ich wusste, sie hatte mir vergeben, und nun war es an der Zeit, dass ich es auch tat.

Keine Sekunde länger hielt ich es mit diesem Abstand aus, ich musste zu ihr. Ich ging auf sie zu und blieb vor ihr stehen, doch sie schaute mich nicht an. Sanft legte ich einen Finger unter ihr Kinn, bis sie meinen Blick endlich erwiderte.

Ihre Wangen waren tränennass und ein verzweifeltes Schluchzen löste sich aus ihrer Kehle. Das brachte meinen Schutzwall endgültig zum Einbrechen. Ich zog sie an mich und streichelte ihr über den Rücken. Sie krallte sich in mein Shirt, schob eine Hand unter die geöffnete Jacke.

»Fahren wir jetzt nicht ans Meer?«, fragte Granny und sah irritiert zwischen Lydia und mir hin und her.

»Vielleicht ein anderes Mal«, sagte ich zu ihr und schaute dann wieder Lydia an. »Wollen wir hoch ins Café in den obersten Stock? Ich denke, wir sollten uns unterhalten …«

Sie nickte verlegen und wischte sich mit den Händen über die Wangen. »Warte kurz, ich muss …« Sie zog ein Taschentuch aus ihrer Handtasche, entfernte damit die Make-up-Spuren unter den Augen und putzte sich die Nase. »Wie sehe ich aus?«

Ein Lächeln hob meine Lippen. »Wunderschön wie immer.« Ich reichte ihr meine Hand und wir verließen Grannys Zimmer, jedoch nicht, ohne ihr zu sagen, dass wir später wiederkämen. Beim Hinausgehen liefen wir noch einer der Betreuerinnen über den Weg, die ich bat, nach Granny zu schauen. Vielleicht würde sie sie ja doch dazu bewegen können, in den Aufenthaltsraum zu kommen – jetzt, wo sie so in Aufbruchstimmung war.

Im Aufzug standen Lydia und ich uns schweigend gegenüber. Sie schaffte es nicht, meinem Blick standzuhalten, während ich sie die ganze Zeit anschauen musste und mich fragte, warum sie hier war. Doch ich wartete, bis wir im Café Platz genommen und unsere Bestellung aufgegeben hatten.

»Wieso bist du hergekommen?«, fragte ich diesmal mit sanfter Stimme.

»Ich ... wollte ... Ach, keine Ahnung. Ich musste einfach noch einmal zu ihr und mit ihr sprechen. Sehen, dass sie wirklich ...« Sie stockte.

Erneut fühlte ich einen schmerzhaften Stich im Herzen. »Du hast mir nicht geglaubt, als ich gesagt habe, dass sie dement ist.« Das war eine Feststellung und gab mir erneut einen Dämpfer, von ihr zu hören, dass ich mit meiner Vermutung nicht falschgelegen hatte.

»Ich war ... verunsichert. Ich hab dir ja erzählt, dass ich an Thanksgiving eine alte Frau an der Bushaltestelle getroffen habe.«

Ich nickte nur, wollte sie nicht unterbrechen.

»Sie hat mir so unglaublich leidgetan und ich hatte so eine Wut auf ihre Tochter und ihren Enkel – auf deine Mom und ... auf dich, wie ich nun weiß. Ich konnte einfach nicht verstehen, wieso man das einer so lieben Frau antun konnte.«

»Aber sie ist dement«, wiederholte ich die Tatsache. »Glaub mir, diese Entscheidung, sie hierherzubringen, ist uns verdammt schwergefallen. Meine Mom hat kaum geschlafen, kaum gegessen, als ihr klar geworden ist, dass es mit der Betreuung, die einmal täglich bei ihr vorbeikommt, mit den Nachbarn, die wirklich lieb und hilfsbereit sind, und mit ihren Besuchen jeden bis jeden zweiten Tag einfach nicht mehr geht. Die Sorge, dass ihr in der Zeit, in der niemand bei ihr war, doch etwas passieren, dass sie sich unabsichtlich selbst verletzen oder in Gefahr bringen könnte, hatte sie förmlich zerfressen. Sie hat sich Vorwürfe gemacht, hat sogar überlegt, zu ihr zu ziehen oder sie ins Haus zu holen. Aber sie hat auch ihren Job, den sie nicht einfach aufgeben kann. Vor allem dann nicht, wenn Granny eines Tages nicht mehr lebt. Mein Dad allein könnte mir das Studium nicht finanzieren und womöglich würde sogar unser Haus mit Schulden belastet werden. Ich weiß, das sind vielleicht Ausreden, die in manchen Ohren nicht schlimm klingen. Aber wir haben nach wochenlangen Diskussionen und ständigem Abwägen sämtlicher Eventualitäten beschlossen, dass es für unser aller Seelenfrieden besser wäre, wenn wir wüssten, dass Granny unter Aufsicht ist. Von erfahrenem Pflegepersonal, das mit der Krankheit umgehen kann und mehr darüber weiß als wir als Laien. Die auch Erfahrung damit haben, wie man alte Menschen pflegt und wie man auf sie eingeht, wenn sie wieder einen Aussetzer erleiden.«

Erneut konnte ich Tränen in Lydias Augen schimmern sehen. Sie wandte den Kopf ab, als wir unsere Getränke serviert bekamen, und begann erst dann zu sprechen, als wir wieder allein waren. »Es tut mir leid, dass ich dich und deine Mom vorschnell verurteilt habe. Dass ich einfach nur in meiner Wut gefangen war, anstatt mir eure Sicht der Dinge anzuhören. Natürlich ergibt alles Sinn, was du sagst. Und ich *weiß*, was die Demenz mit den Menschen macht. Nicht nur mit den Kranken, sondern auch mit den Angehörigen.« Langsam rührte sie ihren Tee um, zu dem ihr ein Keks in Tannenbaumform serviert worden war, und sah dem Wasser dabei zu, wie es sich rotbraun verfärbte. »Ich hatte von Anfang an meine eigene Grandma vor Augen. Hatte mir vorgestellt, dass es sie wäre und …« Sie schüttelte den Kopf. »Mir hat es einfach das Herz zerrissen, als deine Granny neben mir an der Bushaltestelle stand und geweint hat, weil sie so einsam war.« Mit einem Mal sah sie mich mit großen Augen an. »Ich hab deine Granny damals zu uns eingeladen, um mit uns an Heiligabend zu feiern. Aber ... das ist dann jetzt wohl ebenfalls hinfällig«, sagte sie schließlich enttäuscht. Schmunzelnd nippte ich an meiner Coke light. »Sie ist hier nicht in einem Gefängnis, Lydia. Sie darf das Seniorenheim auch verlassen, und gerade an Weihnachten sind ganz viele der Bewohner bei ihren Familien.«

»Ja ... bei ihren Familien. Sie feiert mit euch, hab ich recht?«

Ich nickte. »So haben wir es geplant, ja. Von deiner Einladung wusste ich nichts. Also ... schon, aber nicht, dass es *meine Granny* ist, die du eingeladen hast.« Ich schmunzelte.

Sie schlug die Hände vors Gesicht. »Ich fühle mich so schlecht, Shawn. Ich hätte das alles bemerken sollen. Gerade als Psychologiestudentin. Und dann hab ich so dermaßen unsensibel reagiert. Ich meine, für dich ist es bestimmt auch eine große Belastung, deine Grandma so zu erleben.«

»Ja, es ist hart. Verdammt, die meiste Zeit kennt sie mich nicht mehr. Sie verwechselt mich mit ihrem Mann, sagt Charles zu mir. Noch schlimmer muss es für Mom sein. Ich meine, stell dir mal vor, deine eigene Mutter weiß nicht mehr, wer du bist. Ja, sie hat vergessen, dass sie dich zur Welt gebracht hat. Das ist echt hart ...«

Betreten nickte sie. »Gott, mir ist das so peinlich! Also dass ich so überreagiert und nicht erst mit dir gesprochen habe, als wir am Samstag hier waren. Ich hätte nicht davonlaufen dürfen. Und ich hätte dir spätestens in der Bibliothek zuhören müssen. Dir ohne Zögern glauben sollen, dass *du* die Realität *nicht* verdrehst. Deine demenzkranke Granny jedoch ...« Sie stockte und senkte erneut den Blick. »Gott, Shawn, mir tut das alles so leid. Ich möchte und muss mich bei dir für mein unmögliches Verhalten entschuldigen. Wenn du nach allem nichts mehr mit mir zu tun haben willst, kann ich das natürlich verstehen, dann ...«

»Scht, hör auf, Lydia«, sagte ich und fiel ihr damit ins Wort. »Ich *hab* dir doch schon längst vergeben.« Ich griff nach ihrem Stuhl und zog sie näher an mich, bis ihr Knie meines berührte. Einen Arm legte ich über ihre Schultern und beugte mich zu ihr, bis ich ihren Atem an meinem Hals spürte, und küsste sie auf die Wange. Dann verwob ich unsere Finger miteinander und schaute sie an, bis sie meinen Blick erwiderte. »Wie könnte ich das nicht? Ich bin verrückt nach dir.«

Zaghaft hoben sich ihre Mundwinkel. Sie schloss die Augen und hauchte mir einen süßen Kuss auf mein Kinn. »Du bist wirklich perfekt, Shawn Francis«, murmelte sie schließlich, bevor sie sich ganz eng an mich schmiegte. Da wusste ich, dass sich das Ende unserer Beziehung eben in einen Neuanfang verwandelt hatte …

Kapitel 28 – Lydia

»Danke, dass ihr alle gekommen seid.« Ich stand in jenem Hörsaal, in dem ich das erste Mal zur Mithilfe gebeten hatte. Vor mir war die versammelte Menge an Helfern, die kleine und große Beiträge zu meinem Projekt geleistet hatten. Zumindest die, die noch nicht heim zu ihren Familien gefahren sind. Alle Blicke waren auf mich gerichtet und Nervosität flatterte durch mich hindurch, als ich von der Empore auf die vielen Leute schaute, doch diese wurde durch das Glücksgefühl überschattet, es fast geschafft zu haben. »Morgen ist Heiligabend, was bedeutet, dass *My Christmas Wish* seinen Höhepunkt erreicht – das Treffen und gemeinsame Feiern der Familien und Paare mit den Alleinlebenden. Ich kann noch gar nicht glauben, dass es vorbei sein soll, aber ich bin so, so stolz auf euch. Auf uns alle. Ein Projekt dieser Größe in so kurzer Zeit auf die Beine zu stellen ist nichts Selbstverständliches. Es erfordert eine hohe Einsatzbereitschaft und wie man sieht, macht es sich bezahlt. Fast vierhundert Menschen müssen morgen Abend nicht einsam sein. Sie haben Platz in einem warmen Zuhause gefunden, wo mit ihnen gemeinsam Weihnachten gefeiert wird. Wir haben Rentner vermittelt und Obdachlose. Alleinerziehende Mütter und Väter ohne Kontakt zu ihrer Familie. Verstoßene und sogar welche, die sich das restliche Jahr ganz bewusst von der Gesellschaft abschotten. Sie alle sind morgen Abend dank eurer Hilfe nicht allein!«

Zustimmendes Gemurmel und einstimmiger Zuspruch füllten mein Herz mit Hochgefühl.

»An dieser Stelle ein großes Dankeschön an alle, die bis einschließlich übermorgen via E-Mail und per Telefon erreichbar sind, falls es noch zu irgendwelchen Zwischenfällen kommt. Ihr habt das wirklich großartig gemacht! Fast jedes der vermittelten Paare hat sich schon einmal getroffen oder zumindest miteinander telefoniert. Der Erstkontakt lief super, und für diejenigen, bei denen nicht alles reibungslos ablief, konnte noch Ersatz organisiert werden. Zum Glück haben wir einige Familien auf der Warteliste, und etwas über die Hälfte von denen hat zugesagt, auch kurzfristig jemanden aufzunehmen, sollte es irgendwo haken.« Ich schaute zu Shawn, der mich stolz anlächelte. »Jedenfalls wird es in den kommenden ein bis zwei Wochen noch einiges zu tun geben. Wir wollen Feedback der Teilnehmer auf der Website einbinden und Lance hat bereits das Formular fürs nächste Jahr programmiert, das ab sofort online ist.« Ich blickte von ihm zurück in die Runde, konnte aber nur begeisterte und zustimmende Gesichter entdecken. »Vielleicht habt ihr in den letzten Tagen schon mal auf die Startseite geschaut? Die Anmeldung ist seit dem neunzehnten Dezember gesperrt, damit wir auch wirklich alle abarbeiten können. Beim nächsten Mal werde ich das Formular eventuell noch früher offline nehmen lassen – oder es auf eigene Faust versuchen, Lance gibt mir Nachhilfe in Webdesign.« Ich schaute zu dem Mann, der mich angrinste und den Daumen nach oben streckte. »Jedenfalls, was ich euch eigentlich sagen wollte: Danke! Für euren Einsatz, euer Engagement, eure Erreichbarkeit zu den unmöglichsten Uhrzeiten. Dafür, dass ihr geholfen habt, so vielen Menschen ein schöneres, nicht einsames Weihnachtsfest zu schenken.«

Tosender Applaus brach los, die Leute johlten und schüttelten sich die Hände. Doch bevor sie zu mir kommen und mit mir reden konnten, stieß Shawn einen lauten Pfiff aus und stellte sich neben mich. »Wartet, wartet, ich muss auch noch was dazu sagen.« Er stieg auf die kleine Empore zu mir und bedeutete den anderen mit beiden Händen, ruhig zu sein und ihm zuzuhören. »Und zwar hab ich eine Überraschung für euch. Für dich, Lydia.« Überrumpelt schaute ich ihn an, hatte keine Ahnung, was jetzt noch folgen würde.

»Weil das Projekt so gut ankommt, hat es auch das mediale Interesse auf sich gezogen. Ich darf also heute verkünden, dass der Radiosender *WDBC Providence* uns nächstes Jahr in der Vorweihnachtszeit begleiten will. Jeden Tag eine Stunde, in der diejenigen, die dieses Jahr an der Aktion teilgenommen haben, interviewt werden, um über ihre Erfahrungen zu sprechen. Wer weiß, vielleicht entstehen auch anhaltende Freundschaften daraus? Womöglich treffen sich die gepaarten Teams nächstes Jahr wieder? Zudem will der Sender mit Alleinlebenden sprechen, die von den Schwierigkeiten berichten, denen sie sich im Alltag stellen müssen, und warum sie dankbar sind, dass Lydia *My Christmas Wish* ins Leben gerufen hat.«

Mein Mund klappte ungläubig auf, als er das sagte, und ich merkte, wie meine Sicht verschwamm.

»Dann hat Danielle Rivers vom Frühstücksfernsehen von der Aktion gehört. Sie ist zufällig eine derjenigen, mit denen ich telefoniert habe, als es darum ging, den Erstkontakt zu einem Alleinlebenden herzustellen. Wir sind ins Gespräch gekommen und heute hat sie mir per E-Mail bestätigt, dass der Fernsehsender nicht nur morgen einen Bericht über das Ganze drehen will, sondern auch, dass sie uns genau wie der Radiosender im nächsten Jahr begleiten wollen.«

Die Leute waren völlig aus dem Häuschen, während ich nicht fassen konnte, was Shawn da erzählte. Das war so viel mehr, als ich mir für diese Sache erhofft hatte ...

»Das Ganze wird dadurch weitere Aufmerksamkeit auf sich ziehen. Ich könnte mir gut vorstellen, dass daraus eine noch größere Sache wird – dass sich auch andere Städte und Organisationen dazu inspiriert fühlen, die Idee von *My Christmas Wish* aufzugreifen und selbst umzusetzen. Das könnte auch für uns kurzfristig mehr Arbeit bedeuten, wenn es darum geht, die Leute dort zu schulen und ihnen das Konzept zu erklären. Überhaupt bedeutet mehr Reichweite auch mehr zu tun für uns. Der größere Aufwand wird nur zu schaffen sein, wenn wir nächstes Jahr erneut zusammenkommen und einander helfen. Falls ihr also wen wisst, der ebenfalls mitwirken kann und will, könnt ihr gerne den Kontakt für uns herstellen.«

Meine Kommilitonen nickten und riefen zustimmende Floskeln in die Luft.

»Shawn, ich weiß gar nicht, was ich dazu sagen soll …« Meine Stimme brach vor Rührung beinahe und mit einem Mal war es wieder mucksmäuschenstill im Hörsaal. Alle Augen waren auf mich gerichtet, das spürte ich, während mein Blick allein Shawn galt.

»Gar nichts, Lydia. Ich hab im Grunde auch nichts gemacht. Dass es *My Christmas Wish* gibt, haben wir ausschließlich dir zu verdanken.«

»Aber du hast den Kontakt hergestellt und mit den Leuten geredet, damit sie uns auf medialer Ebene unterstützen.«

Sein warmes Lächeln berührte mich tief in meinem Herzen. »Weißt du noch, was du mir auf die Frage geantwortet hast, was du dir zu Weihnachten wünschst?«

Unter Tränen und belegter Stimme antwortete ich: »Dass wir mit diesem Projekt ganz vielen Menschen helfen können.«

Shawn nickte. »Frohe Weihnachten, Lydia.« Mit diesen Worten zog er mich in eine Umarmung, die ich nur zu gern erwiderte. Und als er mich küsste, kehrte die ausgelassene Stimmung zurück und die Leute johlten und pfiffen und lachten …

Als wir etwas später den Hörsaal verließen, war ich immer noch völlig ergriffen von allem. Jeder einzelne Helfer hatte sich bei mir für die Organisation bedankt. Dafür, dass auch sie viele großartige Menschen hatten kennenlernen dürfen und Erfahrungen sammeln können, die sie geprägt hatten und die sie nie vergessen würden. Und was mich am meisten freute: Fast alle, deren Familien in der Nähe wohnten, hatten für morgen Alleinstehende zu sich beziehungsweise zu ihren Familien eingeladen. Dass sich das Projekt so entwickeln würde, damit hatte ich nicht gerechnet. Es war überwältigend und ich freute mich schon jetzt auf nächstes Jahr, wenn wir – mit mehr Vorlaufzeit in Sachen Planung – erneut die Menschen zusammenbringen würden.

Beim Verlassen des Gebäudes schien die Sonne vom fast wolkenlosen blauen Himmel. Der Schnee glitzerte und es fühlte sich an, als hätten alle gute Laune. Was bestimmt auch so war, denn heute war der letzte Tag am College vor Weihnachten. Die meisten begaben sich gleich direkt auf die Heimreise, um die nächsten Tage bei ihren Familien zu verbringen, wenn sie nicht schon unterwegs waren.

Shawn und ich jedoch peilten noch das Café an, weil wir dort mit Ellen und Joe verabredet waren. Die zwei hatten beide Hände voll mit Kaffeebechern und Papiertüten, die sehr verdächtige Fett- und Zuckerspuren aufwiesen und vermutlich echt leckere Dinge beinhalteten.

»Na ihr? Alles erledigt?« Ellen strahlte uns an, als wären wir Mister und Misses Santa Claus höchstpersönlich.

Dass es zwischen Shawn und mir nun wieder passte, hatte sie wohl ebenfalls ziemlich beruhigt. Sie hatte mir gestanden, dass sie sich große Sorgen und Vorwürfe gemacht hatte und es bereut hätte, dass sie nicht doch ihre Freunde nach Shawn ausgefragt hatte. Wobei das vermutlich nichts geändert hätte, weil man über ihn nur Gutes sagen konnte.

»Ja, die Feiertage haben wir uns mehr als verdient«, sagte ich und nahm dankend einen Becher heiße Schokolade von Ellen entgegen, während Shawn von Joe einen Macchiato bekam. Zudem hatte ich mich nicht geirrt: Sie hatten leckere Donuts mit roter, grüner und weißer Glasur mitgebracht, auf denen Zuckerstreusel in Tannenbaum- und Schneekristallform waren. Der perfekte Weihnachtssnack.

»Das auf jeden Fall.« Ellen deutete mit dem Kopf in Richtung Hörsäle und verdrehte die Augen.

»Ihr glaubt nicht, was dieser verrückte Mann noch alles in die Wege geleitet hat«, sagte ich und erzählte schließlich vom Radio und vom Frühstücksfernsehen.

Joe pfiff durch die Zähne. »Da hast du dich aber voll ins Zeug gelegt.« Er grinste und erntete von Ellen zustimmendes Gemurmel.

Shawn zuckte mit den Schultern. »Ich habe nur versucht, deinen Weihnachtswunsch zu erfüllen«, sagte er an mich gewandt, und es klang fast so, als wäre das alles keine große Sache.

Ellen stieß Joe in die Seite, und zwischen den beiden fand eine stumme Kommunikation statt, die mich zum Schmunzeln brachte.

»Wie feiert ihr eigentlich Weihnachten?«, fragte ich die zwei, um sie abzulenken.

»Ich bin zu Hause bei der Family«, sagte Joe und schaute dabei Ellen an. »Und diese wundervolle Frau kommt am fünfundzwanzigsten Dezember nach, um mit uns zu feiern. Wir wollen dann ein paar Tage in die Berge zum Snowboarden.« Dabei strahlte er Ellen an, als wäre sie sein größter Schatz.

»Dieses Jahr werde ich nur kurz bei meiner Familie sein. Aber das ist okay für Mom und Dad, sie haben eh ein volles Haus mit meinen Schwestern und ihren Männern, da fällt es nicht auf, wenn eine Person wegfällt.« Sie zwinkerte mir zu. »Und wie feiert ihr? Aus dem Plan, mit Misses Schneider bei deinen Eltern zu feiern, wird ja jetzt nichts, oder?«, wandte sie sich an mich.

»Nicht ganz. Als Shawns Eltern davon erfahren haben, wie sich alles zugetragen hat, haben sie uns kurzerhand alle zu sich nach Hause eingeladen. Nur Tim fährt nicht mit, der ist bei seiner Freundin zu Besuch.« Ich schmunzelte und warf einen kurzen Blick auf die Uhr. Die beiden dürften gerade zu Hause ankommen, wo er Claudia Mom und Dad vorstellte. Ich war schon sehr gespannt darauf, was er mir heute Abend dazu erzählen würde. Ich hatte Dad noch einmal gebeten, Tim nicht in Verlegenheit zu bringen, weil ihm Claudia wirklich wichtig zu sein schien. Mom hatte mir versprochen, darauf aufzupassen, dass Dad nicht doch für einen Moment vergaß, was sie vereinbart hatten.

»Cool. Das heißt, dann gibt es ein großes Familienfest. Und deine Grandma darf auch die ganze Zeit dabei sein?«, wollte Ellen von Shawn wissen.

»Ja. Sie bleibt über Nacht bei uns, das ist am einfachsten. Sie bekommt ein Pflaster, das dem Fortschreiten der Demenz entgegenwirkt, genauso wie ihre Medikamente. Wir hoffen nur, dass sie einen guten und vor allem schönen Tag hat. Mom macht sich große Sorgen, dass der erneute kurzfristige Ortswechsel sie überfordern könnte. Viele Demenzkranke haben Probleme, wenn sie die gewohnte Umgebung verlassen, was sich negativ auf ihre Tagesverfassung auswirken kann. Aber schlussendlich haben wir uns dafür entschieden, sie herzuholen. Wer weiß, wie oft wir noch gemeinsame Zeit haben werden. Sie wird im April achtzig und wir wollen einfach noch so viele Momente wie möglich mit ihr verbringen.«

Joe nickte betreten. »Mein großer Bruder ist vor fünf Jahren völlig unerwartet gestorben. Man sollte jeden einzelnen Tag nutzen und in vollen Zügen genießen. Du weißt nie, wann es das letzte ist.«

Ellen drückte sich enger an Joe und wischte ihm einen Donut-Krümel von der Wange. »Das tut mir leid, das hast du noch gar nicht erzählt.«

»Er fehlt mir wie verrückt. Jeden verdammten Tag. Aber so scheiße es klingt, der Tod gehört nun mal zum Leben dazu. Wenn man das mal begriffen hat, wird es irgendwie leichter. Zumindest ist es mir so gegangen.«

Betrübt nickte ich. »Das ist ein schöner Ansatz, damit werde ich mich mal intensiver auseinandersetzen. Ich vermisse meine Grandma auch so sehr. Vielleicht wird dadurch der Schmerz weniger.«

Joe lächelte mir traurig zu, doch dann änderte sich sein Gesichtsausdruck. »Hey, aber davon lassen wir uns jetzt nicht die Laune verderben. Wir steuern immerhin geradewegs auf Weihnachten zu, Leute!«

Wir hielten vor Shawns und Joes Wohnheim, wo wir uns gegenseitig schöne Feiertage wünschten.

»Bis später. Ruf an, wenn du fertig bist, dann helfe ich dir mit dem Gepäck«, raunte Shawn mir ins Ohr.

»Mach ich.«

Wir hatten heute noch einiges auf unserem Plan stehen: Zuerst würden wir ins Krankenhaus fahren, um den Kindern als Engel und Santa Claus verkleidet kleine Geschenke zu überreichen, und im Anschluss wollten wir noch ins Altersheim, um auch dort allen Bewohnern ein frohes Weihnachtsfest zu wünschen.

Ellen und Joe wollten sich später noch einmal sehen, bevor Joe nach Hause fuhr und Ellen von ihrer großen Schwester abgeholt wurde. Bestimmt hatten die zwei Turteltäubchen dann ein letztes Mal in diesem Jahr Sex in unserem Zimmer. Aber ich gönnte es ihnen von Herzen …

Als Ellen und ich in Richtung unseres Wohnheims weitergingen, hakte ich mich bei ihr unter. »Wie geht es eigentlich deiner Schwester in ihrer Schwangerschaft? Ich hoffe, es ist alles in Ordnung?«

»Ja, ihr geht es prächtig. Also abgesehen von der täglichen Übelkeit, aber Simon ist sehr geduldig und wahnsinnig fürsorglich. Er massiert ihr die Füße und fährt auch nachts in den Supermarkt für sie.

Ein absoluter Traum.« Sie lachte. »Und dem kleinen Bauchzwerg geht es auch gut. Man kann sogar schon eine leichte Rundung an ihrem Bauch erkennen.« Ihre Augen leuchteten und ich ließ mich von ihrer Euphorie anstecken.

»Richtig schön, das freut mich.«

»Mich auch für die beiden! So schön übrigens, dass es zwischen euch beiden wieder passt. Und Gott, wie süß ist Shawn eigentlich? Hat er das alles hinter deinem Rücken organisiert mit dem Radio und dem Fernsehen?«

Ich musste schmunzeln, weil sie sofort wieder auf Shawn und mich zurücklenkte, und nickte. »Ja. Morgen kommt das Fernsehteam auch zu Shawns Haus, wo sie uns interviewen wollen. Wir werden die Aufnahmen aber im Garten machen, weil wir die Privatsphäre von seinen Eltern und vor allem von seiner Granny schützen möchten.«

Ellen brummte zustimmend. »Das ist eine gute Idee. Ich freu mich so für dich!« Völlig unerwartet fiel sie mir um den Hals und drückte mich fest. »Und ich werde dich in den nächsten Tagen vermissen.«

»Lügnerin«, antwortete ich neckend. »Wetten, du wirst nicht eine Sekunde an mich denken, wenn du mit Joe im Liebesurlaub bist?«

Sie lachte auf. »Ertappt. Damit könntest du natürlich recht haben. O Gott, ich kann es kaum erwarten … Nur Joe und ich, das wird ein Traum.«

»Aber hey, dass ihr mir bloß nicht streitet, verstanden? Du weißt, so erste gemeinsame Urlaube können schnell mal im Chaos enden.«

Sie legte die rechte Hand an ihre Brust. »Ich schwöre, ich werde es zu verhindern wissen. Tief ein- und ausatmen und diplomatisch und ruhig ansprechen, wenn ich merke, dass was in mir brodelt. Und reden, reden, reden. Über alles, was uns auf dem Herzen liegt.«

Ich nickte. »Du bist mein Vorbild, weißt du das?«

Ellen lachte schallend und drückte mich noch einmal. »Du meines auch, Lydia. In so vielen Dingen.«

Kapitel 29 – Shawn

Der Bart kitzelte mich an der Wange, das runde Brillengestell ohne Gläser fühlte sich seltsam ungewohnt auf meinem Nasenrücken an und mir war schon nach ein paar Minuten in diesem dicken Santa-Kostüm unfassbar heiß. Aber Lydia in diesem weißen Engelskleid mit den großen goldenen Flügeln zu sehen entschädigte mich dafür, dass ich mir vorkam wie in meiner eigenen persönlichen Sauna.

»Die Kinder werden gleich Augen machen, da bin ich mir sicher«, sagte sie und strahlte mich an, bevor sie den Knopf für das richtige Stockwerk im Aufzug drückte.

»Ho, ho, ho!«, machte ich als Antwort, was uns beide zum Lachen brachte.

Beschwingt stiegen wir aus und wie schon unten beim Betreten des Krankenhauses folgten uns auch hier alle mit den Blicken. Diese ungewöhnliche Aufmerksamkeit war seltsam und gab mir zugleich ein unglaublich gutes Gefühl. Vor allem, da Lydia an meiner Seite war.

Wir steuerten das Zimmer der Pfleger an, wo uns Pharrell breit grinsend entgegenkam. »Yo, Leute, ihr seht scharf aus«, sagte er und klatschte mit uns beiden ab. Dann winkte er uns in das Schwesternzimmer hinein. »Wir haben die Geschenke für die Kinder schon bereitgestellt.«

Auf einem kleinen Wagen standen niedliche kleine Päckchen, die alle gleich groß waren. Sie alle waren grün, rot und weiß verpackt und auf vielen standen die Namen der Kinder, einige weitere waren nur mit den Ziffern von eins bis drei versehen.

»Was ist da überall drin?«, erkundigte ich mich.

»Das Krankenhaus lässt vier Mal im Jahr – saisonal passend – Blöcke mit Rätseln, Bilder zum Ausmalen und kleinen Geschichten drucken. Die gibt es für drei verschiedene Altersklassen, und in jedem Geschenk ist ein für das jeweilige Kind passender Block inklusive Bunt- und Bleistifte darin. Und auf die jeweiligen Lebensmittelunverträglichkeiten angepasst haben wir jeweils ein Säckchen mit Plätzchen mit eingepackt.«

»Da werden sich die Kinder bestimmt freuen«, meinte ich und Lydia nickte zustimmend.

»Es ist jedes Jahr so schön, die Reaktionen der Kinder zu sehen. Und dieses Jahr wird es bestimmt noch schöner werden, weil du mich als Santa begleitest.«

In dem Moment kam Barbara herein. »Oh, ganz bestimmt. Einige Kinder sind sehr traurig, weil sie an Weihnachten nicht zu Hause sein können. Zwar kommen die Eltern sie besuchen, aber ihnen fehlt einfach ihr Zuhause – jetzt noch mehr als das restliche Jahr. Dass ihr ihnen ein paar schöne Erinnerungen schenkt, ist etwas ganz Besonderes.«

Ihre Worte berührten mich und machten mir bewusst, welche große Verantwortung auf uns lag. »Na gut, dann gehen wir die Sache an.« Ich klatschte in die in dunkelbraunen Lederhandschuhen steckenden Hände, um meine Nervosität zu überspielen.

»Sehr gut. Wir haben Santas Stuhl schon im Spielzimmer aufgebaut. Alles ist bereit.« Pharrell deutete auf den gegenüberliegenden Raum und tatsächlich entdeckte ich dort einen gemütlich wirkenden Lederstuhl, der aussah, als hätten sie ihn aus Santas Büro geklaut. Daneben thronte ein großer Weihnachtsbaum, dessen Lichter in bunten Farben blinkten und tolle Akzente zu den weißen Kugeln setzten.

»Wie aufregend!« Lydia strahlte mich an, packte dann entschlossen den Griff des Wagens mit den Geschenken und navigierte ihn aus dem Schwesternzimmer hinaus.

Ich folgte ihr mit schwerfälligen Schritten und klopfendem Herzen.

Aus einem der Zimmer schauten zwei Mädchen mit großen Augen in unsere Richtung, und deren Eltern standen hinter ihnen und lächelten uns dankbar an. Eines der beiden – sie war bestimmt gerade erst drei Jahre alt – trug einen Krankenhauskittel, das andere, um einen halben Kopf größere Mädchen war wohl ihre Schwester, die sie gerade besuchte. Ich winkte den Kindern und bedeutete ihnen mit einem Winken, dass sie uns folgen sollten. Die zwei sahen sich an, dann liefen sie auf uns zu und mein Herz ging auf, als sie lachten.

»Guten Tag, ihr beiden, ich freue mich, dass ihr hier seid«, sagte ich mit tiefer Stimme, was die beiden erneut zum Kichern brachte. »Kommt mit, ich habe heute auch einen Weihnachtsengel mitgebracht.« Stolz deutete ich auf Lydia, die sofort in die Hocke ging, als sie die beiden Mädchen sah.

Sie begrüßte die beiden und erfuhr, dass die beiden Tiffany und Beverly hießen. Im Anschluss fragte sie, ob sie schon aufgeregt seien, weil bald Weihnachten war und ob sie bereits einen Wunschzettel verschickt hätten.

»Mommy hat den für uns verschickt, wir haben ihr alles angesagt«, erklärte Beverly, die ältere Schwester, während ich auf dem Lederstuhl Platz nahm.

Ein kurzer Blick zu den beiden Eltern, die uns gefolgt waren und die am anderen Ende des Raumes standen, verriet mir, dass die Mutter Tränen in den Augen hatte, als sie mir lächelnd zunickte und der Vater seinen Arm um seine Frau legte.

»Ah, großartig. Ich bin mir sicher, dass eure Wünsche gut bei mir angekommen sind. Ihr müsst wissen, dass ich mich auf meine Weihnachtselfen gut verlassen kann.«

Beverly kam auf mich zu. Zögernd hielt sie vor mir. »Darf ich dich noch was fragen, Santa?«

Nickend bedeutete ich ihr, zu mir zu kommen, und hob sie auf meinen Schoß. Sie sah mich erst an, griff in meinen Bart und ich fürchtete schon, sie würde ihn mir runterziehen. Ein kurzer Blick zu Lydia bestätigte mir, dass sie ähnliche Sorgen hatte, und aus dem Augenwinkel bemerkte ich, wie inzwischen weitere Kinder von Barbara und Pharrell hereingeführt worden waren.

Alle Erwachsenen sahen mit weit aufgerissenen Augen in meine Richtung, doch dann ließ das Mädchen den Bart los und beugte sich zu meinem Ohr. Sie formte ihre kleinen Händchen zu einem Trichter und flüsterte: »Kannst du auch dafür sorgen, dass meine Schwester wieder gesund wird?«

Mein Herz zog sich bei diesem Wunsch zusammen. Ich hatte keine Ahnung, weswegen Tiffany hier war, und tat mich wirklich schwer, darauf zu antworten. Aber ich war Santa und es war meine Pflicht, ihr etwas Hoffnung zu schenken. Also legte nun ich meine Hände um ihr Ohr und raunte ihr zu, was ich für das Richtige hielt. »Deine Schwester ist hier in den besten Händen. Die Ärztinnen und Ärzte und auch die Pflegekräfte tun alles dafür, dass sie bald wieder nach Hause kommen kann. Sei einfach für sie da und mach ihr Mut. Zeig ihr, dass du sie lieb hast, und erzähle ihr, was ihr alles machen werdet, wenn sie wieder gesund ist. Das allein wird ihr schon helfen, damit es ihr besser geht.«

Die Kleine lauschte meinen Worten und nickte artig. »Das mache ich. Danke, Santa.« Dann umarmte sie mich fest, bevor sie wieder von mir runter und zu ihrer Schwester ging, die sie herzte, auf die Wange küsste und ihr »Ich hab dich so so lieb, Tiffany« sagte.

Die Kleine strahlte und erwiderte ihre süßen Gesten. »Und ich dich, Beverly.«

Alle hatten schweigend und gerührt verfolgt, was eben passiert war, und ich spürte mit einem Mal ein unglaublich warmes, hoffnungsvolles Gefühl in meiner Brust.

Es war so einfach, glücklich zu machen und Hoffnung zu schenken. Vor allem aber tat es gut.

Nach diesem Gespräch mit Beverly fassten nun auch andere Kinder Mut und kamen nach und nach zu mir, um mir von ihren Wünschen zu erzählen. Was mich dabei überraschte, war, dass die meisten nicht materieller Natur waren. Viele wünschten sich nur, an Weihnachten zu Hause sein zu können oder bald wieder gesund zu sein. Gesund zu bleiben, wenn sie diesen Aufenthalt erst überstanden hatten.

Auch Gregory war hier, der Junge mit dem Blasenkrebs. Lydia hatte es mir zugeraunt, damit ich wusste, wer er war. Er blieb vor mir stehen und schaute mich neugierig an. »Weißt du, was? Wenn ich groß bin, will ich auch mal Santa werden«, sagte er dann zu mir.

»Oh, wirklich? Wieso das denn?«, fragte ich und rechnete damit, dass er was von den Geschenken, vielleicht auch von den Rentieren oder den Elfen sagen würde … Doch ich hatte mich geirrt.

»Weil es schön sein muss, Kinder glücklich zu machen, wenn man ihre Wünsche erfüllt.«

»Damit hast du recht.«

»Oder ich werde Krankenpfleger oder Arzt und helfe kranken Kindern wie mir. Die Leute hier sind nämlich auch ein bisschen wie du. Wegen ihnen werde ich bald wieder gesund sein.«

Vor Rührung drückte sich ein Kloß in meinem Hals nach oben, und als ich den Kopf hob, sah ich, wie Pharrell Barbara den Arm um die Schulter legte und sie kollegial drückte. Lydia wischte sich eine Träne aus dem Augenwinkel.

Als alle Kinder mit mir geplaudert hatten, las Lydia noch eine lustige Weihnachtsgeschichte vor, die die Kleinen und auch die Erwachsenen zum Lachen brachte. Sie handelte von Santa, der auf dem Weg zu den Kindern all die Geschenke verloren hatte, weil sein Rentier Komet schrecklichen Schluckauf hatte und dadurch ständig Päckchen aus dem Schlitten purzelten. Santa machte sich schreckliche Vorwürfe, dachte an all die enttäuschten Kinder und war kurz davor, seinen Job an den Nagel zu hängen – bis ein kleines Mädchen, das vor Aufregung nicht schlafen konnte, Komet seine Tricks zeigte, um den Schluckauf wegzubringen. Anschließend half es Santa, die Geschenke wieder einzusammeln und an die richtigen Kinder zu verteilen.

Lydia war echt gut im Vorlesen, lebte richtig die Geschichte mit und hatte ein Händchen dafür, die Spannung durch die Betonung der Wörter greifbar zu machen und einen mit den Figuren mitfiebern zu lassen. Und weil am Ende Santa und das Mädchen gemeinsam mit den Rentieren »Jingle Bells« sang, stimmten auch wir den Song an und alle Kinder mit den Eltern sangen mit. Barbara und Pharrell machten uns mit Löffeln die Schellen und es war eine wirklich ausgelassene Stimmung, bei der Lydia und ich uns sogar zu einem kleinen Tänzchen hinreißen ließen, was die Kinder zum Lachen brachte.

Anschließend wurde es noch einmal ruhiger, als wir die Geschenke an alle Kinder verteilten – auch an die, die nur zu Besuch hier waren. Die Ziffern auf den Schleifen verrieten uns, für welche Altersgruppe der Inhalt geeignet war. Im Anschluss begann sich alles wieder aufzulösen – nicht ohne viele liebe und dankbare Worte von den Eltern zu hören, von den Kindern noch einmal umarmt zu werden und uns allen frohe Weihnachten zu wünschen.

»Das war wirklich bewegend«, sagte ich, als wir etwas später im Aufzug zurück nach unten fuhren, und lüftete meinen Bart. Die kühle Luft tat gut, aber ich würde das Kostüm erst ausziehen, wenn wir auch im Altersheim gewesen waren. Es war einfach zu mühsam, alles aus und vor allem wieder anzuziehen.

Lydia klimperte mit meinem Autoschlüssel in der Hand. »Total. Ich musste so oft gegen Tränen ankämpfen. Die Kleinen sind so süß und so stark. Kinder machen die Welt einfach zu einem schönen, besseren Ort. Wir Erwachsenen sollten öfter von ihnen lernen.«

Gedankenverloren nickte ich. »Da hast du recht.«

Der Aufzug hielt und wir stiegen aus. Wieder lächelten die Menschen freundlich und winkten uns zu. Wir wünschten allen, denen wir begegneten, frohe Weihnachten, dann gingen wir nach draußen, wo Lydia sich wieder hinters Steuer meines Wagens setzte und uns zum Seniorenheim fuhr.

Ehrlich gesagt freute ich mich riesig, die Bewohner heute gemeinsam mit Lydia zu besuchen. Und ich war auch aufgeregt, weil ich nicht wusste, wie Granny reagieren würde. Ob sie überhaupt bei den anderen im Aufenthaltsraum sein würde, um mit uns allen zu feiern und zu singen, oder ob sie sich nach wie vor weigern würde, aus ihrem Zimmer zu kommen.

So oder so erwarteten uns viele herzliche Menschen. Bis auf die Betreuer wusste niemand von unserem Besuch und ich war mir sicher, dass sie große Augen machen würden, wenn wir gleich auftauchten.

»Bist du aufgeregt?«, fragte Lydia, als sie den Motor auf dem Parkplatz ausmachte.

»Ein wenig, ja. Du?«

»Auch. Aber vor allem freue ich mich auf die lieben Menschen.«

Nickend stimmte ich ihr zu. »Ich auch. Na los, lass uns gehen.«

Wir stiegen aus und gingen über den vom Schnee geräumten Weg zum Eingang. Wir traten ein und Renata, eine der Betreuerinnen, winkte uns stumm aber kräftig und strahlte übers ganze Gesicht. Wir winkten zurück und bedeuteten ihr mit dem Finger an den Lippen, leise zu sein.

Sie deutete beide Daumen nach oben und folgte uns schließlich in den Aufenthaltsraum.

»Ho, ho, ho, frohe Weihnachten!«, rief ich und hatte damit sofort die Aufmerksamkeit der Bewohner. Ein paar sahen mich erst irritiert und überrascht an, aber spätestens, als sie realisierten, dass Lydia und ich es waren, strahlten sie uns an.

Sie kamen auf uns zu und schüttelten unsere Hände. Sie lobten unsere Verkleidungen und hatten uns sofort in Gespräche verwickelt, während die Betreuer Tee, alkoholfreien Punsch und Plätzchen servierten.

Jemand hatte eine Weihnachtsplaylist gestartet und Rod Stewards Stimme drang aus den Boxen, der »Let It Snow!« für uns sang, während Lydia und ich von unserem bewegenden Besuch im Krankenhaus erzählten.

Carmen kam auf uns zu und nahm je eine Hand von Lydia und eine von mir in ihre. Sie drückte sie und nickte uns wohlwollend zu.

»Ihr zwei seid wirklich ganz besonders. Ihr habt so ein großes Herz, schenkte eure wertvolle Zeit fremden Menschen, ohne etwas zurückzuverlangen. Ich habe selbst jahrelang als Ärztin gearbeitet und weiß, wie es ist, von kranken und gebrechlichen Leuten umgeben zu sein. Zu sehen, wie manche Schmerzen haben, wie sie einsam sind und sich nach ihrer Familie sehnen. Wie sie hoffen, wieder fit und gesund zu werden, auch wenn du selbst weißt, dass das vermutlich nicht mehr eintreffen wird. Deshalb also ein großes Dankeschön von mir an euch – und ich glaube, ich kann im Namen aller sprechen.« Sie sah über ihre Schulter und die Bewohner applaudierten und nickten zustimmend.

Ohne zu überlegen, umarmte ich die zierliche Frau und murmelte ihr ein ehrliches »Danke« ins Ohr.

»Shawn!«, drang Lydias Stimme aufgeregt zu mir durch. Ich löste mich von Carmen und wandte den Kopf, um zu sehen, was sie mir sagen wollte.

Lydia zeigte auf meine Granny, die von Renata am Arm den Gang in den Aufenthaltsraum begleitet wurde. Sofort schlug mein Herz ein paar Takte schneller und ich atmete tief durch, weil ich mich so freute, dass sie aus ihrem Zimmer herauskam.

Als Granny uns erblickte, hoben sich ihre Mundwinkel zu einem Lächeln. Sie winkte uns zu und sah sich dann in dem Raum um, der von den Betreuern, Bewohnern und ihren Angehörigen in den letzten Tagen und Wochen weihnachtlich geschmückt worden war. Der Weihnachtsbaum in der Ecke war mit tiefroten Kugeln herausgeputzt worden und ein goldener Stern glänzte auf seiner Spitze. Der Duft der Plätzchen hatte sich inzwischen im ganzen Raum verbreitet.

»Na los, geh zu ihr«, meinte Lydia und stupste mich an. Sie lächelte mir aufmunternd zu und wandte sich schließlich Joseph zu, der in seinem Rollstuhl neben ihr hielt.

Die Aufregung stieg an, als ich zu Granny ging und unsicher vor ihr hielt. »Hallo!«, sagte ich, weil ich mir nicht sicher war, ob sie heute wusste, wer und wo sie war oder ob sie mich überhaupt unter diesem Kostüm erkannte.

»Guten Tag.« Sie lächelte unsicher.

Mist ...

»Darf ich mich setzen?«

»Bitte.« Sie zeigte auf den freien Stuhl neben sich. »Wir kennen uns, hab ich recht?«

Mein Herz sackte noch tiefer und Enttäuschung machte sich in mir breit.

»Wir sind uns schon das ein oder andere Mal begegnet, ja«, antwortete ich daher vage.

Ein warmes Lächeln breitete sich auf ihrem Gesicht aus. Dann griff sie zu mir herüber und nahm meine Hand in ihre. »Ich bin froh, dass du da bist. Auch wenn dir Bart und Bauch nicht besonders stehen.«

Ich nickte nur, war unfähig, etwas zu sagen, weil ich Angst hatte, sie könnte hören, wie traurig ich war, dass ihre Krankheit sie heute im Griff hatte.

»Und das ist deine Freundin?«, fragte sie und deutete auf Lydia.

»So ist es.«

»Ein tolles Mädchen hast du dir da ausgesucht, Shawn.«

Ich war mir sicher, mein Herz hatte einen Schlag lang ausgesetzt. Mein Kopf schnellte zu ihr, und immer noch lächelte sie mich unsicher an.

»Granny?«

»Ja?«

Nun war es vorbei mit meiner Selbstbeherrschung. Die Tränen schossen mir aus den Augen und ich musste die falsche Brille abnehmen, um mir mit dem roten Mantel meine Tränen wegzuwischen.

»Was ist denn los?«, wollte sie wissen, doch ich schüttelte nur glücklich den Kopf.

»Nichts, Granny, ich freue mich einfach nur, dass du hier bist.«

»Ich mich auch. Ist gar nicht so übel hier«, meinte sie und sah sich um, als wäre sie das erste Mal hier in diesem Raum. Was vielleicht sogar stimmte.

Dann drückte sie noch einmal meine Hand und ich spürte, wie eine Last von meinen Schultern fiel.

Zu sehen, dass es ihr gut ging, dass sie Mom und mir nicht böse war, weil sie nun hier zu Hause war, tat so verdammt gut. In dem Moment wurde mir bewusst, wie lange mich diese Sache schon belastet hatte. Dass ich die ganze Zeit den bösen, gierigen Enkelsohn in mir gesucht hatte, der scharf auf das Erbe war. Dabei hatte ich nur die Gedanken fremder Menschen auf mich projiziert, dachte, wenn andere uns so sahen, mussten sie ja vielleicht auch damit recht haben. Und dabei kreidete ich Lydias erste Beschuldigung gar nicht an – sie wusste es nicht besser und hatte sich alles zusammengereimt, ohne eine Möglichkeit gehabt zu haben, mit Mom und mir darüber zu reden und unsere Einstellung dazu zu erfragen. Weil sie nicht wusste, wer Grace Schneiders Tochter und Enkelsohn waren.

Ich umarmte meine Grandma und drückte sie sanft und vorsichtig. »Ich hab dich so lieb, Granny. Und ich freue mich schon auf morgen, wenn wir gemeinsam bei uns zu Hause Weihnachten feiern können.«

Sie tätschelte mir liebevoll den Rücken. »Wird deine Freundin auch da sein?«, wollte sie schließlich wissen.

»Ja, Lydia und ihre Eltern kommen auch.«

»Das ist schön, ich freue mich. Sie scheint eine lebensfrohe junge Frau zu sein.«

Ich sah zu ihr und musste schmunzeln, weil sie mit Joseph zu »My Only Wish« von Britney Spears tanzte.

»Das ist sie. Du wirst sie lieben, da bin ich mir sicher.«

»Wenn du sie liebst, tue ich das auch«, meinte sie und zwinkerte mir zu.

Da stand ich auf und reichte ihr die Hand. »Lass uns tanzen.«

Überrascht runzelte sie die Stirn, ließ sich aber von mir aufhelfen. Als sie die Arme auf meine legte, kicherte sie. »Das erinnert mich an jenes Weihnachten, als deine Mutter gerade mal sieben Jahre alt war. Da hatte sich Charles auch als Weihnachtsmann verkleidet und wir haben getanzt. Monica hat uns dabei ertappt – frag sie mal danach. Ich bin mir sicher, sie erinnert sich noch daran.«

Wärme durchflutete mich. »Das mache ich auf jeden Fall, Granny.« Dann gab ich ihr einen Kuss auf ihre faltige Wange und war so glücklich wie schon lange nicht mehr.

Zu wissen, dass ich nicht länger ein schlechtes Gewissen zu haben brauchte, tat gut. Vor allem aber, dass es ihr hier gut ging, dass sie nach wie vor noch klare Momente hatte und dass sie mich heute erkannt hatte, machten mir bewusst, dass sich auch mein Weihnachtswunsch dieses Jahr erfüllt hatte. Und als ich Lydia mit Joseph lachen sah, schwoll mein Herz noch weiter an.

Denn verdammt, ich war ein echter Glückspilz.

Kapitel 30 – Lydia

»Da vorne ist es.« Ich zeigte auf das Anwesen der Francis' und Dad fuhr in die Einfahrt von Shawns Elternhaus.

Tim hatten wir zuvor noch bei Claudia abgesetzt. Bei ihm lief es gestern super und all seine Sorgen – und auch meine! – waren unbegründet gewesen. Dad hatte sich wirklich vorbildlich verhalten, von seiner besten Seite gezeigt und weder Tim blamiert noch Claudia in die Flucht geschlagen. Mein Bruder hatte mir am Abend zwanzig Minuten ein Ohr abgekaut, als ich nach unserem Besuch im Seniorenheim bei ihm im Zimmer gesessen hatte, damit er erzählen konnte, wie es gelaufen war.

Mit Shawn die Kinder und die alten Leute zu besuchen war unglaublich bewegend gewesen. Es hatte mir mal wieder bewiesen, wie viel man zurückbekam, wenn man anderen Menschen seine Zeit schenkte – und das war eines der wertvollsten Geschenke überhaupt.

»O Gott, ich hoffe, ihnen gefällt die Schale.« Mom hatte gestern eine total schöne Obstschale gekauft, die sie – natürlich gefüllt – gemeinsam mit einem exklusiven europäischen Wein und einer Aromalampe verschenken wollten. »Das Ganze hat mich ziemlich gestresst, so kurzfristig Weihnachtsgeschenke zu besorgen für jemanden, den ich nicht kenne, geschweige denn, bei dem ich noch nie zuvor zu Hause zu Besuch war.«

»Mom, mach dich nicht verrückt. Shawns Eltern sind total normale, nette Leute. Und die Geschenke sind toll.«

Dad streichelte beruhigend über ihren Oberschenkel, der von einem dunkelgrünen Kleid verdeckt war, zu dem sie einen breiten weiß-rotgestreiften Gürtel trug. Er selbst hatte eine Krawatte mit Weihnachtsmännern umgebunden. Das gute Stück hatte er schon seit meiner Kindheit und zog sie seitdem konsequent einmal im Jahr an – sehr zur Freude meiner Mom.

Wir stiegen aus und noch während wir auf dem Weg zur Haustür waren, wurde diese bereits von Shawn geöffnet. Er strahlte mich an und ich musste das breite Grinsen einfach erwidern, das mich heute wieder ohne Santas Bart erwartete. »Frohe Weihnachten«, murmelte er an meinen Lippen, bevor er meine Eltern begrüßte und uns hineinbat.

»Ah, wie schön, ihr seid hier. Frohe Weihnachten!« Monica und Gordon kamen um die Ecke und hießen uns nicht weniger herzlich willkommen. Wir stellten unsere Eltern einander vor, dann bat Monica uns ins Wohnzimmer, nachdem wir unsere Mäntel abgelegt und die Schuhe ausgezogen hatten.

Mit der Weihnachtsdekoration hatte meine Mom sie sofort in eine Unterhaltung verwickelt, während Gordon Dad über seinen SUV ausfragte. Doch mein Blick fiel auf Shawns Grandma, die auf dem Sofa saß und uns neugierig musterte.

»Mom, Dad, darf ich euch Grace Schneider vorstellen?«, fragte ich und ging auf die alte Frau zu. Dass sie gestern einen guten Tag gehabt hatte, hatte mich so irre für Shawn gefreut. Wie es ihr heute ging, wusste ich nicht, aber ich hoffte einfach, dass wir so oder so eine schöne Zeit mit ihr verbringen durften. Ich setzte mich neben sie und drückte freundlich ihre Hände.

»Lydia, richtig?«, fragte sie und ich nickte mit Tränen in den Augen. Was für ein Glück für Shawn und seine Eltern, dass sie sich auch heute auf ihre Erinnerung verlassen konnte. Das war vermutlich das schönste Geschenk für die Familie.

Shawn nahm neben uns Platz. »Heute ist ein guter Tag. Nicht wahr, Granny?« Er zog sie sanft an sich und küsste sie auf die Stirn.

Als ich zu Monica schaute, erkannte ich, wie auch sie von der Situation völlig gerührt war.

»Freut mich sehr, endlich Ihre Bekanntschaft zu machen, Misses Schneider. Sie müssen wissen, Sie haben meine Tochter zu Großem inspiriert.« Mom beugte sich zu ihr hinab und schüttelte ihr die Hand zur Begrüßung.

»Die Sache mit dem Projekt, Granny, du erinnerst dich? Ich hab dir davon erzählt.«

»Ja, ist schon gut, ich erinnere mich.« Sie lächelte mich freundlich an. »Das hast du wirklich großartig gemacht, Lydia. Eine schöne Idee.«

»Apropos … vor dem Haus hält gerade ein Wagen vom Fernsehen. Ich glaube, der ist für euch beide.« Gordon zeigte aus dem Fenster in Richtung Straße.

»Okay, jetzt bin ich nervös«, gestand ich und lachte auf, während ich spürte, wie mir die Hitze ins Gesicht schoss. Noch ein Grund, die Aufnahmen draußen zu machen. Da konnte man die roten Wangen wenigstens auf die Kälte schieben.

Shawn und ich zogen uns an und begrüßten das Fernsehteam vor der Tür – Beatrice, eine hübsche blonde Redakteurin, die uns interviewen wollte, und Robin, eine Kamerafrau, die die Schwester von Angelina Jolie hätte sein können. Den beiden gab ich tatsächlich mein erstes Fernsehinterview! Im Anschluss wurden ein paar Aufnahmen von Shawn und mir gedreht, wie wir Hand in Hand die Straße entlangspazierten. Robin wollte uns dann noch bei einer ausgelassenen Schneeballschlacht filmen, die wir ihr gerne im Vorgarten lieferten.

Etwa eine gute Stunde später waren meine Zehen in den Schuhen gefroren, die Finger waren taub, und von der Arbeit, die ich in die Frisur gesteckt hatte, als ich meine Haare über eine große Bürste zu schönen Wellen geföhnt hatte, war nichts mehr zu sehen. Aber meine Wangen glühten vor Aufregung und Freude, und Shawn und ich hatten unglaublich viel Spaß gehabt.

»Der Beitrag wird schon morgen als Special gesendet. Ihr findet ihn anschließend außerdem in der Mediathek. Shawn hat bereits angefragt, ob ihr ihn auch auf der Website einbinden dürft. Das könnt ihr gerne machen, ich schicke euch noch das Formular, das ihr dazu ausfüllen müsst«, erklärte Beatrice. »Wie kann ich euch am besten erreichen?«

Ich zog die durchnässten Handschuhe aus und reichte ihr eine der wenigen Visitenkarten, die ich in weiser Voraussicht gleichzeitig mit den Flyern und Plakaten hatte drucken lassen, auf denen die Web- sowie die E-Mail-Adresse geschrieben standen. Auch Beatrice gab mir ihre Karte, bevor wir uns verabschiedeten – jedoch nicht, ohne den beiden noch frohe Weihnachten zu wünschen und uns für ihre Zeit hier zu bedanken.

»Brrr, mir ist so kalt.« Ich schüttelte den Schnee aus den Wollhandschuhen, als ich dem Van hinterhersah.

Mir entging Shawns Schmunzeln nicht, als er die Tür aufsperrte und wir zurück in die wohlige Wärme des Hauses gingen.

»Was?«

»Nichts, ich … dachte nur, wir könnten uns wieder vorm Kamin aufwärmen«, sagte er und zwinkerte mir frech zu.

Sofort schoss mir Hitze ins Gesicht, ich konnte aber nicht verhindern, dass ich ebenfalls grinsen musste. »Das hättest du wohl gern«, erwiderte ich und rempelte ihn sanft an.

Er nahm mir den Mantel ab und hängte ihn neben seinen, dann schlang er seinen Arm um meine Schulter und küsste mich auf die Schläfe. »Ein anderes Mal sicher … Das hat mir gefallen«, raunte er, bevor wir unsere Familien wieder erreichten.

Unsere Mütter standen neben dem gedeckten Esstisch. Jede hatte ein Glas Rotwein in der Hand und auch Shawns Granny hielt ein schönes Weinglas gefüllt mit Wasser in die Höhe und hörte den beiden Frauen zu, die sich angeregt unterhielten. Unsere Väter kamen mit großen Schüsseln – gefüllt mit leckerem Essen – aus der Küche, die sie auf dem Tisch abstellten. Es duftete herrlich nach Gewürzen, Fleisch und Gemüse und mein Magen meldete sich sofort knurrend zu Wort.

»Möchtest du auch Wein?« Shawn griff nach einer der beiden Flaschen, die auf der Anrichte neben dem Tisch standen.

»Gerne.« Ich schaute ihm zu, wie er zwei Gläser für uns füllte.

»Kann ich noch was helfen?«, wandte ich mich an Monica, doch sie schüttelte den Kopf.

»Danke, es ist alles erledigt. Setzt euch, wir haben nur auf euch gewartet.«

Shawn rückte mir einen Stuhl zurecht, auf dem ich mich niederließ. Als unsere Väter ein letztes Mal aus der Küche kamen und genau wie unsere Mütter Platz nahmen, war es irgendwie seltsam, mit ihnen allen an einem Tisch zu sitzen. Seltsam schön. Es herrschte eine angeregte Stimmung, Gespräche wurden geführt, während im Hintergrund leise Weihnachtsmusik lief. Ja, jeder von uns genoss diesen Abend. Und sogar Misses Schneider plauderte mit und lachte.

Unter dem Tisch griff Shawn nach meiner Hand und drückte sie.

Ich versank in seinen Augen und wandte erst dann den Blick ab, als Gordon ein Tischgebet sprach.

»Wann können wir euch im Fernsehen sehen?«, wollte Dad anschließend wissen, als wir unsere Teller beluden.

»Der Beitrag wird schon morgen ausgestrahlt«, erklärte Shawn und erzählte, wie der Dreh verlaufen war.

»Hast du gehört, Mom, morgen früh müssen wir bald aus dem Bett, damit wir Shawn und Lydia nicht im Fernsehen verpassen«, sagte Monica an ihre Mutter gewandt.

Sie schaute interessiert von mir zu Shawn und wieder zurück. »Aha, mhm, ich bin gespannt.« Ein neugieriges Lächeln lag auf ihren Lippen.

»Geht es da um das Projekt?«

»Genau, um *My Christmas Wish*«, antwortete ich und spürte erneut die Aufregung in mir wachsen.

»Hat denn alles geklappt mit dem Vermitteln?«, wollte Gordon wissen.

»Soweit ich weiß, schon. Ein paar der Leute aus dem Team sind auch heute telefonisch erreichbar, sollte es zu Problemen kommen. Doch ich denke, dass bisher alles gut verläuft«, erklärte ich.

»Unsere Telefone haben noch nicht geklingelt und wir checken regelmäßig den Posteingang und die Kommentare auf der Webseite, aber bis jetzt ist es ruhig.« Shawn sah mich stolz an.

»Ich finde es einfach großartig und freue mich sehr für euch«, sagte Mom und bekam von allen Seiten zustimmendes Gemurmel.

Der Truthahn, der Kartoffelbrei, die gedünsteten Karotten und der Rosenkohl, sowie die Cranberry-Soße schmeckten vorzüglich und wir unterhielten uns richtig gut. Dass sich unsere Eltern erst heute kennengelernt hatten, merkte man ihnen nicht an. Sie lagen voll auf einer Wellenlänge, was mich einerseits beruhigte, andererseits aber auch nicht überraschte. Ich hatte nichts anderes erwartet.

Shawn und ich räumten im Anschluss gemeinsam mit Monica den Tisch ab, dann bat sie uns, kleine Schokoküchlein, die sie vorbereitet hatte, auf Apfel-Zimt-Spiegel zu servieren. Was wir natürlich gerne taten.

Inzwischen hatte Gordon das Feuer entzündet. Es duftete herrlich nach Apfelgelee, Zimt und Tanne. Monica hatte echte Tannenzweige über dem Kamin aufgehängt – natürlich in gebührendem Abstand –, die nun, angeregt durch die Wärme, ihren ganz besonderen Duft verströmten. Das Holz knackte in der Feuerstelle und die bunten Kugeln auf dem Weihnachtsbaum in der Ecke des Wohnzimmers reflektierten den Schein in ihren schönsten Farben im Glanz der Lichterketten. Eine jazzige Christmas-Playlist rundete die weihnachtliche Stimmung ab.

Ein unglaubliches Gefühl von Ruhe und Zufriedenheit überkam mich, als ich mich wieder setzte.

»Das Rezept stammt übrigens von meiner Mom«, sagte Monica, als sie den noch warmen Kuchen auf ihrem Teller mit einer Gabel zerteilte. »Also sie hat es quasi erfunden.«

Als ich den ersten Bissen im Mund hatte, stöhnte ich verhalten auf.

»Mhmm, der schmeckt sehr lecker, Misses Schneider.« Mit der Gabel deutete ich auf die süße Köstlichkeit. »Woher können Sie das? Haben Sie das gelernt?«

»Mhm, also da ist ja nichts dabei. Ich hab nur ein paar Zutaten zusammengeworfen und das Rezept aufgeschrieben. Und bitte sag Granny zu mir – oder zumindest Grace.«

Mein Herz schmolz dahin und brach zugleich, weil ich sie erst jetzt kennenlernte.

»Oh, danke … Grace. Granny? Ich muss noch überlegen, was besser passt. Granny Grace vielleicht«, überlegte ich laut, was alle zu amüsieren schien. »Aber was mich interessiert … Woher kannst du das? Also das Backen. Oder wie hat es sich ergeben, dass du dieses Rezept *erfunden* hast?«

»Das war kurz vor Weihnachten. Neunzehnhundertdreiundsiebzig, wenn ich mich nicht irre. Charles hatte kurzfristig angekündigt, dass uns seine Eltern über die Feiertage besuchen würden. Sein Vater war Commander bei der *US Navy*, seine Mutter die geborene Hausfrau. Dass sie mich nicht gemocht hatte, war kein Geheimnis. Sie hatte mich verurteilt, weil ich nach der Geburt von Monica wieder arbeiten ging, und war der Meinung, ich würde Mann, Kind und Haushalt vernachlässigen, nur um meinen Kopf durchzusetzen. Deshalb hatte ich es mir zum Ziel gesetzt, bei jedem Besuch in allem zu überzeugen. Das Haus hatte geglänzt, ich hab mich um Mann und Kind besonders aufmerksam gekümmert und hab gekocht und gebacken wie eine Weltmeisterin.«

»Und hat es was genützt? Also hat sie irgendwann ihre Meinung über dich geändert?«, fragte ich, als sie von ihrem Wasser trank und ihr Blick mir verriet, dass sie in der Vergangenheit abgetaucht war.

Sie blinzelte kurz und ich hatte schon die Befürchtung, dass die Krankheit die Kontrolle über sie übernommen hatte, doch dann schaute sie mich wieder an. »Nein, kein bisschen. Aber es sind immer gute Rezepte dabei entstanden.« Sie schmunzelte stolz.

»Oh, es gibt mehrere?«, hakte nun meine Mom nach.

Monica nickte. »Es gibt drei ganze Kochbücher voll davon. Ihr müsst wissen, meine Mutter ist der vielleicht bescheidenste Mensch auf dieser Erde.« Sie stand auf und ging zum Bücherregal im Wohnzimmer, aus dem sie zielsicher drei Bücher hervorzog. Zurück am Tisch reichte sie je eines meiner Mom, meinem Dad und mir und setzte sich wieder.

»Ach, Moni, du weißt doch, dass mich das ganz verlegen macht.«

»Seht ihr? Völlig falsche Bescheidenheit«, sagte sie an uns gewandt. »Mom, du warst und bist eine bemerkenswerte Frau. Mein Vorbild in so vielen Dingen. Du hast mir gezeigt, was Stärke bedeutet. Ohne dich wäre ich wohl heute nicht Mall-Managerin. Ich würde mich nicht so durchsetzen können, und meine Zweifel hätten mich vermutlich geschwächt und nicht stärker gemacht.«

»Da hat aber sicher auch dein Großvater mit seinem Navy-Drill auf dich abgefärbt«, meinte Granny Grace schmunzelnd. »Und Charles mit seiner Sturheit.«

»Ich hab von allen nur das Beste abbekommen«, erklärte Monica, was dafür sorgte, dass Gordon sich verschluckte – was seine Frau dazu veranlasste, ihm als Revanche etwas zu kräftig auf den Rücken zu klopfen.

»Ein Glück, dass ich euer Sohn bin. Sollten Lydia und ich jemals Kinder bekommen, sind sie dann die Perfektion des Menschen«, meinte Shawn feixend.

Überrascht schaute ich ihn an. Er zwinkerte mir zu, was mir verriet, dass er nur Spaß machte und noch nicht ohne mein Wissen unsere gesamte Zukunft geplant hatte.

»Okay, das mit der falschen Bescheidenheit hast du jedenfalls nicht von Granny«, meinte Gordon belustigt, was uns nun alle zum Lachen brachte.

»Und was hast du gearbeitet?«, fragte ich weiter, weil mich Shawns Großmutter so sehr faszinierte und ich es auch in vollen Zügen ausnutzen wollte, dass sie einen guten Tag hatte und so gesprächig war.

»Ich hab unterrichtet. Englisch und Philosophie«, sagte sie.

»Sie war außerdem die letzten acht Jahre vor ihrem Ruhestand Direktorin an der Highschool«, ergänzte Monica und bedachte ihre Mutter mit einem tadelnden Blick.

»Das klingt nach einer äußerst herausfordernden Arbeit«, schlussfolgerte ich.

Granny Grace nickte. »Es hat aber auch sehr viel Spaß gemacht.« Sie gähnte verhalten. »Genau wie dieses Essen heute. Aber jetzt ist es Zeit für mein Nickerchen, glaube ich.«

»Warte, Mom, ich begleite dich noch aufs Zimmer.« Monica stand auf und legte die Stoffserviette beiseite. Anschließend ging sie um den Tisch und stützte ihre Mutter beim Aufstehen.

»Sehen wir uns später noch?«, wollte Granny Grace an meine Eltern und mich gewandt wissen.

Mom und Dad sahen sich unschlüssig an, aber Gordon kam ihnen zuvor. »Ganz sicher. Ihr habt doch nicht schon vor, wieder zu fahren, oder? Jetzt, wo es gerade gemütlich wird.«

»Nein, ihr bleibt auf jeden Fall noch länger«, beschloss nun auch Monica. Und als wäre damit alles gesagt, wandte sie sich mit Granny Grace einfach ab und führte sie zur Treppe.

»Ich hatte auch gar nicht vor, dich jetzt schon gehen zu lassen«, raunte Shawn mir ins Ohr, was eine prickelnde Gänsehaut in meinem Nacken auslöste. »Ich hab nämlich noch dein Geschenk hier, das ich dir unbedingt geben möchte.« Dabei sah er mich so intensiv an, dass es tief in meinem Bauch kribbelte.

»Okay«, hauchte ich zurück und konnte kaum erwarten, Shawns Gesicht zu sehen, wenn er meines auspackte …

Kapitel 31 – Shawn

Nachdem Granny von Mom auf ihr Zimmer und ins Bett gebracht worden war, hatten es sich unsere beiden Mütter im Wintergarten gemütlich gemacht, während unsere Dads in die Garage gingen, um über ihre Autos zu philosophieren.

Lydia und ich saßen hingegen auf der Couch vor dem knisternden Kamin. Die Wärme, die davon ausging, lullte uns ein und erinnerte mich an jenen Abend, als wir nach dem Plätzchenbacken hier gewesen waren. Und Lydia ebenfalls, wie ich bemerkte. Wir schauten uns tief in die Augen, die Finger miteinander verschränkt, und eine stumme Kommunikation fand zwischen uns statt. Unsere Mundwinkel zuckten verräterisch und dieses sehnende Kribbeln und der Wunsch, mit Lydia allein zu sein, wurden immer drängender.

»Lass uns nach oben in mein Zimmer gehen«, flüsterte ich ihr zu. »Ich will mit dir allein sein.«

Ihr Mund öffnete sich und ich befürchtete bereits, dass sie etwas Verneinendes erwidern würde, doch dann überraschte sie mich, indem sie nickte. Sie ließ sich von mir aufhelfen und nahm ihre Umhängetasche mit, die sie in der Garderobe abgestellt hatte.

Mein Herz raste, als wir nach oben gingen. Vielleicht dachte sie, ich würde ihr gleich näherkommen wollen – was gelogen wäre, würde ich etwas anderes behaupten. Aber mir war es vor allem wichtig, mit Lydia ungestört zu sein, wenn sie mein Geschenk öffnete. Diesen Moment wollte ich mir nicht nehmen lassen.

Ich hielt ihr die Tür meines Zimmers auf und sie trat ein. Neugierig schaute sie sich um, denn beim letzten Mal waren wir gar nicht hier oben gewesen. Zu sehr hatte uns die Zeit vorm Kamin eingenommen, die Gefühle, die uns damals überwältigt hatten.

Lydia inspizierte die Fotos über dem Bett, auf denen ich mit meinen Kumpels aus früheren Tagen zu sehen war. Sie schmunzelte beim Anblick der Filmposter von *The Fast and the Furious* und *Fight Club* und warf einen Blick aus dem Fenster, das zum Garten zeigte.

»Ich versuche gerade, mir dich hier vorzustellen. Als kleinen Jungen oder auch kurz vor dem Highschool-Abschluss.« Sie schmunzelte. »Du warst bestimmt ein Rabauke, hab ich recht?«

»Da musst du Mom fragen, von mir bekommst du vermutlich nicht die Antwort, die du dir erhoffst.«

Sie lachte, und dieses Geräusch berührte mich tief in meinem Inneren.

»Komm her«, raunte ich und streckte die Hand nach ihr aus.

Sie stellte die Tasche auf dem Boden ab und ließ sich an meine Brust ziehen.

Ich legte meine Arme um ihre Taille und küsste sie. »Das hatte ich mir gewünscht – aber ich dachte, dass das nicht mehr passieren würde.«

»Mich zu küssen?«

»Ja. Überhaupt … dich hier in meinem Zimmer zu küssen«, gestand ich und tat es gleich noch einmal.

Lydia verzog ihr Gesicht. »Bitte, lass uns nicht mehr darüber reden. Mir ist das immer noch so unangenehm und …«

»… es gehört zur Vergangenheit«, führte ich ihren Satz fort. »Nun zählt nur noch das Hier und Jetzt. Und unsere Zukunft.«

Sie strich mir durch die Haare und küsste mich sanft auf die Lippen.

»Ist es zu früh, um dir zu sagen, dass ich dich liebe, Shawn Francis?«, fragte sie schließlich leise und brachte mein Herz damit völlig aus dem Rhythmus.

Kopfschüttelnd schloss ich die Augen. »Warte … Das war so nicht gedacht.« Ich machte einen Schritt von ihr weg und legte mich aufs Bett, ehe ich sie zu mir zog. In ihrem Gesicht las ich Verunsicherung, und ich konnte es ihr mit meiner Reaktion auf ihr Geständnis nicht einmal verübeln. Doch als sie neben mir lag und ich sanft über ihre Wange streichelte, ihr tief in die Augen schaute und lächelte, wusste ich, sie würde mir gleich verzeihen. »So sollte es sein. So hatte ich es mir ausgemalt.«

»Was?«, hauchte sie zögerlich.

»Ich liebe dich, Lydia Carrington. Ich bin verrückt nach dir und weiß nicht, wem ich danken soll, dass du in mein Leben gestolpert bist. Seit ich dich kenne, ist es so viel spannender, gehaltvoller geworden. Und ich hoffe sehr, dass wir noch ganz lange Zeit miteinander verbringen können.«

Sie blinzelte und lächelte, dann landeten ihre Lippen auf meinen.

Und ich war so unglaublich froh, dass sie hier war.

Heute.

In meinem Zimmer, auf meinem Bett. In meinen Armen.

Damit ging mein ganz persönlicher Weihnachtswunsch in Erfüllung.

Ich löste mich sanft von ihr und griff hinter mich auf den Nachttisch, wo ich das weiße Kuvert abgelegt hatte. Als ich es ihr gab, schaute sie mich fragend an.

»Frohe Weihnachten, Lydia.« Meine Stimme war rau und ich spürte die Nervosität in mir ansteigen. Keine Ahnung, wie sie darauf reagieren würde. Womöglich hatte ich es mit dem Inhalt übertrieben, vielleicht war sie auch überhaupt nicht der Typ dazu und ich würde gleich einen Korb kassieren. »Na los, mach es auf!«, forderte ich ungeduldig. Unmöglich konnte sie jetzt mit dem Öffnen bis morgen warten wie bei allen anderen Geschenken. Ich musste ihre Reaktion beobachten, wenn sie sah, was sie von mir bekam. Morgen würde sie bei ihrer Familie sein, während ich hier bei meiner bleiben würde ...

Doch statt den Umschlag aufzumachen, setzte sie sich auf und griff in ihre Tasche, aus der sie ein Geschenk zog, das dem Anschein nach ein dickes Buch sein könnte, dafür aber zu weich war. Andererseits war es zu fest für ein Kleidungsstück oder Ähnliches.

»Frohe Weihnachten, Shawn.« Sie grinste und schaute mir zu, wie ich versuchte, den Inhalt durch Tasten, Schütteln und Drücken zu erraten.

»Was ist das?«

»Mach's auf!« Sie war ganz aufgeregt.

Einen Moment zögerte ich noch und biss mir auf die Unterlippe, um sie zu ärgern, dann riss ich das Papier ab. Zum Vorschein kam eine Art Buch, das sie selbst gemacht haben musste. Es trug den Titel *Student Survival Kit von Lydia Carrington für Shawn Francis*.

Neugierig schlug ich es auf und fand auf der ersten Seite ein Foto des Cafés sowie eines von Lydia, die einen Becher in ihren Händen hielt, der vermutlich heiße Schokolade beinhaltete. Daneben klebten zwei kleine Tüten Instantkaffee.

Falls die Schlange im Café zu lange ist oder du keine Zeit hast, länger anzustehen, hatte sie daruntergeschrieben.

Schmunzelnd blätterte ich um. Unzählige Konfettischnipsel waren auf die Seite geklebt, dazu eine halb durchsichtige Papiertüte, in der noch weitere bunte Papierschnipsel waren. Zwei Wunderkerzen waren daneben befestigt.

Wenn du mal wieder eine Party feiern möchtest.

Auf der nächsten Seite klebte eine Tafel Schokolade.

Für den Fall, dass du Lust auf was Süßes hast und ich nicht in der Nähe bin.

Ich lachte und küsste Lydia, dann blätterte ich um zu einer weiteren Papiertüte, in der ich ein Plätzchen sowie ein kleines Päckchen Kakaopulver erahnen konnte.

Für das richtige Weihnachtsfeeling zu jeder Zeit, hatte sie in großen Lettern darüber gemalt.

In meinem Brustkorb wurde es ganz eng, weil ich daran denken musste, wann wir das letzte Mal Plätzchen in heiße Schokolade gekrümelt hatten.

Auf den nächsten Seiten fand ich noch einen Kino-Gutschein sowie einen für eine Massage von ihr, den ich wahlweise nach einem harten Schwimmtraining oder einem anstrengenden Tag voller Vorlesungen einlösen würde. Auf der vorletzten Seite entdeckte ich eine Kette mit einer Marke als Anhänger. Als ich sie näher in Augenschein nahm, fiel mir auf, dass unsere Initialen darauf geprägt waren, und ein Datum.

»Der siebenundzwanzigste November?«

»Das ist der Tag, an dem die Party im Wohnheim war. An dem wir das erste Mal miteinander gesprochen haben.«

Wow. Ich wusste gar nicht, was ich darauf antworten sollte, außer …

»Danke.« Meine Stimme klang belegt. Ich zog sie an mich und küsste sie sanft auf die Lippen. Dann legte ich mir die Kette um den Hals und betrachtete noch einmal die Marke, als sie vor dem Brustbein baumelte.

Als ich ein weiteres Mal umblätterte, drückte sich ein breites Grinsen auf mein Gesicht. Die ganze Doppelseite war über und über mit Kondompäckchen beklebt.

Zeit zum Teilen, stand darüber und schwarze Spitze war über eine Ecke geklebt, die mich an ihr Höschen erinnerte.

»Sieht so aus, als hättest du noch was mit mir vor.« Ich wackelte mit den Augenbrauen.

Sie schenkte mir einen neckischen, fast schon lasziven Blick. »Ich wollte damit nur anmerken, dass das damals vor dem Kamin keine einmalige Sache sein muss.«

Ein lautes Lachen löste sich aus meinem Innersten. »Keine Sorge, das hätte ich nicht zugelassen.« Ich küsste sie. »Danke dafür. Ich freue mich schon, die Gutscheine und die vielen kleinen Geschenke einzulösen.« Erneut beugte ich mich nach vorne, um ihre süßen Lippen zu schmecken. »Und jetzt du.« Ich zeigte auf das Kuvert in ihrer Hand und spürte wieder die Nervosität in mir aufsteigen. Hoffentlich hatte ich nicht übertrieben. Immerhin bestand ihres aus lauter süßen Kleinigkeiten und ich fürchtete, sie könnte mein Geschenk falsch interpretieren und ein schlechtes Gefühl bekommen – etwas, was ich auf keinen Fall wollte.

Angespannt beobachtete ich sie, wie sie den Zeigefinger in den Umschlag steckte und ihn so aufriss. Dann zog sie die Karte heraus – ein schlichter weißer Karton, auf den ich mein Geschenk für sie geschrieben hatte.

»Liebe Lydia«, begann sie damit, den Text laut vorzulesen, »mein Weihnachtsgeschenk lässt sich nicht in einen Geschenkkarton packen. Ich hoffe also, dass du mir diese farblose Karte verzeihst, wenn ich dir sage, dass ich – natürlich nur, wenn du es willst – Silvester mit dir in den Bergen verbringen möchte. Meine Tante hat dort eine Hütte, die sie uns übers Wochenende zur Verfügung stellt.« Sie blinzelte und senkte die Karte. In ihren Augen glitzerten Tränen und ich war einen Moment überfordert mit ihrer Reaktion. »Shawn, das ist ...«

»Hab ich übers Ziel hinausgeschossen?«, fragte ich zögerlich.

Lydia lachte. »Nein, es ist ... perfekt. Ich freue mich schon wahnsinnig auf die Zeit mit dir. Und wir können ja dein Geschenk mit meinem kombinieren.«

Schmunzelnd nickte ich. »Diese Auszeit hast du dir nach dem Stress der letzten Wochen auf jeden Fall verdient. Und stell dir vor, es gibt dort einen offenen Kamin.«

Sie schloss lächelnd die Augen. »Das klingt schön. Die Hütte, der Kamin ... aber vor allem Zeit mit dir.«

Ich verschränkte unsere Finger ineinander. »Davon werden wir jetzt endlich mehr haben. Die stressige Phase ist so gut wie vorbei. Und ich kann es kaum erwarten, nicht mehr von einem Termin zum nächsten hetzen müssen. Ellen ist doch bestimmt auch nach den Feiertagen die meiste Zeit bei Joe, nehme ich an?«

Sie grinste schelmisch. »Vermutlich.« Dann schmiegte sie sich an mich. »Wobei es mir im Grunde egal ist, ob wir in Gesellschaft sind oder allein ... Hauptsache, ich bin bei dir.«

Ein unbändiges Gefühl von Wärme breitete sich in mir aus. Ich zog sie fest an mich und küsste sie und wusste, dass ich der größte Glückspilz auf Erden war. Weil sie zu mir gehörte. Weil sie mich liebte. Und weil sie hier bei mir war und mir das Wertvollste schenkte, was man einem Menschen geben konnte: Zeit. Das war mir in den letzten Wochen mit Lydia wieder ganz besonders bewusst geworden.

Danke

Ich war vielleicht siebzehn oder achtzehn Jahre alt, als ich an der Bushaltestelle in meinem damaligen Heimatort stand und in die Tanzschule fahren wollte. Plötzlich stand eine alte Frau neben mir, in einen Pelzmantel gehüllt, eine Wollmütze auf. Ihr Gesicht war faltig, ihr Rücken leicht krumm und mit ihren weißen Haaren sah sie im ersten Moment meiner bereits verstorbenen Uromi zum Verwechseln ähnlich. Mein Herz hat einen Satz gemacht und ich konnte nicht anders, ich musste auf sie zugehen und ihre Nähe suchen. Ich war völlig durcheinander von dieser Begegnung, und als ich noch gesehen habe, wie diese alte Frau geweint hat, hat es mir einen Stich versetzt. Sie hat leise vor sich hingemurmelt und gesagt, dass sie ihren Mann und ihr Haus verloren habe.

Dann ist mein Bus gekommen und ich bin eingestiegen, während sie noch gewartet hat. Du kannst dir nicht vorstellen, wie groß mein schlechtes Gewissen war, weil ich sie nicht angesprochen habe. Weil ich sie nicht getröstet habe und vor allem, weil ich sie nicht zu uns nach Hause eingeladen habe, um mit uns Weihnachten zu feiern.

Dieses Erlebnis ist mir heute noch so intensiv in Erinnerung, als wäre es erst letzte Woche geschehen – und noch heute fühle ich mich richtig mies, weil ich nicht den Mut besessen habe, der alten Frau Trost zu spenden und meine Hilfe anzubieten. Deshalb bin ich froh, diese Geschichte geschrieben zu haben. Ich hoffe, dass mir die alte Dame an *meiner* Bushaltestelle dadurch meine Scheu und Unsicherheit von damals verzeiht ...

Auch wie schwer es ist, von einem geliebten Menschen Abschied nehmen zu müssen, habe ich in diesem Roman verarbeitet. Meine Omi musste letzten Herbst von uns gehen und ich vermisse sie so, so sehr. Jeden verdammten Tag. Sie war eine so großartige Frau, die mich in so vielen Bereichen geprägt hat mit ihrem Stolz und ihrer Stärke. Sie hat mir gezeigt, was man als Frau alles schaffen kann, dass es nur wichtig ist, an sich zu glauben. Und sie hat jedes Weihnachten für mich zu etwas ganz Besonderem gemacht mit den selbst gebackenen Keksen (ihre Schokoladencreme-Törtchen habe ich geliebt und freue mich so, dass sie in Lydias und Shawns Geschichte verewigt wurden), dem Singen unterm Weihnachtsbaum und dem großen Familienessen, das sie fast bis zuletzt auf den Tisch gezaubert hat.

Jedoch wäre diese wundervolle Geschichte trotz allem nicht entstanden, wenn nicht so viele Menschen daran geglaubt und mich bei der Entstehung unterstützt hätten.

Ein großes Danke geht also an den LAGO-Verlag, insbesondere an meine Lektorin Karina Woller, deren Herz sofort für diese Geschichte geschlagen hat.

Auch bei meinem Agenten Carsten Polzin möchte ich mich bedanken, dass du für diese Geschichte ein Verlagszuhause gefunden hast.

Danke an Jil Aimée Bayer – dank dir hat Shawn mehr Stimme und die Geschichte noch mehr Christmas-Spirit erhalten.

Vielen Dank auch an meine Schwägerin Martina Zwölfer und an meine liebe Kollegin Anya Omah für ihre Hilfe in allen Fragen, was die Pflege und Behandlung sowie das Krankheitsbild demenzkranker Menschen betrifft.

Dank meiner beiden wunderbaren Kolleginnen Kate Franklin und Emily Key sind viele weihnachtliche Szenen entstanden, die ich so vorher vielleicht nicht auf dem Schirm gehabt hätte. Außerdem haben mich die zwei im Frühling und Sommer bei schönstem Wetter durch meine Schreibzeit begleitet und mir geholfen, in die richtige weihnachtliche Stimmung zu kommen.

Ohne die großartige Motivation meiner Forest-Crew hätte ich es vermutlich nicht geschafft, meine Deadline zu halten – danke, Mädels!

Ein großer Dank geht auch an meine Testleserinnen Andra Jaeckel, Katrin Schreyer und Franzi Schuster. Eure Begeisterung für Lydia und Shawn hat mir gezeigt, dass ich mit der Geschichte genau richtig liege. Danke an meine Familie. Ihr unterstützt mich so sehr und glaubt an mich und meine Träume. Vermutlich ahnt ihr gar nicht, wie viel mir das bedeutet. Ich liebe euch!

Ganz besonders möchte ich mich aber bei dir, bei meinen Leser*innen und Blogger*innen, bedanken. Dafür, dass ich dich mit dieser Geschichte in Weihnachtsstimmung versetzen durfte. Und dass auch du mir das Wertvollste geschenkt hast, was es zu schenken gibt: Zeit. Nämlich Zeit, dieses Buch zu lesen und Lydia und Shawn ihre weihnachtliche Liebesgeschichte erzählen zu lassen.

Ich wünsche dir frohe Weihnachten, viel Gesundheit, Glück, Liebe und Zufriedenheit.

Deine Sarah Saxx

Sarah Saxx

Auch als **E-Book** erhältlich

448 Seiten
12,99 € (D) | 13,40 € (A)
ISBN 978-3-95761-197-0

Sarah Saxx
Speed Me Up

Die 22-jährige Brooke Ferguson ist Supercross-Fahrerin und als eine der wenigen Frauen in diesem Sport äußerst erfolgreich. Als sie während eines Rennens auf Matthew Carr trifft, ihren besten Freund aus Kindertagen, knistert es gewaltig zwischen den beiden. Doch der Gedanke an eine Beziehung macht Brooke nervös, und statt Matt in ihr Leben zu lassen, stößt sie ihn von sich und verletzt ihn damit zutiefst. Als ein paar Monate später ein verleumderischer Artikel über Brooke erscheint, gibt es nur einen, der ihr helfen kann: Matt. Kann Brooke ihre Angst überwinden und sich der Liebe öffnen?

480 Seiten
12,99 € (D) | 13,40 € (A)
ISBN 978-3-95761-199-4

Sarah Saxx

Speed My Heart

Mae Headrick trifft bei einem Supercross-Event auf Eric Guyette, den heimlichen Favoriten der Meisterschaft. Dieser will sie zuerst nur ins Bett bekommen, um eine Wette gegen seinen Kontrahenten Domenic Ramos zu gewinnen. Doch bald merkt Eric, dass er sich mit Mae mehr vorstellen kann als nur eine Nacht. Auch in Mae wachsen die Gefühle für ihn – bis sie von dem Deal zwischen den beiden Gegnern erfährt. Dabei ist Erics Grund dafür äußerst ehrenwert ... Wird Eric es schaffen, Maes Vertrauen zurückzugewinnen, oder hat er auf einen Schlag alles verloren?